rororo

Tess Stimson stammt aus Sussex, England. Lange Zeit war sie als Journalistin für verschiedene Medien und auch im Ausland tätig. Heute lebt sie mit ihren drei Kindern und ihrem zweiten Mann als Schriftstellerin in Florida. Neben einer wöchentlichen Kolumne in der DAILY MAIL schreibt Stimson bereits an ihrem nächsten Roman.

Und so urteilte die Presse über den Vorgänger «Ich, er und sie» (rororo 24361):
«Herrlich schwarzer Humor» (Laura)
«Nette Seitensprung-Story» (MySelf)
«Unbedingt lesenswert!» (Liebesromanforum)
«Herrlich!» (Neue Woche)

Tess Stimson

Bettenbörse

Roman

Deutsch von Marieke Heimburger

Rowohlt Taschenbuch Verlag

Die Originalausgabe erschien 2008
unter dem Titel «The Infidelity Chain»
bei Pan Books, London.

Deutsche Erstausgabe
Veröffentlicht im Rowohlt Taschenbuch Verlag,
Reinbek bei Hamburg, April 2009

Redaktion Annekatrin Heuer
Umschlaggestaltung any.way, Barbara Hanke / Cordula Schmidt
(Foto: smartmagna / vario images)
Gesamtherstellung CPI – Clausen & Bosse, Leck
Printed in Germany
ISBN 978 3 499 24892 4

Meinem Mann Erik.

Manchmal hast du recht,
und ich habe unrecht.

1

Ella

Ich habe mich oft gefragt, ob Ehebruch etwas ist, das einem in den Genen liegt – so wie blaue Augen oder Hasenzähne. Bin ich untreu, weil meine DNS darauf programmiert ist?

Der Wissenschaftlerin in mir gefällt diese Vorstellung: Wir sind alle nur die Summe unserer genetischen Strichcodes – nicht mehr und nicht weniger. Ja, genau, man sieht es ganz deutlich, da ist sie, direkt zwischen meinen roten Haaren und meiner birnenförmigen Figur: die *Untreue,* glasklar. Der biologische Beweis dafür, dass ich überhaupt nicht treu sein *kann,* ganz egal, wie sehr ich mich anstrenge. Schließlich kann ich ja auch nicht meine Füße um eine Schuhgröße schrumpfen.

William neben mir rührt sich. Er fasst nach meiner Brust und drückt sich gegen meine Hüfte. Ich lächele. Nach acht Jahren haben wir zwar nicht mehr ganz so oft Sex, aber wenn wir dann zusammen sind, kommen wir wirklich beide auf unsere Kosten.

Er rollt sich auf den Rücken und zieht mich auf sich. Ich zucke ein klein wenig zusammen, als er in mich eindringt. Er darf nicht wissen, dass ich letzte Nacht mit Jackson geschlafen habe. Und das gleich zwei Mal.

Haltsuchend greife ich nach dem Kopfende des Messingbettes. Meine Brüste schwingen verlockend hin und her. Ich spüre die Wollust zwischen meinen Beinen pulsieren und klammere mich etwas fester. William ist der egoistischere Liebhaber, und ich habe gelernt, mir von ihm das zu nehmen, was ich brauche. Jackson ist viel fürsorglicher: Er probiert immer wieder neue Dinge aus, um mich zu befriedigen, und hält sich selbst zurück, bis ich gekommen bin – manchmal drei oder vier Mal.

Ich verbanne Jackson aus meinem Kopf. Ganz im Gegensatz zur landläufigen Meinung können Frauen nämlich sehr wohl problemlos Ehebruch begehen. Sie müssen nur lernen, wie ein Mann zu denken.

Unsere Körper reiben sich aneinander, und die vertraute Erregung nimmt zu. Ich koste jeden Moment auf dem Höhepunkt der Achterbahn aus. Dann bricht mein Orgasmus in mitreißenden, fast schon schmerzhaften Wellen über mich herein.

Mit der einen Hand taste ich mich an Williams Körper hinab, sodass er richtig wild wird. Mit der anderen lange ich nach meinem piependen Handy.

Es gibt nur zwei Menschen, die mir so spät abends eine SMS schicken würden. Jackson und –

«Oh, Mist!» Ich rolle mich von William herunter und suche hektisch nach meinen Klamotten.

Er schlägt den Kopf ins Kissen. «Verdammt. Ich dachte, du hast heute keine Bereitschaft?»

«Ein Notfall.» Ich mache meinen BH zu und stöbere unter dem Bett nach meinem Slip. «Ich bin so schnell wie möglich zurück.»

«Hätte das nicht warten können, bis auch ich gekommen bin?»

Ich gebe die Suche nach dem Slip auf und ziehe mir meinen grauen Bleistiftrock über, bevor ich in ein Paar schwindelerregend hohe, scharlachrote High Heels schlüpfe. Ich kann nur den einen Topas-Ohrring finden – ich hasse es, den zweiten Teil eines Paars zu verlieren.

Während ich meine weiße Seidenbluse zuknöpfe, beuge ich mich zu William hinunter und hauche ihm einen Kuss auf seine raue Wange. Er riecht nach mir. «Alles Liebe zum Valentinstag.»

William blickt finster drein. «Ich hab was bei dir gut.»

«Stell dich schon mal an.»

Fünfzehn Minuten später befreie ich meine Zehen aus den mörderischen Stilettos, während der Aufzug sich zur Entbindungsstation hocharbeitet. Auf meiner ehebrecherischen Doppelhelix muss sich noch irgendwo ein kleines Ich-kann-kein-Wässerchen-trüben-Gen verbergen. Anders lässt sich meine Schwäche für schöne Schuhe nicht erklären. Wieso sonst hätte ich mir wohl diese verschärften Ginas in Größe 38 aufschwatzen lassen sollen (das einzige Paar, das sie noch hatten, und nein, sie haben sich nicht «noch gegeben», wie die auf Provisionsbasis arbeitende Verkäuferin versprach), wenn ich doch mein ganzes erwachsenes Leben immer schon Größe 39 hatte?

Meine Mutter war immer perfekt beschuht. Selbst als die französischen Gerichtsvollzieher uns aus unserem kleinen Appartement in der Rue du Temple warfen, weil mein Vater die Miete nicht mehr bezahlt hatte, war ihr Schuhwerk (wenn auch nicht ihr Ruf) makellos. Mochten wir auch am Ende verhungern – sie konnte einem neuen Paar gepunkteter Peep-Toe-Slingpumps genauso wenig widerstehen wie dem Vater ihrer einzigen Tochter. Und diese erzog sie ganz nach ihrem Bilde.

Die Aufzugtüren öffnen sich, und ich humpele in Richtung Entbindungsräume, wobei mir auf unangenehme Weise bewusst wird, wie luftig es unter dem Rock ist. Lucy ist meine beste Freundin, und ich liebe sie über alles, aber ich hoffe inständig, dass sie heute Abend nicht Dienst hat. An die Moralpredigten meiner Mutter bin ich ja gewöhnt, immerhin hat sie sich selbst die Finger verbrannt und weiß, wovon sie spricht. Aber Lucy und ich sind, seit wir als Medizinstudentinnen in Oxford an ein und derselben Leiche herumschnitten, *les sœurs sous la peau* – ein Herz und eine Seele. Sie ist es, von der ich mir ein Xanax-Rezept hole, bevor ich in ein Flugzeug steige. Und sie weiß seit Jahren über meine Affäre Bescheid.

Andererseits, wenn einen der Ehemann wegen einer pubertierenden Choreographin verlässt (hier kommt die Relativitätstheorie zum Tragen: Mit sechsunddreißig findet man eine Dreiundzwanzigjährige pubertär!), ist man wohl dazu berechtigt, die ehebrecherischen Aktivitäten anderer Leute mit einer gewissen Bitterkeit statt mit Heiterkeit zu betrachten.

Mein Handy klingelt, als ich die Kreißsäle erreiche. Ich werfe einen Blick durch das runde Fenster in der Tür, stelle fest, dass meine Patientin sich noch im Krankenwagen mitten im dichten Verkehr auf der Fulham Road befinden muss, und nehme den Anruf an.

«Jackson», sage ich, «ich habe eine Patientin.»

«Du bist arbeiten?»

«Du wusstest doch, dass ich Bereitschaft habe.»

Einer der Vorzüge des Arztberufes (abgesehen davon, dass einen wildfremde Menschen auf Partys darum bitten, sich auf der Gästetoilette doch mal eben ihre Schilddrüsen oder Analfissuren anzusehen – ohne Rücksicht auf den guten Ton und die Tatsache, dass ich Neonatologin bin) besteht darin, ganze Nächte wegbleiben zu können, ohne in Erklärungsnot zu geraten. Als Kinderärztin in der Frühgeborenen-Intensivabteilung des Princess-Eugenie-Krankenhauses habe ich pro Monat sechs nächtliche Bereitschaftsdienste. Mein Mann glaubt, es seien sieben.

«Du hast fünf Minuten», teile ich Jackson mit.

«Letzte Nacht hast du aber was anderes gesagt», zieht er mich auf. Sein Südstaatenakzent hat sich auch nach fast zehn Jahren in England nicht geändert.

Ich habe nicht deswegen eine Affäre, weil der Sex mit meinem Mann zu selten oder zu schlecht wäre. Wie ich bereits erwähnte: Er ist ein sehr gewissenhafter Liebhaber. Ich habe zwar jede Menge plausible Gründe für meine Untreue, aber keine Ausrede, die mein Verhalten wirklich entschuldigen würde.

Ich ziehe meinen weißen Kittel über. «Was gibt's denn?»

«Ich muss mit dir reden.»

«Jetzt? Kann das nicht warten?»

Er zögert. «Ich habe bei eBay dieses geniale Motorrad gefunden, eine Indian. Auktionsende ist um Mitternacht, und ich wollte das erst mit dir besprechen –»

Ich muss gestehen, ich dachte, er wollte über etwas anderes reden.

«Ein Motorrad?»

«Komm schon, Ell, du weißt genau, dass ich immer von so einer Maschine geträumt habe. Damit könnte ich superschnell zur Arbeit kommen. Du hast damit ja kein Problem», fügt er mit leicht spitzem Tonfall hinzu, «du wohnst ja quasi direkt neben dem Krankenhaus. Du steckst nicht jeden Tag zwei Mal eine Stunde im dichten Verkehr fest.»

«Ich bin sicher, DuCane Pharma würden dich immer noch –»

«Herrgott nochmal, Ella! Wie oft müssen wir das diskutieren?»

«Du sollst ja kein Geld für ihre Pillen beschaffen», erwidere ich streng. «Schließlich ist uns allen bekannt, dass sie unmoralische, zuhälterische Drogenschieber sind, die auf direktem Wege in der Hölle landen werden, blablabla. Aber das Forschungsprojekt ist etwas anderes –»

«Ach, auf einmal ist Stammzellenforschung in Ordnung?»

«Jackson, ich bin Ärztin. Was willst du von mir hören?»

«Du brauchst dein Gewissen nicht an der Tür abzugeben, wenn du deinen weißen Kittel anziehst, Ella», kontert er bitter. «Nur deine schicken Schuhe.»

Schön wär's.

«Ich verstehe wirklich nicht, was mein Gewissen damit zu tun hat –»

«Ich dachte, dein Job besteht darin, Babys zu retten – nicht, sie umzubringen.»

«Nicht dass das irgendetwas mit Neonatologie zu tun hätte, Jackson», sage ich, zutiefst verletzt, «aber seit wann ist das Herumexperimentieren mit Zygoten das Gleiche wie das Aufspießen von Säuglingen mit Heugabeln?»

«Wie dumm von mir, zu glauben, dass es dir etwas ausmachen würde.»

«Wie dumm von mir, zu glauben, dass man mit dir wie mit einem vernünftigen Erwachsenen reden könnte.»

Was wir uns eigentlich sagen, schwingt nur zwischen den Zeilen mit. Wir wissen beide, worum es hier in Wirklichkeit geht.

Ich wechsele mit dem Handy zum anderen Ohr und kann mich nur mit Mühe beherrschen. Jetzt ist bestimmt nicht der richtige Zeitpunkt, ihn auf unsere Abmachung hinzuweisen. Wir waren uns von Anfang an einig: keine Kinder. Aber das Thema ist einfach nie beendet, denke ich verärgert.

«Hör zu. Ich meinte doch nur –»

«Ich weiß schon, was du meintest, Ella.»

Eine der Eigenschaften, die ich an Jackson immer bewundert habe (und insbesondere, weil sie mir selbst abgeht), ist seine unerschütterliche, geradezu unzeitgemäße Integrität. Er ist ein begnadeter Fundraiser – charmant, aufrichtig und wortgewandt –, und er besitzt jene sympathische Überzeugungskraft, die ihn, wäre er politisch ambitioniert, ins Weiße Haus gebracht hätte. (Obgleich seine unverbesserliche Anständigkeit natürlich ein Handicap gewesen wäre.) In den letzten zwei Jahren haben Headhunter diverser angesehener Nichtregierungsorganisationen ihm sechsstellige Jahresgehälter und ein nach oben offenes Spesenkonto angeboten, wenn er dafür ihre Spendenkampagnen durchführen oder ihre Entwicklungsbüros leiten würde. Alle sind enttäuscht wieder abgezogen – aber erst nachdem Jackson sie dazu überredet hatte, beträchtliche Summen an One World zu spenden, den Linsenesser-und-Achselhaarträger-Wohltätigkeitsverein zugunsten der Umwelt, für den er arbeitet.

Und eine der Eigenschaften, die mich an meinem Mann schon immer genervt hat, ist sein unbeugsamer Südstaaten-Ehrbegriff – immer nach dem Motto: «Friss, Vogel, oder stirb.»

Ich klemme mir das Handy zwischen Kinn und Schulter, um den weißen Kittel über dem Krepprock zuzuknöpfen. Was die schicken Schuhe angeht, sind mir die Hände gebunden. «Gut. Wenn du dich schon entschieden hast.»

«Betrachte es als ein nachträgliches Geburtstagsgeschenk.»

Ich schließe die Augen, heftige Gewissensbisse überfallen mich. «Oh, Jackson. Tut mir leid.»

«Schon gut.»

«Ich stehe im Krankenhaus total unter Strom. Wir haben zu wenig Personal und –»

«Ich sagte, schon gut.»

Schweigen. Wie konnte ich bloß seinen Geburtstag vergessen? Am Valentinstag! Herrgott nochmal. *Das* sollte man sich doch nun wirklich merken können.

Jackson hustet wieder.

«Wie geht's mit deiner Erkältung?», erkundige ich mich schnell und schuldbewusst.

«Offen gestanden, fühle ich mich ziemlich beschissen. Ich glaube, ich brüte da richtig was aus.»

Ich unterdrücke ein Lächeln. Schon erstaunlich, dass ein und derselbe Bazillus so unterschiedliche Wirkungen auf das männliche und das weibliche Immunsystem haben kann. Darüber sollte ich wirklich mal eine Abhandlung schreiben: Ein Virus, das bei einem Weibchen der Spezies lediglich eine laufende Nase hervorruft, verwandelt sich auf wundersame Weise zu einer handfesten Infektion der oberen Luftwege, sobald es auf ein Y-Chromosom trifft ...

«Hör zu, Jackson, am Wochenende machen wir etwas Schönes zusammen. Wir fahren weg, versprochen. Ich werde mir für die Klinik schon irgendeine Ausrede einfallen lassen.»

«Klar.»

«Du darfst dir aussuchen, wohin. Freie Auswahl.»

«Yep. Wie du meinst.»

«Du wirst es ohnehin viel mehr genießen können, wenn es dir wieder bessergeht.» Und dann – teils, um mein Gewissen zu beruhigen, und teils, weil es trotz William und trotz allem anderen wirklich immer noch stimmt – füge ich hinzu: «Ich liebe dich.»

«Ich liebe dich mehr.»

Das ist unsere Standard-Liebeserklärung. Einer jener intimen Wortwechsel, die man in den ersten Monaten einer Beziehung entwickelt und an die man sich später, wenn die Wogen etwas höher schlagen, in einer Mischung aus Aberglauben, Hoffnung und Angst klammert wie an einen Rettungsring.

Die sieben Worte fassen außerdem sehr präzise unsere Ehe zusammen.

Wir haben uns in Amerika kennengelernt, vor elf Jahren, in einem Augenblick, den Meteorologen als den «perfekten Sturm» bezeichnen würden: Ich war müde, ich war verletzlich, und ich war (um ganz ehrlich zu sein) betrunken. Ich ließ zu, dass sich ein kleines Fensterchen in meinem sorgfältig gepflegten Zynismus einen winzigen Spalt öffnete und Jackson erlaubte, hereinzuschlüpfen.

Meine Jungfräulichkeit hatte ich bereits mit siebzehn verloren. (Zusammen mit meinem vierunddreißigjährigen Tennislehrer – das Klischee war mir viel peinlicher als der Umstand, dass meine Großmutter uns in flagranti erwischte. Sie nickte denn auch nur triumphierend, als hätte sie es ohnehin geahnt.) Seitdem hatten all die Männer, mit denen ich mich einließ, nur eines gemeinsam gehabt: Sie waren nicht einmal im Entferntesten zu haben gewesen. Und das war mir auch nur recht so.

Eine zarte Stimme in meinem Kopf sagte mir zwar, dass mein Verhalten nicht gerade von innerer Ausgeglichenheit zeugte, aber ich glaubte, dass sich schon alles einrenken würde, wenn ich nur erst mal den richtigen Mann traf.

Es war also keine Liebe auf den ersten Blick, als Jackson Garrett mitten im Französischen Viertel von New Orleans in die Pianobar in der Bourbon Street schlenderte und direkt auf Lucy und mich zusteuerte, als hätten wir den ganzen Abend nur auf ihn gewartet. Mit Liebe hatte das ganz bestimmt nichts zu tun.

Jackson war – *ist* – der attraktivste Mann, dem ich je begegnet bin. Er hat dieses typisch amerikanische, blendend weiße Filmstarlächeln, und eine Haut, die selbst mitten im englischen Winter golden schimmert. Tiffany-türkisfarbene Augen mit unanständig langen Wimpern und einem Funkeln, dass einem die Haut prickelt und sämtliche Knöpfe sich von selbst öffnen. Und einen Mund, so beweglich und sinnlich, dass man gar nicht anders kann, als jegliche blöde britische Reserviertheit über Bord zu werfen und zu verlangen, dass er einen küsst. *Komm schon, ich habe heute Geburtstag, wie bitte, du bist schüchtern?* (Wenn ich jetzt so zurückdenke, bin ich mir fast sicher, dass an dieser Stelle drei Hurricanes serviert wurden.)

Nach diesem ersten Kuss kramte ich in meiner Tasche nach Feuerzeug und Suchtmittel, während ich darauf wartete, dass er sich jetzt an Lucy heranmachte. Das taten die Männer immer. Das war angesichts von Lucys Fünfziger-Jahre-Kurven, ihrer perfekten Haut und ihrer hüftlangen, goldblonden Haare auch nicht weiter verwunderlich. In unserem ersten Bekanntschaftsjahr hatte ich ernsthaft erwogen, zur Lesbe zu konvertieren. Nach dem allgemein gültigen Gesetz der Anziehungskraft («Es tun sich immer die Menschen zusammen, die auf einer Attraktivitäts-Punkteskala ähnlich abschneiden. Es sei denn, es sind Geld oder Macht im Spiel») rangierte Jackson ganz klar in Lucys Kategorie, nicht in meiner.

Doch als er seinen dunkelblonden Kopf zu mir neigte, murmelte er mir mit seinem vom Rum geschwängerten Atem ins Ohr: «Ich hab's immer gewusst, dass ihr Kolonialisten kein ehrliches Spiel treibt. Ich sollte euch besser alle warnen, ich ergebe mich sehr leicht.»

«Willkommen im Club.»

«Na, das klingt ja vielversprechend.»

«Ja, und noch dazu sind diese Hurricanes heftiger, als sie aussehen.»

Seine Haut roch nach Leder und Seife und regennasser Kiefer. In meinem Bauch regte sich ein leichtes Beben.

Er nahm mir die noch nicht angezündete Zigarette aus den Fingern und führte mich zur Tür. «Ich glaube, wir müssen die Eroberungspolitik unserer beiden Nationen woanders weiterbesprechen.»

Natürlich sollte niemals mehr als nur eine kurze Liebelei daraus werden, schließlich waren Lucy und ich nur übers Wochenende aus North Carolina angereist. Wir hatten uns vorgenommen, die Big-Easy-Philosophie «Kommen Sie nach New Orleans – es wird Sie verändern» am eigenen Leib zu erfahren, bevor wir unseren Abschluss an der Duke University machten, nach London zurückkehrten und uns wieder auf unseren verklemmten britischen Hintern setzten (Lucys Worte).

Lucy winkte mir großzügig hinterher, und ich ging mit ihm nach Hause und schlief mit ihm. *Gleich in der ersten Nacht* (Schande über mich!). Ohne diese dämlichen Spielchen mit den nicht weniger dämlichen Regeln, die vorschreiben, dass man sich vor dem fünften Date überhaupt nicht unterhalb der Taille berühren darf.

Während des Frühstücks am nächsten Morgen – es gab kreolische Beignets, frische Obstpuffer und Zimt-Pfannkuchen; lieber Gott, dieser Mann konnte *kochen*! – tauschten wir die etwas persönlicheren Informationen aus, die wir in der Nacht zugunsten explosiver Liebesspiele vernachlässigt hatten. Wie zum Beispiel unsere Namen. Jackson arbeitete als Fundraiser an der Tulane University in New Orleans. Als ich ihm erzählte, dass ich an der Duke Medizin studierte, verschluckte er sich fast an seinem (starken, schwarzen) Kaffee.

«Ich glaub es nicht! Ich habe gerade einen Job an der Duke bekommen! In drei Wochen ziehe ich dahin.»

Mein Körper schmerzte immer noch auf wohlige Weise von den Anstrengungen der letzten Nacht, und ich beschloss, dass Jackson der perfekte Trost-Liebhaber war. (Ich hatte eine kurze, unglückliche Liaison mit einem verheirateten Geschichtsprofessor gehabt; sie war gerade erst zu Ende gegangen und ganz bestimmt nicht mein Lieblingsthema.) Er war der ideale Kandidat für eine lockere, aufbauende Beziehung, die dabei behilflich ist, ein verletztes Herz nach einer romantischen Bruchlandung wieder zu heilen. Oder zumindest jemand, mit dem man die Schule schwänzen konnte, während man auf den Richtigen wartete. Jackson war nicht, wie er mich seinerzeit selbst warnte, der Mann, den ich mal *heiraten* würde.

Alle Beziehungen bestehen doch in Wirklichkeit aus einem Ungleichgewicht, diese Lektion hatte ich bereits als kleines Kind gelernt. Und wer am wenigsten liebt, besitzt am meisten Macht.

Während meiner Kindheit und Jugend hatte ich mich oft gefragt, warum meine Mutter immer so wirkte, als warte sie auf etwas, das nie kam. Und während ich sie Abend für Abend in ihrem Zimmer in ihr Kissen weinen hörte, hatte ich mir geschworen, dass ich nicht so wie sie enden würde. Ich würde nicht *siebzehn Jahre* lang auf einen charismatischen, unzuverlässigen Mann warten, der nicht die geringste Absicht hatte, jemals seine Frau für mich zu verlassen. Der mich schwängern und unserem Kind außer seinem Namen nichts weiter geben würde, der schließlich sterben und mich sechsundvierzigjährig als eine Art mittellose Witwe in einem immer noch fremden Land mit einer neunjährigen Tochter zurücklassen würde.

Jenem ziemlich unverblümten Rausschmiss aus unserer Wohnung nach dem viel zu frühen Tod von *mon père* folgten drei Wochen, in denen Mum und ich hinten in ihrem uralten grünen Peugeot schliefen und uns von trockenen Baguettes und überreifem Käse ernährten, bevor sie ihre Niederlage einräumte, all ihren Mut zusammennahm und mit der Baskenmütze in der Hand nach Northhamptonshire heimkehrte. Ihr Vater war gestorben, ohne ihr jemals verziehen zu haben. Ihre Mutter bezeichnete mich als den «französischen Bastard». Mir schien das damals angemessen.

Die folgenden neun Jahre hatte ich meine Mutter dabei beobachtet, wie sie um jedes Fitzelchen Anerkennung von der alten Hexe kämpfte. Wie sie sich hoffnungslos abstrampelte, um für ihren einmaligen Akt des Ungehorsams Buße zu tun. (Bis dahin hatte ich noch nicht begriffen, wie sie überhaupt jemals die Courage hatte aufbringen können, nach Paris abzuhauen.) Ich betrachtete in dem von blinden Flecken übersäten Spiegel meine schlichte Erscheinung. Die schrecklichen roten Locken und die Augen, deren Farbe an dünnen Tee erinnerte. Ich war meiner Mutter so unähnlich und darum so eindeutig das Kind meines Vaters, dass ich mich fragte, was sie bloß in ihm gesehen hatte und ob er all das Elend wirklich wert gewesen war.

Als ich achtzehn wurde, floh ich nach Oxford, fest entschlossen, dass ich, was immer auch geschah, niemals von einem Mann abhängig sein würde. Nicht von seiner Liebe und auch nicht von seinem Geld.

Jackson besaß alles, was einen klassischen Herzensbrecher ausmachte: Er war charmant, er war sexy, er war ungebunden. Und er hätte mir Liebeskummer bereiten sollen. Doch obwohl er sogar mit laufender Nase definitiv noch eine Eins minus absahnen würde, und ich nicht einmal an meinem Hochzeitstag nach dem Einsatz einer ganzen Heerschar von Visagisten über eine Drei hinauskomme, wusste ich irgendwie, und zwar vom ersten Tag an, dass ich in dieser Beziehung die Oberhand hatte.

Es lag nicht an einer bestimmten Sache, die er tat, sondern an den tausend winzigen, liebevollen Gesten. Er stellte Sternjasmin im Schlafzimmer auf, weil ich erwähnt hatte, dass ich den Duft mochte. Er blieb die ganze Nacht auf und hörte mich für meine Prüfungen ab, wobei er mir nie böse war, wenn ich ihn vor lauter Prüfungsangst oder aus purer Boshaftigkeit anschrie. Als ich zum Skifahren nach Colorado wollte, fuhr er mit mir dorthin, obwohl er die Kälte mit einer Inbrunst hasste, die nur ein Südstaatenjunge aufbringen konnte, der noch nie einen Nachtfrost erlebt hatte. Er war nicht einfach nur harmoniesüchtig oder chronisch gutgelaunt. Seine Heiterkeit reichte tiefer. Es genügte ihm ganz einfach, mit mir zusammen zu sein. Und egal, was ich vorschlug, er lächelte sein entspanntes Lächeln, bei dem er die Winkel seiner tiefblauen Augen zusammenkniff, und sagte, wenn ich damit zufrieden sei, wäre er es auch.

Unsere kleine Romanze überbrückte die Kluft zwischen Faschingsdienstag und dem echten Leben erstaunlich gut. Wir waren sehr verschieden, und doch verstanden wir einander. Wir wussten beide, wie es war, als Kind unerwartet einen Elternteil zu verlieren – in Jacksons Fall sogar beide: Seine Eltern waren bei einem Hotelbrand ums Leben gekommen, als er elf war, danach hatte ihn sein sechs Jahre älterer Bruder Cooper großgezogen. Wir waren beide auf die harte Tour erwachsen geworden, und wenn wir auch sehr unterschiedlich auf dieses viel zu früh und viel zu schnell entwickelte Bewusstsein von der Vergänglichkeit des Lebens reagierten – er wollte im Hier und Jetzt leben, ich die Zukunft unter Kontrolle haben –, so teilten wir doch die Erfahrung, dass ständig überall das Chaos lauerte. Wir liebten beide Jazz und Blues, Gregory Peck und barocke Architektur. Jackson tat nichts lieber, als friedlich durch die Berge zu wandern, und ich tat es ihm gleich und überwand meine Höhenangst. Wir genossen beide den Kick, den wir beim Wildwasser-Rafting, vom Kajak- und vom Kanufahren bekamen. Zwar vermisste ich die bunten Londoner Lichter, aber wir beide waren in unserer Anfangsphase am allerglücklichsten, wenn wir weit weg von allen Menschenansammlungen waren. Am besten in einer winzigen Blockhütte, vor der uns nur hin und wieder ein harmloser Schwarzbär Gesellschaft leistete.

Natürlich liebte ich ihn. Es war gar nicht möglich, ihn nicht zu lieben. Er gab mir so viel und verlangte kaum etwas von mir. (Das Thema Kinder kam erst viel später auf.) Und er war immer für mich da, er war mein Vertrauter und Begleiter, mein bester Freund.

Das Wichtigste für mich aber war, dass er ein Gegengewicht bildete zu meiner fatalen Schwäche für Männer, mit denen ich nicht umgehen konnte. Männer, die mir *nicht* das Gefühl von Sicherheit vermittelten. Männer wie mein Vater, Männer, die mich in ihren Sog zogen und untergehen ließen.

Drei Monate, nachdem wir uns kennengelernt hatten, fragte ich Jackson, ob er mich heiraten wolle. Ich wusste, dass, ganz gleich, welche Vorbehalte er haben mochte, er nicht nein sagen würde. Ich fragte ihn, weil ich Angst vor dem hatte, was ich tun würde, wenn ich ihn nicht fragte.

Lucy sitzt auf der Schwesternstation und blättert in einer ziemlich dicken Akte. Sie sieht zu mir auf.

«Schöne Schuhe.»

Ich stutze. Doch sie lächelt verschmitzt, und ich lächele zurück, erleichtert über die unerwartete Friedfertigkeit.

Sie reicht mir die Akte. «Tut mir leid, dass ich dich rufen musste. Es geht um Anna Shore.»

Mist. Anna ist eine von Lucys schwierigen Patientinnen aus der Gynäkologie: neununddreißig, sechs Fehlgeburten in fünf Jahren, zwei davon unerträglich spät, in der neunzehnten und zwanzigsten Woche. Diese jüngste Schwangerschaft ist also ihre letzte Chance, ein eigenes Kind zu bekommen. Denn sie und ihr Mann Dean haben bereits beschlossen, dass sie kein weiteres zermürbendes Wechselbad von Hoffnung und Verzweiflung ertragen können, falls dieser Versuch scheitert.

«Wie weit ist sie nochmal?»

«Zweiundzwanzig plus sechs.»

«O Gott.»

Ich überfliege die Unterlagen, um herauszufinden, für wie weit entwickelt wir das Baby halten. Die Politik unseres Krankenhauses lautet, dass wir keine Babys retten, deren Gestationsalter unter dreiundzwanzig Wochen liegt. Das ist die Grenze zur Lebensfähigkeit, und selbst wenn wir eingreifen, sind ihre Überlebenschancen minimal.

Ich bin erleichtert, dass Lucy mich gerufen hat, William wird schon drüber hinwegkommen. Einen solchen Fall möchte ich nur ungern einer Assistenzärztin überlassen.

«Hör mal, Ella», hebt Lucy vorsichtig an, «ich wollte dir gegenüber neulich nicht so ausflippen. Aber ich stand wie unter Schock, als ich euch beide zusammen gesehen habe. Sag William, dass ich mich entschuldige für den Karottensaft. Ich bezahle auch die Reinigung –»

«Vergiss es. Wenigstens war's kein heißer Kaffee.»

«Es ist nur ... Du weißt ja, wie sehr ich Jackson mag, und wenn ich dann an die Sache mit Lawrence denke ...»

«Ist er einverstanden mit einer Paartherapie?»

Lucy sieht aus, als würde sie in sich zusammenschrumpfen. Ihre Haut hängt ihr auf einmal nur noch schlaff und grau an den Knochen. «Er will die Scheidung.»

«Ach, Lucy! Aber nein, das kann doch nicht sein! Das tut mir wirklich leid!»

«Scheiße, Ella, sei jetzt nicht nett zu mir, sonst kann ich mich nicht beherrschen.» Sie reißt sich nur mit großer Mühe zusammen. «Mir ist klar, dass du das alles nicht hören willst, aber ich mache mir Sorgen um dich. Jackson ist so ein guter Mann. Ihr beiden seid wirklich ein tolles Paar. Ich möchte nicht, dass die Sache mit William dir irgendwann um die Ohren fliegt.»

«Ich weiß, ich weiß, das ist alles ein ziemlicher Schlamassel, aber –»

«Acht Jahre, Ella!»

«Ja, du hast ja recht. Es hat sich einfach immer weiterentwickelt. Aber so oft sehen wir uns ja nun auch wieder nicht.» Ich klappe die Akte zu. «Lucy, ich muss dir nicht sagen, was Sache ist, oder? Dir geht es doch in Wirklichkeit um Lawrence und dich, nicht um –»

«Liebst du ihn?»

«Jackson? Oder William?»

«Ella!», ruft sie verärgert.

«So einfach ist das nicht. Das Leben ist nicht nur schwarz und weiß. Du weißt doch, dass –»

«Nein, Ella. Manche Dinge *sind* entweder schwarz oder weiß.» Sie blickt mich durchdringend an. «Als wir studiert haben, war es okay, hier und da mit dem Feuer zu spielen, aber jetzt ist es anders. Wir stecken jetzt mitten im

Leben. Ich dachte, mit Jackson hättest du endlich das gefunden, was du brauchtest. Ich dachte, er wäre die Antwort auf das, was dich innerlich zerfrisst. Aber da habe ich mich wohl geirrt.»

Ich winde mich. Wie sollte ich ihr das auch nur ansatzweise erklären? Als ich Jackson mit fünfundzwanzig geheiratet habe, wollte ich ihm wirklich für immer treu bleiben. Ich nahm an, ihn lieben zu *wollen* sei genug. Aber bereits im ersten Jahr unserer Ehe ging mir auf, dass es noch lange nicht die Erfüllung ist, bekommen zu haben, was man wollte. Jackson war so attraktiv und unbekümmert und sagte nie zu irgendetwas nein. Bis mir irgendwann klar wurde, dass er sich damit auch jeglicher Verantwortung entledigte. Ich hatte keinen ebenbürtigen Partner, sondern ein emotionales Kind geheiratet. Und wieso sollte ich ein weiteres Baby haben wollen – ein Unterfangen, dem ich schon aufgrund der himmelschreienden Inkompetenz meiner eigenen Eltern äußerst ambivalente Gefühle entgegenbrachte –, wenn ich bereits meinen Ehemann bemuttern musste?

Ich hatte gehofft, die Rückkehr nach London würde helfen. Ich dachte, das pulsierende Leben der Großstadt würde auch unsere Beziehung beleben. Doch nur eine Woche vor unserem dritten Hochzeitstag traf ich dann William.

Er war längst nicht so attraktiv und charmant wie Jackson. Sondern zwölf Jahre älter, zynisch, provokant und sehr dominant – all das, was mein weltmännischer, lässiger Mann nicht war. Und im Gegensatz zu Jackson besaß er einfach das gewisse Etwas – und zwar in höchstem Maße.

Ich hatte das Gefühl, als würde ich von einem Zug gerammt. Die sexuelle Anziehung war förmlich mit Händen zu greifen, aber da war auch noch mehr. Als ich ihm begegnete, wurde mir klar, wie sehr ich nicht nur Jackson, sondern auch mir selbst etwas vorgemacht hatte. Ich verwandelte mich in einen ganz anderen Menschen, wenn ich mit William zusammen war. In den Menschen, der ich immer hatte sein wollen: selbstsicher, begehrenswert, aufregend. William forderte mich heraus. Mit ihm zusammen zu sein, kam einem Drahtseilakt gleich. Es war erschreckend und erhebend zugleich. Nur ein Ausrutscher, und ich würde ihn verlieren oder – was noch schlimmer war – mich in ihn verlieben.

Ich habe nie in Erwägung gezogen, Jackson zu verlassen. Ich hatte ihn geheiratet, um mich vor Männern wie William Ashfield zu schützen. Und ich mochte meinen Mann sehr. Das alles war ja nicht seine Schuld. Aber ich konnte die Vorstellung nicht ertragen, den Rest meines Lebens keine intensiveren Gefühle mehr zu empfinden als dieses *Mögen*.

Für William war es das Gleiche wie für mich: eine Flucht.

Zu meinem eigenen Erstaunen kommen mir bei diesen Gedanken jetzt die Tränen. Ich blinzele sie wütend, überrascht und entsetzt weg. Ich spreche eigentlich *nie* bei der Arbeit über mein Privatleben.

«Entschuldige, Ella, ich wollte dich nicht aus der Fassung bringen –»

«Hast du auch nicht. Das ist mein Problem, nicht deins.»

«Ich bin sicher, du weißt, was du tust», antwortet Lucy verunsichert.

«Sollte man meinen, nach acht Jahren.»

Lucy verschränkt die Arme. «Ella, mir ist noch nie jemand begegnet, der sich besser im Griff hat als du. Aber selbst *du* kannst kein Doppelleben führen, ohne dass die beiden Leben hin und wieder miteinander kollidieren – und wenn es nur in deinem Kopf ist. Gefühle suchen sich immer irgendwann einen Weg an die Oberfläche, ob es dir gefällt oder nicht.»

Lucy ist meine liebste Freundin, aber sie hat keine Ahnung, wovon sie redet. Es ist alles in bester Ordnung. Mein Leben ist perfekt organisiert. Alles ist wunderbar ausgeglichen. William und ich haben uns super arrangiert. Jackson wird nichts von uns erfahren. Ich habe alles im Griff.

Als ich das asthmatische Keuchen des viktorianischen Aufzuges höre, zucke ich zusammen. Sofort richtet sich meine volle Konzentration auf die Patientin. *Du flüchtest dich in deine Arbeit und nennst das dann Selbstlosigkeit*, hat Jackson mal gesagt, als er – was selten vorkam – wütend war. *Ich nenne das Feigheit.*

Hektisch rollt das medizinische Personal ein Krankenhausbett aus dem Aufzug. Anna Shores verzweifelter Ehemann hat Schwierigkeiten, die Hand seiner Frau weiterzuhalten, als der Trupp das Rolltempo erhöht. Hinter ihnen eilt Richard Angel den Korridor entlang, der Oberzahlenakrobat des Krankenhauses. Sein dünnes, blondes Haar ist so schlecht geschnitten, dass es schon an Beleidigung grenzt. Er schnippt ständig mit den Fingern, wenn die Arme an der Seite herunterhängen – ein enervierender Tick von ihm.

«Ich würde Sie gerne einen Augenblick …», fängt Angel an.

«Mist», brummt Lucy, «ich wollte dich noch warnen.» Eilig verschwindet sie in das Behandlungszimmer, um Anna zu untersuchen, während Angel und ich uns quer durch die Schwesternstation anfunkeln. Und plötzlich fällt mir siedend heiß ein, dass ich keinen Slip trage.

Als Lucy kurz darauf wiederkommt, steht ihr die Prognose ins Gesicht geschrieben. «Die Medikamente wirken nicht, Ella. Die Frau steckt mitten in den Wehen. Ich habe ihr gesagt, du würdest mit ihr reden und ihr erklären, was jetzt passiert.»

Natürlich. Die schlechten Nachrichten muss immer ich den Leuten beibringen. Lucy ist viel zu schön. Aber ich mit meinen großflächig angelegten Sommersprossen, hässlichen roten Locken und der Depardieu-Nase meines Vaters habe natürlich den passenden Tragödien-Look.

Eine Welle der Traurigkeit durchflutet mich, als ich in Annas Zimmer gehe und mich auf ihre Bettkante setze. Nicht die Angst in ihren Augen ist es, die mich fertigmacht, sondern die beständige Hoffnung.

«Anna», beginne ich sanft. «Wir haben versucht, die Wehen zu stoppen, aber es funktioniert nicht. Sie werden innerhalb der nächsten Stunde ihr Kind zur Welt bringen. Wir haben der Kleinen Steroide verabreicht, um ihre Lungen schneller reifen zu lassen, aber wir hatten leider nicht viel Zeit. Sie ist sehr klein, Anna. Sie wiegt kaum fünfhundert Gramm. Wissen Sie, wie klein das ist?»

«Eine halbe Tüte Zucker», flüstert Anna.

«Sie ist noch so winzig, Anna. Sie ist nicht mal dreiundzwanzig Wochen alt. Ich muss mit Ihnen darüber reden, was das bedeutet, und Sie müssen sehr tapfer sein. Schaffen Sie das?»

Sie sieht zu ihrem Mann, dann nickt sie und umklammert meine Hand.

«In diesem Schwangerschaftsstadium verlieren wir zwei Drittel dieser winzigen Geschöpfe schon während der Geburt. Sie packen das einfach nicht, Anna. Ihre kleinen Lungen sind noch nicht stark genug. Und wenn sie die Geburt überleben, müssen wir ihnen beim Atmen helfen. Wir geben ihnen etwas, das sich Surfactant nennt, das soll verhindern, dass ihre Lungen verkleben, und es soll ihnen das Atmen erleichtern –»

«Was ist mit Hirnschäden?», fragt Dean angsterfüllt.

«Wenn ein Kind so früh geboren wird, besteht ein erhöhtes Risiko, dass es zu intrakranialen Blutungen kommt – zu Gehirnblutungen.»

«Wie groß ist das Risiko?»

«Wenn das Kind noch ganz klein ist, etwa eins zu drei.»

Anna schließt die Augen und wendet den Kopf ab.

O Gott, so ein Gespräch wird nie einfacher, egal, wie oft ich es führe.

«Das bedeutet nicht unbedingt, dass das Kind dann auch einen Hirnschaden davonträgt, Anna. Folgeschäden stellen sich nur bei einem kleinen Prozentsatz aller Fälle ein –»

«Moment mal, stopp. Was heißt ‹Folgeschäden›?», fällt Dean mir ins Wort. «Worüber genau reden wir hier?»

«Eingeschränkte Beweglichkeit zum Beispiel, oder Lernschwierigkeiten in der Schule. Solche Sachen.»

«Und wie lange würde es dauern, bis sie … *normal* wäre?»

«Das können wir bei so kleinen Babys beim besten Willen nicht einschätzen. Es tut mir leid, ich weiß, dass das grausam ist.» Ich halte inne und suche fieberhaft nach den richtigen Worten, um den beiden zu helfen. «Manchmal, wenn die Babys so klein sind wie Ihre Tochter, kann es daher das Beste sein, sie gehen zu lassen. Unser Eingriff kann traumatisieren – sowohl Sie als auch Ihr Baby. Und wenn die Aussichten so ungewiss sind wie –»

«Mir ist es egal, ob sie perfekt ist oder nicht!», bricht es aus Anna hervor. «Und wenn wir sie den Rest unseres Lebens pflegen müssen, dann soll es eben so sein!»

Dean schluckt. «Und wenn sie überlebt? Was dann, Dr. Stuart?»

«Bitte nennen Sie mich doch Ella.» Ich seufze. «Hören Sie, ich will Ihnen nichts vormachen. Ein Baby, das so früh auf die Welt kommt, hat es alles andere als leicht. Aber es hat keinen Zweck, Ihnen Albträume zu bereiten, indem ich Ihnen jedes einzelne Szenario skizziere. Wir müssen uns auf das Hier und Jetzt konzentrieren, nicht darauf, was vielleicht später mal sein wird. Ich möchte, dass Sie sich vollkommen im Klaren darüber sind, was passieren wird, wenn die Geburt erst mal im Gange ist. Denn es wird mir vielleicht nicht möglich sein, es Ihnen währenddessen zu erklären. Es kann sogar sein, dass ich Sie um einige sehr schnelle, sehr schwierige Entscheidungen bitten muss.»

Er nickt, und sein Kiefer arbeitet, als würde er nur mit Mühe die Tränen zurückhalten. Mein Gott, warum wollen manche Menschen bloß unbedingt Eltern werden und riskieren, so etwas wie hier jetzt durchzumachen? Ein Kind zu haben muss sich doch anfühlen, als trüge man den Rest seines Lebens sein Herz außerhalb des Körpers mit sich herum.

«Wenn Sie irgendwann während unserer Wiederbelebungsversuche möchten, dass wir damit aufhören, müssen Sie uns das sagen», füge ich vorsichtig hinzu. «Niemand wird Sie dafür verurteilen.»

Tränen laufen aus Annas geschlossenen Augen. «Es ist mir egal, was Sie machen müssen. Aber geben Sie sie bloß nicht auf. Bitte.»

Die nächsten vierzig Minuten bin ich damit beschäftigt, zusammen mit dem Neonatalteam alles vorzubereiten. Die Wahrscheinlichkeit, dass Annas Kind stirbt, ist hoch. Ich habe schon tausend solcher tragischen Fälle erlebt. Warum geht mir ausgerechnet dieser so unter die Haut?

Richard Angel liegt bereits auf der Lauer, als Lucy mich zu den Geburtsräumen zurückruft. Er wirft einen Blick auf meine scharlachroten High Heels und macht den Mund auf, besinnt sich dann aber eines Besseren.

«Was machen Sie denn noch hier?», will ich wissen. «Wartet zu Hause gar kein Valentinsgeschenk auf Sie?»

Hastig bemüht er sich, mit mir Schritt zu halten, wobei er mit den Fingern schnippt, als sei er ein wandelndes Metronom. «Neue Krankenhauspolitik. Ich möchte informiert werden, wenn eine grenzwertige Frühgeburt ansteht.»

«Grenzwertig?»

«Sie kennen die Politik unseres Krankenhauses, Dr. Stuart. Es handelt sich dabei um eine vollkommen vernünftige –»

«Tut mir leid, Richard. Habe ich Ihren Abschluss des Medizinstudiums verpasst?», zische ich. «Seit wann sind *Sie* denn dafür qualifiziert, die Lebensfähigkeit eines Menschen zu beurteilen? Oder haben Sie auch schon geplant, demnächst durch die Geriatrie zu spazieren und die Stecker herauszuziehen?»

Er sieht mich an, als wolle er mir eine runterhauen. Ich beobachte ihn, wie er mit seiner Wut kämpft, und bin mir im Klaren darüber, dass ich mir soeben einen gefährlichen Dauerfeind geschaffen habe. Was mir allerdings vollkommen gleichgültig ist.

«Irgendjemand muss die Verantwortung für die Operationskosten in diesem Krankenhaus übernehmen, Dr. Stuart. Wenn Ihre Abteilung zu viel Geld ausgibt, müssen wir woanders einsparen. Ein Tag auf der Intensivstation der Neonatologie kostet genauso viel wie –»

«Verlangen Sie etwa von mir, dass ich mich danebenstelle und dabei zusehe, wie dieses Baby stirbt?»

«Dieser *Fötus*», betont er, «ist noch nicht lebensfähig.»

«Neue Sachlage, Richard», blaffe ich ihn an. «Es ist zehn nach zwölf. Das heißt, dieses *Baby* ist seit zehn Minuten dreiundzwanzig Wochen alt und erhält den Hauptgewinn des Tages: eine Chance auf Leben. Und wenn Sie mich jetzt bitte entschuldigen würden, ich habe mich um meine Patientin zu kümmern.»

Eigentlich müsste ich richtig high sein. Angel hatte zwar sowohl die Wahrscheinlichkeit als auch die Statistiken auf seiner Seite – aber allen Unkenrufen zum Trotz ergriff Annas und Deans Baby mit dem passenden Namen Hope die Chance auf Leben, die wir ihm boten. Die Kleine wird die kommenden vier Monate auf der Intensivstation verbringen, ihr winziger Körper dabei an einem Dutzend Schläuche hängen. Es wird Wochen dauern, bis sie selbständig atmen kann – aber sie lebt. Ein Ultraschall des Gehirns hat keine augenfälligen Anomalien gezeigt, aber wir werden noch eine ganze Weile warten müssen, bis wir uns wirklich entspannen können. Das Risiko einer Infektion ist bei einem so kleinen Baby enorm. Aber so weit, so gut.

Das übliche Hochgefühl bleibt jedoch aus. Um kurz nach vier Uhr morgens schleiche ich mich niedergeschlagen in Williams Wohnung. Ein Unbehagen überkommt mich. Zum ersten Mal seit Jahren schmachte ich nach einer Zigarette.

Ich hole mir ein Glas Leitungswasser, werfe vier Eiswürfel hinein und tappe auf Zehenspitzen durch den dunklen Flur zum Schlafzimmer. Als die Eiswürfel geräuschvoll gegen das beschlagene Glas klirren, zucke ich zusammen und bleibe einen Moment lang in der offenen Tür stehen. Wenn er schläft, sieht William jünger aus als achtundvierzig und überhaupt nicht zynisch. Er ist nicht im landläufigen Sinne gutaussehend, dafür sind seine Züge zu unregelmäßig. Eine verblasste, fast acht Zentimeter lange Narbe teilt seinen rechten Kiefer in zwei Hälften – das Ergebnis eines Kletterunfalls, als er elf war. Die Stelle ist empfindlich, und er rasiert immer noch drum herum, was einer der Gründe dafür ist, dass er sich lieber mit einem Dreitagebart schmückt. Ein Dreitagebart, der graumeliert ist, wie mir jetzt auffällt, genau wie sein etwas zu langes Haar. Sein Kopf ist massiv, löwenähnlich, und wenn er lächelt, leuchten seine gelbbraunen Augen wie Kupfer. Ist er wütend, verdunkeln sie sich zu einem Kaffeebohnenbraun. Und wenn er sie auf einen richtet, spürt man erst das ganze Ausmaß seines Charismas, die volle Kraft seiner sexuellen Energie.

Ich bin nicht in ihn verliebt. Ich wusste von Anfang an, dass ich das nicht zulassen durfte – und erst recht nach Zypern. Eine Scheidung von Beth kam für ihn überhaupt nicht in Frage, bei den Problemen, die sie hatte. Außerdem würde ich das auch gar nicht wollen. Das sah unsere Abmachung nie vor.

Schlagartig überfällt mich die Müdigkeit. Ich leere mein Glas, ziehe mich aus und schleiche ins Badezimmer, um mir die Zähne zu putzen. Verärgert stelle ich fest, dass meine Regel zwei Tage zu früh dran ist, und schnappe mir einen Notfalltampon aus meinem Kulturbeutel. Ich muss unbedingt daran denken, nachher in dem Laden an der Ecke eine neue Schachtel zu kaufen.

Es ist halb fünf, als ich endlich neben William ins Bett schlüpfe – zu spät, um da anzuknüpfen, wo wir aufgehört haben. In einer halben Stunde klingelt sein Wecker, denn obwohl ihm eine erfolgreiche PR-Agentur mit über vierzig Angestellten gehört, ist William immer der Erste und der Letzte im Büro. Wenn ich mit Beth und ihren Problemen verheiratet wäre, würde ich es wahrscheinlich genauso machen. Ich kann mich schon glücklich schätzen, dass ich zumindest zu einem Mann nach Hause komme, den ich respektieren kann.

Lucys Worte haben tiefere Spuren bei mir hinterlassen, als ich zugeben möchte. Zum ersten Mal seit langer, langer Zeit gestatte ich mir, darüber nachzudenken, wie mein Leben wohl ohne Jackson verlaufen würde. Es überrascht mich selbst, wie sehr ich mich innerlich gegen diese Vorstellung wehre. Ich weiß genau, dass ich es verdient hätte, ihn zu verlieren. Ich bin immer sehr vorsichtig gewesen und habe meine Gefühle für William stets unter Kontrolle gehalten, habe die Beziehung zu ihm im Kopf und im Herzen fein säuberlich vom Rest meines Lebens getrennt. Ich würde Jackson nie verlassen. Aber ich weiß, dass ihm das nur ein schwacher Trost wäre, sollte er jemals von meiner Affäre erfahren. Es würde ihm das Herz brechen – und das wiederum würde meines brechen.

Mir wird klar, dass jenes unbekannte Gefühl in meiner Magengrube Scham ist. So eine Ehefrau hatte ich nie sein wollen. Ich mache meinem Mann etwas vor. Ich habe ihn nicht nur betrogen, sondern ihm auch das Einzige verweigert, worum er mich je bat. Ein gemeinsames Kind. Aber wäre ein Baby denn wirklich so schlimm?

Mein Handy klingelt und lässt mich zusammenzucken. William bewegt sich, als ich nach dem Telefon greife. Sobald ich die Nummer des Krankenhauses auf dem Display erkenne, sinkt mir das Herz. Die kleine Hope wirkte doch eigentlich stabil, als ich die Intensivstation verließ –

Aber es ist die Notaufnahme, die mich anruft, nicht die Frühchen-Intensivstation. Und als ich ein paar Minuten später auflege, bin ich gar keine Ehefrau mehr, weder eine untreue noch sonst irgendeine.

Ich bin Witwe.

08. März 1997

Chapel Hill Road
Durham
North Carolina 27707

Lieber Cooper,

nein, ich bin noch nicht tot, auch wenn du das ganz bestimmt denkst! Tut mir leid, dass ich mich so lange nicht gemeldet habe, aber die letzten beiden Monate waren wirklich irrsinnig turbulent. Es wäre vieles einfacher, würdest du dir endlich einen Internetzugang anschaffen – wenn du erst mal online bist, kannst du nämlich auch diese blitzschnellen, kleinen, elektronischen Briefe empfangen, E-Mails genannt. Schon mal davon gehört?

Übrigens, ich bin wieder im Land of Tar, du hast ja immer gesagt, dass ich es nicht lange ohne die Berge aushalten würde! Ich hätte dich ja noch angerufen, bevor ich aus New Orleans wegzog, aber dann ging einfach alles so schnell, dass ich gar keine Zeit mehr dazu hatte. In meiner neuen Wohnung gibt es noch kein Telefon, und da der Vermieter sich ziemlich viel Zeit lässt, ist dieser Brief wohl vorläufig mein einziges Lebenszeichen.

Ich habe eine Frau kennengelernt. Sie heißt Ella Stuart und ist die schönste Frau, der ich je begegnet bin. Sie kommt aus England (spricht mit diesem süßen Akzent!) und ist Ärztin – na ja, bald, denn noch studiert sie Medizin an der Duke.

Wahrscheinlich zählst du jetzt bereits zwei und zwei zusammen und schüttelst den Kopf und fragst dich, in was für einen Schlamassel dein kleiner Bruder sich schon wieder gebracht hat. Aber dieses Mal ist es etwas anderes, Coop. Diese Frau ist *die* Frau. Sie hat irgendetwas an sich – sobald du sie kennenlernst, wirst du verstehen, was ich meine.

Wie dem auch sei, vor zwei Wochen, an Karneval, war ich im Famous Door (weißt du noch? Da waren wir beide letztes Mal, als du in New Orleans warst – die Bar, wo dich ein Transvestit angebaggert hat), und sie ist mir gleich in dem Moment aufgefallen, in dem ich den Laden betrat. Man kann sie auch kaum übersehen, Coop, sie hat lange, wilde, rote Haare, wie der Sonnenuntergang, und große, goldene Augen, die mich an Lollys Eistee erinnern. Sie und ihre Freundin lachten miteinander, und in diesem Augenblick drehte sie sich um, und unsere Blicke trafen sich, und irgendetwas in mir sagte einfach nur: «Klick!» Ich stand da wie vom Blitz getroffen. Nach außen wirkte sie so frech und keck, doch unter der Oberfläche ist sie wachsam und sehr sanft.

Ich stehe also da und überlege noch, was ich jetzt Schlaues sagen könnte, als Ella einfach auf mich zukommt und mir einen Kuss gibt! Ich schwöre dir, ich konnte das Kribbeln in den Füßen noch zehn Minuten später spüren. Wie nennt sich so was doch gleich? Liebe auf den ersten Blick. Buchstäblich. Vom ersten Blick an war mir klar, dass mein Leben von nun an ein anderes sein würde.

Ich wette, du sitzt jetzt auf der hinteren Veranda und lachst dich tot. Bestimmt fragst du dich, wie das bloß passieren konnte, dass dein Bruder wegen einer

Frau einen völlig verklärten Blick kriegt und sich aufführt wie ein liebestrunkener Vollidiot. Tja, dann nimm besser mal noch einen Schluck Whisky, Bruderherz, denn das war noch längst nicht alles.

Am nächsten Morgen erzählt sie mir, dass sie an der Duke studiert, und ich habe nichts Besseres zu tun, als zu sagen, dass ich dort gerade einen Job bekommen habe. Frag mich nicht, wieso, Coop. Ich wusste nur, dass ich sie nicht entwischen lassen durfte. In den letzten drei Wochen habe ich also jeden Menschen, der mir auch nur im Geringsten einen Gefallen schuldet, angerufen, und vor zwei Tagen bekam ich dann einen Brief, in dem sie mir eine Stelle am Institut für Geo- und Ozeanwissenschaften anbieten, und zwar ab Montag! Ich verdiene zwar weniger als an der Tulane, aber mir gefällt die Vorstellung, im Umweltbereich zu arbeiten. Von Städteplanung habe ich langsam genug. Also habe ich Wohnung und Job gekündigt und bin gestern hierher nach Durham gefahren.

Jetzt sitze ich in einer gemieteten Wohnung, in der nur ein Bett und ein Stuhl stehen, und überlege, ob ich mich gerade genauso lächerlich gemacht habe wie damals, als der alte Allen mich splitternackt mit Blair im Sägewerk erwischt hat!

Coop, ich bin vollkommen hin und weg von Ella, aber ich weiß nicht genau, wie es um sie steht, und ich habe nicht die leiseste Ahnung, was ich tun soll. Ich will mich ja nicht selbst beweihräuchern, aber sonst stellt sich mir ja immer eher das umgekehrte Problem. Ich spüre, dass sie mich mag, aber ich bin mir ziemlich sicher, dass sie unsere Liaison nur als Wochenendabenteuer betrachtet. Wie kriege ich die Sache unter

Dach und Fach, großer Bruder? Ich glaube, dass Ella ziemlich viele schlechte Erfahrungen mit eher miesen Typen gemacht hat, aber eins muss man mir zubilligen: Ich sage, was ich denke, und ich tue, was ich sage. Wenn ich sie dazu bringen kann, mir zu vertrauen, werde ich ihr nie im Leben Anlass geben, das zu bereuen.

Das ist vielleicht alles nur ein Teil deines berühmten Karma-Kreditplans, was? Jetzt muss ich zahlen für die vielen Herzen, die ich in den letzten Jahren gebrochen habe. Ich freue mich darauf, sie dir und Lolly vorzustellen. Sie ist die Richtige für mich, Coop. Ich sehe uns vor mir, wie wir an Dads altem Lieblingsplatz am See auf der Schaukel sitzen und die Sonne hinter den Bergen untergehen sehen. Ich möchte mit dieser Frau alt werden, mitkriegen, wie unsere Kinder aufwachsen, und Enkelkinder auf dem Schoß wiegen, wie unser Grandpa es mit uns gemacht hat. Ich darf's einfach nicht vermasseln, Coop.

Ich mach jetzt mal besser Schluss und packe noch ein paar Kisten aus, bevor sie kommt. Vielleicht kann ich auch noch irgendwo etwas Jasmin auftreiben – sie hat gesagt, das ist ihr Lieblingsduft. Genau wie Moms. Mann, wie ich sie immer noch vermisse.

Schreib bald, gib Lolly einen Kuss von mir, und kümmer dich endlich um einen Computer!

Jackson

2

William

Allmächtiger, der arme Kerl war doch erst einundvierzig. Sieben Jahre jünger als ich. Und ein ganzes Stück fitter. Jedes Wochenende Tennis, Radfahren, Joggen an der Themse entlang. Man liest ja oft von diesen Gesundheitsfanatikern, die plötzlich aus ihren Hightech-Jogginglatschen kippen. Aber Jackson hat nicht vom Joggen einen Herzanfall bekommen, sondern von einem beschissenen *Virus*. Oh, Mann.

Da fängt man wirklich an, nachzudenken. Hey, das könnte jedem passieren – ich könnte der Nächste sein. Ella sagt zwar, dass es nichts Ansteckendes ist, dass es nur eines von diesen fiesen Viren war, die wie aus dem Nichts auftauchen, aber seien wir doch mal ehrlich: Sie ist Kinderärztin, keine Immunologin …

«Alles in Ordnung, Mr. Ashfield?»

Ich zucke zusammen. «Tut mir leid, Carolyn, ich war ganz woanders.»

Meine Assistentin schaut auf ihren Notizblock. Durch die Bluse kann ich sehen, dass die Klimaanlage sie frösteln lässt. «Joe braucht eine Antwort auf den Vorschlag von Brunswick. Ich habe ihm gesagt, dass Sie immer noch auf eine Rückmeldung von Natascha warten und sich nach dem Wochenende bei ihm melden werden. Begeistert ist er nicht gerade, aber er kann damit leben.»

«Gut. Haben wir schon von Sky gehört, wegen des Interviews mit Malinche Lyon?»

«Nein, noch nicht. Sie haben ungefähr ein Dutzend Nachrichten von Andammon, die wollen wirklich gerne –»

«Kein Interesse. Unsere Spitzenkunden werden uns aufs Dach steigen, wenn wir anfangen, die Ehefrauen von Fußballern zu vertreten. Sagen Sie denen, dass wir momentan keine neuen Klienten annehmen, und geben Sie ihnen Cliffords Nummer.»

Ich schaue ihr nach, wie sie mit ihrem süßen Po aus meinem Büro wackelt, dann drehe ich mich mit dem Stuhl um in Richtung Fenster. Den phantastischen Panoramablick auf Canary Wharf nehme ich irgendwie nicht mehr wahr. Schon komisch, dass man jahrelang auf etwas hinarbeiten kann und es dann, ein halbes Jahr nachdem man es erreicht hat, kaum noch bemerkt.

Ich muss ständig an Ellas Mann denken. Was im Grunde paradox ist, wenn man überlegt, dass ich die letzten acht Jahre hindurch regelmäßig mit seiner Frau im Bett war und bis vor einer Woche kaum je einen Gedanken an ihn verschwendet habe.

Ich bin wirklich nicht stolz darauf. Mit der Frau eines anderen Mannes herumzumachen ist nichts, was ich auf die leichte Schulter nehmen würde. Wenn Jackson herausgefunden hätte, was los ist, hätte er mir mit Fug und Recht die Eier abschneiden dürfen. Zu meiner Verteidigung ist allerdings zu sagen, dass ich nie vorhatte, ihre Ehe zu zerstören. Na ja, vielleicht, wenn Beth nicht gewesen wäre – wenn sie nicht so wäre, wie sie ist …

Es war von Anfang an auf beiden Seiten vollkommen klar, dass eine Scheidung für keinen von uns in Frage kam. Und erst recht nicht nach Zypern. Ella wollte es so und nicht anders.

Und doch. Sie war in meinem Bett, als sie erfuhr, dass

ihr Mann das Zeitliche gesegnet hatte. Natürlich war es nicht meine Schuld, aber irgendwie habe ich doch ein ziemlich mulmiges Gefühl dabei.

Jetzt glaubt sie, dass alles anders gelaufen wäre, wenn sie bei ihm gewesen wäre. Sie meint, dass sie vielleicht entsprechende Anzeichen erkannt hätte – obwohl das Problem, soweit ich das verstanden habe, genau darin bestand, dass es keine Anzeichen gab.

Ich habe Ella noch nie mit einem schlechten Gewissen erlebt. Selbstzweifel, von denen wir Normalsterblichen so oft zerfressen werden, kennt sie überhaupt nicht, und genau diese Selbstsicherheit macht sie so unglaublich sexy. Ist auch ziemlich praktisch für eine Ärztin; wenn man über jede lebenswichtige Entscheidung immer doppelt und dreifach nachdenken würde, würde man wahrscheinlich verrückt werden. Ich vermute, diese gewisse Vermessenheit ereilt früher oder später jeden. Selbst die eiserne, schöne Ella.

In einem Versuch, meine drückende Müdigkeit zu vertreiben, reibe ich mir das Gesicht. Ich habe in letzter Zeit nicht gut geschlafen. Beth geht es zurzeit nicht besonders. Ich hoffe immer noch, dass sie einfach nur unsere Jungs vermisst und dass wir uns nicht schon wieder auf einer Talfahrt befinden. Doch gleichzeitig muss ich zu Hause mit jeder Menge träger Unlust kämpfen: Cate steckt in einer ähnlichen Phase, und Mütter und Töchter sind selbst in einem normalen Haushalt immer so eine Sache für sich.

Und jetzt das mit Ella. Keine Ahnung, wie sich bei ihr alles entwickeln wird. Auf einmal ist sie Single. Nach all den Jahren ist sie auf einmal zu haben.

Mein Handy brummt.

«Cate!», begrüße ich sie erfreut. Ein unaufgeforderter

Anruf meiner siebzehnjährigen Tochter ist eine seltene Ehre. «Ich habe gerade an dich gedacht –»

«Dad», fällt sie mir ins Wort, «du musst nach Hause kommen. Schnell.»

Im Haus ist es kalt und still, als ich die Tür öffne. Es riecht verbrannt. Ich werfe meine Aktentasche auf den Tisch im Eingang und spurte in die Küche. Im Aga-Herd befinden sich die verkohlten Überreste des Schmorbratens, den ich um sechs Uhr heute früh hineingestellt hatte. Mit der Faust malträtiere ich die Wand. *Verdammt nochmal, Beth!* Ich mag kein Jamie Oliver sein, aber ich war in aller Herrgottsfrühe auf, um im Dunkeln die blöden Karotten zu schälen! Ich hatte dich lediglich gebeten, die Schmorpfanne vormittags wieder herauszuholen. Ist das denn wirklich zu viel verlangt?

Ich werfe die schwarzen Reste ins Spülbecken und lasse heißes Wasser darüberlaufen. Ich kann mich nur mit Mühe beherrschen. Es ist nicht ihre Schuld. *Es ist nicht ihre Schuld.* Aber es ist, zum Teufel, auch nicht meine!

Ich gehe nach oben. Aus Cates Zimmer kann ich Musik hören, aber ihre Zimmertür ist zu. Ich hebe die Hand, um anzuklopfen, überlege es mir dann aber doch noch anders. Cate ist ziemlich clever für ihr Alter, aber sie ist eben doch noch ein Kind. Sie sollte für Popstars schwärmen, sich für Klamotten interessieren und Prüfungsangst haben, nicht mir dabei helfen, unsere Familie zusammenzuhalten.

Ich gehe in unser Schlafzimmer. Beth sitzt in ihrem formlosen, rosafarbenen Nachthemd auf der Kante des ungemachten Bettes und lässt die nackten Füße über den Frotteepantoffeln baumeln. Soweit ich das beurteilen kann, hat sie sich keinen Millimeter bewegt, seit ich heute Morgen das Schlafzimmer verlassen habe.

Mich beschleicht eine düstere Vorahnung. So habe ich sie seit Jahren nicht erlebt, nicht seit Sam klein war. Ich spreche sie an, aber sie reagiert nicht. Selbst als ich vor ihr niederkauere und noch einmal ihren Namen sage, signalisiert sie nicht mal mit einem Blick, dass sie mich gehört hat.

«Beth, Liebling, komm schon, das kannst du mir nicht antun. Du musst es *versuchen.*»

Sachte umfasse ich ihr Kinn mit Daumen und Zeigefinger und drehe ihr Gesicht zu mir hin. Sie blinzelt, als hätte ich sie mit einer Lampe geblendet.

«Ich weiß, du bist da drin, Liebes. Ich werde es nicht zulassen, dass du aufgibst.»

Ihre wässrigen blauen Augen sind zwar ausdruckslos, aber immer noch klar, stelle ich erleichtert fest.

«Komm schon, Liebling. Natürlich vermisst du die Jungs, aber sie kommen ja wieder, sobald Ferien sind. Sam hat bald ein Urlaubswochenende, und Ben kommt in ein paar Wochen aus Oxford –»

«Ich will sterben», sagt meine Frau.

Großartig. Wenigstens redet sie.

«Aber das meinst du doch gar nicht ernst.»

«Ich will mich nicht mehr so fühlen. Ich will, dass es endlich vorbei ist. Ich will einfach nicht mehr sein.»

Ich stehe auf und knipse die Nachttischlampe an, die das Zimmer mit Licht durchflutet. Dann ziehe ich die Vorhänge zu, die ich heute Morgen aufgezogen habe. «Das ist doch keine Lösung, Beth. Für mich ist das auch nicht gerade ein Zuckerschlecken. Aber wir werden das schon durchstehen, das haben wir bisher immer geschafft. Vielleicht sollten wir uns nochmal an Dr. Stone wenden und um ein weiteres Rezept bitten. Vielleicht die Dosierung erhöhen.»

«Ich möchte mich nicht mehr zudröhnen.»

Ich schon. Und zwar mit dem Hanfzeug, das mein ältester Sohn gleich neben dem Apfelbaum und zwischen den Tomatenpflanzen heimlich unter Glas heranzüchtet.

«Beth, Schatz, du musst doch einsehen, dass du so nicht weitermachen kannst», rede ich ihr zwischen zusammengebissenen Zähnen hindurch zu. «Schau dich bloß an: Du hast dich zwölf Stunden lang nicht vom Fleck gerührt. Du hast es nicht mal geschafft, dich anzuziehen oder das Abendessen aus dem Ofen zu nehmen, ganz zu schweigen davon, dich um Cate zu kümmern. Liebling, du kannst ja nicht mal für dich selbst sorgen!»

Ihr immer noch hübsches Gesicht wirkt wie eine starre Maske. Ich habe keine Ahnung, was – und ob überhaupt irgendetwas – in ihrem Kopf vor sich geht. Ich kann es nicht ausstehen, wenn sie so zumacht.

Ich widerstehe dem Drang, eine Antwort aus ihr herauszuschütteln. Sie kann nichts dafür. Das muss ich mir immer wieder vor Augen halten.

«Hör zu, Liebling. Wenn wir deine Medikamentierung ändern müssen, dann werden wir das eben tun. Ich nehme mir frei, obwohl ich keine Ahnung habe, wie, und dann fahren wir eine Weile weg und –»

«Kapierst du es denn nicht?», bricht es unerwartet aus Beth hervor. «Es geht nicht darum, dass die Jungs ausgezogen sind. Es geht auch nicht um irgendetwas anderes. *Ich* bin das Problem. Ich, die Person, die ich bin. Und das wird sich nie ändern. Du kannst mich nicht aufheitern oder mich mit einem Ausflug ans Meer davon ablenken. Meinst du denn nicht, ich würde alles geben, um nicht so sein zu müssen?» Sie schlägt sich mit der Faust auf den Oberschenkel. «Ich wäre lieber tot, als dass ich auch nur noch einmal mehr morgens aufwache und mich so fühle wie heute, und der einzige Grund dafür, dass ich immer noch hier sitze, ist, dass ich viel zu feige bin, um wirklich etwas dagegen zu unternehmen!»

Sie vergräbt das Gesicht in den Händen, und ich will gerade wie üblich tröstend den Arm um sie legen, als ich auf einmal an Ella denken muss, die in den letzten acht Jahren mein Rettungsanker gewesen ist – die starke, furchtlose Ella, die nun von einer Minute auf die andere aus der Bahn geworfen wurde durch Jacksons Tod. Ich habe eine Heidenangst davor, was das jetzt für uns alle bedeutet, und davor, dass ich alles verlieren könnte.

Meine Angst verwandelt sich in rasende Wut. «Für dich mag der Tod ja die bessere Alternative sein, aber hast du schon mal darüber nachgedacht, was mit denen ist, die du zurücklässt?», herrsche ich sie an. «Was ist mit Ben? Was mit Cate? Und mit Sam? Und was ist mit *mir*?»

«Dir würde es ohne mich doch viel bessergehen.»

Zu meiner Schande widerspreche ich ihr nicht.

Ich beruhige und besänftige meine Frau nun schon seit einundzwanzig Jahren. Ich beiße mir auf die Zunge und mache einfach weiter. Ich habe nicht alle Teile des Eheversprechens gehalten, möge Gott mir verzeihen, aber ich habe den Teil erfüllt, der am meisten zählt: Sie ist meine Frau, in guten wie in schlechten Zeiten. Selbst in ihren allerschlechtesten Zeiten, selbst wenn sie nicht einmal mehr ihren eigenen Namen weiß. Ich habe sie so sehr geliebt, wie ich konnte, so gut ich konnte. Natürlich hatte ich hier und da mal eine Affäre – ich bin schließlich auch nur ein Mensch –, aber das war nie etwas Ernstes. Bis Ella kam. Und sie hat von Anfang an klargestellt, dass sie ihren Mann nicht verlassen würde.

Doch plötzlich ist die Quelle meines Mitgefühls versiegt. Ich bin es so leid, Beth Tag für Tag mitzutragen. Ich bin ihrer Depression, ihrer Trägheit, ihres ständigen, unerbittlichen Elends so müde.

«Reiß dich zusammen, Beth», raunze ich sie schließlich an und verlasse das Zimmer.

Es fing an, als Cate geboren wurde. Beth war schon immer eine nervöse Natur gewesen, aber bis zu dem Zeitpunkt hatte ich das stets ihrem PMS und ihrem künstlerischen Temperament zugeschrieben. Wir hatten uns bei einer Ausstellung studentischer Werke an der Kunsthochschule Saint Martin kennengelernt. Sowohl Beth als auch eine Cousine von mir stellten dort aus. Ich weiß nicht mehr, wie wir ins Gespräch kamen. Beth hat das Studium dann nicht abgeschlossen. Ben durchkreuzte mitten im letzten Studienjahr ihre Pläne.

Sie war zwanzig, sieben Jahre jünger als ich und hübsch – auf eine jungfräuliche Mädchen-von-nebenan-Weise. Sie strahlte etwas Altmodisches aus. Das lag zum einen daran, dass sie ihren hellen, schulterlangen Bob mit einem Haarband á la Alice im Wunderland zurückhielt, zum anderen daran, dass sie meist Kaschmir-Twinsets und Perlen trug und damit mehr einer Debütantin ähnelte als einer am Hungertuch nagenden Künstlerin. Am meisten berührte mich jedoch die Verletzlichkeit, die in ihren blassblauen Augen lag. Sie wirkte zerbrechlich, gebrochen, als müsste sie irgendwie wieder hergerichtet werden. Ich war auf der Suche nach einem wissenschaftlichen Projekt – und hatte es in Beth Llewellyn gefunden.

Noch dazu war sie im Bett geradezu unersättlich. Ich war noch nie einer Frau begegnet, die so oft Sex haben wollte wie Beth. Und gerade der Umstand, dass ich das nicht erwartet hatte, machte die Sache noch einen Tick erotischer. In den zehn Jahren davor war ich immer knapp an der Pleite vorbeigeschrammt, weil ich die Frauen mit luxuriösen Abendessen und üppigen Blumensträußen ins Bett locken wollte. Und jetzt hatte ich diese schüchterne englische Rose gefunden, die mir praktisch jedes Mal, wenn ich zur Tür hereinkam, die Kleider vom Leib riss.

Dummerweise ging ich wie selbstverständlich davon aus, dass sie sich um die Verhütung kümmerte. Erst nachdem zwei Monatsblutungen ausgeblieben waren, erzählte sie mir auf ihre arglose Weise, dass sie mit der Pille aufgehört hatte, weil ihr davon schlecht wurde. Selbstverständlich schlug ich vor, sie zu heiraten. Ich hatte schon lange nach einer Möglichkeit gesucht, meiner Mutter eins auszuwischen – und sie hatte Beth nie leiden können.

Bei unserer Hochzeit waren sich alle einig, dass wir perfekt zueinanderpassten. Ich muss zugeben, dass ich nicht gerade bis über beide Ohren verliebt war, aber wir verstanden uns gut. Ich hatte auch nie ein Geheimnis daraus gemacht, dass ich mit einer netten Frau sesshaft werden wollte, die sich gerne um Haus und Herd kümmerte, während ich irgendwo da draußen unseren Lebensunterhalt verdiente. Ich wollte keine komplizierte Karrierefrau – von männermordenden Alphaweibchen hatte ich mehr als genug gehabt. Ich wollte bestimmt nicht wie mein armer Vater enden.

Aber das, was ich für traute Einigkeit gehalten hatte, war in Wirklichkeit Apathie. Beths Einwilligung in alles entsprang weniger ihrem Wunsch, es mir recht zu machen, als vielmehr ihrer generellen Gleichgültigkeit. Ihr war alles egal. Immer.

Ich suchte das erste Haus aus, das wir kauften, die Möbel, die wir hineinstellten, selbst die Kissen für das Sofa. Ich redete mir ein, es läge an ihren Hormonen. Schwangere sind ja meist sehr gelassen und ruhig. Das war doch sicher ein gutes Zeichen, oder? Immer noch besser, als mit Kochtöpfen zu werfen und mich auszuquetschen, ob ich eine Affäre habe.

Das kam dann erst nach Bens Geburt, vier Monate nach der Hochzeit. Der arme, kleine Wicht muss sich gefragt haben, ob er in ein Kriegsgebiet hineingeboren wurde. Die ersten Monate seines Lebens schrien Beth und ich uns unentwegt an. Sie brach in Tränen aus, wenn ich Vollmilch kaufte statt fettarmer. Sie brach mir fast die Nase, als ich einmal vergaß, ihre Lieblingsserie aufzunehmen, während sie einkaufen war. Wir haben mehr Geschirr zerdeppert als ein griechisches Restaurant.

Doch zwischen unseren Auseinandersetzungen hatten wir dann jedes Mal atemberaubenden Versöhnungssex. Und als Beth neun Wochen nach Bens Geburt erneut schwanger war, beruhigte sich alles. Sie schien wieder ganz die Alte zu sein, saß stundenlang im Garten und wiegte Ben im Kinderwagen, während sie sich über den wachsenden Bauch strich und so wirkte, als sei sie zufrieden damit, ganz in ihrer Rolle als Hausfrau und Mutter aufzugehen.

Als Cate geboren wurde, machte ich mich schon wieder auf fliegende Teller gefasst – doch sie blieben aus. Stattdessen glitt Beth unvermittelt in einen Zustand teilnahmsloser Trübsal. Manchmal, wenn ich nach Hause kam, stand sie tränenüberströmt in der Küche mit den Händen im Abwasch und war nicht in der Lage, mir zu sagen, was los war.

Schon bald wurde selbst einem starrköpfigen jungen Mann wie mir klar, dass es sich hier nicht um einen normalen Baby-Blues handelte. Beth aß nicht, Beth schlief nicht, und ihre Launen schwankten zwischen Mir-den-Kopf-abreißen-Wollen und vollkommener Katatonie.

«Sie geht unter, William», warnte mich Clara, Beths äußerst patente Mutter. «Ich bin sicher, du tust dein Bestes, aber sie braucht professionelle Hilfe. Es nützt nichts, darauf zu warten, dass es ihr bessergeht. Beth ist es schon immer schwergefallen, ihr Leben in die eigenen Hände zu nehmen. Du musst das für sie übernehmen.»

Leichter gesagt als getan. Ich versuchte, weniger zu arbeiten. Aber ich war noch dabei, meine Firma aufzubauen, und konnte es mir nicht leisten, zu Hause auf die Kinder aufzupassen, während meine Frau komatös vor der Glotze hing und *Neighbours* guckte. Ich schaffte es immerhin, Ben und Cate an zwei Vormittagen pro Woche in einer Kindertagesstätte im Gemeindezentrum unterzubringen, und besorgte uns für einmal die Woche eine Putzfrau, die wir uns kaum leisten konnten. Bald würde sich bestimmt alles wieder einrenken, glaubte ich.

Sechs Wochen später wartete die Polizei vor der Haustür, als ich nach Hause kam. Es hatte einen Unfall gegeben. Die Kinder saßen in ihren Kindersitzen festgeschnallt im Auto, während Beth schnell zum Metzger reingesprungen war. Die Handbremse war nicht angezogen gewesen, und das Auto stand auf einer abschüssigen Straße geparkt …

«Es grenzt an ein Wunder, dass niemand ernsthaft verletzt wurde», erklärte der junge Polizeibeamte mir auf dem Weg zum Krankenhaus. «Das Auto Ihrer Frau hat die vierspurige A22 überquert, eine Gartenmauer umgelegt und ist dann im Wohnzimmer einer alten Dame zum Stehen gekommen.»

Ich dankte Gott, dass das einzige Opfer der Wellensittich der alten Dame war, und drückte meine Kinder ein wenig fester als üblich an mich, als ich sie ins Bett brachte.

«Ich wollte ihnen doch nicht wehtun, William», jammerte Beth später am Abend, «aber Cate hat einfach nicht aufgehört zu weinen. Und dann fing Ben auch noch an zu schreien, und ich habe das nicht mehr ausgehalten ... Ich dachte, wenn ich doch bloß ... Ich wollte doch nur, dass sie damit aufhören ...»

Ihr Geständnis erschütterte mich, und insgeheim schämte ich mich für meine Nachlässigkeit. Am nächsten Tag ging ich mit Beth zu einem Psychiater, der eine schwere postnatale Depression diagnostizierte und ihr Antidepressiva verschrieb. Als meine Frau anfing, sich selbst als die Jungfrau Maria zu bezeichnen und um drei Uhr morgens den Dachboden für die zweite Erscheinung aufräumte, gab er ihr stattdessen Antipsychotika. Darauf reagierte sie, indem sie im Garten einen Scheiterhaufen auftürmte.

Ich ging nochmal mit ihr zum Arzt. «Wir müssen vielleicht über Elektrokrampftherapie nachdenken», lautete der düstere Rat.

Der Gedanke, meine Frau an das Stromnetz anzuschließen, stieß mich dermaßen ab, dass ich dem Arzt sagte, wo er sich seine Frankensteintherapie hinschieben könne. In der folgenden Woche wechselten Clara und ich uns damit ab, Beth zu beaufsichtigen, nur für den Fall, dass sie noch einmal Unfug mit den Kindern anstellte. Und um ihr ihre Tabletten ins Essen zu mahlen, nachdem ich festgestellt hatte, dass sie sie immer in der Hosentasche verschwinden ließ.

Dann rief eines Tages Clara bei mir im Büro an und erzählte, dass sie Beth dabei erwischt habe, wie sie die vier Monate alte Cate mit Salz zwangsfütterte, um sie zu «läutern». Widerstrebend willigte ich in die EKT ein.

Zwei Monate lang fuhr ich Beth drei Mal pro Woche in die eine Stunde entfernte psychiatrische Privatklinik, während Clara und Beths beste Freundin Eithne auf die

Kinder aufpassten. Ich saß mit meinem hypermodernen Mobiltelefon im Auto vor der Klinik und versuchte, mein langsam zugrunde gehendes Geschäft vor dem Untergang zu bewahren. Währenddessen wurde meine Frau betäubt, mit Elektroden beklebt und mit Stromschlägen in Krampfzustände versetzt. Manchmal war sie hinterher so verwirrt, dass sie nicht einmal mehr wusste, wer sie war. Ich fuhr sie nach Hause und brachte sie ins Bett, dankbar, dass die Kinder noch zu klein waren, um sich später an diese verstörte, vor sich hin plappernde Frau erinnern zu können, die zu jeder Tages- und Nachtzeit in ihrem Nachthemd durchs Haus geisterte.

Es war der Stoff, aus dem Horrorfilme gemacht werden, doch die EKT wirkte. Innerhalb weniger Wochen verbesserte sich Beths Zustand. Und als Cate ein halbes Jahr alt war, war ihre Mutter wieder fast ganz sie selbst – wenn auch in einer drastisch abgedämpften Version.

Die Behandlung hatte große Teile ihres Gedächtnisses ausgelöscht. Manche davon für immer. Sie konnte sich zum Beispiel nicht mehr daran erinnern, wie sie mich kennengelernt hatte, oder an die Geburten von Ben und Cate. Der Gedächtnisverlust hatte auch seine guten Seiten: Beth vergaß nämlich Gott sei Dank auch, dass sie früher so gerne *EastEnders* geguckt hatte. Aber sie war vergesslich und unsicher geworden. Ihr Selbstvertrauen, das nie besonders groß gewesen war, schrumpfte derart zusammen, dass sie beim bloßen Gedanken daran, einen Raum voller fremder Menschen zu betreten, in Tränen ausbrechen konnte.

Ihre Stimmungsschwankungen wurden mit einer ständig wechselnden Mischung aus Antidepressiva und Beruhigungsmitteln in Schach gehalten. Hin und wieder beklagte sie sich, sie habe jegliches Gefühl verloren. «Ich bin wie betäubt, William. Ich kann keine Freude empfinden und keine Trauer. Ich spüre überhaupt nichts mehr.» Doch jedes Mal, wenn sie versuchte, die Medikamente auf einen Schlag abzusetzen, packte sie wieder die Depression.

Leider raubten die Medikamente Beth auch ihre Libido. Sie schlief nicht einfach nur viel seltener mit mir – sie verweigerte sich vielmehr komplett.

Die Auswirkungen auf unsere Ehe waren katastrophal. Zwischen meiner Frau und mir fand praktisch keine Kommunikation mehr statt – weder im Schlafzimmer noch sonst wo. Wenn die Kinder nicht gewesen wären, weiß ich wirklich nicht, ob ich geblieben wäre.

Als Cate und Ben drei und vier waren, kam ich eines Tages von einer Geschäftsreise nach Dublin zurück und fand meine Frau im benachbarten Obstgarten, wo sie splitterfasernackt herumrannte und Fünf-Pfund-Scheine an Passanten verteilte.

«Na, wenigstens wissen wir jetzt, wo das Problem liegt», stellte der Arzt später fest. Er diagnostizierte eine manische Depression und verschrieb ihr Lithium. «Das dürfte ihr dabei helfen, wieder sie selbst zu werden. Es erstaunt mich, dass wir nicht schon früher darauf gekommen sind, aber möglicherweise wurde das Ganze erst durch die postnatale Depression ausgelöst. Und die Medikamente, die sie seitdem erhalten hat, haben ihren Zustand schlicht verschleiert. Haben Sie denn vor der ersten Schwangerschaft ihrer Frau jemals irgendwelche manischen Tendenzen an ihr beobachtet?»

«Wie zum Beispiel?»

«Leichtsinniges Verhalten, überbordende Energie, Geld mit beiden Händen zum Fenster rauswerfen – solche Sachen.»

«Sie haben soeben neunzig Prozent meiner früheren

Freundinnen beschrieben, aber nicht Beth. Sie hat manchmal nachts gemalt. Ganze Leinwände hat sie in einer einzigen Sitzung fertiggestellt. Aber so arbeiten Künstler doch nun mal, oder? Abgesehen davon, wüsste ich nicht –»

«Abnorm gesteigerte Libido vielleicht?», fragte der Arzt und notierte etwas auf seinem Block.

«Ah», machte ich nur.

Das Lithium ermöglichte es Beth, ihre Stimmungsschwankungen unter Kontrolle zu halten, ohne dass es sie in einen Zombie verwandelte. Nach und nach nahm sie die Fäden ihres alten Lebens wieder auf. Auch im Bett wurde es besser, obwohl der Sex ausschließlich auf meine Initiative hin stattfand. Hin und wieder weinte sie grundlos oder stürzte sich mit etwas zu viel Energie in neue Projekte (halbfertige Wandteppiche und unförmige Tongefäße verschandelten das Haus), aber im Großen und Ganzen war ein Zustand erreicht, der für Außenstehende einen völlig normalen Eindruck machen musste. Ich war zuversichtlich, dass Ben und Cate sich in ihrem späteren Leben so an ihre Mutter erinnern würden, wie sie jetzt war.

Und dann, als Cate neun war, wurde Beth wieder schwanger.

Als in der neunundzwanzigsten Woche viel zu früh die Wehen einsetzten, galt meine erste Sorge meiner Frau, nicht dem Baby. Die Schwangerschaft war äußerst sorgfältig begleitet worden. Die Lithium-Dosis war reduziert, aber aufgrund der Rückfallgefahr nicht komplett eingestellt worden. Das Einzige, woran ich denken konnte, seit ich erfahren hatte, wie verdammt unzuverlässig (im Urlaub auf Rhodos gekaufte) griechische Kondome sind, war, ob diese Geburt eine weitere psychotische Phase auslösen würde.

Doch als wir in den Kreißsaal kamen, packte mich eine neue, grauenhafte Angst: Dass ich meinen Sohn nach all den Risiken, die wir auf uns genommen hatten, um sein Überleben zu sichern, verlieren würde, bevor er überhaupt geboren war.

«Ich habe», erklärte die Ärztin, «eine Neonatologin dazugerufen. Nur um ganz sicherzugehen. Sie ist eine der besten. Ihr Sohn ist bei ihr in guten Händen, das verspreche ich Ihnen.»

Und so habe ich Ella kennengelernt.

«Ich bin verheiratet», hatte sie gesagt.

«Ich auch.»

«Ich bin *glücklich* verheiratet», betonte Ella. «Ich habe nicht vor, meinen Mann zu verlassen.»

«Und ich verspreche dir, dass ich nicht vorhabe, meine Frau zu verlassen», erklärte ich.

«Wenn das so ist», erwiderte Ella, «was machen wir dann eigentlich hier?»

«Wenn ich das wirklich erklären muss, dann habe ich gerade den zweiten großen Fehler meines Lebens begangen.»

Ihre seltsam goldenen Augen blitzten amüsiert auf, ihre verrückten roten Spiralenhaare standen in alle Richtungen. Sie sprudelte vor Energie, von den Spitzen ihrer langen, zarten Finger zu den mörderischen Spitzen ihrer lilafarbenen, hochhackigen Stiefel (nicht gerade die Sorte Schuhe, die man unter dem Kittel einer Ärztin erwarten würde). Sie war nicht wirklich schön – da machten ihr ihre große Nase und die Sommersprossen einen Strich durch die Rechnung. Aber sie war die faszinierendste Frau, der ich je begegnet war. Sie war groß, fast eins achtzig, und hatte eine erstklassige Figur. Ihr Mund war breit, ihre Lippen voll, ihr Lächeln weiß und gleichmäßig. Hätte sie nicht die sehr individuelle Lücke zwischen den vorderen Schneidezähnen gehabt, hätte ich eine Zahnregulierung vermutet. Doch es war ihr Blick, der mich buchstäblich erregte. Sie war eine Frau, die genau wusste, was – und wen – sie wollte, und die sich nicht scheute, es sich zu nehmen.

Dass es zwischen uns knisterte, war vom ersten Tag an deutlich gewesen. Als wir uns quer über Sams Brutkasten hinweg in die Augen sahen, war uns beiden klar, dass wir, sobald Sam entlassen und jeglicher potenzieller Arzt-Patient-Konflikt aus dem Weg geräumt war (Ella war extrem wachsam, was ihre Karriere anging), zusammen im Bett landen würden. Die Frage war nur, in wessen.

Sechs Wochen später hatte ich Sam vom Krankenhaus abgeholt, ihn nach Hause zu Clara gebracht, Beth flüchtig auf die Wange geküsst, und war dann direkt zurück zum Krankenhaus gefahren, wo Ella bereits auf mich wartete.

Ich folgte ihr aus der Krankenhaus-Cafeteria, kletterte in das schwarze Taxi, das sie gebieterisch heranwinkte, und machte es mir in der Ecke der Rückbank bequem, damit ich sie die ganze Fahrt über ansehen konnte. Ich wusste nicht, wohin die Fahrt gehen sollte. Aber Ella hatte offenbar einen Plan.

Sie zog ihre Tasche auf ihren zimtfarbenen Wildlederschoß und wühlte darin herum. «Deine Frau war in den letzten Wochen kein einziges Mal auf der Säuglings-Intensivstation. Warum?»

«Beth hat Probleme. Postnatale Depression, bipolare Störung –»

«Ja, das stand in der Krankenakte. Aber wird sie behandelt?»

«Ja, natürlich. Bei der letzten Talfahrt hat sie die Kinder fast umgebracht, darum haben die Ärzte sie dieses Mal komplett vollgedröhnt, sobald das Baby da war. Darum hat sie Sam auch nie besucht, aber das ist immer noch besser als –»

«Ah, da sind sie ja.» Ella warf mir ein paar kleine Aluminiumpackungen zu. «Ich glaube, die sind noch nicht zu alt, aber du darfst gerne das Haltbarkeitsdatum überprüfen.»

«Kondome? Du bist nicht gerade schüchtern, wie?»

«Tut mir leid. Ich liebe Babys, aber ich möchte bestimmt keins im Bauch haben.»

«Tripper kann ich leider nicht komplett ausschließen, aber meinen Samen werde ich bestimmt nicht ausstreuen, falls es das ist, was dich beunruhigt. Als wir erfahren haben, dass Beth wieder schwanger ist, habe ich mich sofort unters Messer begeben.»

«Trotzdem.» Ella sah mir in die Augen. «Du willst mich doch nicht als Kindermädchen anstellen, William. Also, worauf wartest du noch? Empfehlungsschreiben?»

Am Hyde Park hielt das Taxi, und Ella drückte dem Fahrer ein paar Scheine in die Hand. Noch während ich aus dem Wagen in die laue Septembersonne taumelte, wurde es in meiner Hose eng. Ohne ein Wort zu sagen, zog Ella mich in den dunklen, grünen Schatten einer Kastanie, deren Blätter gerade anfingen, braun zu werden. Nur wenige Meter von uns entfernt fütterte eine Mutter mit ihren beiden kleinen Kindern Enten. Ein Jogger kam vorbei und ließ sich von den Teenagern, die auf Inlineskates vorbeidonnerten, überhaupt nicht aus dem Takt bringen.

Ella lehnte sich an den Baum, öffnete den Reißverschluss meiner Hose und zog den Rock hoch. *Wow.* Kein Slip. Ich beeilte mich, das Kondom überzustreifen, und drang in sie ein. Hinter mir hörte ich Hufe klappern, als ein Reiter vorbeitrabte.

Ich vergrub mein Gesicht an ihrem Hals, sog gierig den Duft nach Meerwasser, Patchouli und Tannen in mich ein und fasste unter ihre violette Bluse. Sie trug keinen BH. Unsere Körper glühten vor Erregung.

«Ella, ich glaube, ich kom–»

«Zu spät», keuchte sie, und ich spürte das Beben, das durch ihren Körper lief. «Schon passiert.»

Als wir uns später unter die flanierenden Rentner und Touristen mischten, fragte ich: «Werden wir das nochmal machen, oder bleibt es bei diesem einen Treffen?»

«Was wäre dir denn am liebsten?»

Ich blieb stehen und beobachtete die Segler auf dem See. Bis jetzt hatte ich immer nur sehr kurze Affären mit jungen Frauen gehabt, für die ich nichts weiter empfand. Ein, zwei Mal wurde die Angelegenheit etwas unangenehm. Eine blonde Assistentin war ein oder zwei Jahre nach Cates Geburt sogar in meiner kleinen Junggesellenbude in Bayswater aufgetaucht, die ich mir gekauft hatte, um nach späten Geschäftsessen nicht noch nach Hause fahren zu müssen. Sosehr ich den unverbindlichen Sex auch genoss, ich hatte wirklich Schiss, dass eines meiner netten kleinen Abenteuer eines Tages in eine verhängnisvolle Affäre ausarten würde.

Natürlich hatte ich die Sache meist vollkommen falsch angepackt. Single-Frauen wollten natürlich immer, dass ich meine Frau verließ, was ich aber nicht im Entferntesten vorhatte. Aber eine *verheiratete* Frau, eine glücklich verheiratete Frau, die genauso viel zu verlieren hatte wie ich … Eine verheiratete Frau, die sich einen Kick verschaffte, indem sie im Park eine Nummer schob, die sich nicht scheute, die Initiative zu übernehmen, die von Anfang an klargestellt hatte, dass auch sie ihre Ehe nicht gefährden wollte …

Wir setzten uns an einen schmiedeeisernen Café-Tisch in der Nähe einer Eisbude und besprachen bei einer Tasse Kaffee die Spielregeln unseres Verhältnisses. Scheidung stand nicht zur Debatte – auf beiden Seiten nicht. Niemals. Das war die Grundvoraussetzung. Keine Aktionen, die zur Entdeckung unseres Verhältnisses führen konnten: keine Anrufe auf dem Festnetz zu Hause, und auf dem Handy nur im Notfall (es hat acht Jahre lang keinen gegeben). Nur wenige und unverbindliche E-Mails, ausschließlich an unsere Arbeitsadressen. Keine persönlichen Geschenke oder Fotos, auf denen wir gemeinsam zu sehen sind. Wir kamen überein, uns nicht häufiger als einmal im Monat zu treffen, einerseits, um die Gefahr, dass unsere Ehepartner misstrauisch werden könnten, gering zu halten, andererseits, um zu verhindern, dass wir selbst zu sehr in das Leben des jeweils anderen hineingezogen wurden. Wenn einer von uns je diese Liaison beenden wollte, wäre das endgültig und es würden keine Fragen gestellt werden.

In einem anderen Zeitalter wäre Ella die perfekte Kurtisane gewesen: intelligent, originell, kultiviert und großzügig. Sie war eine hervorragende Gefährtin – im Bett, aber auch überall sonst. Sie war stets zivilisiert und beherrscht: Sie stellte keine Forderungen, fing keinen Streit an und machte keine Szenen. Abgesehen von dem kleinen Zwischenfall, als wir damals eine Woche auf Zypern waren – schnell ausgebügelt, kam nie wieder vor –, funktionierte unser Verhältnis einfach perfekt.

Ich stellte Ella keine Fragen über ihre Ehe, sie stellte mir keine über meine. Wann sie Geburtstag hatte, wusste ich nur, weil ich die Flugtickets für Zypern bestellt hatte. Ich kannte ihre BH-Größe und ihre Allergie gegen Erdbeeren, aber ich hatte keine Ahnung, was wirklich in ihr vorging.

Unser Deal war perfekt. Und jetzt muss Jackson sterben und alles kaputtmachen.

Als ich wieder runtergehe, steht Cate in der Küche und wartet darauf, dass das Wasser im zerbeulten Stahlkessel auf der Herdplatte kocht. Ihr Freund Dan hat den Arm um ihre Taille gelegt und die Hand in die Gesäßtasche ihrer Jeans geschoben. Ich hätte gute Lust, mir das zu verbitten.

Cate war vierzehn, als sie ihren ersten Freund hatte. Von dem Augenblick an, als sie geboren wurde – blond, blauäugig und schier perfekt –, hatte ich gewitzelt, dass ich sie später in einem rumänischen Kloster unterbringen würde. Jeder Typ, der sich ihr nähern wollte, würde erst mal an mir vorbeikommen müssen. Schaufel oder Schrotflinte, würde ich ihnen sagen. Wenn du meinem Baby wehtust, gräbst du dir dein eigenes Grab.

Ich zeigte ihr immer gerne die Zeichnung auf dem Etikett des billigen Weißweins, den ihre Mutter manchmal trank. «Schau mal», erklärte ich ihr. «Das wirst du, wenn du mal erwachsen bist.»

«Eine Nonne», sagte Cate dann jedes Mal und nickte ernst.

Und doch hatte ich mir nie wirklich ernsthaft Gedanken darüber gemacht, wie es wohl sein würde, wenn sie tatsächlich mal einen Jungen mit nach Hause brachte. Der Anblick eines besitzergreifenden Männerarmes um ihre Taille regte mich auf und machte mich wütend.

«Wie geht es Ihrer Frau, William?», erkundigt Dan sich besorgt.

Dan ist dreiundzwanzig. Das ist offenbar zu alt, um mich noch Mr. Ashfield zu nennen. Aber alt genug, um seine Hand in die Jeans meiner siebzehnjährigen Tochter zu stecken.

Wie hatte ich mich bloß von Cate dazu überreden lassen können, ihn das neue Firmenlogo entwerfen zu lassen …

«Sie ist bloß müde», antworte ich knapp. «Sie muss einfach mal richtig ausschlafen, dann geht es ihr besser.»

«Dad, sie muss zu Dr. Stone», sagt Cate. Sie löst sich aus Dans Umarmung und macht Tee. «Seit Weihnachten geht es ihr jeden Tag schlechter. Er muss ihr wieder andere Tabletten geben.»

Als Cannelle in die Küche getrottet kommt, kniet sie sich unvermittelt auf den Boden und vergräbt das Gesicht im seidig-goldenen Fell des Hundes. «Lust auf verkohlten Braten?», fragt sie das Tier. «Daddy ist mitten in der Nacht aufgestanden, um ihn extra für dich zu machen, Cannelle.»

«Ich muss los», sagt Dan und küsst Cate auf den Kopf. Ich weiß, dass er mit meiner Tochter schlafen will. Wenn er das nicht schon längst getan hat. «Ich habe versprochen, beim Aufbau der Ausstellung zu helfen. Ein paar von den Skulpturen sind echt schweineschwer.»

«Sehen wir uns Freitag?»

«Da kann ich nicht. Ich muss die Anfängergruppe im Aktzeichnen übernehmen, schon vergessen? Das wird mir als Lehrpraxis angerechnet. Vielleicht Samstag. Ich ruf dich an.»

Cate zuckt traurig mit den Schultern.

Dan sieht mir über Cate hinweg in die Augen, als er hinausgeht, und lächelt, als wolle er sagen: *Frauen.* Aber Cate ist *meine Tochter.* Ich will nicht, dass irgendein notgeiler Kunstlehrer in zerrissenen Jeans und hautengem T-Shirt (auf dem GEN ITALIEN steht, verdammte Scheiße!) mir Blicke zuwirft, als seien wir die besten Kumpel. Was glaubt er eigentlich, wer er ist, zum Teufel? Wenn er sie auch nur *anrührt*, werde ich –

«Herrgott nochmal, Dad», blafft Cate mich an und steht auf. «Kriegst du denn überhaupt nichts mehr mit? Ich habe gesagt, bitte bring den Tee hoch zu Mum.»

«Tut mir leid, Kit-Cat.» Ich strubbele ihr durchs Haar. «War ein langer Tag.»

Sie schießt mir einen finsteren Blick zu und schiebt meine Hand weg. «Hör auf damit, Dad. Ich bestelle uns Pizza, ja? Wir haben mal wieder überhaupt nichts im Kühlschrank. Du hast versprochen, einkaufen zu gehen.»

«Pizza ist doch gut. Ich kaufe am Wochenende ein.»

«Das musst du dann aber auch wirklich. Ben hat angerufen, er kommt am Samstag und bringt auch Sam mit. Du weißt ja, wie viel er immer isst, wenn er hier ist. Er meint, das Mensaessen ist noch schlechter als das in der Schule.»

«Okay.»

«Wenn du nicht für Burger und Pommes sorgst, wird er –»

«Ich sagte bereits, dass ich mich darum kümmern werde», falle ich ihr gereizt ins Wort. «Komm schon, du bestellst die Pizza, und ich versuche, deine Mutter nach unten zu lotsen. Ich vermute, sie hat den ganzen Tag nichts gegessen.»

«Sie hätte hier ja auch gar nichts Essbares gefunden», brummt Cate und verschwindet.

Ich schnappe mir Beths Teebecher und steige die Treppe hinauf. Das hat mir jetzt gerade noch gefehlt. Ella hat sich in den Kopf gesetzt, Jacksons Asche in Kalifornien oder Carolina, oder wo auch immer er herkommt, zu verstreuen, und das heißt, es wird Wochen dauern, bis ich sie wiedersehe. Falls ich sie überhaupt wiedersehe.

Cate hat recht: Beth muss wieder zu Dr. Stone. Wir kennen das ja alle langsam. Wenn wir nicht den Anfängen wehren, wird sie in eine neue Depression verfallen, und dann – und das ist fast noch schlimmer – wird das Pendel wieder in die entgegengesetzte Richtung ausschlagen. Sie wird eine völlig unnatürliche, manische Energie entwickeln, durch das Haus toben und es wie eine Wahnsinnige aufräumen, putzen und streichen, bis sie abstürzt und zu Boden geht wie ein Passagierjet. In ihrer letzten manischen Phase hat sie sich auf meine Firmen-Kreditkarte für die bescheidene Summe von neunundvierzigtausend Pfund einen Hubschrauber gemietet. Gott sei Dank war die Kreditkartengesellschaft nachsichtig.

«Beth?» Ich stelle den Tee auf den Nachttisch und sehe mich im leeren Schlafzimmer um. Die Badezimmertür ist zu, aber ich kann Wasser laufen hören. Vielleicht geht es ihr besser, und sie duscht. Doch dann sehe ich die leere Valium-Flasche auf dem Boden.

«Beth?» Ich rüttele an der Türklinke. «*Beth!*»

Mist, sie wird doch wohl nicht ... Was hatte ich zu ihr gesagt? «Reiß dich zusammen?» O mein Gott, nicht schon wieder, nicht unter meiner Aufsicht, herrje, *nein* –

Die Tür gibt beim dritten Rammen nach. Das Holz zersplittert unter meinem Gewicht.

Zuerst denke ich, das Badezimmer ist leer. Die freistehende Badewanne mit den Löwenfüßen läuft über, der Heißwasserhahn ist voll aufgedreht. Ich wate durch gut zwei Zentimeter hohes Wasser, um ihn zuzudrehen, und fluche, als ich um ein Haar auf den Schachbrettfliesen ausrutsche.

Ich sehe eine Sekunde lang hin, aber ich begreife nicht gleich: Meine Frau liegt am Boden der Badewanne unter Wasser, die Augen weit aufgerissen und starr.

Ich weiß es sofort, sie ist tot.

3

Beth

Ich bin kein Opfer. Das sagt Dr. Stone mir immer wieder. Ich bin kein Opfer. Ich bin eine *Patientin.*

Wenn irgendjemand ein Opfer ist, dann William. Ich liebe ihn. Genau genommen, liebe ich ihn sogar mehr als er mich. Das Problem ist nur, dass ich das die meiste Zeit gar nicht spüre. Und darum kann ich es ihm auch nicht zeigen.

Das kommt von den Medikamenten. Ich empfinde fast gar nichts mehr.

«Ich gehe dann jetzt, Beth. Ich kann dich doch alleine lassen, oder?»

Nichts. Es tut noch nicht einmal weh.

«Liebling? Cate will heute bei Dan lernen, aber deine Mutter hat gesagt, sie kommt am Vormittag mal vorbei und sieht nach dir. Und ich habe einen Schmorbraten fürs Abendessen in den Ofen gestellt. Du musst ihn bloß so gegen zehn rausnehmen.»

Wenn ich die Wahl hätte zwischen weiteren einundvierzig Jahren dieser trost- und seelenlosen Leere, dieser Hoffnungs- und Empfindungslosigkeit auf der einen – und einfachem Nichtsein auf der anderen Seite …

«Gut. Ich muss dann mal. Bis später, Schatz. Und vergiss den Braten nicht.»

Ich bleibe im Bett liegen, rolle mich zu einem kleinen Ball zusammen und beobachte, wie der spröde, schwarze Winterhimmel langsam grau wird. Ich mag durch die Tabletten und die Elektroschocks viel vergessen haben, aber ich erinnere mich noch an jede Einzelheit unserer ersten Begegnung. Sie hat sich wie eine Foto-Love-Story in mein Gedächtnis eingebrannt. Ich erinnere mich an den groben Tweed meines Rockes und daran, wie er mir in der Taille juckte. Und an die Laufmasche in meiner nagelneuen Strumpfhose. Sowie an das abstrakte Bild, Gouache auf Papyrus, das ich gerade aufhängte, als er den Ausstellungsraum betrat. Ich könnte jedes einzelne Wort unserer Unterhaltung wiedergeben, nachdem William stehen geblieben war, um mir mit dem Bild zu helfen. Um mir zu helfen. Jedes einzelne Wort.

Ich wusste sofort, dass er der Mann war, für den ich mich aufgehoben hatte. Manchmal wünschte ich, ich könnte ihn mit jemandem vergleichen, aber dann denke ich, warum? Was würde das nützen? Wenn er schlechter im Bett wäre (obwohl ich ja gar keine Ahnung habe, was «schlechter» ist), wäre ich dann nicht irgendwie enttäuscht? So wie wenn man am zweiten Tag des Ausverkaufs loszieht und alle schönen Farben schon weg sind und man sich mit langweiligen Braun- und Grautönen begnügen muss? Und wäre er besser, was würde mir das helfen? Dann würde ich nur bereuen, dass ich mich vorher an andere Männer verschwendet habe, die ihre Sache nicht gut genug machten.

Er war einfach umwerfend. Die Laken brannten, sobald wir zusammen im Bett waren, ganz egal, was die Leute jetzt von uns denken. Sein Körper war so muskulös und stark – ich hatte vorher noch nie einen nackten Mann gesehen. Wenn er in mir drin war – und *nur* dann –, fühlte ich mich endlich nicht mehr allein.

«Mum! Hast du nicht gehört, dass ich dich gerufen habe? Dein Toast ist jetzt bestimmt schon ganz kalt.»

Cate steckt den Kopf zur Tür herein, bleibt auf der Schwelle stehen und spielt mit dem Knauf, als wolle sie nicht hereinkommen aus Angst, sich anzustecken.

So verhalten sich die Menschen, wenn jemand depressiv ist. In einem Gedicht habe ich mal gelesen: «Du bist der moderne Leprakranke, nur trägst du keine Glocke.» Ich werde wie eine Aussätzige behandelt, als hätte ich meine Krankheit durch irgendeinen Makel in meiner Persönlichkeit selbst provoziert. Dabei verdient nichts, was ich je hätte tun können, diese grausame Strafe. Ich wünsche sie nicht einmal meinem ärgsten Feind. Ich lebe in der panischen Furcht, dass ich die Veranlagung dazu an meine Kinder weitergegeben habe, so wie mein Vater sie an mich weitergegeben hat. Er wurde natürlich nie als krank betrachtet. Mein Vater war einfach nur ein großspuriger, überschwänglicher Gastwirt, der den größten Teil seiner Einnahmen versoff, bis meine Mutter ihn verließ und er zu Gott (und Lillian) fand. «Das ist halt Hector», sagten die Leute bloß. «Er ist ein echtes Original.»

Ich habe Cate immer sehr genau beobachtet – noch viel mehr als die Jungs. Bei denen wusste ich irgendwie von Anfang an, dass sie es nicht geerbt hatten. Und Jungs kann man ja auch so viel leichter lieben. Die sind nun mal keine Konkurrenz. Ich habe bei meiner Tochter noch keine Anzeichen festgestellt, aber das hatte bei mir in dem Alter auch noch keiner. Alle dachten bloß, ich sei Künstlerin und besonders kreativ, und dann wurde Cate geboren und –

«Mum, hör auf, mich so anzuglotzen, du machst mir Angst.»

Cate steht ihrem Vater näher als mir – sie vergöttert ihn. Das ist schon in Ordnung so: Ich mag meine Mutter auch nicht.

«Super, Mum, dann red halt nicht mit mir. Als ob mich das stören würde. Ich gehe jetzt zu Dan und komme heute Nachmittag wieder. Denk an Dads Braten, sonst wirft er wieder mit Bauklötzchen um sich und schmollt, du weißt ja, wie er ist.»

Ein paar Schneeflocken wirbeln gegen das Fenster. Draußen ist es grau, drinnen ist es grau. Zu dieser Jahreszeit wird es irgendwie nie so richtig hell. Wie kann der Februar bloß der kürzeste Monat sein? Er fühlt sich an wie ein ganzes Jahr.

Als ich später von einem Klopfen an der Haustür aufwache, hat sich der Schnee bereits in Regen verwandelt. Die schrille Stimme meiner Mutter dringt durch den Briefschlitz in der Tür. Ich wickele mich in meine Bettdecke, die mich mit ihrer Weichheit schützend umhüllt wie eine Rüstung.

Clara hat meinen Hochzeitstag ruiniert, wie sie immer alles ruiniert. Selbst die Auswahl meines Namens empfinde ich als reine Boshaftigkeit. Meine Schwestern wurden Louisa und Georgia genannt, doch für mich, die mittlere, war nur eine langweilige Silbe übrig. Beth. Nicht mal Bethany oder Elizabeth, was irgendwie anders abgekürzt werden könnte – freche Liz, schillernde Eliza. Nein, einfach Beth. Nach einer der Schwestern in *Betty und ihre Schwestern*. Die stille, langweilige, graue Maus, die am Schluss stirbt.

Mein Wunsch, William zu heiraten, war so groß, dass ich in den Wochen vor der Hochzeit fast platzte vor Aufregung. Und nichts konnte diese Vorfreude dämpfen, nicht einmal meine Mutter und das scheußliche Nylonkleid im Empire-Stil, das sie ausgesucht hatte, um meinen «Zustand» zu kaschieren. (Wie Clara es so freundlich ausdrückte: «Warum sonst würde er dich wohl heiraten?» Es wäre ihr wahrscheinlich nie in den Sinn gekommen, dass eine dumme Gans wie ich in der Lage sein könnte, einen solch cleveren Schachzug bewusst einzufädeln. Sie kennt mich wirklich ziemlich schlecht.) Ihr Brautmutterkleid dagegen war natürlich sagenhaft. Eine wunderschöne Kreation von Jean Muir in mattgoldener Seide, mit durchsichtigen Ärmeln und kleinen Seidenknöpfen an der Seite, die sich elegant um ihre zierlichen Hüften schmiegte.

Eine Woche, nachdem sie es mir triumphierend vorgeführt hatte, zeigte mir die neue Frau meines Vaters genau das gleiche Kleid (nur vier Größen größer). Sie hatte es bereits ändern lassen, weil sie ungewöhnlich klein war, konnte es also nicht umtauschen.

Mir war ganz schlecht vor Angst, als ich meiner Mutter davon erzählte. «Das macht doch nichts», meinte sie großmütig. «Dann besorge ich mir eben ein anderes Kleid. Es ist ja schließlich *dein* Tag.»

Ein paar Tage später kam sie mit einem noch viel schöneren Kostüm von Chanel wieder. «Hast du das andere Kleid zurückgebracht?», fragte ich, als sie vor dem Drehspiegel herumwirbelte.

«Zurückgebracht? Natürlich nicht.»

«Aber das kannst du doch im Grunde nur zu einer Hochzeit tragen! Wann willst du es denn dann anziehen?»

«Ach, mir wird schon was einfallen.» Clara lächelte geheimnisvoll.

Sie tauchte zur Hochzeitsgeneralprobe am Abend vor dem großen Ereignis darin auf. Die arme Lillian hat die ganze Zeit geheult, weil sie wusste, dass sie ihr Kleid auf gar keinen Fall am nächsten Tag anziehen konnte. Meine Mutter saß bei unserem Empfang dann selbstgefällig am

Kopfende des Tisches, war formvollendet charmant und sah extrem selbstzufrieden aus.

Im Winter wird es immer so früh dunkel. Um vier Uhr nachmittags liege ich immer noch eingerollt in der Decke, und die Glasquadrate der Fenster verwandeln sich von grau wieder zu schwarz. Es riecht verbrannt. Ich hätte schon vor Stunden runtergehen und Williams Braten aus dem Ofen nehmen sollen, aber ich wollte nicht.

Die Schlafzimmertür knallt gegen die Wand.

«Mum! Du kannst doch nicht ewig im Bett bleiben! Gran hat mich auf dem Handy angerufen und gesagt, dass du ihr nicht aufgemacht hast – Ach, verdammter Mist. Ich rufe Dad an.»

Wenn ich doch bloß eines Tages einschlafen und nie wieder aufwachen würde. Für Selbstmord bin ich nämlich zu feige. Selbstmord ist etwas so Vorsätzliches, Geplantes, dass er für mich nicht in Betracht kommt. Die Folgen eines Selbstmordes wären katastrophal für die Kinder. Aber wenn jemand mir das abnehmen würde, wenn jemand einfach vorbeikommen und den Schalter umlegen würde …

Alle denken, ich suhle mich aus freien Stücken in meinem Elend und Selbstmitleid. Als hätte ich mich freiwillig dafür *entschieden*. Wenn ich für jedes «Reiß dich zusammen» ein Pfund bekommen würde, wäre ich schon reich.

Ich wache wieder auf, als ich William auf der Treppe höre – ich könnte seine Schritte überall heraushören. Ich zwinge mich endlich, mich zumindest aufzusetzen. Er wird sich nicht gerade darüber gefreut haben, dass Cate ihn anruft. Hätte ich sie doch bloß davon abgehalten.

«Beth!»

Man sollte meinen, dass es mir wenigstens möglich sein sollte, mit meinem Mann zu schlafen, auch wenn ich nicht in der Stimmung bin. Aber niemand kann sich vorstellen, wie das ist. Niemand versteht, wie ich mich fühle. Oder eben nicht fühle. Irgendwann konnte ich es nicht mehr ertragen. Er berührte und streichelte mich, und ich empfand rein gar nichts. Natürlich nicht buchstäblich, denn meine Nervenenden waren ja nicht abgestorben. Aber ich empfand keine Lust. Und damit erstarb auch Williams Lust. Das war fast das Schlimmste für mich. Die Sorge in seinem Blick, die Entschlossenheit, es besser zu machen, immer besser. Später dann die Verärgerung, die er schnell (aber nicht schnell genug) überspielte. Das *Mitleid*.

«Beth, Liebling, komm schon, das kannst du mir nicht antun. Du musst es *versuchen*.»

Er kniet vor mir nieder, fasst mich am Kinn und wendet mein Gesicht zu ihm hin, sodass mich das Licht aus dem Flur blendet. «Ich weiß, du bist da drin, Liebes. Ich werde es nicht zulassen, dass du aufgibst.»

Er hat leicht reden.

«Komm schon, Liebling. Natürlich vermisst du die Jungs, aber sie kommen ja wieder, sobald Ferien sind. Sam hat bald ein Urlaubswochenende, und Ben kommt in ein paar Wochen aus Oxford –»

Ja, ich habe Sehnsucht nach den Jungs, vor allem nach Sam, der ist ja erst acht. Ich wollte nicht, dass er aufs Internat geht, aber William meinte, das sei gut für ihn. Es hatte keinen Zweck, das zu diskutieren.

Begreift er denn nicht, wie schwer es mir fällt, Dinge zu tun, die für alle anderen eine Selbstverständlichkeit sind? Auf keinen Fall will ich was essen, das verlängert doch nur meine Höllenqualen. Wenn ich mich anziehe und nach unten gehe, muss ich ja hinterher doch nur wieder hochgehen, mich ausziehen und mich wieder ins Bett legen, wo ich nicht schlafen kann, und dann stehe ich wieder auf und tue am nächsten Tag wieder genau das Gleiche. In der Gewissheit, dass alles wieder ganz genau so sein wird wie am Tag zuvor, dass ich mich wieder ganz genau so fühlen werde.

Wenn die Welt doch nur von einem Asteroiden getroffen werden würde, während ich schlafe. Das wäre schmerzfrei und sauber und würde keine Familienkrise auslösen. Ich will, dass das hier vorbei ist, ich will sterben –

«Aber das meinst du doch gar nicht ernst.»

Huch! Hatte ich das etwa laut gesagt? «Ich will mich nicht mehr so fühlen», murmele ich, um ihn zu bestrafen. «Ich will, dass es endlich vorbei ist. Ich will einfach nicht mehr sein.»

«Das ist doch keine Lösung, Beth. Für mich ist das auch nicht gerade ein Zuckerschlecken. Aber wir werden das schon durchstehen, das haben wir bisher immer geschafft. Vielleicht sollten wir uns nochmal an Dr. Stone wenden und um ein weiteres Rezept bitten. Vielleicht die Dosierung erhöhen.»

Diese verdammten Tabletten! Die einen verhindern, dass ich *zu* fröhlich oder *zu* traurig werde, die anderen sollen mich schlafen lassen und eine Paranoia abwenden, wieder andere sollen mich davor bewahren, dass mir die Haare ausfallen – eine Nebenwirkung der vielen Stimmungsstabilisierer, die ich nehmen muss. Wenn man mich schütteln würde – und ich glaube, William täte das liebend gern –, könnte man die vielen Tabletten in mir rasseln hören.

«Ich möchte mich nicht mehr zudröhnen.»

«Beth, Schatz, du musst doch einsehen, dass du so nicht weitermachen kannst. Schau dich bloß an: Du hast dich zwölf Stunden lang nicht vom Fleck gerührt. Du hast es nicht mal geschafft, dich anzuziehen oder das Abendessen aus dem Ofen zu nehmen, ganz zu schweigen davon, dich um Cate zu kümmern. Liebling, du kannst ja nicht mal für dich selbst sorgen!»

Ich sage jetzt absichtlich gar nichts, das bringt ihn nämlich zur Weißglut.

Er seufzt tief. «Hör zu, Liebling. Wenn wir deine Medikamentierung ändern müssen, dann werden wir das eben tun. Ich nehme mir frei, obwohl ich keine Ahnung habe, wie, aber dann fahren wir eine Weile weg und tun, was wir tun müssen –»

«Kapierst du es denn nicht?», fahre ich ihn an. Sein letzter Vorschlag provoziert mich derart, dass ich mein Schweigen breche. «Es geht nicht darum, dass die Jungs ausgezogen sind. Es geht auch nicht um irgendetwas anderes. *Ich* bin das Problem. Ich, die Person, die ich bin. Und das wird sich nie ändern. Du kannst mich nicht aufheitern oder mich mit einem Ausflug ans Meer davon ablenken.» Warum begreift er das denn nicht? *Warum*? «Meinst du denn nicht, ich würde alles geben, um nicht so sein zu müssen? Ich wäre lieber tot, als dass ich auch nur noch einmal mehr morgens aufwache und mich so fühle wie heute, und der einzige Grund dafür, dass ich immer noch hier sitze, ist, dass ich viel zu feige bin, um wirklich etwas dagegen zu unternehmen!»

«Für dich mag der Tod ja die bessere Alternative sein, aber hast du schon mal darüber nachgedacht, was mit denen ist, die du zurücklässt? Was ist mit Ben? Was mit Cate? Und mit Sam? Und was ist mit *mir*?»

«Dir würde es ohne mich doch viel bessergehen.»

«Reiß dich zusammen, Beth», herrscht er mich an und verlässt fluchtartig das Zimmer.

Ich bin wie betäubt. William ist normalerweise *nie* böse auf mich. Er beruhigt mich, erduldet und versteht mich. Sein Mitleid ist fast genauso schwer zu ertragen wie seine

Gleichgültigkeit. Dass er mich auf einmal ganz normal behandelt, dass er mich anschreit, überrascht mich so positiv, dass meine Tränen so schnell wieder versiegen, wie sie mir gekommen waren.

Ein Teller voller Krümel und eine alte Valiumflasche fallen vom Bett auf den Boden, als ich die Decke zurückschlage und aufstehe, um ins Badezimmer zu gehen. Ich glaube, ein heißes Bad würde mir jetzt guttun. Dann wäre ich wenigstens sauber.

Ich ziehe das Nachthemd aus und betrachte mich leidenschaftslos im Spiegel, während das Wasser einläuft. Ich habe in den letzten Wochen rapide abgenommen, aber es steht mir nicht: Ich sehe aus wie ein formloser Fleischsack. Meine dünnen, blonden Haare haben immer noch den gleichen langweiligen Schnitt, den meine Mutter der Friseurin auftrug, als ich sechs war. Ich habe nie etwas daran geändert, weil ich keine Lust auf die endlosen Diskussionen hatte. Mit der Frisur wirke ich wie eine Frau aus einer ganz anderen Zeit – aus Claras Zeit, einer Zeit, in der Frauen Hüftgürtel trugen, an denen baumwollene Damenbinden per Ösen befestigt wurden. Meine Brüste hängen, meine Wangen hängen, mein Bauch hängt. Ich hänge. Man sieht mir an, dass ich vertrocknet, verbraucht und zu nichts nütze bin. Es würde mich gar nicht wundern, wenn William eine Affäre hätte, und ich könnte es sogar verstehen. Wir haben seit Jahren nicht mehr miteinander geschlafen. Man müsste schon ein Heiliger sein, wenn man nicht mal von *irgendjemandem* Sex wollte.

Das Badewasser ist immer noch nur lauwarm, als ich in die Wanne steige, darum lasse ich das heiße Wasser noch ein wenig laufen. Ich liebe es, unterzutauchen und vollkommen von Wasser umgeben zu sein, die Welt ist dann so schön weit weg und gedämpft. Als Kind war ich eine ziemlich gute Schwimmerin. Mein Sportlehrer wollte mich zusammen mit der Schulmannschaft zu Wettkämpfen schicken, aber Clara meinte, ich würde dem Leistungsdruck nicht standhalten. Meine Schwestern haben immer gezählt, wie lange ich unter Wasser die Luft anhalten konnte, das konnte ich damals doppelt so lange wie sie –

Auf einmal bemerke ich Williams vom Badewasser verzerrtes Gesicht über mir. Erschrocken verschlucke ich mich am Wasser, als er mich an den Schultern packt und meinen Namen schreit. Meine Rippen, meine Hüfte, meine Ellbogen und meine Knie knallen gegen den Rand der alten, eisernen Badewanne, als er mich ungeschickt aus dem Wasser reißt und auf den Boden legt.

«Herrgott nochmal, Beth, was machst du denn bloß? Komm schon, Beth, bleib bei mir, nicht sterben, bitte nicht sterben –»

Auf der flauschigen, pfirsichfarbenen Badematte schnappe ich nach Luft wie ein Fisch auf dem Trockenen. Ich schlage seine Hände weg, die nach meinem Puls suchen.

«William», keuche ich, als ich endlich wieder sprechen kann, «was in aller Welt ist denn nur los?»

Im Ernst. Da kann man doch nur lachen, oder? Ich konnte jedenfalls nicht anders – jedes Mal, wenn ich versuchte, es zu erklären, schüttete ich mich wieder aus. Ich denke nicht, dass mein hysterisches Gelächter meiner Sache zuträglich war, aber als mein Kichern dann endlich abebbte, hatte ich einfach keine Lust mehr. Er hätte mir ja wahrscheinlich sowieso nicht geglaubt. Immerhin habe ich ja das, was Ben eine «Vorgeschichte» nennt.

«Du musst mich retten», erkläre ich meiner Freundin Eithne drei Tage später. «Hier findet die totale Anti-Selbstmord-Überwachung statt. Meine Mutter ist jetzt unten und hütet die Rasierklingen.»

Eithne schnaubt in den Hörer. «Nach einer Stunde in ihrer Gesellschaft würde sich doch jeder die Kugel geben wollen.»

«Es ist total lächerlich. Gestern Abend hat Cate mir Plastikbesteck gegeben, weil angeblich alles andere in der Spülmaschine war. Also, wirklich! Ich bin depressiv, nicht blöd. Obwohl ...», füge ich hinzu, «... ich habe das Gefühl, das Schlimmste ist erst mal vorbei. Dieses ganze Theater hat mich irgendwie aufgemuntert. Ich bin so gut drauf wie schon seit Monaten nicht mehr.»

«Beth, mein Herzblatt, ich will dir ja nicht die Petersilie verhageln, aber du bist doch nicht etwa *zu* gut drauf, oder? Du weißt doch, wie du manchmal –»

«Ich bin nicht manisch», falle ich ihr verärgert ins Wort. «Ich freue mich bloß auf den Frühling. Ach, bitte, Eithne, dich würden sie durch die Absperrung lassen, vor dir haben sie Angst. Ich möchte in mein Atelier, ich will sehen, ob es noch steht. Vielleicht könnte ich später sogar ein bisschen arbeiten.»

«Wunder gibt es immer wieder. Okay, überredet. Ich komme rüber, sobald ich meine Haare sortiert habe. Aber wenn Clara an mir eine Leibesvisitation vornehmen will, kann ich für nichts garantieren.»

Ich laufe unruhig im Schlafzimmer auf und ab, wobei ich ständig den diversen Klamottenhaufen ausweichen muss, die ich gerade aufgetürmt habe: Sachen, die ich behalten will, Sachen, die ich wegwerfen will, Sachen, die ich Cates Schule zum Frühjahrsfest spenden will. Es riecht nach frischer Farbe, und jetzt, wo das Schiefergrün an den Wänden ist, bin ich mir nicht mehr so sicher. Sieht doch ein bisschen zu sehr nach Fischteich aus. Aber das Primelgelb gefiel mir auch nicht – an manchen Stellen kann man erkennen, dass ich es nicht lange genug trocknen ließ, da hat es sich nämlich mit dem Grün vermischt und sieht verdächtig nach Durchfall aus. Ich fürchte, dass William nicht sehr angetan sein wird, wenn er nach Hause kommt. Er mochte die klassisch englische Tapete mit den großen Ornamentmustern. Vielleicht hätte ich mich doch an das Taupe halten sollen, mit dem ich angefangen hatte –

Sobald ich Eithnes alte, orange Ente auf dem Kies der Einfahrt höre, sause ich die Treppe hinunter. Clara, perfekt gekleidet in einem grauen, wollenen Hosenanzug und mit Perlen um den Hals, steht in der Küche Wache.

«Blau und grün, Beth», rügt sie mich.

Ich sehe an mir hinunter. «Mitternachtsblau ist doch kein richtiges Blau, oder? Und die Hose ist so schön bequem.»

Sie bedenkt mich mit einem Blick, den sie über die Jahre perfektioniert hat und in dem sich Enttäuschung und Resignation mischen: Das ist ihr Los, die Tochter, die man ihr aufgebürdet hat, aber sie wird ihr Kreuz stoisch tragen und das Beste daraus machen. Ich schleiche mich wieder nach oben und ziehe mir eine Leinenlatzhose an, von der ich weiß, dass sie sie hasst. Eithne wird ihren Wagen geparkt haben, bis ich wieder unten bin, und Clara wird es in ihrer Gegenwart nicht wagen, irgendeine Bemerkung fallenzulassen.

Meine Tochter ist da deutlich weniger von guten Manieren belastet.

«Mein Gott, Mum, du siehst ja aus wie ein Fensterputzer», platzt es aus ihr heraus, als sie mich entdeckt.

Beide mustern mich mitleidig aus ihren blauen Augen. Mir wird wieder einmal bewusst, wie ähnlich sich die beiden sind. Wir haben alle den gleichen blassen Teint und die gleichen blonden Haare – in Claras Fall bereits eher aschblond und in Cates Fall mit reichlich Henna versehen, wie ich zu meinem Missfallen feststelle –, aber ich bin einfach nicht wie sie. Mir fehlt ihre Zuversicht, ihr überlegenes Selbstvertrauen. Ihnen fallen die guten Dinge im Leben in den Schoß, weil sie davon ausgehen, dass sie es tun werden. Ich dagegen erwarte nichts und werde nie enttäuscht.

Eithne marschiert in die Küche.

«Komm her, Beth, du brauchst dich nun wirklich nicht umzuziehen.»

«Aber vielleicht –»

«Blödsinn.»

Meiner Mutter gefällt Eithnes direkte Art nicht. Ihre pergamentene Hand flattert zu ihrem Hals und fummelt mit den Perlen (Familienerbstück in dritter Generation; ein Geschenk Queen Victorias an Claras debütierende Großmutter, wenn man Clara Glauben schenken darf).

«Duck dich, bis wir den Zaun hinter uns haben», flüstert Eithne, als sie mich durch die Hintertür schiebt, «und wenn du den Stacheldraht siehst, renn so schnell du kannst.»

Eithne ist meine Seelenverwandte. Sie kann sich an die klebrigen Spangles und *Jackanory* auf BBC und die Kummerkastenseiten in der *Jackie* erinnern. Sie weiß, wie das ist, die Treppe hochzugehen, um etwas zu holen, und dann oben auf dem Absatz anzukommen und vergessen zu haben, was es war. Sie versteht vollkommen, dass wenn man sich bückt, um etwas aufzuheben, es nur umsichtig und weise ist, sich zu überlegen, was man noch tun könnte, wenn man schon mal da unten ist. Eithne weiß, was es bedeutet, einundvierzig und fehlbar zu sein.

Und auch, wie das ist, wenn alle anderen meinen, man sei total durchgeknallt.

Wir haben uns in meinem ersten Studienjahr an der Saint Martin kennengelernt. Man könnte sagen, dass es einer der wenigen Glücksfälle in meinem Leben war. Irgendwann in den Zwanzigern hört man ja eigentlich auf, richtige Freundschaften zu schließen. Ich meine, *eigene* Freundschaften. Danach freundet man sich nur noch mit den Müttern der Freunde seiner Kinder an, oder mit den Frauen der Kollegen des Mannes – vielleicht auch mit eigenen Kolleginnen, wenn man das Glück hat, zu arbeiten. Doch Freunde, an die man sich in einer Krisensituation wendet, Frauen, die man anrufen würde, wenn der Ehemann einen verlässt, oder die man bitten würde, sich um die Kinder zu kümmern, falls man selbst und der eigene Mann bei einem Flugzeugabsturz ums Leben kämen – die trifft und findet man schon viel früher als erwartet nicht mehr.

Eithne und ich haben nicht viele Kurse zusammen besucht. Mein Weg zur Kunst war zweidimensional – Malen und Zeichnen –, Eithnes dagegen dreidimensional – Skulpturen und Installationen. Wenn ich jetzt so darüber nachdenke, beschreibt uns das ziemlich gut: Im Vergleich zu Eithne war ich schon immer eher *flach*. Aber im Studentenwohnheim waren wir direkte Nachbarn, und obwohl wir beide nirgendwo so richtig reinpassten, passten wir doch gut zueinander. Ich zog mich immer an, als sei ich mit der Queen zum Tee verabredet, doch selbst Eithne, die mit ihrer stacheligen Kurzhaarfrisur (eigentlich dunkel, in jenem ersten Semester aber pink), ihren Kaftanen und Piercings und ihrem hochgewachsenen, langgliedrigen Körper wie eine echte Kunststudentin aussah, selbst Eithne war nicht ganz so furchtlos und unerschrocken, wie sie tat. Wie zerbrechlich sie eigentlich war, fand ich erst heraus, als sie in unserem zweiten Studienjahr eine leidenschaftliche, dramatische Affäre mit einem angehenden Schauspieler namens Kit Westbrook hatte, die jäh und grausam endete: Eines Tages tauchte sie früher als verabredet bei ihm auf und fand ihn zusammen mit ihrem Bruder im Bett vor.

Ich war es, die den Notarzt rief und ihre Hand hielt, während ihr der Magen ausgepumpt wurde, und ich war es, die ihr zuhörte, als sie schrie und tobte und wünschte, man hätte sie sterben lassen.

Die Ärzte nannten das einen Nervenzusammenbruch, aber ich glaube, sie stand einfach nur vollkommen neben sich vor lauter Trauer. Als sie aus der Klinik entlassen wurde, war sie tougher und fröhlicher und gerissener als je zuvor, und obwohl sie wie verrückt mit den verschiedensten Typen ausging, ließ sie seitdem nie wieder irgendjemanden wirklich nah an sich heran. All ihre Leidenschaft, all ihre Energie flossen von da an in ihre Kunst, und noch lange bevor sie ihren Abschluss machte, wussten nicht ganz unwichtige Leute bereits, wer Eithne Brompton war.

Sie wartet ungeduldig, während ich mit einiger Mühe die Tür zu meinem Atelier aufschließe, einem nutzlosen Ziergebäude ganz hinten im Garten, in dem es im Winter eiskalt und im Sommer brüllend heiß ist. Ich bin seit Monaten nicht hier gewesen.

Kaum ist die Tür auf, schiebt Eithne sich an mir vorbei ins Atelier. Unvermittelt bleibt sie vor einer riesigen Leinwand stehen, die den Großteil einer Wand einnimmt: Es ist eine Monotypie in Schwarz-, Lila- und Grautönen.

«Wow. Das ist ja der Wahnsinn.»

Sie nimmt eine mit Kohle und Ölpastell bedeckte Leinwand von einem Regal, pustet die dicke Staubschicht davon ab und tritt dann einen Schritt zurück. Sie betrachtet das Bild mit geneigtem Kopf (die Haare sind jetzt pflaumenfarben). «Das ist auch toll. Und das. Mann, du hast so viele gemacht, seit ich zuletzt hier war.»

«Ja, manche sind aber noch gar nicht richtig fertig ...»

Sie wirbelt so rasch herum, dass ihre Silberarmbänder klimpern. «Hör zu, Beth, lass mich eine Ausstellung für dich organisieren! Es gibt da ein paar Leute, die mir einen Gefallen schulden, es wäre so einfach, etwas auf die Beine zu stellen –»

«Ich kann nicht.»

«Warum nicht? Du hast doch genügend Bilder. Und du musst mal ein bisschen rauskommen. Dich von William lösen. Er macht dich immer so verdammt hilflos.»

«Das tut er nicht. Ich würde ohne ihn nicht klarkommen, Eithne. Du verstehst das nicht. Ich brauche ihn.»

«Ja. Und *das* braucht er.»

Mürrisch stelle ich die Bilder wieder weg. «Du verstehst das nicht.»

«Was ich nicht verstehe, Beth, ist, warum du dein Talent in einem gammeligen alten Schuppen versteckst, wenn du damit die Londoner Kunstszene aufmischen könntest. Sam ist doch jetzt im Internat, du hast doch Zeit –»

«Cate braucht mich noch.»

«Ich kenne keine Siebzehnjährige, die ihre Mutter weniger braucht als Cate. Ach, wenn man vom Teufel spricht», fügt sie hinzu, als Cate in der Tür erscheint.

Cate bewundert Eithne. Einerseits, weil meine Freundin ihr irgendwie unheimlich ist (das finde ich übrigens manchmal auch), andererseits, weil Eithne vor ein paar Jahren den Turner-Preis gewonnen hat, und das will natürlich etwas heißen.

«Ich will ja nicht stören ...?», sagt Cate, an Eithne gewandt, und hebt dabei die Stimme in ihrer nervtötenden

Teenager-Manier. «Ich wollte dich bloß, äh, quasi mal was fragen.»

«*Quasi* mal was fragen? Und wie unterscheidet sich das von *tatsächlich* fragen?»

Cate wird knallrot. Ich weiß, das ist gemein von mir, aber insgeheim freue ich mich ein bisschen über ihr Unbehagen. Sie ist sonst immer so überlegen.

Meine Tochter schlingt die Arme um ihren schmalen Körper und neigt den Kopf so, dass ihr die langen Haare ins Gesicht fallen. «Cate», rufe ich, als ihr dünnes Kapuzensweatshirt hochrutscht, «ist das da in deinem Bauchnabel das, wofür ich es halte?»

«Das Piercing hat sie schon seit einem Jahr», erklärt Eithne. «Wo bist du denn gewesen?»

«Dein Vater dreht durch.»

«Nur, wenn du ihm davon erzählst», brummt Cate.

Sie glaubt, dass sie ein Statement abgibt, indem sie rebelliert. Ich bin nicht eifersüchtig. Ich versuche lediglich, sie vor einer Welt zu beschützen, die mit Rebellen nicht gerade zimperlich umgeht. Man muss sich ducken und anpassen. Das wird sie auch noch lernen.

Ich wünschte, ich wäre so mutig wie sie.

Eithne betrachtet eine Daguerreotypie, mit der ich letzten Sommer herumexperimentiert habe. «Was wolltest du denn, Cate?»

«Also, es ist quasi so, dass unser – ich meine, es *ist* so», korrigiert sie sich schnell selbst, «dass in zwei Wochen unser Frühlingsfest stattfindet, und unsere Klasse muss die Wohltätigkeitsauktion organisieren. Und ich dachte, du könntest uns vielleicht etwas überlassen, du weißt schon, irgendein Kunstwerk, zum Versteigern. Es ist für einen wirklich guten Zweck, wir sammeln nämlich für diese Umweltorganisation, One World, die –»

«Kenne ich», unterbricht Eithne sie kühl. «Ich habe vor ein paar Jahren die Medaillen für ihren Umweltpreis entworfen. Wen schicken die?»

«Niemanden. Das heißt, eigentlich sollte so 'n Typ kommen, aber der ist jetzt gestorben, echt dumm gelaufen.»

«Caitlin!»

Eithne runzelt die Stirn. «Jackson Garrett? Habe ich in ihrem Newsletter gelesen. Ich bin ihm einige Male begegnet – netter Kerl. Amerikaner, mit einer Ärztin verheiratet. Genauso alt wie wir, Beth.»

«O Gott, das ist ja tragisch. Die arme Frau –»

«Also, was ist?», fällt Cate mir ins Wort. «Kriegen wir was?»

Eithne zuckt mit den Schultern. «Warum nicht? Ich such was für euch raus und bringe es vorbei.»

«Vielleicht lasse ich mich auch mal blicken», verkünde ich fröhlich. «Bei dem Fest.»

Cate verzieht das Gesicht. «Ganz klasse, Mum. Auf dass ich bis auf die Knochen blamiert werde.»

«Cate –»

Sie schlägt mir die Tür vor der Nase zu.

Als Eithne weg ist, erfasst mich ein heftiger Tatendrang: Ich reiße die Fensterläden auf und betrachte eingehend die halbfertigen Bilder, bis ich vor Dunkelheit nichts mehr erkennen kann. Die ganze Nacht hindurch jagt in meinem Kopf eine Idee die nächste, und ich bin schon wieder aufgestanden und zurück im Atelier, bevor William überhaupt aufgewacht ist.

Die nächsten zehn Tage tue ich nichts anderes als malen. Eine Leinwand nach der anderen bedecke ich mit abstrakten Darstellungen in Aquarell, Öl, Kohle und Gouache, wie besessen von dem Wunsch, jenen Wirbelsturm in meinem Kopf auf Papier zu bringen, bevor die Tür zur Kreativität wieder zufällt. Ich schlafe nicht und esse kaum. Und meine Tabletten brauche ich offenbar auch nicht mehr, die Depression habe ich ganz eindeutig überstanden, Gott sei Dank, also lasse ich sie weg. Ich bin nicht manisch, ich habe nur einfach ein paar richtig gute Tage. William will, dass ich mich ausruhe, aber das kann ich nicht, mein Kopf steht in Flammen, und darum lässt er mich in Ruhe, damit «das Feuer in seinem eigenen Tempo ausbrennen kann», wie er sagt. «Und danach bin ich hier und für dich da, Beth, mach dir keine Sorgen.»

Ich bestelle mehr Farbe, mehr Leinwände und kaufe auf Kreditkarte unbekümmert eine Profi-Kamera von Nikon für mehrere Tausend Pfund, weil ich auf die Idee verfallen bin, Schwarz-Weiß-Bilder auf Glas zu fotografieren und sie dann anzumalen. Als ich mit einem satten Mokka-Pigment arbeite, bekomme ich auf einmal Lust auf belgische Schokolade. Ohne weiter nachzudenken, lasse ich mir per Kurier eine Schachtel aus Brüssel liefern. William hat bestimmt nichts dagegen. Eithne hat recht, ich *bin* gut, und was ich jetzt gerade produziere, sind einige der besten Arbeiten, die ich je hervorgebracht habe. Ich sollte wirklich ein paar davon ausstellen lassen. Warum bin ich denn bloß immer so zurückhaltend? Wenn man bedenkt, dass meine Angst, bewertet zu werden, mich davon abhielt, an die Hochschule zurückzukehren – obwohl ich eine der Allerbesten war! Vielleicht sollte ich doch noch meinen Abschluss machen, nur um zu beweisen, dass – ich weiß nicht, was. Um irgendetwas zu beweisen.

Das Atelier quillt schon bald über vor Bildern, und mir geht auf, dass es natürlich viel zu klein ist. Ich brauche so etwas, wie Eithne in London hat, einen riesigen, hellen, luftigen Raum, vier Mal so groß wie mein schreckliches

Mini-Atelier, mit jeder Menge Platz zum Ausbreiten. Unser Garten wäre ja groß genug für einen Anbau – oder nein, wir können genauso gut diesen Schuppen abreißen und was ganz Neues bauen. Wenn schon, denn schon. Ja, ein großer, offener Werkraum. Wenn wir Williams Treibhaus entfernen, haben wir noch mehr Platz, er benutzt es ja sowieso nie. Die Garage müsste natürlich irgendwo anders hin, die ist im Weg. Und ich brauche *Licht*, massenweise natürliches Licht –

Murray, der Architekt, ist sehr entgegenkommend, als ich ihn anrufe und ihm erkläre, was ich mir vorstelle, und dass es eilt und dass Geld absolut keine Rolle spielt.

Binnen weniger Tage studiere ich bereits Pläne und bespreche die verschiedenen Möglichkeiten. Murray hat natürlich recht, wenn er sagt, dass ich nicht nur an meine gegenwärtigen Bedürfnisse denken, sondern für die Zukunft planen sollte. So betrachtet, bedeuten weite, hohe Decken mit Oberlichtern sowie ein separater Fotoloft eine echte Ersparnis. Es hat keinen Zweck, William zu diesem Zeitpunkt mit all dem zu belämmern, vor allem bei der Laune, die er gerade hat. Ich habe ihn noch nie so gereizt erlebt. Er ist total ausgeflippt wegen des Bulldozers (der arme Murray war ganz durch den Wind deswegen, nach all der harten Arbeit, die wir hineingesteckt haben), und ist dann nach dem Anruf eines seiner Kunden einfach abgerauscht, ohne sich zu verabschieden. Das sieht ihm so gar nicht ähnlich.

Nein. Wir warten besser, bis alles unter Dach und Fach ist, und unter den gegebenen Umständen ist eine Anzahlung von fünfzig Prozent auch vollkommen angemessen. Sam braucht das Geld aus seiner Ausbildungsversicherung erst in ein paar Jahren, und bis dahin habe ich es ihm zehnfach zurückgezahlt: Im Vergleich zu den Erträgen aus dem Verkauf meiner Werke wird diese kleine Investition auf Zwergengröße zusammenschrumpfen.

Überschwänglich hüpfe ich zurück zum Haus, falle meiner Tochter um den Hals, die am Aga-Herd mit dem Wasserkessel herumfummelt, und ignoriere, dass sie bei meiner Umarmung zusammenzuckt.

«Schatz, ich habe eine ganz tolle Idee! Ich muss morgen unbedingt nach Brighton, ich muss ans Meer – ich brauche seine Farbe direkt auf meiner Netzhaut, alles andere funktioniert nicht, ich muss es selbst *sehen*. Hast du nicht Lust, mitzukommen? Wir könnten uns einen richtig schönen Tag machen und –»

«Mum, ich kann nicht. Ich habe bald Prüfungen, ich kann nicht einfach abhauen und schwänzen.»

Sie schaut blass aus, die Arme. Sie lernt einfach viel zu viel. Ich weiß ja, dass Prüfungen wichtig sind, aber manchmal muss man sich doch auch mal eine kleine Auszeit gönnen und das Leben genießen!

«Ist schon klar, Liebes», besänftige ich sie. «Das habe ich nicht vergessen. Ich dachte nur, eine kleine Pause würde dir vielleicht guttun. Wir verbringen nicht viel Zeit miteinander, ich vermisse dich, meine Süße, und die olle Schule ist nächste Woche doch auch noch da –»

«Du kapierst es offenbar nicht, Mum», giftet sie mich an, während sie sich am Spülbecken die Hände wäscht. «Ich will nicht nach Brighton und mir das dämliche Meer angucken. Ich bin keine fünf mehr, ich bin siebzehn, und ich muss lernen!»

«Schon gut, schon gut. Kein Grund, gleich grantig zu werden. Ich dachte bloß, das sei eine gute Idee, ich wollte dir doch bloß helfen, mal an etwas anderes zu denken als –»

«Weißt du was? Wenn du wirklich helfen willst, dann

ruf Eithne an und frag sie, wann sie mit dem Kunstwerk kommt, das sie uns versprochen hat. Am Samstag ist die Auktion, ihr Name steht in allen Broschüren, und wenn sie nicht auftaucht, sterbe ich!»

«Ich bin mir sicher, dass sie –»

«Ach, vergiss es! Ich gehe zu Clem.»

Ich habe wirklich nicht die leiseste Ahnung, was in letzter Zeit mit ihr los ist. Schon seit Tagen ist sie so merkwürdig drauf, wahrscheinlich der Prüfungsstress.

Ich rufe Eithne wegen des Kunstwerks an. «Oh, Mist!», stöhnt sie. «Das hatte ich ja versprochen, stimmt's? Ich kann hier nur gerade überhaupt nicht weg. Sag mal, wenn ich diese blöde Statue mit einem Taxi zu dir schicken würde, meinst du, du könntest sie dann zur Auktion bringen?» Ich sage: «Klar kann ich das», denn ich habe ausnahmsweise einmal wirklich das Gefühl, es zu können.

Natürlich war ich nicht darauf vorbereitet, dass sie mich auf die Bühne rufen, um das doofe Ding zu präsentieren. Aber an dem Samstag bin ich wirklich gut drauf, und so macht es mir gar nichts aus. Mit der von Eithne gespendeten, exquisiten, sechzig Zentimeter großen (und ziemlich schweren) Bronzestatue in der Hand erklimme ich unbekümmert die Stufen am Ende des Sportplatzes.

Zwar applaudieren vereinzelt ein paar Gäste höflich, aber echte Aufmerksamkeit schenken sie mir nicht. Selbst Cate flüstert Dan aufgebracht irgendetwas zu, als die Versteigerung beginnt.

Die Rektorin tut ihr Bestes: «Ein Eithne Brompton», verkündet sie tapfer. «Dafür finden sich doch sicher ein paar Interessenten? Dort hinten? Kommen Sie, *Ladies and Gentlemen*, es ist doch für einen guten Zweck! Also, wer macht das Eröffnungsgebot von tausend Pfund?»

Die Gästeschar tritt von einem Fuß auf den anderen.

Keinem der Anwesenden mangelt es an Geld (die Schulgebühren hier belaufen sich inzwischen auf knapp zwanzigtausend Pfund im Jahr). Aber diese Leute sind keine Kunstliebhaber. Sie wollen einfach nur ein hübsches Gemälde von etwas, das sie kennen: Bäume auf einem Hügel, Kühe auf der Weide. Möglichst passend zu den neuen Vorhängen.

«Na gut, sagen wir fünfhundert.»

Die Leute hier müssen wachgerüttelt werden. Sie müssen in Stimmung gebracht werden, damit sie sich aufrichten und zuhören. Aber klar! Wieso bin ich da nicht schon früher drauf gekommen? Das hat bisher noch immer funktioniert.

Ich stelle die Statue ab und gehe ans Mikro. «Nun kommen Sie schon. Das ist ein Eithne Brompton. Wissen Sie, wie viel ihre Kunst auf dem freien Markt wert ist? Für Auftragsarbeiten muss man sich auf eine Warteliste setzen lassen – unter zwei Jahren ist da gar nichts zu machen.»

Ich begegne Cates Blick und zwinkere ihr zu.

Dann knöpfe ich mein hübsches, marineblaues Hemdblusenkleid auf, streife BH und Slip ab, und bevor irgendjemand richtig mitgekriegt hat, was los ist, flitze ich auch schon nackt über den Sportplatz.

Einen Moment lang herrscht erstauntes Schweigen. Dann bricht begeisterter Applaus los, und ich bin noch nicht mal halbwegs bei der Sporthalle, da liegen die Gebote für Eithnes Statue schon bei viertausend Pfund. Cate wird sich bestimmt riesig freuen, wenn sie hört, wie viel wir für ihren guten Zweck herausholen konnten.

Ich fange gerade erst an, zu merken, dass es immer noch März und ganz schön kalt ist, als jemand mir einen Mantel über die Schultern wirft und mich abrupt vom Platz und hinter die Halle zieht.

«Dan! Tausend Dank, so langsam wurde mir ein bisschen kalt – aber das war's doch wert, oder? Haben Sie die Gebote gehört? Wahnsinn, nicht wahr? Nicht dass ich ein so unglaublich aufregender Anblick wäre, natürlich nicht, nicht mehr. Eher abschreckend, stelle ich mir vor, aber ich glaube ganz bestimmt, dass ich die Leute in Stimmung gebracht und insgesamt ein bisschen aufgemischt habe. Ich weiß noch, wie Eithne und ich so was früher an der Kunsthochschule gemacht haben, Sie hätten uns mal sehen sollen, als wir das eine Mal beim Edinburgh-Fringe-Festival –»

Und dann bringt Dan mich zum Schweigen.

Es ist nicht sein Kuss, der mich erschreckt – obwohl er warm, rauchig und einfach köstlich ist. Die wirksamste Methode, eine Frau zum Schweigen zu bringen, ist nun mal, ihrem Mund etwas anderes zu tun zu geben. Nein, was mich erschreckt, ist, dass ich diesen Kuss des Freundes meiner Tochter mit einer Leidenschaft, die ich seit zwanzig Jahren nicht mehr gespürt habe, erwidere.

4

Cate

Komm schon, Cate, entspann dich», murmelt Dan. «Ich werde nichts tun, was du nicht willst.»

«Ich weiß, aber …»

Mit dem Handrücken streichelt er mir über die Wange, dreht mein Gesicht zu sich hin und küsst mich sanft auf den Mund. Das ist wie im Film, das könnte ich den ganzen Tag machen.

Dann streicht seine Hand an meiner Wade hinauf, und ich klemme schnell die Knie zusammen, damit er nicht auf falsche Gedanken kommt.

«Hey. Es ist alles in Ordnung. Meine Studenten kommen noch lange nicht. Wir haben Zeit. Lass dich einfach fallen, Baby. Sobald du willst, dass ich aufhöre, sagst du Bescheid, dann nehme ich meine Finger weg.»

Zärtlich haucht er mir Küsse auf den Hals, das kitzelt, und ich kichere.

«Du bist so schön, Cate», flüstert Dan mit erstickter Stimme. «Darf ich dich einmal richtig anschauen? Bitte. Ich rühr dich auch nicht an, ich schwör's. Ich möchte dich nur so gerne sehen. Ich mach dir die Bluse auf, ja? Und mehr nicht, versprochen.»

«Ich weiß nicht –»

«Du hast doch nicht etwa Angst, oder?»

«Nein!»

«Zieh doch wenigstens deinen Pulli aus. Das tut doch niemandem weh, oder?»

Warum musste ich ihm bloß erzählen, dass ich noch Jungfrau bin? Da hätte ich auch einem Bullen vom roten Tuch erzählen können. Jetzt ist er noch viel schärfer darauf, mir an die Wäsche zu gehen. Das ist alles Mums und Dads Schuld. Erst schicken sie mich auf eine Mädchenschule, und dann bringen sie Ben aufs Internat. Wozu hat man denn einen großen Bruder, wenn all seine superheißen Freunde fünfhundert Kilometer entfernt sind? Echt. Dad hat tatsächlich keine Witze gemacht, als er davon sprach, mich in ein rumänisches Kloster zu schicken. Hätte er auch genauso gut tun können. Wie soll ich denn jemals richtige Erfahrungen sammeln, wenn ich nie irgendwelchen Typen begegne?

Aus einem gewissen Trotz heraus fasse ich mit beiden Händen den Saum des Pullis und ziehe ihn hoch. Ich fühle mich unerwartet sexy und erwachsen. Dan hilft mir, den Pulli über die Schultern zu kriegen, wobei seine Hände ein bisschen mehr Hilfestellung leisten, als nötig wäre. Und auf einmal steckt meine Bluse auch nicht mehr im Rockbund. Und so viele Knöpfe waren daran doch gar nicht auf gewesen –

«O Gott, Cate. Fühl mal, was du mit mir machst.»

Er nimmt meine Hand und legt sie auf sein *Teil*. Ich bin angewidert und gleichzeitig beeindruckt. Ich kann kaum glauben, wie hart es unter seiner Jeans ist. Ich meine, wirklich richtig hart, wie ein Knochen oder so. Ich drücke es ein bisschen, um besser fühlen zu können, und er schließt die Augen und stöhnt.

«Du hast keine Ahnung, wie sexy du bist, Cate. Du machst mich verrückt.»

Ich mache noch einen Knopf an meiner Bluse auf, nur um zu sehen, was das für eine Wirkung hat. Er schluckt und reibt sich mit der Hand übers Kinn. Ich kann nicht fassen, dass ich eine solche Macht über ihn habe. Ich probiere diesen sexy Blick aus, den meine beste Freundin Fleur mir beigebracht hat, und mache todesmutig noch einen Knopf auf, sodass die Bluse jetzt bis zur Taille offen ist. Bin ich froh, dass ich meinen neuen pinkfarbenen Spitzen-BH von Miss Selfridge anhabe! Eigentlich hatte ich ja nicht geplant, dass Dan ihn sehen sollte – aber ich hatte auch nicht vor, dass Dan ihn nicht sehen sollte ... O Gott, gut, dass ich nicht eine von meinen Oma-Unterhosen angezogen habe! Nicht dass er die heute zu Gesicht bekäme, ich lasse ihn nämlich auf keinen Fall unter die Taille gehen, aber trotzdem. In Oma-Unterhosen kann man sich doch gar nicht sexy fühlen!

Ich ziehe den Bauch ein, als Dan den Blick über meinen Körper wandern lässt, und richte mich ein wenig auf. Ach, hätte ich doch bloß nicht meine Schuluniform an! Der hält mich ja für das totale Baby. Ich meine, er ist dreiundzwanzig. Seine Studenten sind älter als ich.

Sanft drückt er mich in die Sofakissen und legt sich auf mich. Mit den Händen liebkost er meine Brüste. Ich finde das schön, aber als er immer fordernder wird, stoppe ich ihn.

«Dan ...»

Er stützt sich auf einen Ellbogen und betrachtet mich mit einer Intensität, dass ich ihn kaum wiedererkenne.

Es wird immer wärmer hier, darum macht es mir nichts aus, dass er mir die Bluse von den Schultern schiebt. Mein Faltenrock ist irgendwie bis zu meiner Taille hochgerutscht. Ich schlinge ein nacktes Bein um Dans Hüfte, als er mich dicht an sich zieht und mit den Händen meinen Rücken erforscht. Mann, ist das toll. Aber gleich müssen wir aufhören. Ich möchte nicht, dass wir zu weit gehen. Gleich sage ich ihm, dass er aufhören soll.

Dan vergräbt das Gesicht in meiner Brust, und ich bemerke teils entsetzt, teils erfreut, dass mein BH gar nicht mehr da ist, und auf einmal spüre ich seine Lippen auf meiner Brust, auf meiner nackten Brust … Ich bin obenrum ganz nackt und spüre seine Hand zwischen meinen Beinen. O Gott, fühlt sich das gut an! Jetzt müssen wir aber aufhören –

«Dan, nein …»

Jedes Mal, wenn er oben saugt, spüre ich unten ein wohliges Brennen, hm, ist das gut … Aber ich muss ihn jetzt stoppen, wir müssen das jetzt beenden.

Auf einmal richtet er sich auf und zieht die Hose runter. Ich erhasche nur einen ganz kurzen Blick auf sein riesiges rotes Teil – und plötzlich sind alle schönen, warmen Gefühle ausgelöscht, als hätte jemand einen Eimer kaltes Wasser über mir ausgeleert. Ich rappele mich vom Sofa hoch, ziehe meinen Rock runter und schnappe mir meinen auf dem Boden liegenden Pulli.

«Ich kann nicht, Dan. Tut mir leid, aber ich –»

«Komm schon, Cate, ich bin auch vorsichtig, ich werd dir nicht wehtun.»

Ich hebe meinen BH vom Boden auf und drücke ihn mir an die Brust. «Entschuldige, Dan», murmele ich. Meine Wangen brennen. «Ich muss nach Hause. Meine Mutter fragt sich bestimmt schon, wo ich bin.»

Er springt vom Sofa auf. «Willst du mich verarschen? Du kannst mich doch nicht so heiß machen und dann auf einmal aufhören! Verdammt nochmal, ich bin doch kein Roboter!» Sein Gesichtsausdruck verhärtet sich, dann wendet er sich ab. «Scheiße, Mann! Das hat man davon, wenn man sich mit Kindern einlässt!»

«Dan, das ist nicht fair –»

«Es ist aber eben auch nicht fair, mich so aufzugeilen!

Hast du auch nur die leiseste Ahnung, wie mir jetzt gerade die Eier wehtun?»

Ich fange an zu weinen. Dan zögert, dann atmet er hörbar aus und fährt sich langsam mit der Hand durch die Haare. «Tut mir leid», sagt er, als ich unglücklich schniefe. «Ich hätte dich nicht bedrängen sollen, ich habe offensichtlich was falsch verstanden. Ich will nicht, dass du etwas tust, wozu du noch nicht bereit bist.»

Er reicht mir meine Bluse, wartet, bis ich mich umgedreht und sie mir wieder angezogen habe. Dann nimmt er mich in den Arm und streicht mir zärtlich über den Rücken. «Du musst ein bisschen vorsichtiger sein, Cate. Ich bin ein anständiger Kerl, ich höre auf, wenn man mich darum bittet. Aber es gibt auch Typen, die der Meinung sind, wenn du etwas angefangen hast, musst du es auch durchziehen.»

«Tut mir leid. Ich wollte doch nicht –»

«Klar, ich weiß. Ist schon gut.»

Ich hickse. «Machst du jetzt mit mir Schluss?»

«Glaubst du allen Ernstes, ich mache Schluss mit dir, weil du nicht mit mir schlafen willst?» Er hält mich auf Armlänge von sich entfernt und blickt mich ernst an. «Sag mal, für was hältst du mich denn? Ich mag dich, Cate. Du bist schön und lustig und total durchgeknallt. Ich bin supergerne mit dir zusammen. Und abgesehen davon», grinst er, «bin ich vollkommen abhängig von dir. Du bist die Einzige, die dafür sorgen kann, dass ich auf dem Pfad der Tugend bleibe.»

Mein Atem gefriert in der kalten Märzluft, als ich nach Hause laufe. Ich schäme mich dermaßen, dass ich am liebsten im Erdboden versinken würde. Also, nicht dass ich mich für Prinz William aufheben möchte oder so. Im

Grunde will ich es einfach nur endlich hinter mir haben, dann kann ich die Sache vergessen. Na ja, gut, nicht wirklich vergessen, aber ich kann das abhaken. Entjungfert – abgehakt.

Aber warum ist es dann bloß so ein Riesenthema? Ich meine, Dan ist total süß und eine echte Sahneschnitte, außerdem ist er dreiundzwanzig, das heißt, wenigstens einer von uns wüsste, was wir da tun. Fleur hat schon recht, er wäre genau der Richtige für das erste Mal.

Ach, wäre sie doch bloß nicht letzten Sommer nach Frankreich zurückgegangen. Ich vermisse sie total. Sie ist echt cool und wusste immer, wo man nach der Schule gut abhängen konnte. Außerdem fand sie es gar nicht irgendwie arm von mir, dass ich mich in der Schule anstrengen will, um an der New York University Journalismus studieren zu können. Die anderen Mädchen an der Schule haben ja nichts anderes im Kopf, als auf Größe 32 hinzuarbeiten.

Letztes Jahr zur Fastenzeit habe ich aufgehört, Schokolade zu essen – das macht ja fast jeder. Aber meine beste Freundin Clem isst seitdem gar nichts mehr, was Zucker enthält. *Nichts.* Und fast jedes Nahrungsmittel enthält zumindest *etwas* Zucker, oder? Sie hat sich also im Grunde von Sellerie und Salat ernährt, und das hat ihr dann die ganze Klasse nachgemacht. Das hat grassiert wie ein Virus. Wochenlang gab es überhaupt kein anderes Thema mehr als Diäten. Ständig ist irgendwo jemand ohnmächtig geworden. Das Schwimmteam geriet in die totale Krise, weil niemand mehr schwimmen wollte – davon könnte man ja Muskeln bekommen. Die anderen Mädchen saßen in der Pause um mich herum und sahen mir dabei zu, wie ich einen Apfel aß – einen *Apfel*, ja? –, und starrten mir so penetrant auf den Mund, dass ich irgendwann nicht mal mehr kauen mochte. Ihre einzige Lektüre waren Hochglanzmagazine mit Bildern von mageren Models, und sie redeten und redeten und redeten über die Stars und darüber, was sie aßen und wie dünn sie waren.

Die meisten gaben nach ein paar Wochen wieder auf, aber ein paar haben weitergemacht. Clem schrieb sogar einen Blog auf ihrer Facebook-Seite, der die Magersucht völlig verniedlichte, bis Mrs. Buchanan, die Rektorin, dahinterkam und sie aufforderte, die Sache einzustellen.

Dan nennt sie die Mädchen von St. Magerus. Er sagt, Männer mögen keine dünnen Mädchen oder Frauen, die ständig um ihr Gewicht bangen. Er sagt, ältere Frauen könnten so richtig sexy sein, weil sie nicht dauernd einen Aufstand um ihr Aussehen machen. Alles klar. Als würde man eines Tages aufwachen und denken: *Oh, ich bin dreißig, von jetzt an lasse ich einfach alles genau so, wie es ist.* So ein Schwachsinn.

Ich sollte aufhören, dauernd darüber nachzudenken, und einfach mit ihm schlafen. Dann hab ich's hinter mir.

Dad hasst Dan. Jedes Mal, wenn Dan bei uns ist, scannt Dad ihn mit seinem Laserblick. Nach dem Motto: *Junger Mann, ich hoffe, Sie haben ehrliche Absichten, denn wenn nicht, werde ich Sie höchstpersönlich zu Fischfutter verarbeiten.*

Es hat Ewigkeiten gedauert, bis ich Dad dazu überredet hatte, Dan das neue Logo für seine Firma entwerfen zu lassen. Aber Dan war megacool, er wusste so viel über Ashfield PR, dass Dad schließlich nachgab. Wenn er doch bloß aufhören würde, sich wie ein viktorianischer Patriarch aufzuführen. Das ist so peinlich.

Ich glaube, Mum mag Dan. Ist bei ihr immer ein bisschen schwer einzuschätzen. Wenn sie eine ihrer Zombie-Phasen hat, redet sie ja nicht einmal mit einem. Man könnte sagen «Das Haus brennt, und ich habe mir gerade eine Axt in den Fuß gehauen», und sie würde immer noch regungslos auf dem Bett hocken und einen bloß anstarren. Fertig. Oder sie tickt komplett aus, malt die ganze Nacht, textet einen zu wie ein Wasserfall und macht irgendwelche verrückten Sachen, wie letzten Sommer, als sie auf einmal beschloss, den Wintergarten abzureißen und stattdessen ein Freilufttheater zu bauen für das blöde Triptychon, an dem sie gerade arbeitete. Zum Glück kam ich an dem Tag, als der Abrisstrupp loslegen wollte, früher als sonst nach Hause, denn sonst hätten wir plötzlich nur noch ein halbes Haus übrig gehabt. Manchmal wünschte ich, ich könnte mit Mum richtig reden. Da beneide ich Clem. Ihre Mutter ist so normal. Mit der kann man über die Schule und Jungs und alle möglichen Sachen sprechen, und sie hört einem wenigstens zu.

Aber ich habe es Mum zu verdanken, dass ich Dan kennengelernt habe. Vor ein paar Monaten hatte sie Eithne versprochen, zur Eröffnung von Eithnes neuer Ausstellung in London zu kommen, aber als es so weit war, packte sie es einfach nicht, allein hinzugehen. Dad hatte zu viel zu tun, wie immer, also hat sie mich mitgeschleppt, und das war dann eigentlich gar nicht so schlecht, weil da jede Menge coole Leute waren, am nächsten Tag in allen Zeitungen was darüber stand und in der Schule alle mächtig beeindruckt waren. Clem hat mich sogar um ein Autogramm gebeten. Manchmal mache ich mir echt Sorgen um das Mädchen.

Na, wie auch immer, wir stehen in dieser riesigen Halle, und ich lasse Mum eine Weile allein, um mir ein Glas Wein zu stibitzen. Als ich wiederkomme, quatscht sie mit diesem Typen, und ich nur: *Wow! Lecker Kerlchen!*, und schenke ihm mein strahlendstes Lächeln, aber er labert weiter über Expressionismus oder Individualismus oder sonst was, und als es mir zu viel wird, ziehe ich Mum von ihm weg.

Eine Woche später – ich bin zu Hause und lerne, Mum macht Weihnachtseinkäufe – steht Mr. Lecker bei uns auf der Matte! Er hat ganz offensichtlich eine Menge Anstrengungen unternommen, um mich zu finden, also konnte ich ihn ja nicht einfach da stehen lassen. Und als ich ihn erst mal vom Thema Kunst abgebracht hatte, entpuppte er sich sogar als ziemlich interessant. Jedenfalls habe ich ihn dann gefragt, ob er zu unserer Silvesterparty kommen wollte, und er hat sofort ja gesagt. Tja, und das war's dann eigentlich.

Wenn Eithne doch nur endlich die Statue schicken würde, die sie uns versprochen hat. Ich bin so was von tot, wenn sie's nicht macht.

Ich stoße das Gartentor auf und trotte die Einfahrt hinauf. Ich habe krass viel zu tun. Ich hätte nicht zu Dan gehen sollen. Jetzt muss ich die ganze Nacht durcharbeiten, wenn ich den blöden Aufsatz über die amerikanische Revolution noch fertig kriegen will.

Cannelle springt zur Begrüßung an mir hoch, als ich in die Küche komme. Ich nehme ihn in den Arm, dann werfe ich meine Tasche auf den Küchentisch und stelle den Wasserkessel auf den Aga-Herd. Ich wünschte, wir hätten einen richtigen Elektroherd wie alle anderen. Ich hasse dieses vorsintflutliche Teil.

Meine Nerven proben den Aufstand. Ich habe Kopfschmerzen, und überhaupt tut mir alles weh. Wie PMS oder so. Mann, ich hasse es, Frau zu sein.

Mum stürzt durch die Hintertür herein, ich fahre vor Schreck zusammen und schütte mir heißes Wasser über die Hand.

«Schatz, ich habe eine ganz tolle Idee! Ich muss morgen unbedingt nach Brighton, ich muss ans Meer – ich brauche seine Farbe direkt auf meiner Netzhaut, alles andere funktioniert nicht, ich muss es selbst *sehen*.» Sie wirbelt mit mir durch die Küche, und ich falle fast über den Hund. «Hast du nicht Lust, mitzukommen? Wir könnten uns einen richtig schönen Tag machen und –»

Ich schüttele sie ab. «Mum, ich kann nicht. Ich habe bald Prüfungen, ich kann nicht einfach abhauen und schwänzen.»

«Ist schon klar, Liebes. Das habe ich nicht vergessen. Ich dachte nur, eine kleine Pause würde dir vielleicht guttun. Wir verbringen nicht viel Zeit miteinander, ich vermisse dich, meine Süße, und die olle Schule ist nächste Woche doch auch noch da –»

Man könnte meine, sie glaubt, dass ich noch in den Kindergarten gehe. *Ich hätte heute Nachmittag fast mit meinem Freund geschlafen, Mum! Warum kannst du dich nicht danach erkundigen?*

«Du kapierst es offenbar nicht, Mum», fauche ich sie an, gehe zum Spülbecken und lasse mir kaltes Wasser über die Verbrennung laufen. «Ich will nicht nach Brighton und mir das dämliche Meer angucken. Ich bin keine fünf mehr, ich bin siebzehn, und ich muss lernen!»

«Schon gut, schon gut. Kein Grund, gleich grantig zu werden. Ich dachte bloß, das sei eine gute Idee, ich wollte dir doch bloß helfen, mal an etwas anderes zu denken als –»

Plötzlich bin ich so wütend, dass ich schreien könnte. Warum kann sie nicht einfach mal normal sein? Nur ein einziges Mal? Warum muss sie immer so sein wie – jetzt?

«Weißt du was? Wenn du wirklich helfen willst, dann ruf Eithne an und frag sie, wann sie mit dem Kunstwerk kommt, das sie uns versprochen hat», gifte ich. «Am Samstag ist die Auktion, ihr Name steht in allen Broschüren, und wenn sie nicht auftaucht, sterbe ich!»

Mum sieht verwirrt aus. «Ich bin mir sicher, dass sie –»

«Ach, vergiss es! Ich gehe zu Clem.»

Ich schnappe mir meine Tasche und stürme wieder hinaus. Ich kann kaum was erkennen vor Tränen. Mir ist, als würde ich nirgendwo richtig hingehören – nicht in die Schule, nicht nach Hause, nicht zu Dan. Ach, wenn ich doch nur mein eigenes Ding machen könnte und nicht ständig für andere verantwortlich wäre.

Ich nehme die Abkürzung zu Clem, eine kleine Gasse am Bahnhof vorbei. Mein Atem bildet weiße Wölkchen, als ich durch die Dunkelheit jogge, in der ich an jeder Ecke einen Vergewaltiger oder Mörder vermute. Hätte ich doch bloß Cannelle mitgenommen. Als ich am Parkplatz ankomme und in Clems Straße abbiegen will, rast mein Herz. Es verlangsamt sich ein bisschen, als ich ein knutschendes Pärchen in einem dieser widerlichen Geländewagen bemerke, der in der Nähe der Bahnschranke parkt. (Dad hat sich letztes Jahr auch so einen gekauft – also echt, dem scheint unser Planet ja wohl sonst wo vorbeizugehen!) Wenigstens sind andere Leute in der Nähe, wenn der Hammermörder mich anfällt. Mannomann, sieh sich das mal einer an, die gehen ja richtig zur Sache –

Dann hören sie ganz unvermittelt auf, und die Frau stößt die Autotür auf, sodass im Wageninneren das Licht angeht. Die kenne ich doch? Solche verrückten Haare vergisst man nicht mehr, die sehen aus wie verrostete Bettfedern … Mist! Das ist doch die Ärztin, die sich um Sam gekümmert hat, als er noch ganz klein war! Mich haben sie dann jedes Jahr zu seinen Routineuntersuchungen mitgeschleppt, bis er fünf war.

Und Dad habe ich natürlich sofort erkannt.

«Shit», brummt Dan. «Bist du dir auch *ganz* sicher?»

«Natürlich bin ich mir sicher. Ich lebe ja schließlich schon mein ganzes Leben mit ihm zusammen.»

«Irrtum ausgeschlossen? Vielleicht hat er sie ja nur von irgendwoher mitgenommen.»

«Mitgenommen? Also, soweit ich das sehen konnte, war die Dame in Ekstase.»

«Wahrscheinlich gibt es dafür eine ganz harmlose –»

«Mann, ich habe doch keinen Knick in der Optik, und ich bilde mir auch nichts ein, verstanden?», schnauze ich ihn an. «Mein Vater hat einer anderen Frau seine Zunge in den Hals gesteckt, und zwar nicht, weil er Mund-zu-Mund-Beatmung machen wollte, kapiert?»

«Wirst du's deiner Mutter sagen?»

Ich beobachte meine Mutter dabei, wie sie mit Eithnes bescheuerter Bronzestatue auf die Bühne stolpert. Normalerweise kann sie so etwas ja nicht ausstehen, aber für Eithne würde sie alles tun. Irgendwie bizarr, als hätte diese Hippie-Lesbe einen magischen Einfluss auf sie – klar. Das wär's noch. Dass meine Mutter Dinge tut, mit denen man sie erpressen könnte.

«Natürlich nicht», entgegne ich scharf. «Ich will doch nicht, dass sie wieder ausflippt und sich die Handgelenke aufschlitzt.»

«Und was willst du dann tun?»

Als wenn ich das wüsste. Ich bin total verwirrt. Ich meine, eigentlich müsste ich doch auf Dad sauer sein, und das *bin* ich auch – aber gleichzeitig kann ich es ihm wirklich nicht verübeln. Schließlich ist Mum meistens einfach nur ein hoffnungsloser Fall. Und sie ist so *langweilig*. Nie will sie irgendetwas unternehmen, sie sitzt bloß die ganze Zeit rum und heult und tut sich selbst leid. Okay, manchmal wird sie dann manisch und malt und so, wie auch die letzten beiden Wochen wieder, aber hinterher macht sie nie was draus. Es führt zu nichts. Nie. Eithne meint, dass sie eine ganz große Künstlerin sein könnte, wenn sie wollte, aber sie wird dann nur wieder depressiv und ist komplett hilflos und bedauernswert. Ich weiß, dass sie krank ist, aber könnte sie sich nicht mal ein *bisschen* Mühe geben?

Sie wird nie allein zurechtkommen, wenn er sie verlässt. Was natürlich heißt, dass ich mich dann um sie kümmern darf.

Auf der Bühne zeigt Mrs. Buchanan auf die Statue. «Ein Eithne Brompton», verkündet sie mit aufgesetzter Begeisterung. «Dafür finden sich doch sicher ein paar Interessenten? Dort hinten? Kommen Sie, *Ladies and Gentlemen*, es ist doch für einen guten Zweck! Also, wer macht das Eröffnungsgebot von tausend Pfund?»

«Dafür kriegt sie, wenn sie Glück hat, einen Fünfer», flüstert Dan.

«Mir doch egal.» Ich scharre mit dem Stiefel im Gras. «Blöde Auktion. Ich bin nur hergekommen, damit sie aufhört mich zu nerven.»

Mrs. Buchanan schaut betreten drein. «Na gut, sagen wir fünfhundert.»

«Ach, verdammt, Dan. Das hier ist doch total öde. Ich versteh gar nicht, wieso du dich dafür interessierst. Los, lass uns verschwinden.»

«Geht nicht. Ich habe deinem Vater versprochen, dass ich deine Mutter hinterher nach Hause bringe.»

«Ja, so wie er diese Ärztin, oder was?»

«Nun kommen Sie schon.» Mum hat sich ans Mikro gestellt. «Das ist ein Eithne Brompton. Wissen Sie, wie viel ihre Kunst auf dem freien Markt wert ist? Für Auftragsarbeiten muss man sich auf eine Warteliste setzen lassen – unter zwei Jahren ist da gar nichts zu machen.»

Hinter mir kichern sich zwei Mädchen aus meiner Klasse einen ab.

«Prima, Mum», stöhne ich leise und mache die Augen zu. «Ganz klasse. Ausgerechnet jetzt beschließt du, aus deinem Schneckenhaus zu kriechen.»

«Cate –», hebt Dan an.

Im gleichen Moment zieht sich meine Mutter sämtliche Klamotten aus und rennt dann, wild mit den Armen rudernd, vor meiner gesamten Klasse, meinen Lehrern und meinem Freund quer über den Sportplatz.

Dan zieht in Windeseile seinen Mantel aus und sprintet ihr nach. Ich habe keinen Bock, ihm hinterherzulaufen. Wütend bahne ich mir einen Weg durch die aufgeregte Menge zum Ausgang.

Das hier werde ich ihr nie verzeihen. Nie, nie, *nie*.

Ich fühle mich so gedemütigt, dass ich am liebsten sterben würde – aber die Genugtuung gönne ich ihr nicht. Wie konnte sie mir das antun? Ich kann mich in der Schule nie wieder blicken lassen! Gott sei Dank sind jetzt Osterferien, und ich kann mich mit Cannelle in meinem Zimmer einschließen. Ich will niemanden sehen, nicht mal Dan. Ich hasse sie. Sie hat mein Leben ruiniert, aber komplett. Das einzig Gute an der Sache ist, dass ich drei Kilo abgenommen habe, aber da ich den Rest meines Lebens in einem Versteck verbringen werde, ist mir das auch nur ein geringer Trost.

Solange ich denken kann, muss ich nachsichtig mit Mum sein. *Sie ist krank. Sie kann nichts dafür. Sie weiß nicht, was sie tut.* Wenn sie den ganzen Tag bloß dasitzt und aus dem Fenster starrt oder sich nicht einmal anzieht, sagt Dad: «Das sind die Tabletten. Es ist nicht Mums Schuld.»

Aber er kann sich ja auch ins Büro verziehen. Er muss

nicht den Küchenboden wischen, wenn er nach Hause kommt, weil sie den Wasserhahn acht Stunden hat laufen lassen. Er musste auch nicht mein Zimmer neu streichen, nachdem Mum aus einer Laune heraus beschlossen hatte, es orange zu pinseln. Er hat nicht drei Monate lang sein Taschengeld gespart, um sich eine Journalistentasche von Billington leisten zu können, die Mum dann während eines ihrer Hochs großzügig in die Altkleidersammlung gibt.

Und er war auch nicht derjenige, der an *jenem Tag* nach Hause kam und sie fand.

Ich frage mich, wie sie wohl ist. Seine Freundin. Ich fand sie immer ganz okay, aber da hatte ich ja noch keine Ahnung, dass sie mit meinem Dad ins Bett geht. Wie kann sie nur eine Affäre mit ihm haben, wenn sie weiß, dass er Kinder hat? Interessiert sie das gar nicht?

Was, wenn er uns wegen ihr verlässt? Wenn er ein Baby mit ihr kriegt, eine ganz neue Familie mit ihr gründet, dann vergisst er uns doch. Mum wird vollkommen zusammenbrechen. Oder Schlimmeres. Wenn seine Freundin wüsste, wie sehr wir ihn brauchen, würde sie ihn sicher in Ruhe lassen und sich jemand anderen suchen. Sie ist doch *Baby*ärztin. Da kann sie doch nicht total kalt und abgebrüht sein, oder?

Ich habe nur eine Möglichkeit, das herauszufinden.

Die Suche nach ihr ist ein Kinderspiel. Sie arbeitet immer noch im gleichen Krankenhaus, hat jetzt nur ein anderes Büro. Weniger als eine Stunde Fahrt von zu Hause, von Tür zu Tür. Ganz schön praktisch für Dad.

Sie hat *cojones*, das ist mal klar. Sie scheint überhaupt nicht überrascht, als ich vor ihrem Büro auf sie warte.

«Caitlin, stimmt's?», fragt sie.

«Cate.»

«Cate.» Sie nickt. «Na, dann komm doch rein.»

Ich folge Dr. Ella Stuart in einen hellen, engen Raum, der mich an Dads neues Büro erinnert, nur ohne die tolle Aussicht. Auf ihrem schicken Glastisch türmen sich Formulare und andere Papiere, beschwert von Kaffeebechern und Büchern. Zwei flache Bildschirme stehen zueinandergedreht in der Mitte des Tisches, das sieht aus wie ein offenes Buch. Die Wände verschwinden hinter dicken, langweilig wirkenden und in Leder gebundenen Büchern.

Keine Fotos.

Sie bedeutet mir, mich auf den schönen grünen Stuhl auf meiner Seite des Schreibtischs zu setzen, lehnt sich selbst aber nur mit dem Hintern an die Tischkante. «Worüber wolltest du mit mir sprechen?»

«Dad.»

Sie löst ihre Haarspange, streicht sich die langen, roten Haare etwas straffer aus dem Gesicht und klemmt sie wieder zusammen. «Und was genau möchtest du –»

«Tun Sie nicht so, als wüssten Sie nicht, worüber ich reden möchte. Ich habe Sie und meinen Vater letzte Woche auf dem Bahnhofsparkplatz gesehen. Da haben Sie sich *geküsst*», füge ich anklagend hinzu.

Wir starren uns eine ganze Weile einfach nur an.

«Als ich dich das letzte Mal gesehen habe, warst du dreizehn», sagt sie schließlich. «Du warst wütend – ich glaube, du konntest nicht zu einem Konzert gehen oder so was, weil du deinen kleinen Bruder begleiten musstest –»

«Vierzehn. Haben Sie da schon mit meinem Dad geschlafen?»

«Immer noch wütend», stellt sie fest.

«Und? Haben Sie?»

Sie fummelt an einer Reihe Bücher herum und rückt sie

alle gerade hin. Sie ist dünner, als ich sie in Erinnerung hatte, und irgendwie blass, wie wenn sie krank gewesen wäre oder so. Ich schüttele mich. Wenn ich nicht aufpasse, habe ich gleich Mitleid mit dieser blöden Kuh.

«Wie bist du hergekommen?», fragt sie.

«Zug. Bahn. Dann zu Fuß. Um das Krankenhaus zu finden, braucht man keinen Monster-IQ. Ich bin kein Kind mehr. Und Sie haben meine Frage noch nicht beantwortet.»

«Was genau möchtest du denn hören?»

Ich mache den Mund auf: *Ich möchte eine Entschuldigung hören, ich möchte hören, dass du aufgibst, ich möchte, dass du mir versprichst, mir meinen Dad nicht wegzunehmen.* Stattdessen frage ich: «Lieben Sie ihn?»

«Ich glaube nicht, dass dich das etwas angeht», antwortet sie sanft.

«Er ist mein Vater. Er ist mit meiner Mutter verheiratet. Das heißt, es geht mich sehr wohl was an.»

«Nein. Das heißt nur, dass sie deine Eltern sind.»

«Tut es Ihnen denn überhaupt nicht leid?», platzt es erregt aus mir heraus.

«Was denn?»

«Sie haben eine Affäre mit meinem Vater! Wie können Sie einfach nur so dasitzen und tun, als wenn nichts wäre? Sie sind – Sie zerstören eine Familie!»

Sie lehnt sich wieder an ihren Schreibtisch und verschränkt die Arme. Sie hat obercoole, kniehohe Wildlederstiefel an, mit schokoladenbraunem, orange- und zimtfarbenen Paisleymuster und kleinen, schmalen Absätzen. «Ich habe deine Familie nicht zerstört. Das würde ich nie tun.»

«Und woher wollen Sie das wissen? Was ist, wenn meine Mum davon erfährt?»

«Wirst du es ihr sagen?»

Warum fragt mich das eigentlich jeder? «Das wird gar nicht nötig sein, wenn Sie meinen Vater weiter in aller Öffentlichkeit abknutschen. Sie haben sich mit ihm quasi direkt hinter unserem Haus getroffen! Da hätte Sie jeder sehen können!»

«Das tut mir leid», räumt sie ein. «Ich hätte nicht dahin kommen sollen. Ich hatte einen ziemlich schlechten ... Egal. Es wird nicht wieder vorkommen.»

Nervös spielt sie mit einem Ring an ihrer linken Hand. Es dauert einen Moment, bis ich kapiere.

«Sie sind verheiratet!», rufe ich aus. «Hat Ihr Mann eigentlich irgendeinen Schimmer davon?»

Sie zögert. «Er ist tot.»

«Oh. Entschuldigen Sie. Das wusste ich nicht.»

«Woher auch?» Sie vergräbt die Fäuste in den Taschen ihres weißen Kittels. «Er ist heute vor einem Monat gestorben. Und nein, er hatte keine Ahnung davon.»

«War er alt?»

«Nein. Na ja, für deine Verhältnisse vielleicht schon. Er war einundvierzig. Zweiundvierzig», korrigiert sie sich. «Ich vergesse ständig, dass es sein Geburtstag war.»

«Hatte er einen Unfall?»

«Sein Herz wurde von einem Virus angegriffen. So was passiert. Mit einer Wahrscheinlichkeit von eins zu einer Million. Keiner konnte ahnen –»

«Haben Sie Kinder?»

Sie senkt den Kopf. Einen Moment lang wirkt sie kaum älter als ich oder Clem. «Nein. Er wollte welche, aber ich nicht.»

«Da sind Sie jetzt bestimmt froh.»

«Eigentlich nicht.»

Was soll ich jetzt sagen? Das hier entwickelt sich in eine

ganz andere Richtung, als ich es mir vorgestellt hatte. Ich dachte, sie würde sich so erschrecken und schämen, wenn sie mich sieht, dass sie zusammenbrechen und mir versprechen würde, sich für immer von Dad fernzuhalten. Vermutlich hoffte ich auch, dass sie sich ein bisschen zur Wehr setzen und mit mir Streit anfangen, vielleicht sogar ein bisschen weinen würde, bis sie dann eingesehen hätte, dass das Spiel aus ist, und gegangen wäre.

Ihr Mann ist gerade gestorben. Mist. Und sie benimmt sich so normal, gibt mir vernünftige Antworten und behandelt mich nicht wie ein blödes Kind. Sie kommt mir fast schon – na ja, richtig *nett* vor.

Also frage ich sie ganz schnell, bevor mich der Mut verlässt: «Werden Sie und mein Dad jetzt zusammen durchbrennen?»

«Ist es das, was dir Sorgen macht?» Sie hat ganz rote Wangen bekommen. «Nein, ich werde nicht mit Will–, mit deinem Vater durchbrennen. Ich möchte keine Familie zerstören. Vielleicht ist das schwer zu glauben, aber ich habe meinen Mann geliebt. Ich wollte nie irgendjemanden verletzen –»

«Stört es Sie denn gar nicht, dass er meine Mutter betrügt?», frage ich neugierig. «Ich meine, Sie könnte er doch auch betrügen. Er könnte doch jede Menge Freundinnen haben.»

«Das Gleiche könntest du auch über mich sagen», entgegnet sie mit einem angespannten Lächeln.

Mein Gott, sieht sie schlecht aus. Ihre Hände zittern. «Sind Sie ... Dr. Stuart, geht es Ihnen nicht gut?»

Sie atmet irgendwie seltsam ein. «Könntest du mir bitte etwas – Wasser geben ...»

Auf dem Schreibtisch steht eine ungeöffnete Flasche Mineralwasser. Ich schraube den Deckel ab und reiche sie ihr. Sie keucht, als hätte sie gerade einen Dauerlauf hinter sich – so langsam wird sie mir unheimlich.

«Dr. Stuart? Ella? Soll ich irgendjemanden holen?»

«Ach, Cate. Es tut mir so leid», bringt Ella noch heraus.

Dann sackt sie in sich zusammen wie eine Gummipuppe, der die Luft entweicht. Ich versuche noch, sie aufzufangen, aber es geht alles viel zu schnell. Mir wird richtig übel bei dem Geräusch, das ihr Kopf verursacht, als er auf die Ecke der gläsernen Schreibtischplatte knallt.

«Ella! Ella! Ist alles in Ordnung?»

Sie rührt sich nicht. Ich kauere mich neben sie und drehe vorsichtig ihr Gesicht zu mir. O Gott, so viel Blut! Ich kann nicht mal sehen, ob sie sich nun eigentlich das Auge herausgeschlagen hat – mir dreht sich fast der Magen um – oder ob sie sich nur den Kopf verletzt hat. Ich rufe sie nochmal, aber sie reagiert nicht. Sie ist leichenblass. Und ich bin nicht mal mehr sicher, ob sie überhaupt noch atmet.

Ich reiße die Tür zum Flur auf und schreie mir die Seele aus dem Leib.

5

Ella

Ich habe keine Angst vorm Fliegen. Bloß Panik vor einem Absturz. «Im Falle einer Notlandung müssen wir Sie bitten, die Notrutsche nicht mit hohen Absätzen zu betreten» – so eine Regel kann sich doch nur ein Mann ausdenken. Und was, wenn ich nun zufällig mein Lieblingspaar Manolos anhabe? Dürfte ich die dann vielleicht zumindest in der Hand tragen? Andere Frauen schleppen schließlich ihre Babys mit auf die Notrutsche, also warum sollte ich nicht –

Eine unerwartete Mega-Ausschüttung Adrenalin schnürt mir die Luft ab, und ich springe beinahe von meinem Sitz.

Ich atme ganz tief ein und konzentriere mich auf den Steward, der gerade seine Demo-Rettungsweste anlegt. Natürlich bin ich durcheinander. Mein Mann ist gerade gestorben. Unter den gegebenen Umständen hätte wohl selbst die wunderbare Pollyanna Schwierigkeiten, in Urlaubsstimmung zu kommen.

Das Flugzeug beginnt zu rollen: Jetzt gibt es kein Zurück mehr. Mir wird heiß, und ich fange an zu schwitzen. Ich lange nach oben und fingere an der Luftdüse herum, aber das bringt überhaupt nichts.

«Miss?» Der Steward tippt mir auf die Schulter. «Entschuldigen Sie bitte, aber das da müssen wir während des Starts im Gepäckfach über Ihnen verstauen.»

«Schon okay, ich halte es gut fest.»

«Tut mir leid, Miss. Die Sicherheitsvorschriften –»

«Mrs., bitte.»

«Wie bitte?»

«Ich bin keine Miss, sondern eine Mrs.»

«Selbstverständlich, Ma'am. Wenn ich Ihnen das jetzt bitte abnehmen dürfte …»

Mir wird schon wieder ganz eng um die Brust. Mein Magen verknotet sich vor Übelkeit und Angst. Mein linker Nachbar rutscht gereizt auf seinem Sitz herum. Er hat mindestens dreißig Kilo Übergewicht. Sein Speck schwabbelt rüber auf meinen Sitz und dringt in meinen Bereich ein. Ich stecke fest. Ich bin gefangen. Das ist nicht fair – wetten, *dem* haben sie nicht zweihundertvierzig Pfund fürs Übergepäck abgeknöpft?

Es war nicht meine Schuld, ich konnte mich einfach nicht entscheiden, was ich einpacken sollte. Ich habe heute Morgen volle zwanzig Minuten heulend auf dem Boden vor meinem Kleiderschrank gesessen, weil ich nicht wusste, ob ich die dunkelgraue oder die schwarze Wollhose mitnehmen sollte. Und am Schluss war es das Einfachste, alles einzupacken, was in Frage kam.

Da packt mich die nächste Adrenalinwelle. Meine Arme kribbeln. Ich bekomme richtig Angst. Lieber Gott, ist das jetzt etwa ein Herzinfarkt? Hat es sich so angefühlt, als Jackson …?

Der Steward streckt die Arme nach mir aus. «Ich muss Ihnen das jetzt wirklich aus der Hand nehmen –»

«Nein! Ich halte es fest.»

«Entschuldigen Sie bitte vielmals, Miss, aber das kann ich nicht zulassen.»

«Mrs.!», schreie ich ihn an. «Mrs. Garrett! *Mrs.*!»

Der Steward zieht sich nervös zurück. Ich kriege keine Luft. Ich zerre an der Schnalle des Sicherheitsgurtes herum, während das Flugzeug beschleunigt. Ich kriege keine Luft, ich muss hier raus, *ich muss aus diesem Flugzeug raus* –

Eine kühle, beruhigende Hand greift über den Gang hinweg nach meiner.

«Es wird alles gut», versichert mir eine Frauenstimme. «Sie hyperventilieren. Sie müssen ganz langsam atmen. Durch die Nase ein, durch den Mund aus. *Langsam.* Durch die Nase ein. Durch den Mund aus. Ein durch die Nase. Aus durch den Mund …»

Hyperventilieren. Ja. Darüber weiß ich Bescheid. Vor meinem geistigen Auge erkenne ich verschwommen meine Notizen aus dem Medizinstudium: «Hyperventilation (auch: Hyperpnoe) bezeichnet die pathologisch beschleunigte und / oder vertiefte Atmung, bei der die Kohlendioxidkonzentration im Blut unter einen Normalwert gesenkt wird …»

Schritt für Schritt lässt das Erstickungsgefühl nach. Ich kann eine Weile gar nichts sagen.

«Sie hatten eine Panikattacke», erklärt mir die Frau sachte. «Ich hatte auch welche, nachdem meine Mutter gestorben ist. Die jagen einem eine Heidenangst ein, aber letztendlich richten sie keinen Schaden an.»

Ich reiße meine Hand los. «Ich habe keine Panikattacken.»

«Die können wie ein Blitz aus heiterem Himmel kommen, wenn man gestresst oder irgendwie angespannt ist. Das kann jedem passieren. Nichts, wofür man sich schämen müsste.»

«Das liegt wahrscheinlich bloß an der Flughöhe. Mir geht es prima.»

Und jetzt braucht sie mich nicht extra darauf hinzuweisen, dass wir kaum vom Boden abgehoben haben.

Der Steward kehrt zurück. «Mrs. Garrett», betont er gehässig, «wir können nicht zulassen, dass Sie sich selbst und die anderen Passagiere noch einmal einer solchen Gefahr aussetzen. Während Start und Landung müssen Sie Ihr Gepäck –»

«Das ist mein Mann», sage ich.

«Wie bitte?»

Schützend habe ich den Arm um meine Holzkiste gelegt. Eine sonnendurchflutete Erinnerung blitzt in mir auf: Jackson, wie er am Rand einer roten Schotterstraße in Paraguay hockt und lacht, während er mit einem Jungen von nicht mehr als acht Jahren einen Preis aushandelt. Er weiß genau, dass er am Ende das Zehnfache dessen bezahlen wird, was die sperrige Kiste wert ist. «Und wie zum Teufel sollen wir das Ding mit nach Hause kriegen?», hatte ich ihn gefragt, da ich im Geiste bereits plante und organisierte. «Das wird sich schon finden», antwortete Jackson unbekümmert. «Das ist doch Teil des ganzen Vergnügens.»

«Das ist die Asche meines Mannes», erkläre ich dem Steward und empfinde eine zynische Freude, als ihm die Kinnlade runterfällt. «Ich bringe ihn nach Hause.»

Ich habe Jacksons Bruder noch nie getroffen, aber ich erkenne ihn sofort. Sie ähneln sich in vielerlei Dingen: die karibisch-blauen Augen, die breiten, vollen Lippen, das kantige Kinn. Doch Jacksons Schönheit war mehr als nur die Summe seiner körperlichen Merkmale, was man von Cooper nicht gerade behaupten kann.

Sein Gesichtsausdruck ist hart und wenig einladend. Die tiefen Furchen zwischen seinen Augenbrauen und neben dem Mund deuten darauf hin, dass er immer so finster guckt, und nicht nur anlässlich der Begegnung mit mir.

Er nickt, ohne zu lächeln, als ich mich ihm vorstelle, dreht sich auf dem Absatz um, stürmt Richtung Ausgang und lässt mich meinen Rollkoffer selbst ziehen. Da hatte Jackson wohl ganz eindeutig auch in Sachen Charme das größere Los gezogen, denke ich verstimmt.

Ich folge Cooper hinaus auf den Parkplatz. Mir sinkt das Herz, als er neben einem ziemlich mitgenommenen, zweitürigen Ford Pick-up stehen bleibt. Das Ding sieht aus, als hätte es zuletzt ein paar schlammverschmierte Flusspferde transportiert.

Er klettert direkt auf den Fahrersitz, ohne mir auch nur im Geringsten dabei zur Hand zu gehen, meinen Koffer auf die verdreckte Ladefläche zu hieven. Als er merkt, wie sehr ich mich abmühe, steigt er widerwillig doch noch einmal aus.

«Danke», keuche ich, als er den Koffer über die Heckklappe wirft.

Er ignoriert mich und setzt sich wieder hinters Steuer. So viel zu den berühmten Südstaatenmanieren. Ich fasse es nicht, dass Jackson so extrem anders ist als sein Bruder –

War. *War.*

Cooper biegt auf die verkehrsreiche Interstate ab und lässt sein Fenster auf, was eine Unterhaltung unmöglich macht. Meine Haare peitschen mir ins Gesicht, sie wehen mir in Mund und Augen. Vier Spuren voller riesiger amerikanischer Karossen spucken wolkenweise graue Abgase aus, während sie uns von beiden Seiten überholen. Das war etwas, was Jackson wirklich an England liebte (abgesehen von Maltesers und Doppeldeckerbussen): unsere hübschen kleinen Autos. Von dem Fahrtwind, der mir um die Schultern pfeift, wird mir kalt, und ich schalte die Heizung ein. Cooper greift sofort an mir vorbei und stellt sie wieder aus. Kein Wunder, dass Jacksons Bruder nie geheiratet hat, wenn das seine Art ist, Freunde zu gewinnen und Leute zu beeindrucken.

Ich lasse mich auf die harte Sitzbank sinken, ziehe meine Jacke zu und schließe die Augen. Sein Fahrstil ist genauso aggressiv wie sein Benehmen, aber ich bin einfach viel zu müde und unglücklich, als dass ich mich darüber aufregen könnte. In den zwei Wochen, seit Jackson gestorben ist, habe ich im Krankenhaus absichtlich doppelte und dreifache Schichten gearbeitet – mein Job ist das Einzige, was mir zurzeit hilft. Selbst an meinen freien Tagen hat es mich in die Wärme der Frühchen-Intensivstation gezogen, wo ich Stunden an Hopes Brutkasten verbrachte und ihr mehr Kraft zum Kämpfen wünschte. Aus irgendeinem unerfindlichen Grund hat dieses Baby etwas in mir angerührt, was ich meine Seele nennen würde, wenn ich denn noch an Gott glaubte. Als hätte ich sie dadurch, dass ich ihr das Leben gerettet habe, zu einem Teil von mir gemacht.

Mein Magen zieht sich zusammen. Ich sitze neben Jacksons Bruder, und mir wird schlecht vor lauter Schuldgefühlen. William sagt, ich soll aufhören, mich für Jacksons Tod verantwortlich zu fühlen, aber wie kann ich das? Ich bin Ärztin, wenn ich zu Hause gewesen wäre statt bei William, hätte ich vielleicht erkannt, wie ernst die Lage war. Wenn doch nur –

Wenn doch nur *was*, Ella? Er rechtzeitig ins Krankenhaus gekommen wäre? Du eine Chance gehabt hättest, dich von ihm zu verabschieden? Du ihn die letzten acht Jahre nicht betrogen hättest?

«Isser das?», fragt Cooper plötzlich und zeigt mit dem Daumen zu der Kiste auf meinem Schoß.

Ich zucke zusammen, als ich seine Stimme höre. Er sieht sauer aus. Reicht ihm mein Anblick, um zu wissen, was für eine Frau sein Bruder da geheiratet hat?

Ich nicke. Coopers Unterkiefer arbeitet, aber er sagt nichts mehr.

Nach einer Stunde Fahrt biegen wir von der Interstate ab und kurven durch eine ganze Reihe von Straßen, die immer enger werden und in immer schlechterem Zustand sind. Die letzte ist nicht einmal asphaltiert. Der Pick-up rumpelt über tiefe Spurrinnen und Schlaglöcher, und durch das offene Fenster legt sich ein feiner Staubnebel auf mich. Immergrüne Eichen, von denen das Louisianamoos in Matten hängt, biegen sich über die Straße und tauchen uns in tiefe, grüne Finsternis. Die Luft ist still und drückend. Der feuchte Geruch nach Schimmel und Fäulnis durchdringt meine Knochen. Ich habe mich oft gefragt, warum Jackson mich nie mit zu sich nach Hause genommen hat. Jetzt verstehe ich es langsam.

Cooper lenkt den Truck auf eine zugewucherte, unbefestigte Straße, die an einem verwitterten Weidezaun entlangführt. Ein Pferd wiehert in der Ferne, als wir vor einem überraschend großen und gutgepflegten Anwesen im Kolonialstil halten, das aus *Vom Winde verweht* stammen könnte. Ich hatte eher eine düstere, transsylvanische Villa erwartet. Aber das hier ist wunderschön.

Ich lehne mich aus dem Autofenster und versuche mir vorzustellen, wie Jackson hier aufgewachsen ist – wie er als sechsjähriger Junge auf dem Geländer sitzt; wie er als Teenager auf der Veranda seine erste Freundin küsst. Wie er sich als Elfjähriger in seiner neuen, steifen Trauerkleidung windet, die Haare nass und an den Kopf gekleistert, und versucht, bei der Beerdigung seiner Eltern genauso tapfer zu sein wie sein großer Bruder.

Cooper schnappt sich meinen Koffer von der Ladefläche und geht ins Haus. Ich klettere aus der Fahrerkabine und umklammere unbeholfen die sperrige Kiste.

Ich betrete den luftigen Flur. Am Fuße der weitläufigen, geschwungenen Treppe erwartet mich eine kleine schwarze Frau von Mitte siebzig mit vor der akkuraten weißen Schürze gefalteten Händen.

Keine Spur von Cooper und meinem Koffer.

«Sie müssen Miss Ella sein», begrüßt sie mich herzlich. Ihr Südstaatenakzent ist mir schmerzhaft vertraut. «Ich bin Lolly. Sie sind nach der langen Reise bestimmt ganz erledigt. Kommen Sie, ich zeige Ihnen Ihr Zimmer, dann können Sie sich vor dem Abendessen noch etwas frischmachen.»

«Ich freue mich so, Sie endlich kennenzulernen, Lolly. Jackson hat mir so viel von Ihnen erzählt –»

Ihr Blick legt sich auf die Kiste in meinen Armen. «Ach, Miss Ella. Ich kann gar nicht glauben, dass er weg ist.»

«Ich auch nicht», flüstere ich.

«Er war so ein zäher kleiner Kerl. Konnte den ganzen Tag draußen herumrennen und hatte immer noch Energie übrig, wenn er wieder nach Hause kam. Ständig hat er mir Streiche gespielt – hat mir Frösche, Käfer und was weiß ich noch alles ins Bett gelegt. Einmal hatte er so eine Hakennasennatter in einem Jutesack –» Ihre braunen Augen füllen sich mit Tränen, doch sie wischt sie mit dem Handrücken weg. «Ach, was rede ich denn, ich plappere ja wie eine dumme Alte, und Sie fallen fast um vor Müdigkeit. Kommen Sie, folgen Sie mir. Cooper hat Sie im blauen Zimmer am Ende des Ganges untergebracht. Im Badezimmer liegen frische Handtücher, aber Sie müssen mir unbedingt Bescheid sagen, falls Sie noch irgendetwas brauchen sollten.»

Sie führt mich nach oben in ein helles Zimmer mit hohen Decken, von dem eine doppelte Tür hinaus auf einen kleinen, säulengestützten Balkon führt. In der Mitte des

Raumes steht ein altes Messingbett, das unter den weißen Decken und Moskitonetzen fast verschwindet. Die Patina des gebohnerten Eichenbodens schimmert golden.

Ich stelle Jacksons Asche vorsichtig auf der Holzkommode ab, gleich neben zwei silbernen Haarbürsten und einem Handspiegel, der so abgegriffen ist, dass man die Initialen darauf schon nicht mehr entziffern kann. Auf dem Boden neben dem Bett liegt ein schlichter Flickenteppich im gleichen Blassblau wie die Tapete. Auf diesem Teppich steht, in einem schiefen Winkel, mein Koffer – so als hätte ihn jemand achtlos von der Tür aus hereingeworfen. Wie ich Cooper bisher kenne, hat er wahrscheinlich genau das getan.

Lolly schaut mir dabei zu, wie ich mich auf den Boden knie und den Koffer hinlege, um ihn aufzumachen.

«Kümmern Sie sich nicht um Cooper», rät sie mir zögernd. «Er kann ein bisschen störrisch sein, aber so ist er nun mal. Das hier hat ihn tief getroffen. Er hat Jackson geliebt, als wäre er sein Sohn.» Ihr Blick wandert zu der Kiste auf der Kommode. «Nachdem ihre Eltern gestorben waren, hat er alles andere aufgegeben, um Jackson großzuziehen. Wissen Sie, Cooper hatte nur einen Monat vor dem Brand einen Platz an der Juilliard School in New York zugesagt bekommen. Er war so aufgeregt, als er an dem Tag nach Hause kam, er schwebte wirklich auf Wolke sieben. Er war ein so talentierter Musiker. Er hätte mit der Ausbildung Großes erreichen können. Selbst jetzt ist es noch, als würde die Welt stillstehen, wenn er am Klavier sitzt.»

Ich setze mich auf meine Fersen. «Davon hat Jackson nie etwas erzählt.»

«Na, der hatte davon ja auch gar keine Ahnung. Cooper wollte nicht, dass der Junge Schuldgefühle entwickelte.

Juilliard wurde nie wieder erwähnt. Der Himmel weiß, was ihn das gekostet hat.»

«Und er hat nie geheiratet?»

«Da gab's mal ein Mädchen.» Sie seufzt. «Jackson war noch recht klein, und sie hatte keine Lust, ihn mit großzuziehen. Danach hat Cooper seine Vorstellung von einer eigenen Familie wohl aufgegeben. Jackson war alles, was er an Familie brauchte.»

Lolly erklärt mir, dass es um halb sieben Abendessen gibt, und lässt mich in Ruhe auspacken. Das dauert nicht lange, da ich die meisten Sachen im Koffer lasse. Schließlich bleibe ich nur zwei Tage. Gerade lange genug, um Jacksons Asche zu verstreuen und mich von ihm zu verabschieden.

Als ich fertig bin, werfe ich einen sehnsüchtigen Blick auf das Bett. Ich würde jetzt am liebsten zwischen die frischen Laken kriechen, aber wenn ich das tue, bin ich wahrscheinlich dank Jetlag um drei Uhr in der Früh hellwach.

Stattdessen wasche ich mir das Gesicht mit kaltem Wasser und fahre mir mit den Fingern durch die Haare, die nach dem Flug noch verknoteter sind als sonst. Vielleicht sollte ich einen Spaziergang machen. Mir tun sämtliche Glieder weh nach dem Viehtransport, den sie heutzutage Economy-Class nennen.

Als ich nach unten komme, höre ich Klavierspiel. Ich bleibe auf der untersten Stufe stehen, wie gebannt von der Musik, und die Welt durchflutet mich wie Licht. Coopers Trauer und Schmerz kommen in den elegischen Tönen zum Ausdruck, die ihm aus den Fingern fließen. Mir bricht fast das Herz vor Mitleid. Ich habe Jackson geliebt, und ich weiß, *wie* ich ihn geliebt habe – aber Blutsbande sind doch noch etwas anderes. Ich habe genügend Eltern gesehen, die ihr Kind verloren haben, um zu begreifen, dass der Tod eines Kindes sich anfühlen muss, als ob einem das Herz aus der Brust geschnitten würde. Cooper trauert in gleicher Weise um seinen Bruder. Als ich ihn spielen höre, bin ich merkwürdig betreten, als sei ich unberechtigte Zeugin einer intimen Trauer.

Leise öffne ich die Haustür und verschwinde in den Garten.

«Sind wir da?», frage ich, als Cooper den Truck parkt.

Er nickt schroff. Nach drei Stunden Fahrt durch die Smoky Mountains, während derer wir nicht mehr als fünf Worte gewechselt haben, erwarte ich keine echte Unterhaltung.

Ich mache die Wagentür auf und nehme Jacksons Asche an mich. Cooper rührt sich nicht. «Kommst du nicht mit?» Ich bin erstaunt.

Teilnahmslos starrt er geradeaus.

Völlig unvermittelt und überraschend erinnert er mich an seinen Bruder. Diese Sturheit um die Mundpartie, der wütende, wehrsame Zug ums Kinn. Wenn Jackson keinen großen Bruder gehabt hätte, der ihn beschützte und ihm den Weg ebnete, wäre er wahrscheinlich auch so geworden: ein erschöpfter, zynischer, verschlossener Mann. Ich frage mich, wie Cooper wohl aussehen würde, wenn er mal lächelte.

Ich lasse ihn im brütend heißen Pick-up zurück und halte mir schützend die Hand über die Augen, als ich den Pfad beäuge, den ich jetzt erklimmen soll. Ach, Jackson. Musste es denn wirklich ausgerechnet eine hundertzwanzig Meter senkrecht nach oben ragende Felsformation sein?

«Falls ich abkratzen sollte, während ich auf dieser gottverlassenen Insel bin», hatte er eines verregneten

Sonntagmorgens, kurz nachdem wir nach London gezogen waren, fröhlich beim Frühstück verkündet, «dann untersteh dich, mich auf einem eurer düsteren englischen Knochenacker zu verscharren. Ich will, dass du mich nach Hause bringst und meine Asche vom Chimney Rock verstreust.»

«Chimney was?»

Er steckte seinen Cornflakeslöffel in mein Ben-&-Jerry's-Eis, woraufhin ich seine Hand abwehrte. «Chimney Rock. Das ist ein Felsen, und der ist geformt wie ein Schornstein –»

«Mach nur so weiter, dann übergebe ich deine Asche der Klospülung.»

«Ich finde das richtig süß, wie du das sagst. ‹Übergebe ich.› Sehr gewählt. Sehr britisch. So britisch wie Oxford, rote Busse und Marmite.»

«Du klingst wie ein elender Tourist.»

«Ich bin ein elender Tourist. Und Chimney Rock, du ignorante Inseläffin, ist eine Felsformation am Rande der Blue Ridge Smoky Mountains in North Carolina – der schönste Fleck auf Gottes Erde. Von da oben kann man an einem guten Tag über dreihundert Kilometer weit sehen. Es überrascht mich, dass du nie dort warst, während du an der Duke studiert hast.»

«Höhenangst», gestand ich. «Ich bin noch nie gern sehr weit oben gewesen. Bis ich dich kennengelernt habe.»

Als ich jetzt die Felswand vor mir betrachte, wird mir schlecht. Ein Glück, dass ich mir wenigstens kein Klettergeschirr anlegen oder mit Seilen hantieren muss – vor mir windet sich eine in den Fels gehauene Treppe in die Höhe. Aber es geht trotzdem fast hundertzwanzig Meter nach oben, und ich habe gerade mal den ersten Treppenabsatz erreicht, als die Höhenangst zuschlägt.

O Gott. Ich weiß nicht, ob ich das hier durchziehen kann.

Konzentrier dich. Einen Fuß vor den anderen. Nicht hochgucken, dann geht's schon. Wenn diese Stufen das Gewicht eines Durchschnittsamerikaners aushalten, halten sie auch dich aus.

Während meines zwanzigminütigen Aufstiegs lasse ich nicht eine Sekunde das eiserne Geländer los. Keuchend erreiche ich den Gipfel. Hier oben steht man relativ geschützt, darum geht es mir schnell ein bisschen besser. So schlimm war es gar nicht. Und zum Abgrund hin ist eine schöne Felswand statt einer wackeligen Brüstung –

Mist. Mist, Mist, *Mist*. Das ist noch gar nicht der Gipfel. Ich muss noch mehr Stufen hoch und – oh, Gott! Über eine Hängebrücke á la Indiana Jones. Das darf doch nicht wahr sein.

Ich lasse mich auf eine Bank sinken. Ach, Jackson. Da hast du es mir ja wirklich nochmal gezeigt.

William meinte, ich sei verrückt, dass ich ganz nach Amerika fliege, um Jacksons Asche zu verstreuen. Bei Gott, ich habe zu seinen Lebzeiten wirklich nicht viel für meinen Mann getan – vielleicht ist es wirklich Blödsinn, jetzt so einen Aufstand zu machen. Aber (auf die Gefahr hin, wie ein Talkshow-Opfer zu klingen) ich brauche das als Abschluss. Wenn ich dies hier vollbracht habe, kann ich die Vergangenheit vielleicht loslassen.

Erschöpft rappele ich mich auf und steige die letzten Stufen hinauf. Am Anfang der Brücke halte ich an. Da geht es bestimmt dreihundert Meter runter ins Tal.

Mir bleibt nur eins: Augen zu und rüber.

Sobald ich die Brücke hinter mir habe, klappe ich auf einem Fels zusammen. Und bleibe dort. Keine zehn Pferde werden mich dazu bringen, mich an das altersschwache

Geländer an der Felskante zu stellen. Ich befinde mich in hundertzwanzig Metern Höhe auf einer Felsnadel, die die Grundfläche meiner Küche besitzt. Nur dass die Fläche hier nicht mal eben ist. Ich könnte jederzeit herunterpurzeln.

Mir schnürt sich der Hals zu. Ich umklammere die Kiste noch fester. Mein Herz rast. Mir bricht kalter Schweiß aus. Ich kann das nicht. Ich kann mich nicht bewegen. *Ich kann das nicht.*

Da spüre ich eine Hand an meinem Ellbogen, die mir auf die Füße hilft.

Sanft, aber bestimmt führt Cooper mich zum Geländer. Die Smoky Mountains liegen vor mir ausgebreitet. Der blaue Dunst, der dem Gebirge seinen Namen gegeben hat, zeichnet die Landschaft weich und trübt sie ein. Ein silbern glänzender Fluss schlängelt sich zum Horizont. Die Luft ist so sauber und frisch, wie ich es noch nie erlebt habe. Jackson hatte recht: Es ist der schönste Fleck auf Gottes Erde.

Gemeinsam öffnen sein Bruder und ich die Kiste. Eine leichte Brise wirbelt die Asche auf und lässt sie dann wie Regen niedergehen.

Cooper wendet sich mir zu. Seine blauen Augen sind ganz dunkel vor Trauer. Mir fällt erst auf, dass ich weine, als mir die Tränen auf die Bluse tropfen.

Er reicht mir die Hand und führt mich zurück über die Brücke.

Es ist ein ungewöhnlich warmer Abend für Anfang März. Ich öffne die Doppeltür und trete auf den Balkon. Eine leichte Brise lässt das Laub der Eichen rascheln und wiegt das Louisianamoos. Die schwarze, sternenlose Nacht legt sich schwer auf mich. Wolken jagen über den nur zu erahnenden Neumond. Hier draußen gibt es keine Straßenbeleuchtung, kein Neonlicht. Hier gibt es nur Dunkelheit und durch die Stille flatternde Flügel.

Ich lehne mich auf das Geländer, nippe an meinem Bourbon-Schlummertrunk und genieße, wie die warme Abendluft meinen nackten Körper umschmeichelt. Morgen früh werde ich abreisen und wieder zurück nach London fliegen – diese in jeder Hinsicht graue Stadt. Ich werde diese Tür für immer schließen. Ich werde zum ersten Mal in meinem Leben wirklich allein sein.

Es klingt sicher lächerlich – schließlich war er ja mein Mann –, aber mir war wirklich nicht klar gewesen, wie viel Raum Jackson eigentlich in meinem Leben einnahm, bevor er es für immer verließ. Seine ruhige, besänftigende Gegenwart war der Fels, auf dem ich mein Kartenhaus baute. Ohne ihn ist es nur eine Frage der Zeit, wann es einstürzt.

Ich könnte mir jetzt vormachen, dass ich vollkommen verzweifelt bin, aber damit würde ich den Betrug nur noch mit einer Lüge krönen. Es gibt Menschen, deren Tod reißt bei den Hinterbliebenen eine schmerzliche Lücke ins Leben. Und manchmal bedeutet der Tod eines geliebten Menschen für die Zurückgebliebenen das Ende von allem, eine biblische Finsternis überkommt die Trauernden und löst in ihren Köpfen einen Schrei aus – die Totenklage verlorener Seelen. So schwer es mir fällt, das zuzugeben, aber – meine Trauer um Jackson bleibt weiter hinter Letzterem zurück.

Mittlerweile haben sich meine Augen an die Dunkelheit gewöhnt. Am anderen Ende des Rasens liegt ein kleiner See. Eine Eule gleitet im Tiefflug über ihn hinweg.

Meine Trauer um meinen Mann reicht tief, aber im Moment ist sie in erster Linie von Angst geprägt, nicht wie bei Cooper von tiefem Schmerz. Ich habe Jackson verloren – werde ich jetzt auch William verlieren?

Die Beziehung zu ihm hat funktioniert, weil sie vollkommen ausgeglichen war. Wir hatten beide gleich viel zu verlieren, wir besaßen gleich viel Macht. Doch jetzt bin ich keine ebenbürtige Partnerin mehr – sondern entspreche plötzlich einem traurigen Klischee: Ich bin «die andere Frau».

Ob William sich dessen bewusst ist oder nicht: Ein Teil meiner Attraktivität lag für ihn immer darin, dass ich nicht zur Verfügung stand. Ich musste nie die Unerreichbare spielen, denn durch meine Ehe mit Jackson *war* ich unerreichbar. Das ist jetzt anders. William hat jetzt wahrscheinlich eine Heidenangst und ist bereit, die Beine in die Hand zu nehmen. Und um ganz ehrlich zu sein: Ich kann es ihm nicht mal verübeln. Wenn er Beth je verlassen würde, erginge es mir genauso.

Lucy findet mich schamlos. (Der Nachteil an guten Freunden ist, dass sie einen in der Regel ziemlich gut kennen.) Aber das stimmt nicht ganz. Eine Affäre mit William war eine Sache – hätte er sie nicht mit mir gehabt, dann mit einer anderen Frau, womöglich mit einer, die Beths Ring an ihrem eigenen Finger hätte haben wollen und die vor nichts zurückgeschreckt wäre, um dieses Ziel zu erreichen. Darauf war ich nie aus. Ich habe immer geschworen, dass ich niemals einer anderen Frau den Ehemann wegnehmen würde.

Ist ja auch ganz einfach, wenn man gar nicht erst in Versuchung kommt. Ich kann das als Edelmut verkleiden, aber die schlichte Wahrheit ist doch, dass ich viel zu feige war, um Jackson zu verlassen.

Jetzt, wo er weg ist, wirken diese hohen moralischen Maßstäbe gar nicht mehr so erstrebenswert.

Ich erlaube mir einen Moment lang, mir vorzustellen, wie ein normales Leben mit William an meiner Seite aussehen könnte. Jeden Morgen zusammen aufwachen, an Wochenenden stundenlang gemeinsam Zeitung lesen, an einem verlängerten Wochenende mit dem Eurostar nach Paris sausen. Als Witwe (ich kann mich immer noch nicht mit dem Wort anfreunden – ich assoziiere damit schwarzgekleidete, olivenpflückende griechische Greisinnen) werde ich mich wohl daran gewöhnen müssen, viele Dinge allein zu tun. Es sei denn –

Was willst du, Ella? Was *willst* du?

Zum ersten Mal seit langer Zeit bin ich nicht in der Lage, mir eine ehrliche Antwort zu geben.

Ein Geräusch im Zimmer hinter mir schreckt mich auf. Ich drehe mich um, und das Whiskyglas fällt zu Boden. Instinktiv versuche ich, mit den Händen meine Nacktheit zu verbergen.

Cooper steht im Rahmen der Schlafzimmertür, sein Gesichtsausdruck ist irgendwie undurchdringlich. Ich bin nicht wirklich überrascht. Zwischen uns liegt etwas in der Luft, seit wir vorgestern von Chimney Rock zurückgekommen sind.

Wenn ich einen Raum betrete, verlässt er ihn. Wir reden nicht miteinander, tauschen nur kurze Banalitäten beim Abendessen aus. Jedes Mal, wenn ich ihn anblicke, sehe ich Jackson. Jedes Mal, wenn er mich anblickt, ist mir, als könnte er in meiner Seele lesen.

Ein fast primitives Bauchgefühl ergreift Besitz von mir. Ich begehre diesen Mann auf eine Weise, die nichts damit zu tun hat, wer er ist oder wer ich bin – aber dafür mit Begierde, Flucht, Wut, Whisky und dem Bedürfnis, mich daran zu erinnern, dass ich lebendiges, atmendes, pulsierendes Fleisch bin und keine im Gebirge verstreute graue Asche.

Ich lasse die Hände sinken und begegne Coopers Blick,

den er aufmerksam über meinen Körper gleiten lässt. Es ist nicht nur die kühle Brise vom Fenster, die mich wohlig schaudern lässt.

Ich weiß nicht, was ich da in seinen Augen lese, als er das Zimmer durchschreitet, aber es ist mir auch egal. Ich trete über die Scherben des Whiskyglases auf ihn zu und reiße sein Jeanshemd so heftig auf, dass ein paar Knöpfe auf dem Boden landen. Etwas schroff drückt er mich rücklings aufs Bett und zieht sich die Jeans aus.

Was folgt, ist eine schnelle, gierige, lüsterne Vereinigung. Das Messingbett schlägt rhythmisch gegen die Wand. Fast kommt es mir vor, als sei Cooper wütend. Unsere Trauer und die Hitze entladen sich in einem gleichzeitigen, explosiven Höhepunkt.

Sein Körper liegt schwer auf mir. Ich befreie mich, erschöpft und seltsam beruhigt.

Cooper steht auf und zieht sich die Jeans wieder an. Wir haben die ganze Zeit kein Wort miteinander gesprochen. Er geht auf die Tür zu, dann hält er unvermittelt inne und dreht sich um. Seine Augen sind wieder ganz dunkel. Einen verrückten Augenblick lang glaube ich, er wird mir jetzt sagen, dass er mich liebt.

«Ich habe mich immer gefragt, was für eine Sorte Frau mein Bruder da eigentlich geheiratet hat», meint er kalt. «Jetzt weiß ich es.»

Ich bin noch nie in meinem Leben so erniedrigt worden. Ich bin noch nie in meinem Leben so wütend gewesen. Was für ein komplett gestörter Vollidiot schläft denn bitte mit der Witwe seines Bruders, nur um zu beweisen, dass er es kann? Herrgott nochmal. Und ich dachte, *ich* hätte eine Macke!

Es ist nicht das erste Mal, dass ich es bereue, aus den falschen Beweggründen Sex gehabt zu haben. Aber ich habe mich noch nie hinterher so schmutzig und hässlich gefühlt wie jetzt. Ich schäme mich, als hätte man mich in aller Öffentlichkeit nackt aufgegriffen.

Ich bin so durcheinander, dass ich sogar vergesse, vor dem Rückflug ein paar Xanax gegen die Flugangst einzuwerfen. Acht Stunden später, ich bin müde, beklommen und deprimiert, bekomme ich wieder eine Panikattacke. Ich stehe inmitten der Menschenmenge am Flughafen Gatwick und umklammere meinen Koffer. Ich bin wie erstarrt, und die Angst in mir wächst wie ein Atompilz. Ein heißes Metallband zieht sich immer enger um meine Brust. Im Flughafen ist plötzlich keine Luft mehr, ich ersticke. Die Leute um mich herum drängeln. Von allen Seiten werde ich geschubst und gestoßen. Ich lasse meinen Koffer fallen und ringe nach Luft. Ich fasse mir an die Brust und versuche, meine Knöpfe aufzumachen. Ich ersticke!

Irgendwie schaffe ich es, die Angst in Schach zu halten. Hektisch durchwühle ich meine Tasche und kümmere mich nicht um die Münzen, Zettel und Schlüssel, die dabei zu Boden fallen. Ich packe mein Handy und tue etwas, was ich in den acht Jahren unserer Beziehung nicht ein einziges Mal getan habe: Ich rufe William an.

Sein Gesicht ist wie versteinert, als wir uns am Bahnhof bei ihm um die Ecke treffen. Er hat mich dorthin gebeten. Wortlos nimmt er meinen Koffer und bringt mich zu seinem Wagen. Die Erleichterung, ihn zu sehen, weicht einer neuen Angst.

Ich will nicht allein sein.

«Es tut mir leid», sage ich, sobald wir im Auto sitzen.

«Du darfst mich nach Feierabend nicht anrufen», presst William hervor. «Bitte tu das nie wieder.»

Der Gurt schneidet mir in die Schulter, als ich mich zu

ihm umdrehe. «Mein Gott, William. Tausend Dank für deine mitfühlenden Worte.»

«Komm schon, Ella. Du kennst die Regeln.»

«Ein Anruf in acht Jah–»

«Meine Frau stand direkt neben mir in der Küche, Ella!», pfeift er mich an.

Ich bin erschüttert, wie wenig Verständnis er aufbringt. «William, ich bin gerade um die halbe Welt und wieder zurück geflogen, um die Asche meines Mannes auf einem Berg zu verstreuen, und in einem Augenblick der Schwäche dachte ich, dass es mir helfen würde, dich zu sehen. Aber da habe ich mich offensichtlich geirrt!»

Ich schaue aus dem Seitenfenster auf den schlechtbeleuchteten Parkplatz, damit er nicht mitkriegt, dass mir die Tränen kommen. Verdammt nochmal, was ist denn bloß mit mir *los*? Zitiere ihn grundlos an einem ganz normalen Abend von zu Hause hierher. Kein Wunder, dass er sauer ist. Ich muss mich zusammenreißen. Ich will ihn mit diesem Blödsinn nicht vergraulen. Dann ende ich noch im Nachbarbett seiner Frau in der Klapsmühle.

«Ella –»

«Entschuldige. Ich hätte nicht anrufen sollen.»

«Ella, es ist ja nicht so, dass mir das alles egal wäre. Das weißt du doch. Aber zu Hause geht gerade mal wieder alles drunter und drüber. Beth hat eine ihrer manischen Phasen, man kann überhaupt nicht vernünftig mit ihr reden –»

Seine Stimme wird kurzfristig von einem einfahrenden Zug übertönt.

«… irgendein bekloppter Bauunternehmer war gerade dabei, mit einem Bulldozer die Garage plattzumachen, als ich nach Hause kam.» William reibt sich das Gesicht. «Der Himmel weiß, wie viel Kohle sie dieses Mal verpulvert hat. Ich hätte besser auf sie aufpassen sollen, aber im Büro war wegen des Übernahmeangebots auch die Hölle los, da ist mir das einfach durch die Lappen gegangen.»

«James Noble?», hake ich nach. Ich bin dankbar für die Ablenkung.

«Dieser Scheißkerl. Ich habe doch nicht aus dem Nichts eine Firma aufgebaut, nur damit irgend so ein skrupelloser Geldhai später reinmarschiert und sie mir nichts, dir nichts übernimmt, weil er gerade Lust drauf hat!»

Seit über einem Jahr wehrt William nun schon freundliche und weniger freundliche Übernahmeangebote von Nobles Unternehmen ab. Vor einem halben Jahr war William in der Position, Noble sagen zu können, wo er sich diese Angebote hinschieben solle, aber in den letzten Monaten hat Ashfield's mehrere wichtige Großkunden verloren, sodass die Firma nun verwundbar ist. William versucht zwar, den starken Mann zu markieren, aber ich merke, dass ihn die Sache ziemlich fertigmacht.

Ich schnalle mich ab und rutsche zu ihm hinüber. Ich wische einen trockenen Klumpen Matsch von seinem Hemd, ohne mich überhaupt zu fragen, wo er herkommt, und sauge seinen vertrauten, holzig-zitronigen Duft ein. Gott, habe ich ihn vermisst. Ich muss ihn daran erinnern, warum er mich vermisst hat.

Ich schiebe ihm eine Hand zwischen die Beine. Einen Moment lang wünschte ich, ich hätte nach dem langen Flug wenigstens eben duschen können, als er mich zu sich heranzieht und mich hart und verlangend küsst. Mir wird am ganzen Körper heiß. Das mit Cooper war rein körperliches Verlangen, das hier dagegen ist so viel mehr –

Ich erstarre. *Wie viel* mehr, Ella? Jetzt ist Jackson nicht mehr da, um dich zu schützen. Bist du dir sicher, dass du weißt, was du tust?

Ohne jede Vorwarnung schlägt die Panik wieder zu. Die Nacht legt sich drückend schwer auf mich. Das Auto droht mich zu ersticken. Ich schiebe William weg und fingere am Türgriff. William packt mich am Handgelenk, ich entwinde es ihm unter Schmerzen.

«Ella, was ist los? Ella!»

Als ich die Tür aufstoße, springt die Innenbeleuchtung an. Die kühle Luft erfrischt mich, und es geht mir augenblicklich besser. Ich lasse ein Bein aus dem Auto hängen, stütze die Hände auf die Knie und atme tief ein und aus, wie es mir die Frau im Flugzeug erklärt hatte. *Ein durch die Nase, aus durch den Mund.*

Irgendwo da draußen schreit eine Katze. Jemand eilt im Laufschritt über den dunklen Parkplatz. Ein paar Jugendliche kicken eine Dose über den Bahnsteig. Langsam schlägt mein Herz wieder in seinem normalen Rhythmus.

William wirkt extrem genervt. Kein Wunder, so wie ich mal hü, mal hott sage. Tränen und Theater hat er zu Hause schon genug – das ist das Letzte, was er von mir braucht. Ich muss die Sache mit ihm wieder auf Spur bringen, dann sehe ich vielleicht klarer, was mein nächster Schritt sein wird.

Ich will nicht allein sein.

Ich schlage die Tür wieder zu und lege so viel «alte Ella» in mein Lächeln, wie ich nur kann. «Komm, wir fahren zu mir», schlage ich vor.

«Ella?»

Ich liege auf dem Rücken und lasse mich auf dem warmen Wasser treiben. Eine sanfte Welle schiebt mich auf den weißen Zuckerwattestrand zu und zieht mich dann wieder zurück Richtung Meer. Ich bin ein Büschel Seetang, ein Stück Treibholz, ganz dem Wind und den Gezeiten ausgesetzt. Das Salzwasser schwappt mir ins Gesicht und benetzt meine Augen. Die Sonne wärmt meine Haut. Ich kann mich nicht erinnern, wann ich zum letzten Mal so entspannt und friedlich gewesen bin.

«Ella? Kannst du mich hören?»

Wieder schwappt mir Wasser ins Gesicht, dieses Mal aber kaltes. Irgendetwas zieht an mir und zerrt mich runter. Ich fange an zu husten. Die Sonne ist so heiß, sie *verbrennt* mich. O Gott, das tut weh, es tut so *weh* –

«Nicht bewegen», ertönt eine Stimme an meinem Ohr.

Es fühlt sich an, als würde ein Riese seine Daumen auf meine Augen drücken. Es kostet mich eine enorme Anstrengung, sie zu öffnen. «Lucy? Hatte ich einen Unfall?»

«Du bist hingefallen und hast dir den Kopf an der Schreibtischkante aufgeschlagen. Du warst ungefähr fünf Minuten komplett weg. Weißt du überhaupt, was passiert ist?»

«Was ist los?»

Mit ihrer Stablampe leuchtet sie mir in die Augen. «Ist dir übel? Siehst du doppelt?»

Das helle Licht lässt mich zurückweichen. «Fühlt sich an, als hätte ich einen Presslufthammer im Kopf, aber das ist auch alles. Was ist geschehen?»

«Was ist das Letzte, woran du dich erinnerst?»

«Na ja, da war der Rückflug von North Carolina. Dann habe ich mich mit William am Bahnhof getroffen … Hatten wir einen Verkehrsunfall?» Ich richte mich kerzengerade auf. Das Zimmer um mich herum dreht sich. «Was ist mit William? Ist ihm etwas passiert? O Gott, bitte sag mir, dass er nicht verletzt ist –»

Lucy legt die Stirn in Falten. «Ella, das ist eine Woche her. Ihr hattet keinen Verkehrsunfall, du bist hier gestürzt, hier im Krankenhaus –»

«Eine Woche?»

«Hast du denn total vergessen, was heute war? Heute Morgen hatten wir zusammen Visite, Ella. Du musst dich doch daran erinnern – der kleinen Hope geht es so viel besser, sie hat wunderbare Fortschritte gemacht –, und dann hast du dich mit Richard Angel wegen des Abbaus von Betten auf der Frühchen-Intensivstation gestritten.»

Ich schüttele den Kopf, was ich sofort bereue, da das Zimmer wieder anfängt, sich zu drehen.

«Danach bist du in dein Büro gegangen, um Papierkram zu erledigen. Gina sagt, dass dort jemand auf dich gewartet hat, ein blondes Mädchen. Sie war bei dir, als es passiert ist. So, wie es aussieht, habt ihr beiden euch unterhalten, und dann bist du mitten im Satz umgekippt. Im Fallen hast du dir den Kopf an der Schreibtischkante angeschlagen. Das Mädchen hat das ganze Krankenhaus zusammengeschrien, man hätte meinen können, es wäre jemand umgebracht worden.»

«Cate», hauche ich.

«Du erinnerst dich also?»

Es ist, als würde ein Band in meinem Kopf zurückgespult: Williams Tochter, die Panikattacke, ihre Frage: *Haben Sie Kinder?* Und meine instinktive Reaktion darauf – obwohl ich doch nie Kinder hatte haben wollen –, meine unmittelbare Antwort, die tief aus dem Bauch heraus kam: *Wenn ich Jackson das Baby geschenkt hätte, das er so gerne wollte, wäre ich jetzt nicht allein.*

Ich habe Lucy nichts von diesen Panikattacken erzählt, und auch nicht von diesem Klumpen Angst, der seit Wochen in meinem Brustkorb steckt. Genauso lange kann ich auch schon nichts essen: Mein Magen ist viel zu nervös. Ich wache jede Nacht drei, vier, fünf Mal auf, weil mein Körper Massen von Adrenalin ausschüttet, mein Herz rast und ich das Gefühl habe, ein Gewicht läge auf meiner Brust und würde mich ersticken. Ich bin so entkräftet, dass ich nicht mehr richtig geradeaus gucken kann. Ich schaue in den Spiegel und erkenne mich selbst nicht wieder.

Ich habe mein Leben immer vollkommen im Griff gehabt. Ich bin nie auch nur ansatzweise wegen irgendetwas nervös oder ängstlich gewesen. Meine Abschlussprüfung habe ich mit links abgelegt. Wie kann mir das hier passieren? Mir?

«Jetzt weiß ich wieder», erwidere ich unter Schmerzen. «Nicht alles, aber ein paar Höhepunkte.»

«Dann kommt der Rest auch zurück. Die Wunde muss genäht werden.» Lucy zieht sich ein Paar Handschuhe über und öffnet ein Erste-Hilfe-Set. «Du hast Glück gehabt, dass du dir kein Auge ausgeschlagen hast. Du musst endlich mal wieder vernünftig essen», fügt sie streng hinzu. «Sieh dich doch nur an: Du hast in den letzten zwei Wochen bestimmt mindestens sieben Kilo abgenommen! Kein Wunder, dass du ohnmächtig geworden bist.»

Ich zucke zusammen, als sie meine Stirn sterilisiert. «Das Mädchen war Cate», sage ich. «Williams Tochter – au! Pass doch auf!»

«Tut mir leid. Was in aller Welt wollte die denn hier?»

«Sie hat uns gesehen. Und wollte mir wohl einen Platzverweis erteilen. Obwohl …» Ich zögere. Ihre Feindseligkeit wirkte gar nicht richtig echt – als richtete sie sich in Wirklichkeit nicht gegen mich. Es muss sie eine Menge Mut gekostet haben, herzukommen und mir gegenüberzutreten. Mir wäre es natürlich lieber gewesen, wenn sie nicht aufgetaucht wäre, aber ich finde es toll von ihr, dass sie es gewagt hat. «Ich bin mir nicht ganz sicher, was sie wollte. Und vielleicht wusste sie das im Grunde selber nicht.»

«Und was jetzt?»

Für den Bruchteil einer Sekunde denke ich an Cooper und das sehr direkte, fast schon brutale Verlangen, das uns zusammenbrachte.

Wann ist meine zwanglose Beziehung zu William eigentlich so kompliziert geworden?

«Keine Ahnung», seufze ich.

«Wirst du es ihm erzählen?»

Er muss erfahren, dass seine Tochter im Bilde ist, aber ich habe ihr versprochen, nichts zu sagen, und, so blöd das klingen mag, ich möchte sie nicht enttäuschen. Ach, Gott, ich habe all diese Lügen so satt.

Zu wissen, dass er Familie hat, war eine Sache – mit seiner Tochter konfrontiert zu werden und den Schmerz und die Verwirrung in ihren Augen zu lesen, eine andere. Sie mag ja nach außen die Starke spielen und die Partei ihres Vaters ergreifen, aber ihre Mutter liebt sie natürlich auch, ob sie es nun zugeben will oder nicht. Wie kann ich die Sache mit William weiterlaufen lassen – jetzt, wo Cate Bescheid weiß?

Könnte ich es ertragen, jetzt auch noch William zu verlieren?

«Hör zu, Lucy. Danke, dass du mich wieder zusammengeflickt hast, aber die Arbeit ruft. Ich muss noch den Papierkram für Angel erledigen, sonst macht er das halbe Krankenhaus zu.»

«Ella, vergiss es! Du hast dich gerade selbst bewusstlos geschlagen! Ich lasse dich nicht zurück in dein Büro. Du nimmst dir jetzt ein Taxi und fährst nach Hause. Ich will nicht, dass du völlig benommen in der Underground herumirrst und wildfremde Leute nach deinem Namen fragst. Und außerdem», fügt sie hinzu, während sie sich die Latexhandschuhe auszieht, «wird Richard dafür Verständnis haben. Er ist gar nicht so schlimm, wie alle glauben.»

«Richard?»

«Gib ihm halt mal eine Chance, er ist eigentlich ganz in Ordnung», murmelt sie.

«Und ich dachte, *ich* hätte die Gehirnerschütterung.» Ich kneife die Augen zusammen.

Sie weicht meinem Blick aus. «Ich rufe dir ein Taxi.»

Der heutige Tag wird einfach immer surrealer. Erst taucht Cate auf, und jetzt nimmt Lucy auch noch Richard Angel in Schutz. Vielleicht bin ich nach meinem Sturz in einem seltsamen Paralleluniversum aufgewacht, in dem all das sogar einen Sinn ergibt.

Ich lasse mich in ein Taxi setzen und gebe dem Fahrer Williams Adresse. Eine halbe Stunde später betrete ich seine Wohnung. Er hat mir schon vor Jahren einen Schlüssel ausgehändigt, obwohl ich natürlich nie uneingeladen hergekommen bin. In der Wohnung ist es dunkel, William ist also noch im Büro. Dank meines kleinen medizinischen Dramas bin ich eine Stunde zu früh.

Ich sinke erschöpft aufs Sofa, ohne Licht anzumachen. Meine Stirn pocht. So hatte ich mir diesen Abend nicht vorgestellt. Ich wollte William wieder die alte Ella präsentieren, gutgelaunt und sexy, um den leicht neurotischen Eindruck, den ich in den letzten Wochen hinterlassen habe, auszulöschen. Das Letzte, was ich wollte, war, hier mit verbundenem Kopf zu sitzen und wie ein angefahrenes Reh auszusehen –

Irgendetwas drückt mich im Rücken. Ich fasse hinter die Sofakissen und ziehe die Fernbedienung für den Fernseher hervor, aber da ist noch etwas –

Auf einmal halte ich ein Mieder aus Spitze und Seide in den Händen. Ein sehr teures, sexy Korselett, das mir mindestens zwei Größen zu klein ist.

Sie könnte er doch auch betrügen. Er könnte doch jede Menge Freundinnen haben.

Seiner Frau gehört es jedenfalls nicht.

24. Oktober 2000

Felden Street
London SW6
England

Lieber Cooper,

du kannst dir gar nicht vorstellen, wie sehr ich mich über deinen Brief gefreut habe. Ich dachte schon, du wärst jetzt für immer sauer auf mich. Ich hätte mich so gerne mit dir vertragen, bevor ich aus den USA weg bin, es ging mir wirklich gegen den Strich, dass ich mich nicht ordentlich von dir verabschieden konnte. Aber dafür wird mich nichts und niemand davon abhalten können, zu Thanksgiving zu kommen. Du kannst also Lolly getrost schon jetzt in die Küche schicken! Was würde ich nicht alles geben für einen Happen von ihrem Süßkartoffelkuchen!

Cooper, mir ist klar, dass ich das alles nicht hätte sagen dürfen, und es tut mir wirklich leid. Du weißt, ich habe es nicht so gemeint. Du bist der beste Bruder, den man sich nur wünschen kann, und ich stehe tief in deiner Schuld. Aber Ella ist nun mal meine Frau, und ich liebe sie. Es macht mich total fertig, dass die beiden Menschen, die ich am allermeisten liebe, sich nicht einmal ansatzweise mögen.

Sie redet immer wieder davon, dich kennenlernen zu wollen, und mir fallen bald keine Ausreden mehr ein. Hättest du ihr doch bloß mal eine winzige Chance gegeben. Ich verstehe nicht, wie du so gegen sie sein kannst, wenn du ihr doch noch nie begegnet bist. Sie ist nicht so, wie du denkst, Coop. Sie ist eine gute Ehefrau. Okay, du findest, eine Frau sollte zu Hause bleiben und sich um ihren Mann kümmern, wie Mom es getan hat. Du solltest mal hören, wie Ella über die Babys im Krankenhaus spricht, dann würdest du sicher deine Meinung ändern. Was sie da tut, ist wirklich wichtig. Ich gebe zu, dass ich mir manchmal wünsche, sie würde mehr Zeit mit mir verbringen, aber diese winzigen Menschen brauchen sie mindestens genauso sehr wie ich.

Außerdem ist es nicht fair, Ella für unseren Umzug nach London verantwortlich zu machen – denn das war meine Idee. Ich gehe nämlich davon aus, dass sie in ihrer Heimat anders über die Gründung einer eigenen Familie denken wird. Sie sagt zwar immer, sie möchte keine Kinder, aber ich weiß, dass sie das nicht wirklich ernst meint. Sie muss sich einfach nur sesshaft und geborgen fühlen, das ist alles. Nach all dem, was ihrer Mutter passiert ist, kann man ihr ihre Haltung wohl auch kaum verübeln. Man muss ihr eben viel gut zureden, wie einem scheuen Pferd. Erinnerst du dich noch, wie ich Star dazu brachte, mir zu vertrauen, und wie lange das gedauert hat? O Mann, wie oft sie mich abgeworfen hat, bis es so weit war! Eine Zeitlang war Lolly mit fast nichts anderem beschäftigt als damit, mir ständig irgendwelche Blessuren zu verarzten!

Jackson Junior – wäre das nicht mal ein verrücktes Projekt? Ich wette, du hättest nie gedacht, dass dein durchgeknallter kleiner Bruder sich mal darauf freuen würde, Windeln zu wechseln!

Ich sage ja nicht, dass die Ehe ein Spaziergang ist.

Wir haben unsere Probleme, genau wie alle anderen auch. Ella arbeitet viel zu viel, das ist das eine, und dann will sie immer, dass ich auch Karriere mache. Aber du kennst mich, mein Job war für mich nie mein Ein und Alles. Ich streite gar nicht ab, dass sie mich tierisch auf die Palme bringen kann. Es ist wirklich nicht einfach, mit ihr zusammenzuleben, Coop, aber ohne sie kann ich auch nicht sein.

Warum kommst du nicht mal her und besuchst uns? Du könntest ein paar Tage bei uns wohnen und sie richtig kennenlernen. London ist eine faszinierende Stadt, obwohl hier so viele Menschen herumlaufen, dass man kaum aus der Tür treten kann, ohne über seinen Nachbarn zu stolpern. Und die Autos! Ich liebe diese süßen Autos! Unser Stadthaus ist so klein, dass ich die beiden gegenüberliegenden Küchenwände gleichzeitig berühren kann, aber die Gegend ist echt klasse, ich habe schon so viele interessante Leute getroffen. Ella sagt, ich muss langsam mal aufhören, ständig meine neuen Bekanntschaften mit nach Hause zu schleppen. Aber wie soll ich denn neue Freunde finden, wenn ich nicht mit den Leuten rede? Keiner hat mehr für den anderen Zeit. Das vermisse ich schon. Zu Hause ist das ganz anders. Da kann man den ganzen Tag damit verbringen, mit den Nachbarn zu reden, und man wird dafür nicht schief angeguckt.

Ich sollte jetzt mal besser die Kurve kriegen, wenn ich will, dass dieser Brief dich noch vor Weihnachten erreicht. Hier muss man seine Post in einen Briefkasten werfen – die wird nicht bei einem an der Haustür abgeholt wie im guten alten Amerika. Es gibt hier ziemlich viele Dinge, an die ich mich noch gewöhnen muss. Hast du schon mal von Marmite gehört, dieser Vegi-Würze? Sieht aus wie Teer, aber die Briten sind regelrecht süchtig nach dem Zeug! Ohne Scherz, sie schmieren es sich sogar aufs Brot. Mir wird schon ganz anders, wenn ich nur dran denke. Da lobe ich mir doch Lollys Kekse und Cranberrysoße!

Gib ihr einen Schmatzer von mir und sag ihr, dass ich bald nach Hause komme!

Jackson

6

William

Carolyn hat mir heute Morgen extrem schöne Augen gemacht. Wow, was für ein Rock. Nur einen Zentimeter kürzer, und ich hätte ihren Slip beschreiben können.

Ich lenke den Land-Rover vom Bahnhofsparkplatz und trommele mit den Fingern auf das Lenkrad, als ich im Berufsverkehr lande. Carolyn ist ein nettes Mädchen und klug dazu, aber ich kann mich beherrschen. Sie kann nicht viel älter sein als Cate. Höchstens vierundzwanzig. Toller Körper (allein ihre Oberweite ...), aber ihre naive Tour zieht bei mir nicht. Ich brauche eine Frau, die im Bett weiß, was sie tut, und mir sagt, was sie will. Eine Frau, die richtig zur Sache geht. Carolyn ist nicht der Typ für Praktiken, die auch nur ansatzweise von «der Norm» abweichen – dazu ist sie viel zu anständig.

Mann, wie ich Ella vermisse. Abgesehen vom Sex könnte ich wirklich ihre Gesellschaft brauchen. Niemand bringt mich so zum Lachen wie Ella. Beth malt wie Tigger auf Speed, Ben braucht noch zwei Riesen, um seine Getränkerechnung im College zu bezahlen (Was trinkt der Junge? Moët Chandon?), Cate wirft ihrem blöden Hippiefreund einen Schlafzimmerblick nach dem anderen zu, und James Noble sitzt mir beim Aufsichtsrat im Nacken. Ich könnte wirklich eine Pause gebrauchen. Wenn Beth wüsste, auf wie wackeligen Füßen unser verdammtes Kartenhaus im Moment steht ...

Ich steige auf die Bremse, als ein Zementmischer rückwärts auf die Straße fährt. Wo zum Teufel ist Ella, wenn ich sie brauche? Sie ist die Einzige, die mich versteht. Warum musste sie die Asche dieses armen Irren unbedingt persönlich verstreuen? Hätte sie das nicht FedEx machen lassen können?

Na gut, das war jetzt vielleicht ein bisschen krass. Ich nehme es zurück. Außerdem kommt sie ja heute wieder, das ist die Hauptsache. Mit ein bisschen Glück werde ich sie am Wochenende sehen.

Ich biege in unsere Straße ab. Ich muss verdammt aufpassen, dass jetzt nichts außer Kontrolle gerät. Nun wäre es ja ein Leichtes, Ella öfter zu treffen, schließlich muss sie keinen Ehemann mehr anflunkern. Doch so verlockend das auch sein mag, ich will auf keinen Fall zu Hause Misstrauen erregen. Einmal im Monat ist eine Sache. Aber Beth würde womöglich anfangen, Fragen zu stellen, wenn ich plötzlich jede Woche «mit Kunden essen ginge» –

Verflucht nochmal, was ist denn hier *los?*

Ich springe aus dem Wagen, lasse den Motor laufen und renne mit flatternder Seidenkrawatte die Einfahrt hoch. Der Bulldozer hebt gerade seinen Greifer, um ihn in die Garage zu rammen. Ich rufe, winke mit beiden Armen und nähere mich den Raupenketten so weit, wie ich mich traue, um die Aufmerksamkeit des Fahrers auf mich zu lenken.

Mein Leben rauscht an mir vorbei. Erinnerungen blitzen in mir auf und die Frage, warum ich meine Mutter nie zurückrufe. Mir fällt ein ziemlich großer Klumpen Matsch vom Bulldozergreifer auf die Schulter, und ich schließe die Augen und erwarte schon den Lärm von zermalmendem Metall, Glas, Backsteinen und womöglich auch von Fleisch und Knochen.

«Machen Sie sich mal besser da weg, Kumpel», ruft der Fahrer. «Könnte gefährlich werden.»

«Beth!», schreie ich, als ich fünf Minuten später in die Küche stürme.

Keine Spur von meiner Frau. Dafür aber jede Menge Spuren von ihrem letzten manischen Anfall: Das Spülbecken ist voller Farbtuben und benutzter Pinsel, auf der Fensterbank steht eine lange Reihe milchiger Krüge mit weißem Spiritus, und auf dem Aga-Herd liegen ein halbes Dutzend mit Farbe beschmierte Glasquadrate zum Trocknen. Keine Spur dagegen von Abendessen, Wäsche, Einkäufen oder – wie mir auffällt, als ich ihn aufsetzen will – dem Espressokocher.

«Beth!»

Sie stößt die Hintertür mit der Hüfte auf, weil sie die Arme voller Fotokram hat. «Ganz ruhig, William. Kein Grund, zu schreien.»

«Herrgott nochmal. Ich schufte achtzig Stunden die Woche, um uns ein Dach überm Kopf zu finanzieren. Ist es wirklich zu viel verlangt, wenn ich möchte, dass es noch da ist, wenn ich nach Hause komme?»

Sie strahlt. «Ach, hast du Murray getroffen?»

«Wenn du den sadistischen Dreckskerl meinst, der gerade vorhatte, mein Haus einzureißen, und von mir verlangte, dafür meinen Erstgeborenen in Zahlung zu geben, dann ja», erwidere ich düster.

«Ach, jetzt übertreibst du aber.» Sie stellt die Sachen ab und streicht sich mit einer Geste, die mich an Cate erinnert, die Haare aus dem Gesicht. «Ich brauche ein größeres Atelier, und da du mich letztes Jahr nicht in den Wintergarten einziehen lassen wolltest ... Na ja, die Garage brauchen wir doch sowieso nicht –»

«Wir brauchen die Garage nicht?», jaule ich auf. «Und wo soll ich mein Auto parken?»

«Ach du liebes bisschen, keine Ahnung. Du kannst

nicht erwarten, dass ich mich um alles kümmere. Hast du auf dem Weg vom Bahnhof hierher Cate gesehen? Eigentlich müsste sie schon längst von der Schule zu Hause sein – bestimmt ist sie zu Dan rübergegangen. Ich wollte sie wegen Brighton fragen.»

Was sie sagt, ergibt noch weniger Sinn als sonst. Als würde man durch ein Gemälde von Dalí tappen.

Mein Handy klingelt. Ich ziehe es aus der Tasche und lasse es fast in ein Glas mit Terpentin fallen, als ich Ellas Nummer auf dem Display lese. In den ganzen acht Jahren hat sie mich noch kein einziges Mal auf dem Handy angerufen, wenn ich zu Hause war.

«Wer ist das?», fragt Beth fröhlich.

«Geschäftlich.»

«Willst du nicht drangehen?»

«Ist ein Klient. Vertraulich.»

Sie verzieht das Gesicht. «Aaaah, schon klar. Andeutung verstanden. Ich bin in meinem Atelier, falls du mich brauchst.»

Ich warte, bis Beth außer Hörweite ist.

«Ella? Bist du das? Was ist los?»

«William, du musst herkommen und mich abholen. Du musst herkommen. William. William, kannst du herkommen? Kannst du herkommen und mich abholen, bitte? Jetzt. Bitte, William –»

«Schon gut, schon gut», entgegne ich alarmiert. «Es ist alles in Ordnung, Ella. Sag mir einfach, wo du bist.»

Als ich sie am Bahnsteig wie eine kleine, verlassene Waise auf ihrem Koffer sitzen sehe, erkenne ich sie fast nicht wieder. Sie hat stark abgenommen, ihr Gesicht ist gezeichnet, unter den Augen hat sie dunkle Ringe vor lauter Müdigkeit. Aber was mich wirklich umhaut, ist die Unsicherheit, die sie ausstrahlt. Sie wirkt, als sei sie in einem unbekannten Land aufgewacht, in dem sie sich einfach nicht zurechtfindet, egal, wie sehr sie sich anstrengt. Ich habe Ella bisher immer nur strotzend vor Selbstbewusstsein erlebt.

«Es tut mir leid», sagt sie, sobald wir im Auto sitzen.

Ich starte den Motor, lege aber keinen Gang ein. Ich bin total entnervt, und meine ängstliche Beklemmung lässt meinen Ton schärfer ausfallen, als er von mir gemeint ist. «Du darfst mich nicht anrufen. Bitte tu das nie wieder.»

«Mein Gott, William. Tausend Dank für deine mitfühlenden Worte.»

«Komm schon, Ella. Du kennst die Regeln.»

«Ein Anruf in acht Jah–»

Diese Art von Anhänglichkeit erwarte ich von Beth, aber nicht von Ella. Ihre plötzliche Verletzlichkeit macht mir mehr zu schaffen, als ich zugeben möchte.

«Meine Frau stand direkt neben mir in der Küche, Ella!»

«William, ich bin gerade um die halbe Welt und wieder zurück geflogen, um die Asche meines Mannes auf einem Berg zu verstreuen, und in einem Augenblick der Schwäche dachte ich, dass es mir helfen würde, dich zu sehen. Aber da habe ich mich offensichtlich geirrt!»

Sie wendet mir den Rücken zu. Mist. Als hätte ich nicht schon genug emotionale, neurotische Frauen in meinem Leben.

Ich rufe mir in Erinnerung, dass sie gerade ihren Mann verloren hat. Wie würde es mir gehen, wenn Beth plötzlich weg wäre?

«Ella –»

«Entschuldige», sagt sie spitz. «Ich hätte nicht anrufen sollen.»

«Ella, es ist ja nicht so, dass mir das alles egal wäre. Das weißt du doch. Aber zu Hause geht gerade mal wieder alles drunter und drüber. Beth hat eine ihrer manischen Phasen, man kann überhaupt nicht vernünftig mit ihr reden. Sie ist Tag und Nacht auf den Beinen und malt und bestellt für Tausende von Pfund Leinwände und was weiß ich noch alles, und zwar alles über meine Kreditkarte, die ohnehin schon wegen Bens Studienkredit ausgereizt ist. Wir sind bis über beide Ohren verschuldet – Sam kann nur weiter ins Internat gehen, weil wir unser Konto überziehen dürfen. Dann habe ich heute rausgefunden, dass Beth ein Vermögen ausgegeben hat, damit ein Architekt ihr ein neues Atelier entwirft. Irgendein bekloppter Bauunternehmer war gerade dabei, mit einem Bulldozer die Garage plattzumachen, als ich nach Hause kam.» Müde massiere ich mir das Gesicht. «Der Himmel weiß, wie viel Kohle sie dieses Mal verpulvert hat. Ich hätte besser auf sie aufpassen sollen, aber im Büro war wegen des Übernahmeangebots auch die Hölle los, da ist mir das einfach durch die Lappen gegangen.»

Ella merkt auf. Ich wünschte, Beth würde nur halb so viel Interesse für mein Leben aufbringen. «James Noble?»

«Dieser Scheißkerl. Ich habe doch nicht aus dem Nichts eine Firma aufgebaut, nur damit irgend so ein skrupelloser Geldhai später reinmarschiert und sie mir nichts, dir nichts übernimmt, weil er gerade Lust drauf hat!»

Ella schnallt sich ab und rutscht zu mir herüber, wobei sie mir die Hand zwischen die Beine schiebt. Ich küsse sie. Ziemlich hart. Sie riecht verschwitzt und etwas schal von dem langen Flug, aber das törnt mich kurioserweise richtig an. Ich streiche ihr über die Wade. Ich will mit ihr schlafen, und zwar sofort, hier, mitten auf dem Parkplatz. Wo jeder uns sehen könnte. Acht Jahre, und der Sex ist immer noch genau so aufregend wie am ersten –

Auf einmal versteift Ella sich in meinen Armen und windet sich heraus. Sie greift nach der Tür, ich versuche, sie aufzuhalten, doch sie reißt sich los.

«Ella, was ist los?» *Verdammt nochmal, was ist denn* jetzt? «Ella!»

Ein Schwall kalter Luft ernüchtert mich ein wenig und lässt meine Leidenschaft schrumpfen. Ella sitzt auf der äußeren Kante ihres Sitzes, den Kopf zwischen die Knie geklemmt, und hechelt, als würde sie ein Kind bekommen. In der schwachen Kabinenbeleuchtung sieht sie ein bisschen grün im Gesicht aus. O Gott, hoffentlich kotzt sie mir nicht gleich ins Auto.

Ich überlege, ob ich sie ganz an die frische Luft schaffen oder irgendwo mit ihr einen Kaffee trinken soll. Vielleicht hat sie im Flugzeug etwas Unbekömmliches gegessen. Manchmal frage ich mich, ob zwei Frauen in meinem Leben nicht auch einfach den doppelten Hormonwahnsinn bedeuten.

Das mit dem Sex kann ich für heute ja wohl vergessen.

«Komm, wir fahren zu mir», haucht Ella.

Das muss sie mir nicht zweimal vorschlagen.

Nur Gott weiß, was in den Köpfen von Frauen wirklich vorgeht. Was dagegen ihre Körper betrifft ...

«Mann, war das gut», keuche ich zwei heiße, schweißtreibende Stunden später.

«Unbeschreiblich», stimmt Ella zu.

Sie schwingt ihre langen Beine aus dem Bett. Toller Hintern. Und schöne Brüste. Kein Wunder, so ganz ohne Stillen.

«Tut mir leid wegen vorhin», erklärt sie reumütig, während sie ihre präraffaelitischen Haare zu einem Knoten hochbindet und die Dusche aufdreht. «Ich schätze, diese ganze Trauergeschichte ist doch ein bisschen komplizierter, als ich gedacht habe. Ich bin fast durchgedreht in seinem Elternhaus.» Sie schaudert. «Zu viele Geister leben da.»

Mir war bereits aufgefallen, dass in der ganzen Wohnung keine Fotos von Jackson stehen, es gibt keinen einzigen Hinweis darauf, dass hier überhaupt mal ein Mann gewohnt hat – wenn man von dem topmodernen Soundsystem und dem Zweiundvierzig-Zoll-Plasmafernseher absieht. Kein Fahrrad im Flur, keine Jacke auf dem Treppengeländer. Keine peinlichen Anglertrophäen an den Wänden, keine Autozeitschriften auf dem Couchtisch. Als hätte er nie existiert. Ich frage mich, was sie mit dem ganzen Kram gemacht hat.

Am nächsten Morgen ist Ella noch vor mir auf und macht Kaffee. Als ich in die Küche komme, reicht sie mir lächelnd einen Becher. Sie ist wieder ganz die Alte, stelle ich erleichtert fest. «Entschuldige, William, aber ich muss los. Neuzugang, sechsundzwanzigste Woche, Präeklampsie, Schwangerschaftsvergiftung – sieht so aus, als müssten wir das Baby holen.» Sie schnappt sich ihren Schlüssel aus der Obstschale. «Zieh einfach die Tür hinter dir zu, wenn du gehst.»

«Hast du dieses Wochenende frei?»

«Tut mir leid. Habe die ganze nächste Woche doppelte Schicht, muss meine freien Tage ausgleichen. Aber nächsten Freitag hätte ich Zeit, wenn du auch kannst.»

Mist. Ich habe Beth bereits gesagt, dass ich Samstag nach London muss. Wenn ich da jetzt einen Rückzieher mache, schleppt sie mich zu dieser bescheuerten Feier an Cates Schule mit.

«Sie sind wohl nicht zufällig dieses Wochenende in London?», fragt Carolyn mich später schüchtern. «Es ist nur, weil – ich habe da einen Freund, der spielt in einer

Band, und die ist eigentlich gar nicht schlecht, aber er überlegt, es solo zu versuchen, und da dachte ich, er sollte erst mal mit Ihnen reden. Er kommt am Samstag aus Manchester, und ich wollte fragen, ob Sie vielleicht Zeit hätten, etwas mit uns zu trinken. Natürlich nur, wenn Sie sowieso in London sind. Ich möchte nicht, dass Sie extra deswegen in die Stadt fahren.»

Ich sehe nicht einmal auf. Ich betrachte die Zahlen des letzten Quartals, und die sind beunruhigend. Malinche Lyon und Equinox Hotels sind die einzigen Klienten, die überhaupt irgendwelches Geld reinbringen. Dieser Dreckskerl von Noble. Er hat in den letzten Monaten zwei meiner lukrativsten Klienten abgeworben – kein Wunder, dass es der Firma nicht gutgeht.

«Welche Band?», frage ich geistesabwesend.

«WdLuv2Meet. Ich weiß nicht, ob –»

Mit einem Mal hat sie meine volle Aufmerksamkeit. «Und wie heißt Ihr Freund?»

«Davy Kirkland. Wir sind zusammen zur Schule gegangen …»

Das darf doch nicht wahr sein! Cate hat ihr Zimmer mit Postern von diesem Typen tapeziert. Eine Mischung aus Robbie Williams und Brad Pitt, mit einer Prise junger Paul McCartney – das ist Davy Kirkland. Die Band ist für eine Boygroup nicht schlecht, aber die anderen drei Kerle sind nichts Besonderes, die bremsen Kirkland bloß. Der wird abgehen wie eine Rakete, sobald er sich von ihnen löst.

O Gott. Danke!

Ich könnte Carolyn knutschen. Sie hat mir Kirkland auf einem Silbertablett serviert. Ich werde sie demnächst mal richtig schick ausführen, um den Abschluss zu feiern.

Mal im Ernst, ein paar positive Entwicklungen hatte ich

wirklich nötig nach all dem Mist, der letztes Wochenende passiert ist. Was zum Teufel ist bloß in Beth gefahren, dass sie sich plötzlich auszieht und nackt über den Sportplatz rennt?

Cate hat sich seitdem total verkrochen und verlässt ihr Zimmer quasi gar nicht mehr – verübeln kann ich's ihr nicht. Sie redet kein Wort mit ihrer Mutter, die das Ganze als einen läppischen Witz abzutun versucht. Gott sei Dank sind jetzt Osterferien. Mit ein bisschen Glück haben sich die Wogen geglättet, bis sie wieder in die Schule muss. Manchmal könnte ich Beth wirklich umbringen.

Ich betrete das Haus und sprinte die Treppe hinauf – immer zwei Stufen auf einmal. Erstaunt stelle ich fest, dass es in der Wohnung dunkel ist, als ich die Tür aufschließe. Seltsam. Ella hat doch gesagt, sie wäre um halb acht hier, und jetzt ist es schon nach acht –

«Himmelherrgott, Ella! Wieso sitzt du denn hier im Dunklen? Willst du, dass ich einen Herzinfarkt bekomme?»

Sie zuckt kaum merklich zusammen. Mist. Das war wohl nicht der passendste Kommentar unter den gegebenen Umständen.

«Entschuldige, ich bin spät dran. Das Meeting zog sich länger hin als geplant.» Ich werfe mein Jackett über eine Stuhllehne und schenke mir einen Scotch ein. «Ich will nur eben schnell duschen, dann –»

Ich halte inne. Ella sitzt unnatürlich aufrecht auf dem Sofa, die Hände im Schoß und die Füße in den spitzen, lodengrünen Stiefeln säuberlich nebeneinandergestellt, als wäre sie mit der Queen zum Tee verabredet. Sie hat ihre Jacke gar nicht ausgezogen. Ich mache Licht und entdecke plötzlich den Verband an ihrer rechten Schläfe. «Ella! Was ist passiert?»

Sie weicht vor mir zurück. Erst jetzt bemerke ich, wie kühl sie mich ansieht.

«Ella, Liebes, ist alles in Ordnung?»

«Ich habe gehofft, das würdest du mir sagen.»

«Tut mir leid. Kapier ich nicht.»

«Wie vorausschauend von dir», kommentiert Ella trocken. Sie hält ein schwarzes Korsett hoch und wartet. Mir ist klar, dass ich jetzt etwas sagen sollte, aber ich habe keine Ahnung, was.

Ella seufzt mit gespielter Geduld. «Das ist nicht meins, William. Ich habe es hinter dem Sofakissen gefunden.»

«Wessen ist es dann?»

«Ah. Du kommst direkt zur Sache.»

«Wahrscheinlich ist es Beths –»

«Ach, komm schon, William. Wir wissen beide, dass es nicht deiner Frau gehört.»

«Ja, und meins ist es auch nicht», antworte ich knapp. «Wer weiß, wie lange es da schon gelegen hat? Ben war letzten Monat mal hier, vielleicht hat eine von seinen Freundinnen es hier vergessen. Ich verstehe immer noch nicht –»

«Der Punkt ist, William», erklärt Ella freundlich, «dass die Lügen immer das waren, was mich am meisten gestört hat. Dass ich Geschichten für Jackson erfinden musste, wo ich mit wem war. Dass du Beth beschwindeln musstest, um mich zu sehen. Dass ich meinen Freunden ständig etwas vormachte, indem ich ihnen einfach nicht alles erzählte – es gibt da einen Teil in meinem Leben, von dem die meisten gar nichts wissen, ich bin also eine richtige Schwindlerin. Aber ich habe mich damit arrangiert, weil ich in dem festen Glauben war, dass wir beide zumindest uns niemals anlügen würden.»

Jetzt endlich fällt der Groschen.

«Moment. Willst du etwa andeuten – Ella, glaubst du etwa, ich habe eine andere?»

Sie lächelt. «Ja. Ganz schön grotesk, was?»

«Nein, nicht grotesk! Das ist lächerlich!» Ich explodiere. «Natürlich habe ich *keine* andere!»

«Und wieso ‹natürlich›? Schließlich haben wir nie gesagt, dass das hier so etwas wie ein Exklusivvertrag ist …»

«Weil ich nie auf die Idee gekommen bin, dass das ausdrücklich erwähnt werden müsste! Denkst du etwa, meine Geliebten geben sich hier quasi die Klinke in die Hand, oder was? Jeden Abend eine andere? Sag mal, wofür hältst du mich eigentlich?»

«Für einen Mann, der seine Frau betrügt», erwidert sie kühl.

Ich bin sprachlos. Weiß sie denn nicht, was das hier – was *sie* – für mich bedeutet? Wie kann sie auch nur auf den Gedanken verfallen, es gäbe da noch jemand anderen?

«Ach, nun guck doch nicht so entsetzt. Ich bin ja auch nicht besser.» Sie lacht. «Komm schon, William. Wir sind doch nicht Romeo und Julia. Uns war immer klar, was wir hier tun, oder? Und wenn du jemand anderen kennengelernt hast –»

«Habe ich aber nicht, Ella!»

«Hör zu, du kannst dich treffen, mit wem du willst. Ich möchte nur –»

Mich beschleicht eine unangenehme Vorahnung. «Ella, willst du mir irgendetwas Bestimmtes sagen?»

Sie lächelt mich süß an. «Wie zum Beispiel?»

«Hast du – willst du – gibt es …»

«Würde es dir etwas ausmachen?»

Ob es mir etwas ausmachen würde? Selbstverständlich würde es das, verdammt nochmal! Ich war nie sonderlich begeistert von der Vorstellung, dass sie mit Jackson ins Bett ging, aber ich konnte ihr ja wohl kaum verbieten, ihrem Mann gegenüber ihre ehelichen Pflichten zu erfüllen. Der Gedanke, dass sie mit jemand anderem schlafen könnte, lässt fast unkontrollierbare Aggressionen in mir aufsteigen.

«Wie du bereits angedeutet hast, wir sind beide freie Menschen», entgegne ich steif.

«Ganz genau.»

«Wärest *du* denn womöglich eifersüchtig, wenn ich eine andere hätte?»

Sie begegnet meinem Blick und hält ihm sehr offen stand. «Überhaupt nicht.»

«Na, prima.»

«Ja, prima.»

Ich leere meinen Scotch auf ex. «Okay. Und darf ich aus reiner Neugierde fragen, ob du mit jemand anderem im Bett warst?»

«Mit niemandem von Bedeutung.»

Mir bleibt der Scotch fast im Halse stecken. Ich hatte nun wirklich nicht erwartet, dass sie ja sagen würde.

Am liebsten würde ich meine Faust gegen die Wand rammen. Doch ich ringe mir ein lässiges Lächeln ab. «Und triffst du dich noch –»

«Es war ein One-Night-Stand.»

Ich schenke mir noch einen Scotch ein. Meine Hand zittert vor unterdrücktem Zorn. Ich habe keinen Schimmer, was ich mit dieser Information anfangen soll. Die Eifersucht frisst an mir wie eine Säure. Jetzt, wo Jackson tot ist, werden sich die Männer auf sie stürzen wie Bienen auf einen Honigtopf. Verdammt. Verdammt! Und ich kann nichts tun, ich muss es einfach mit ansehen. Schließlich kann ich ihr keine langfristige Beziehung anbieten. Ich kann Beth nicht verlassen. Das würde ich nicht wollen. Natürlich nicht.

Der Witz an der Sache ist nur, dass Ella die einzige Frau ist, mit der ich in den letzten acht Jahren geschlafen habe. Im Gegensatz zu den meisten anderen Ehebrechern habe ich nämlich tatsächlich keinen Sex mit meiner Frau.

Sie zieht die Füße aufs Sofa. «Also», plappert sie ganz gelassen weiter, «wessen Unterwäsche ist das hier, William? Ich bin sicher, dass sie sie gerne wiederhätte. Es ist einfach so ärgerlich, wenn man einen Teil eines Sets verliert.»

«Wie ich dir bereits sagte, ich habe keine –»

Verdammt.

«William?»

Ich fische den kindischen Spongebob-Rucksack hinter dem Sofa hervor. Den würde ich überall erkennen. Sie muss irgendwie an einen Schlüssel für die Wohnung gelangt und hinter meinem Rücken hier gewesen sein – wahrscheinlich zusammen mit diesem blöden Hippie-Arschloch, für den sie dann in schwarzer Unterwäsche hier herumgehopst ist. Ich bringe ihn um. Ich schwöre es, *ich bringe ihn um* –

«Cate», sagt Ella.

Ich hämmere gegen Cates Zimmertür. «Cate! Telefon!»

Sie antwortet nicht. Ich zögere kurz, dann versuche ich mich am Türknauf. Abgeschlossen.

«Cate!» Ich poche noch einmal gegen die Tür. «Es ist Paris! Kommst du raus oder soll ich –»

Die Tür geht auf.

«Kein Grund, so rumzupöbeln», sagt Cate spitz.

Sie nimmt mir das Telefon aus der Hand und wartet. Ich verstehe. «Schöne Grüße an Fleurs Eltern.»

Sie knallt mir die Tür vor der Nase zu. Entzückend. Ich zahle zwanzig Riesen im Jahr für diese geschliffenen Umgangsformen.

Ich stapfe wieder nach unten, wobei ich fast über den Hund falle, und frage mich, was meine Tochter jetzt wohl schon wieder ausheckt. Diese Fleur hat eigentlich immer nur Ärger gemacht. Cate und sie haben sich zusammengetan, als Fleurs Vater an die französische Botschaft in London entsandt wurde und Fleur zwei Jahre mit Cate zur Schule ging. Cate war vollkommen fertig, als die Familie letzten Sommer wieder zurück nach Paris zog – ich dagegen war, offen gestanden, erleichtert. Fleur hatte einen schlechten Einfluss auf Cate. Sie ist extrem clever. Außerdem finde ich ihre Art, einen anzusehen, irgendwie befremdlich: insgesamt einfach zu *wissend* für eine Siebzehnjährige.

Erinnert mich irgendwie an Ella. Muss der französische Einfluss sein.

Ich öffne den Kühlschrank, hole zwei T-Bone-Steaks heraus, lege sie hundesicher ab und stelle eine Flasche Weißwein hinein. Beth hat heute Abend ihren Kunstkurs, Ben ist bei seinem reichen Oxforder Prachtweib, und Sam ist auf Klassenfahrt, Cate und ich sind also allein. Gott sei Dank hat sie ihre vegane Phase hinter sich. Tofu ist nun wirklich extrem begrenzt in seinen Anwendungsmöglichkeiten.

Vielleicht sollten wir heute mal ein ernstes Vater-Tochter-Gespräch führen. Ich kann es nicht mehr länger vor mir herschieben. Seit einer Woche schon drücke ich mich darum, sie auf das blöde Korsett anzusprechen – Beth hat zwar gesagt, sie würde sich drum kümmern, aber Cate ist ja schließlich auch meine Tochter. Ich will nicht, dass in ihrem Leben Sachen passieren, von denen ich nichts weiß.

Ich möchte ihr das Gefühl geben, dass sie mir alles erzählen kann.

Selbst wenn es das Letzte ist, was ich hören möchte.

Die Hintertür wird aufgerissen, Beth wirbelt in die Küche und bringt einen Schwall kalter Luft mit herein. Sie ist ganz rot im Gesicht und wirkt erregt, als wäre sie gerannt.

«Oh! William! Du bist ja schon da. Ich bleibe nicht, ich muss nur ein paar Sachen holen, dann flitze ich zurück zum Aktkurs – ich habe dir doch gesagt, dass ich heute Abend was vorhabe, oder?»

Ich nicke kurz.

«Du hast doch nichts dagegen, Schatz, nicht wahr? Ich *muss* da natürlich nicht hin, aber es wird nicht so gern gesehen, wenn wir fehlen, und ich habe versprochen –»

«Natürlich habe ich nichts dagegen», entgegne ich gereizt, während ich die Steaks weich klopfe. «Ich habe doch bereits gesagt, ich finde, es tut dir gut, wenn du mal ein bisschen rauskommst.» Ich halte mit dem Klopfen inne und mustere sie misstrauisch. Sie sieht wirklich aufgeregt aus. «Du nimmst doch deine Tabletten, Beth, oder? Wir wollen doch nicht, dass sich die Sache noch einmal wieder–»

«Ja, ja, natürlich.»

Ich greife nach dem Pfeffer. Beth druckst am Herd herum und fingert nervös an ihrem Armband. Hat es sich bestimmt anders überlegt wegen heute Abend. Vielleicht reichen die Steaks auch für drei.

«William», platzt es dann aus ihr heraus, «ich habe deine Mutter für Sonntag zum Mittagessen eingeladen.»

Meine Hand verharrt.

«Es ist Ostersonntag, William, und sie wird am Dienstag achtzig. Du kannst doch diesen dämlichen Streit nicht ewig weiterlaufen lassen. Ich meine, *zwanzig* Jahre! Jetzt wäre doch ein guter Zeitpunkt, die Vergangenheit endlich ruhen zu lassen, und da Ben und Sam ab morgen auch zu Hause sein werden –»

«Du – hast – *was?*»

«– und du hättest ja sowieso nein gesagt, wenn ich dich gefragt hätte», plappert sie weiter. «Komm schon, Liebling. Ich weiß, dass du dich nicht mit ihr verstehst, aber meine Mutter ist ja wohl auch nicht gerade das reinste Zuckerschlecken, und ich schaffe es ja auch –»

«Das ist ja wohl kaum das Gleiche!»

«Nein, und ich begreife ja auch, dass du –»

«Deine Mutter hat nicht deinen Vater umgebracht!»

Beth zuckt zusammen, gibt aber nicht nach. «Deine auch nicht, William.»

«Du warst nicht dabei», knurre ich.

«Sie ist deine Mutter, William», antwortet Beth streng.

Es gibt Momente im Leben, in denen ich meine Frau wirklich hasse. «Sag ihr ab.»

«Das kann ich nicht, das wäre viel zu –»

«*Sag ihr ab.*»

«Bitte, William. Wenn ihr etwas zustößt, und du immer noch nicht –»

«Ich glaube, du kommst zu spät zu deinem Aktkurs», unterbreche ich sie kühl.

Sie macht den Mund auf, um etwas zu erwidern, überlegt es sich dann aber doch anders. Ich wende mich ab und kralle mich so sehr an der Geschirrtuchstange am Herd fest, dass meine Knöchel weiß durchscheinen. Kurz darauf höre ich das sanfte Klicken der Hintertür.

Zwanzig Jahre, und ich habe immer noch den metallischen Geruch von frischem Blut in der Nase.

Es passierte wenige Monate, bevor ich Beth kennenlernte. (Jede Wette, dass ein Seelenklempner diese Ereignisse in irgendeinen Zusammenhang bringen würde, aber schließlich ist sie nicht durch Pseudo-Psychologie schwanger geworden, sondern durch mich.) Dad war zu dem Zeitpunkt schon drei Jahre arbeitslos. Er war eins der Opfer nach Margaret Thatchers Sieg über die Bergarbeiter-Gewerkschaften. Er bestritt als Anwalt in einer Kleinstadt in Nottinghamshire sein bescheidenes Auskommen damit, Testamente aufzusetzen und kleinere Streitigkeiten zu verhandeln. Doch als die Bergleute nichts mehr hatten, worüber sie sich streiten konnten, brach die Firma, die er über vierzig Jahre hinweg aufgebaut hatte, fast über Nacht zusammen.

Das konnte er nicht ertragen. Er alterte innerhalb einer Woche um zwanzig Jahre. Wenn man ihn fragte, so war sein Leben vorbei, er sah keinen Sinn und Zweck darin und hatte keine Hoffnung mehr.

Drei Jahre lang saß er in seinem Lieblingssessel und starrte einfach nur Löcher in die Luft. Ich gewöhnte mich daran, einseitige Gespräche zu führen – diese Erfahrung stellte sich in meiner Ehe mit Beth als ziemlich nützlich heraus.

Täglich warf ihm meine Mutter (deren Immobilienbüro sich prächtig entwickelte, als immer mehr Objekte zu Investitions- und Vermietungszwecken erworben wurden) sein Versagen höhnisch vor und erniedrigte ihn bei jeder Gelegenheit. Nutzlos. Hoffnungslos. Wertlos. Hätte ich dich bloß nie geheiratet. Habe es ja schon immer gewusst, du wirst es zu nichts bringen. Er erzählte mir, dass sie niemals locker ließ. *Sie ließ verdammt nochmal niemals locker.*

Als er mich am Morgen seines fünfundsechzigsten Geburtstags anrief, wusste ich sofort, dass dies der Abschied war. Ich spürte es einfach – und konnte nichts dagegen tun.

Als er mir sagte, dass er mich liebt, und dann auflegte, stieg ich ins Auto und hetzte wie ein Bekloppter zu ihm. Ich wohnte damals nur zehn Autominuten von meinen Eltern entfernt. Ich war fast rechtzeitig da. Ich hätte es fast geschafft.

Ich hörte den Schuss, als ich in die Einfahrt rollte.

Sie können sich gar nicht vorstellen, wie viel Blut und Gehirn in einem Menschenkopf steckt – bis Sie das Ihres Vaters über den Boden, die Wände, die Decke, die Türen und die Fenster Ihres Elternhauses verspritzt sehen.

«Dad? Wolltest du die Steaks braten, oder soll ich sie Cannelle geben?»

Ich zucke zusammen und betrachte befangen das blutige, weich geklopfte Fleisch in meinen Händen. «Ich hab's mir anders überlegt. Lust auf Chinesisch?»

Cate zuckt mit den Schultern.

«Gib mir mal die Karte vom Chinesen, dann rufe ich an, und wir holen uns was. Die hier kannst du dem Hund geben, aber sag's bitte nicht deiner Mutter. Was wollte Fleur?»

«Nichts Besonderes.»

Sie steht im Türrahmen herum und spielt mit ihrem Armbändchen. Sie gleicht ihrer Mutter bis aufs Haar. «Dad, kann ich mal mit dir über etwas reden, ohne dass du gleich ausflippst?»

O mein Gott. Sie ist schwanger.

«Ich bin nicht schwanger, Dad, falls du das denkst», blafft sie mich an. «Es ist was richtig Ernstes.»

«Okay. Ich höre.»

«Der Punkt ist, dass ich mich bald an den verschiedenen Unis bewerben muss, Dad, und wir haben noch nie darüber gesprochen –»

«Weißt du schon, was du willst? Ich glaube, ich nehme

die scharf-saure Suppe und hinterher vielleicht eine Runde Rindfleisch Chow Mein –»

Sie reißt mir die Karte aus der Hand. «Warum tust du das, Dad?», regt sie sich auf. «Immer! Jedes Mal, wenn ich das Thema anschneiden will, tust du so, als würde das alles gar nicht passieren! Ich bin keine zwölf mehr!»

«Das weiß ich doch», seufze ich.

«Hör zu, Dad», schlägt sie einen etwas sanfteren Ton an. «Ich habe auch keine Lust, ständig auf Konfrontationskurs zu sein, aber du lässt mir echt keine Wahl. Manchmal habe ich das Gefühl, hier überhaupt nicht mehr atmen zu können. Du musst mir schon ein bisschen Luft lassen.»

Ich ziehe einen Küchenstuhl unterm Tisch hervor und lasse mich daraufsinken. «Okay, Cate. Lass uns reden.»

«Ich möchte Journalismus studieren», erklärt sie mit fester Stimme.

«Aber deine Stärke sind doch die Naturwissenschaften! Du wolltest doch mal Ärztin werden!»

«Dad. Ärztin wollte ich werden, als ich – was weiß ich? – sieben war.»

«Okay. Aber ein naturwissenschaftliches Studium würde dir doch so viel mehr Möglichkeiten –»

«Dad. Ich möchte Journalistin werden.»

Mir fällt ihre Kinnpartie auf, ihre aufrechten, resoluten Schultern – und auf einmal erinnert sie mich an jemanden. Ich musste wenige Jahre, bevor mein Vater starb, den gleichen Kampf gegen meine Mutter durchstehen, als ich mich weigerte, in ihr Immobiliengeschäft einzusteigen, und lieber – vollkommen nutzlos! – Geschichte studieren wollte.

«Na gut, also Journalismus», sage ich fröhlich. «Ich habe nicht die geringste Ahnung, wo man das am besten studiert, aber das werden wir schon irgendwie rausfin–»

«Jedenfalls nicht in Oxford, Dad. Und auch nicht in Cambridge», fügt sie schnell hinzu.

«Verstehe. Na ja, aber wenn du dann in London bist, kriegen wir dich ja wenigstens hin und wieder mal zu Gesicht –»

«Ich will nach New York.»

«New York? Ja, aber … Das ist ja in Amerika.»

«Was du nicht sagst, Sherlock», brummt Cate. «Dad, die New Yorker Uni ist die beste der Welt, wenn es um Journalismus geht. Wahrscheinlich bekomme ich sowieso keinen Platz, aber ich möchte es zumindest versuchen. Ich habe eine ganz gute Mappe beisammen durch meine Redaktionsarbeit bei der Schulzeitung und durch die Artikel, die ich für die Lokalzeitung geschrieben habe. Und wenn ich diesen Sommer noch ein bisschen Erfahrung sammeln kann – vielleicht ein Praktikum bei der *Mail* oder so –, könnte ich –»

«New York! Nein, Cate. Das kommt überhaupt nicht in Frage!»

«Aber Ben hättest du gelassen!»

«Das wäre etwas anderes gewesen.»

«Wieso?»

«Weil Ben sich um sich selbst kümmern kann. Mädchen werden angegriffen und vergewaltigt oder sogar umgebracht. Kann sein, dass das nicht fair ist, Cate, aber so ist es nun mal. Die Antwort lautet nein, Cate.»

«Ich werde bald achtzehn, Dad! Du kannst mich nicht aufhalten –»

«Stimmt. Aber da ich es bin, der deine Ausbildung finanziert, habe ich in dieser Angelegenheit ja wohl auch noch ein Wörtchen mitzureden. Und zu New York sage ich nein. Es gibt hier so viele gute Universitäten. Man muss nicht ans andere Ende der Welt fliegen, um –»

«Ist dir vielleicht auch schon mal der Gedanke gekommen, dass ich einfach nur ans andere Ende der Welt *will*?», regt Cate sich auf. «Ich hasse das hier! Ich habe es so was von satt, ständig auf Mum aufzupassen! Jeden Tag, wenn ich nach Hause komme, erwarte ich fast, dass sie wieder nackt durch den Garten rennt, weil sie ihre Tabletten nicht genommen hat! Ich traue mich nicht, irgendwelche Freunde mit nach Hause zu bringen, ich gehe nie mal richtig weg, und du bist ja dauernd im Büro! Alle hängen ständig von mir ab! Immer muss ich alles managen, und darauf habe ich einfach keinen Bock mehr!»

«Deine Mutter kann nichts dafür –»

«Ich auch nicht!»

Ich seufze. «Ich weiß, meine Süße. Und es tut mir leid. Wenn ich irgendetwas tun könnte –»

«Du könntest etwas mehr zu Hause sein! Warum glaubst du denn, dass sie sich so aufführt? Das ist doch nicht nur ihre Krankheit. Sie ist einsam! Du bist ja nie hier, du bist nie für sie da!» Sie atmet tief durch. «Du meinst wohl, nur weil du hier wohnen bleibst und sie nicht verlässt, ist alles gut. Kapierst du es denn nicht, Dad? Sie liebt dich. Und sie spürt genau, dass du sie nicht liebst. Ist doch kein Wunder, dass sie da manchmal ein bisschen durchdreht.»

«Cate, das stimmt doch gar ni–»

«Weiß sie, dass du mit Sams Ärztin ins Bett springst?»

Mir entweicht sämtliches Blut aus dem Gesicht. Entgeistert blicke ich sie an.

«Ich habe euch gesehen», erklärt sie anklagend und mit tränenerstickter Stimme. «Vor zwei Wochen. Auf dem Parkplatz am Bahnhof. Du hast sie geküsst –»

«Ach, herrje.» Ich stehe auf, gehe auf sie zu und will sie in den Arm nehmen, aber sie wehrt mich ab. «Cate, das tut mir wirklich leid. Ich wollte doch nie –»

«Ach, komm, vergiss es, Dad.» Sie reibt sich die Augen und sieht mehr wie eine Siebenjährige als wie eine Siebzehnjährige aus. «Ich kann es dir ja nicht mal verübeln. Ich meine, ist ja wohl auch nicht gerade einfach, mit Mum zusammenzuleben. Aber *du* hast sie geheiratet, nicht ich. Ich finde es nicht fair, dass ich die Scherben aufsammeln soll, wenn du sie verlässt.»

«Ich werde sie nicht verlassen, Cate. Versprochen.»

«Wäre nicht das erste Mal, dass du ein Versprechen brichst, Dad», schnieft sie.

Das sitzt.

«Ach, *bitte*, Daddy. Ich möchte so gerne nach New York. Es geht mir nicht nur darum, von hier wegzukommen. Ich würde in den Semesterferien jedes Mal nach Hause fahren, das weißt du doch –»

«Ist das der Preis, den du verlangst, Caitlin?», frage ich scharf nach. «Ich lasse dich in New York studieren, und dafür erzählst du deiner Mutter nichts von Ella?»

Sie keucht, als hätte ich ihr in den Magen geboxt.

«Cate, hör zu, ich hab's nicht so –»

«Ich gehe nach New York, Dad. Und es ist mir egal, ob du mich dabei unterstützt oder nicht. Du hältst mich nicht auf.» Ihr Gesichtsausdruck wird unerbittlich. «Nur weil du dein eigenes Leben verkorkst hast, heißt das noch lange nicht, dass ich meins verplempere. Du hast Mum doch nur geheiratet, um sie irgendwie auf Kurs zu bringen und damit wiedergutzumachen, was mit Grandpa passiert ist. Völlig in Ordnung. Aber ich mache bei diesem Spiel nicht mehr mit – du kannst in Zukunft allein den Selbstmordwächter spielen!»

Sie trampelt die Treppe hinauf. Dann knallt sie ihre Zimmertür zu.

Sie weiß von Ella. Wie zum Teufel konnte das passieren? Nach all den Jahren. Wir waren immer so vorsichtig.

Sie ist doch noch ein Kind. Wie kann ich sie nach New York ziehen lassen? Wer passt denn da auf sie auf, wenn ich nicht in der Nähe bin?

Wiedergutmachung wegen Dad? Ist es das wirklich gewesen, all die Jahre?

Ich stehe immer noch wie unter Schock in der Küche, als Ben zehn Minuten später hereinspaziert und an einem Stück Pizza knabbert. «Ich habe gerade Cate aus dem Haus stürzen sehen», erzählt mein Sohn mit dem Mund voll geschmolzenem Käse. «Habt ihr euch gestritten?» Er stellt seinen Rucksack auf dem Tisch ab. «Lass sie einfach, Dad. Sie wird sich schon wieder einkriegen.»

«Sie will nächstes Jahr nach New York», bringe ich gerade so hervor. «Um Journalismus zu studieren.»

«Ach, hat sie's dir endlich gesagt? Na, prima.»

«Du wusstest das?»

«Klaro. Jetzt mach mal keinen Aufstand, Dad. Sie kann das. Sie ist tougher, als du glaubst.»

«Sieht sowieso nicht so aus, als ob ich irgendetwas dagegen unternehmen könnte. Sie ist ja wohl fest entschlossen.» Ich setze Wasser auf. «Wieso bist du überhaupt schon hier? Wir haben dich erst für morgen erwartet.»

«Candida hat sich aus dem Staub gemacht. Ihre Eltern nehmen sie mit nach Aspen. Da dachte ich, kann ich genauso gut schon herkommen. Ist doch kein Problem, oder?»

«Wenn ich ganz ehrlich sein soll, Ben – ich freue mich riesig, dass du da bist. Ein bisschen Testosteron kann in diesem Haus gar nicht schaden. Wenn du willst, können wir – Mist, tut mir leid. Ich muss drangehen.»

Ben hebt die Hand und schlendert vergnügt Richtung

Treppe, während ich mein Handy aufklappe. Wenn Cate doch nur die gleiche Gemütsruhe besäße wie ihr großer Bruder. Aber die bezieht er wahrscheinlich auch eher aus den spitzblättrigen Pflanzen hinten im Garten als aus einer angeborenen Frohnatur.

«Hi, Andrew. Was gibt's?»

Mein Anwalt kommt sofort zur Sache. «Du hast Kirkland verloren. Noble hat ihn gerade unter Vertrag genommen, die ganze Branche weiß schon Bescheid.»

«Wie bitte? Ich dachte, wir hätten Kirkland sicher!» Verzweifelt schließe ich die Augen. «Wie zum Teufel hat Noble davon Wind gekriegt? Davy hat gesagt, er stehe mit niemand anderem in Verhandlungen, und dass alles top secret sei, bis er den anderen Bandmitgliedern erklärt hat, dass er geht.»

«Tja, irgendjemand muss geplaudert haben. Noble repräsentiert ihn für den halben üblichen Prozentsatz. Und es wird noch schlimmer.»

«Viel schlimmer?»

«Sieht so aus, als hätte er seine Fühler auch in Richtung Equinox ausgestreckt. Ich brauche dir ja wohl nicht darzulegen, welche fatalen Auswirkungen das auf deinen Umsatz haben wird. Ich habe nicht den leisesten Schimmer, wie er erfahren hat, dass der Vertrag zur Neuverhandlung ansteht, aber wenn ich du wäre, würde ich lieber heute als morgen nach New York fliegen und das Ruder herumreißen, bevor es zu spät ist.»

Mir ziehen sich sämtliche Eingeweide zusammen. Wenn ich die internationale Hotelgruppe verliere, kann ich genauso gut aufgeben und zu Hause bleiben.

«Hör mal, William», höre ich Andrews vorsichtige Stimme. «Ich will ja niemanden blind beschuldigen, aber wenn ich du wäre, würde ich mal einen sehr scharfen Blick auf die interne Sicherheit in deinem Laden werfen. Das ist jetzt das vierte Mal innerhalb von zwei Monaten, dass Noble an sensible Geschäftsinformationen gelangt ist, bevor sie öffentlich waren. Und es fängt langsam wirklich an, dir wehzutun.»

«Im Klartext?»

«Irgendjemand aus deinem allernächsten Umfeld bescheißt dich.»

Nachdem wir aufgelegt haben, gehe ich in mein Arbeitszimmer und schenke mir einen ordentlichen Scotch ein. Carolyn ist es nicht – abgesehen davon, dass sie es war, die den Kontakt zu Davy Kirkland überhaupt erst hergestellt hat, weiß sie nichts über den Equinox-Vertrag. Es gibt nur einen anderen Menschen, der mit mir an diesem Klienten gearbeitet hat, und das ist Harry Armitage – und der ist seit drei Wochen in Neuseeland wandern. Er ist in die Kirkland-Sache gar nicht eingeweiht, also kommt er auch nicht in Frage.

Ich gieße mir den Scotch hinter die Binde. Es gibt nur zwei Menschen, die über beide Deals Bescheid wussten.

Beth. Und Ella.

7

Beth

Keine Tabletten mehr. Keine Tabletten mehr!

Allerdings habe ich es William versprochen …

Ich hasse sie. O Gott, wie ich es *hasse*, sie zu nehmen! Ich kann nicht malen, ich kann nicht denken, ich kann nicht fühlen. Als wäre mein Gehirn komplett umnebelt. Mir fallen die einfachsten Wörter nicht ein, ich vergesse die Gesichter von Freunden, ich halte einen Korkenzieher in der Hand und weiß nicht mehr, wie man ihn benutzt. Wenn mir jemand erzählen würde, dass seine Mutter gestorben ist, würde ich ihn bloß regungslos anglotzen, wie ein autistisches Kind, und wüsste nicht einmal *theoretisch*, wie ich darauf reagieren sollte. Ich komme mir vor, als sei ich unter einer Glasglocke gefangen: Nichts dringt zu mir herein, und ich kann nicht hinaus.

Ich entspanne meine Faust. Die hübschen bunten Tabletten darin bügeln die schlimmsten Stimmungsschwankungen aus und verhindern, dass ich in eine Depression abrutsche. Aber was ist der Preis dafür? Keine Traurigkeit mehr, aber auch keine Fröhlichkeit! Kein Kummer, keine Freude. Und wer will schon ein Leben ohne Liebe, Trauer, Angst, Ekstase? Das ist doch kein Leben! Das ist Dahinvegetieren.

Ich lasse sie ins Spülbecken fallen und schalte den Müllzerkleinerer ein.

Irgendwann werde ich die Dinger doch wieder nehmen müssen, sonst werde ich so manisch, dass sie mich wegschließen. Aber solange dieses Fenster zu meinem wahren Ich auf ist, während dieser kurzen Zeitspanne zwischen Stumpfsinn und Wahnsinn, will ich das Beste daraus machen.

«Sei einfach du selbst», hat Eithne auf meine Frage geantwortet, was ich heute anziehen soll. «Sie kommen zur Ausstellung, um deine Kunst anzugucken, nicht deine Schuhe.»

Aber wie kann ich ich selbst sein, wenn ich nicht weiß, wer ich bin? Ich habe nie wirklich die Gelegenheit gehabt, es rauszufinden. Claras Tochter, Williams Frau, die Mutter der Kinder – mein ganzes Leben lang bin ich immer nur über andere Menschen definiert worden. Was also würde Beth Ashfield, der (bald) funkelnde neue Star am Künstlerhimmel, zum wichtigsten Termin ihres Lebens anziehen?

Jedenfalls nicht dieses formlose, türkisfarbene Kostüm, das ihre Mutter ihr für die Hochzeit ihrer Schwester ausgesucht hat. Und auch nicht die Schuhe, die ihr Mann mal gekauft hat, weil ihm die hohen Absätze gefielen (wen interessiert schon, dass sie sich darin fast die Zehen zerquetscht?). Und ganz bestimmt auch nicht den verstaubten Federhut. Mit dem sehe ich ja aus, als wäre ein Fasan auf meinem Kopf gestorben. Ich reiße ihn mir vom Kopf und pfeffere ihn auf das ungemachte Bett.

Und die Halskette? Ja. Eine Platinkette mit Strandglas würde sie anlegen. Die Ironie würde ihr gefallen: Glasscherben, die keiner wollte, am Strand aufgesammelt, in einen teuren Rahmen gepackt und zum Kunstwerk deklariert.

Na, egal, wie Beth, die Künstlerin, sich ausstaffieren würde, denke ich ärgerlich, als ich meine hässliche, alte Handtasche schultere und die Haustür doppelt verschließe, die einzige Alternative zu diesem Kostüm ist meine übliche Uniform aus unförmigem T-Shirt und Supermarktjeans.

Als ich anderthalb Stunden später den U-Bahnhof Green Park verlasse, fällt mir wieder ein, wieso ich das Kostüm nach einmal Tragen ausrangiert hatte. Der billige Rock schiebt sich über meinen Speckbauch immer wieder nach oben, und die schlechtsitzende Jacke rutscht mir ständig von der einen, dann von der anderen Schulter. Und sie *juckt*.

Regen spritzt mir ins Gesicht. Ich blicke auf, und schon bekomme ich einen fetten Regentropfen ins Auge. Oh, nein, das hat mir jetzt gerade noch gefehlt. Ich werde aussehen wie ein begossener Pudel, bis ich –

Plötzlich schlittere ich in einen Zeitungskiosk. Dutzende von Hochglanzmagazinen gleiten auf den nassen Bürgersteig, und ich taumele gegen den Sperrholztresen. Ich laufe dunkelrot an, entschuldige mich tausendmal und frage mich, worüber ich eigentlich gestolpert bin.

Dann mache ich einen Schritt vorwärts. Aha: Ein Absatz ist abgebrochen.

Okay, keine Panik. Ich habe noch eine Stunde Zeit, bis ich in der Cork Street sein muss – Gott sei Dank habe ich genügend Zeit eingeplant. Schuhe. Schuhe. Wo kriege ich denn jetzt ein Paar neue –

Williams Wohnung! Bayswater ist mit dem Taxi keine fünf Minuten von hier entfernt, und ich habe da einige Paare stehen, von diversen Theaterbesuchen und so. Wäre doch albern, neue zu kaufen, wenn da noch welche sind. Die schwarzen Ballerinas müssten perfekt passen, außerdem sind sie viel bequemer, und darauf kommt es ja schließlich an. Ich habe nie begriffen, wieso manche Frauen einen solch extremen Schuhtick entwickeln. Solange ich mit ihnen von A nach B gelange, ohne zu viele Blasen zu kriegen, ist mir alles recht.

Ich rufe aber mit meinem Handy vorab in der Wohnung an. Ich habe meine Lektion gelernt: Überraschungen tun einer Ehe einfach nicht gut.

Doch der Anrufbeantworter geht dran, also ist William im Büro. Ich hinterlasse vorsichtshalber eine Nachricht und springe in ein Taxi. Die Schuhe sind genau da, wo ich dachte, und meine Füße juchzen dankbar, als ich mich aufs Sofa setze und sie überstreife.

Ich betrachte mich im Spiegel. Ich sehe ein bisschen zerknittert aus, aber das passt zu einem Künstlerimage, oder? Fünf nach drei. Der Termin mit Eithne und dem Galeristen ist erst um halb vier. Wir treffen uns hier gleich um die Ecke. Ich habe massenweise Zeit.

Mann, bin ich nervös. Eithne hat gesagt, dass der Typ meine Bilder, die sie mit nach London genommen hat, mochte. Aber mögen ist nicht lieben. Mögen heißt nicht, eine Ausstellung finanzieren und organisieren. Ich weiß, dass Künstler heutzutage kommerziell denken müssen. Marktorientiert. Ich bin keine schillernde Rebellin wie Eithne, mit Piercings überall, rosa Haaren und einer Haltung, die immer gut für Schlagzeilen ist. Ich bin bloß eine fette Hausfrau mittleren Alters, mehr Vorstadt-Rebellin denn Trendsetterin. Wenn mich jemand überfahren würde, derjenige würde es vermutlich nicht mal merken.

Ich seufze, nehme meine Schlüssel, öffne die Wohnungstür und stoße einen markerschütternden Schrei aus. Dan steht vor mir.

«Alles in Ordnung», versichere ich der jungen Frau, die so freundlich (und so mutig) war, aus der Nachbarwohnung in den Flur zu stürzen, um zu sehen, ob jemand ermordet wurde. «Ich kenne ihn. Ich habe mich bloß erschreckt. Tut mir leid.»

«Es ist gerade jemand aus dem Haus gegangen, als ich kam», erklärt Dan. «Darum bin ich rein, ohne zu klingeln.»

Er schlüpft an mir vorbei in die Wohnung, bevor ich die Gelegenheit habe, mich zu sammeln. Ich kann meine Tochter schon verstehen: Er ist wirklich lecker. Er hat das gleiche Funkeln in seinen blauen Augen wie David Essex – in den war ich total verschossen, als ich in Cates Alter war! Wahnsinnsaugen … Also, David Essex' natürlich, nicht Dans –

«Cate ist nicht hier», platze ich heraus.

«Ich weiß», sagt Dan. «Ich bin wegen Ihnen hier.»

Mein Herz schlägt etwas schneller. Das ist noch von dem Schrecken.

«Und wie haben Sie herausgefunden, dass ich hier bin?»

«Ich – bin Ihnen gefolgt», gibt er zu.

«Sie sind mir *gefolgt*?»

«Ich dachte schon, ich würde Sie aus den Augen verlieren, als Sie ins Taxi gehüpft sind», fügt er ungerührt hinzu. «Und ‹gehüpft› meine ich wörtlich. Was ist denn mit Ihrem Schuh passiert?»

«Vergessen Sie meinen Schuh! Warum steigen Sie mir nach?»

«Habe ich Ihnen doch gesagt. Ich wollte Sie sehen.»

«Das geht nicht.»

«Aber hier bin ich, oder?»

Er verschränkt die Arme und beobachtet mich dabei, wie ich Wasser aufsetze und Teebeutel und Zucker suche (Tee: erste Hilfe bei totaler Verwirrung). Er riecht nach Zigaretten und Ärger. Ich versuche, nicht daran zu denken, wie gut sein Kuss letzten Samstag geschmeckt hat: kühl und süß wie hausgemachte Limonade. Im Moment bin ich nicht manisch, ich bin vollkommen klar im Kopf. Heute werde ich mich nicht ausziehen und nackt durch den Park rennen. Ich werde auch nicht den Freund meiner Tochter küssen, ganz egal, wie dicht er neben mir steht oder wie gut er riecht, selbst wenn er mit den Fingern an meiner Wirbelsäule entlangfährt und mir davon ganz blümerant wird und mein Herz anfängt zu rasen und – ich – und ich –

«Hör auf, Dan», keuche ich.

Es ist so unendlich lange her, dass mich jemand *berührt* hat. Die Kinder meinen alle, sie seien schon zu alt für so was, selbst Sam (so ist das, wenn sie in die Schule kommen); und seit William und ich keinen Sex mehr haben, nehmen wir uns auch nicht mehr in den Arm oder kuscheln miteinander. Ich kann mich nicht einmal daran erinnern, wann er das letzte Mal meine Hand gehalten hat.

Dans Lippen kitzeln mich am Nacken. «Magst du das denn nicht?»

«Nein – ja – darum geht es nicht!»

Ich kann seine Erregung spüren, und mein Körper reagiert prompt. Mir wird ganz schwindelig von diesem fast vergessenen Gefühl, und ohne recht zu wissen, was ich da eigentlich tue, drehe ich mich zu ihm um, ziehe ihn näher an mich heran und schmiege mich an ihn. Er drückt seine Lippen auf meine und küsst meinen Körper wach.

Ich muss jedes Milligramm Willensstärke zusammenkratzen, um mich loszureißen.

Ich stütze mich am Spülbecken ab. Das ist doch Wahnsinn. Das ist absolut tabu. Wir dürfen das nicht. Er ist nur halb so alt wie ich. Ich bin verheiratet. Er ist der Freund meiner Tochter –

«O mein Gott! Cate!»

«Das hier hat überhaupt nichts mit Cate zu tun. Natürlich habe ich sie sehr gern, aber ich war immer nur an dir interessiert, Beth, vom ersten Augenblick an bei Eithne Bromptons Ausstellung, und ich hätte einfach nicht –»

«Nein! Draußen! Da ist Cate!»

«Was?»

«Sieh doch! Den albernen Rucksack würde ich überall wiedererkennen. Sie ist bestimmt auf dem Weg hierher! O mein Gott, sie darf uns hier nicht zusammen finden! Weg mit dir, raus hier!»

«Geht nicht. Dann sieht sie mich.»

«Dann versteck dich! Schnell, ins Schlafzimmer!»

«Beth, das ist doch lächerlich –»

«Du bist mir hierher gefolgt, Dan! Wie willst du ihr das erklären? Oder willst du ihr erzählen, wir hätten uns hier für ein heimliches Rendezvous verabredet?»

Ich reiße die Türen des Kleiderschranks auf. Er quillt über vor Klamotten, Kisten und Kartons mit Ordnern und Papieren – alles Arbeit, die William mit nach Hause nimmt. Ich gerate in Panik. Cate hat die ganze Woche nicht mit mir gesprochen. (Und jetzt, wo die manische Phase vorbei ist, kann ich ihr das nicht mal verdenken. Wenn meine Mutter mir das angetan hätte, hätte ich ihr das auch nie verziehen.)

Wenn sie mich hier mit ihrem Freund antrifft, wird sie nie wieder mit mir reden, ganz gleich wie unschuldig die Erklärung ist. Obwohl es mir, offen gestanden, auch sehr schwerfallen würde, mir eine Erklärung auszudenken, die nicht in irgendeiner Weise belastend ausfällt.

«Unters Bett!», rufe ich und drücke Dans Kopf herunter.

Er protestiert zwar immer noch, rutscht dann aber brav in sein Versteck. Ich danke Gott, dass wir in dieser Wohnung ein altmodisches Messingbett stehen haben, und nicht eines dieser modernen, teuren Polsterbetten wie zu Hause. Unter dem könnte man nicht mal ein Blatt Papier verschwinden lassen, geschweige denn einen ganz offensichtlich erregten jungen Mann.

An der Tür wird mit Schlüsseln hantiert. Dan steckt den Kopf unter dem Bett hervor. «Beth, ich glaube wirklich nicht –»

Ich werfe mich selbst bäuchlings auf den Boden, schiebe mich unters Bett und lege ihm die Hand auf den Mund. Wir hören Cates Stimme im Flur. «Hi, ich bin's nur.»

Mir wird schlecht. Sie hat uns bemerkt. O Gott, wie soll ich jemals –

Dan schüttelt den Kopf und löst sich von meiner Hand. «Telefon», sagt er lautlos.

Er hat recht. Ich quetsche mich so weit unters Bett, dass ich außer Sichtweite bin.

«Ja, habe ich, Fleur, ich bin zu ihr hin – nein, wirklich, ich schwöre es –»

Dans Hand wandert über meine Hüfte und unter meine Bluse. Gibt es einen unpassenderen Zeitpunkt?

«– du wirst nicht glauben, was dann passiert ist», zwitschert Cate. «Riesendrama! Ich bin gerade dabei, ihr zu sagen – ach, eigentlich richtig nett, und sie hatte total geile Stiefel an, in Orange und Lila und so – na, egal, jedenfalls unterhalten wir uns, und auf einmal wird sie total komisch und –»

Ich höre sie in der Wohnung herumgehen. Was in aller Welt will sie überhaupt hier? Ich wusste nicht mal, dass sie einen Schlüssel hat.

Dan knufft mir in die Seite. Ich drehe mich um, und er hält grinsend ein schwarzes Spitzenkorsett hoch.

«Das ist nicht von mir!», zische ich beleidigt.

Er legt einen Finger auf den Mund. Cates Geplapper verstummt.

«Warte mal», sagt sie. «Ich glaube, ich habe was gehört.»

Ich traue mich nicht zu atmen. Durch die Lücke zwischen Bettüberwurf und Fußboden sehe ich ihre silbernen Turnschuhe ins Schlafzimmer zurückkehren. O Gott, wenn sie uns *jetzt* findet – ich hätte nicht so panisch werden sollen, schließlich gibt es eine vollkommen unschuldige – na gut, nicht ganz unschuldige, aber es ist ja nichts *passiert* –

«Nee, das war wohl nebenan. Na ja, also ich muss weiter. Ich bin nur eben hergekommen, um mir ein bisschen Bargeld aus Dads Schreibtisch zu holen, das merkt er sowieso nicht. Ich bin in einer Stunde mit Dan an der Tate verabredet –»

Staub kitzelt mich in der Nase, und ich muss dringend niesen. Ich lege mir die Hände aufs Gesicht, während Dan sich vor unterdrücktem Lachen schüttelt. Wie kann er das hier nur lustig finden? Ist Cate ihm denn vollkommen gleichgültig?

In einem Anflug von geistiger Klarheit geht mir auf, dass, was auch immer für ein Nonsens à la *Die Reifeprüfung* sich hier zwischen uns abspielt, ich keine Mrs. Robinson bin. Ganz gleich, wie sehr ich mich von Dan angezogen fühle, und selbst wenn ich es über mich brächte, William zu betrügen – ich würde das meiner Tochter nie im Leben antun.

«Ich hab sie noch nicht gefragt. Sie sagt ja sowieso nein, wie jedes Mal. Ich hasse sie, Fleur. Sie ist so eine Heuchlerin. Labert mich zu, so von wegen, was für mich gut ist, und dass sie ja nur an mich denkt, blablabla – und dann ruiniert sie einfach so komplett mein Leben. Ich freue mich dermaßen darauf, endlich wegzukommen –»

Die Wohnungstür fällt ins Schloss. Dan stupst mich an, aber ich rühre mich nicht.

Man darf von Teenagern keine Dankbarkeit erwarten. Es ist von der Natur so vorgesehen, dass sie ihre Eltern hassen. Wenn sie das nicht tun, haben die Eltern versagt.

Wie viel leichter es doch wäre, eine schlechte Mutter zu sein und immer ja zu sagen. Ja, du darfst dir ein Bauchnabelpiercing machen lassen, ja, du darfst rauchen, ja, du darfst unter der Woche bis zwei Uhr nachts ausgehen und mit fünfzehn mit deinem Freund schlafen. Aber ich sage nein und lasse mich beschimpfen und mir erklären, dass sie mich hasst, weil ich sie liebe und sie beschützen möchte. Ich möchte verhindern, dass sie die gleichen Fehler begeht wie ich.

Natürlich mache ich nicht immer alles richtig. Wenn man ein Kind bekommt, ist schließlich keine Bedienungsanleitung dabei. Man wurstelt sich so durch, versucht dies und das und macht auch mal Fehler, aus denen man dann lernt. Okay, in meinem Fall waren es viele Fehler. Aber bis jetzt habe ich immer gedacht, dass ich meine Sache ganz gut machte. Ich habe ihnen Lunchpakete vorbereitet und ihre Schuluniformen gebügelt, ich habe ihnen Geschichten vorgelesen und die ganze Nacht bei ihnen verbracht, wenn sie Ohrenschmerzen hatten. Ich habe sie zum Ballett und zum Fußball gefahren, gesundes Essen gekocht und nasse Handtücher aufgesammelt. Ich war nie eine Mutter, die viel gebacken oder mit den Kindern gebastelt hat, aber ich war immer da, wenn sie von der Schule nach Hause kamen, und ich war bei allen ihren Sportfesten und Theateraufführungen, selbst wenn ich mich am liebsten unter der Decke zusammengerollt hätte.

Der Witz ist, bevor ich Kinder hatte, wollte ich *so* gerne Mutter sein. Kein Mensch warnt einen davor, wie langweilig und ewig gleich das ist. (Obwohl ich Clara gegenüber fair sein muss, sie hat es versucht. Allerdings dachte ich, dass sie sich nur darauf bezog, wie es war, *meine* Mutter zu sein.) Aber ich habe alles getan, was man so tun muss. Ich habe mein Bestes gegeben.

Aus dem Mund meiner eigenen Tochter zu hören, dass ich in dem Job, der mir das Allerwichtigste auf der Welt ist, auf der ganzen Linie versagt habe, tut so weh, dass ich es kaum ertragen kann.

«Komm schon, Beth. Sie ist weg.»

Ich krabbele unter dem Bett hervor und klopfe mir den Staub von den Kleidern. Dan guckt leicht beschämt, aber dennoch sehr mit sich zufrieden aus der Wäsche – wie ein kleiner Junge, der fast beim Obstklau erwischt worden wäre. Ich schäme mich in Grund und Boden für diese ganze Farce.

«Also», lächelt er und lässt das Korsett um seinen Finger kreisen. «Was hast du mir hierzu zu sagen?»

«Ich habe dir doch erklärt, es ist nicht meins –»

Schlagartig wird uns beiden bewusst, was das heißt. Ich reiße es ihm aus der Hand und stopfe es hinter das Sofakissen.

Verglichen mit dem Gespräch, das ich gerade mitgehört habe, belastet mich die Tatsache, dass ich soeben einen handfesten Beweis für die Untreue meines Mannes gefunden habe, fast gar nicht.

«Es tut mir leid, Eithne», sage ich. «Bitte schrei mich nicht mehr an. Ich wollte dich nicht hängen lassen. Ich wollte kommen. Ich habe es versucht. Ich weiß, dass du keine Mühen gescheut hast, um das für mich zu arrangieren, und das war wirklich total lieb von dir, aber uns ist doch beiden klar, dass ich nicht wirklich zur Künstlerin geboren bin. Manchmal kann ich ganz gut mit dem Pinsel umgehen, aber das war's dann auch. Clara hat schon recht, ich bin ein bisschen ausgeflippt, dachte, ich könnte eine Ausstellung machen und sogar Bilder verkaufen. Aber letzten Endes bin ich eben doch nur eine einfache Hausfrau. Das hier ist kein bezaubernder Märchenfilm, in dem die kleine graue Maus sich auf einmal in ein gnadenlos begabtes Genie verwandelt und entdeckt wird. Das hier ist das echte Leben, und die Wahrheit ist, dass ich kein Star bin und dass ich auch nie einer sein werde. Es war töricht von mir, zu glauben, dass ich es schaffen könnte. Es tut mir *leid*, Eithne. Können wir jetzt bitte das Thema Ausstellungen und Bilder ein für alle Mal vergessen und einfach nur Freundinnen sein?»

Es ist nicht ungewöhnlich, dass William die ganze Nacht nicht nach Hause kommt. Er bleibt oft in London, wenn er Abendtermine mit seinen Klienten hat, und im Moment will er diesen jungen Kerl von der Boygroup unbedingt unter Vertrag nehmen.

Trotzdem ist es dieses Mal anders. Dieses Mal weiß ich, dass er nicht mit seinem Anwalt oder einem grünschnabeligen Popstar zusammen ist, sondern mit der Eigentümerin jenes sündig schwarzen Korsetts.

Ich starre an die Decke. Die abstrakte Vorstellung, dass der Ehemann hier und da mal ein kleines Abenteuer hat, ist eine Sache. Schließlich sind acht Jahre wirklich eine verdammt lange Zeit ohne Sex für einen normalen, heißblütigen Mann. Sicher war da mal was – vielleicht auf seinen Auslandsreisen – und natürlich gab es da diese unangenehme Episode auf Zypern, obwohl ich ja nie wirklich etwas in der Hand hatte –

Mir fällt diese hübsche Englischlehrerin ein, die ein seltsam gesteigertes Interesse daran hatte, in ihrer Freizeit über Bens Fortschritte zu sprechen. Und was die beeindruckende rothaarige Ärztin angeht, die sich um Sam kümmerte, als er noch ganz klein war, habe ich mir auch so meine Gedanken gemacht. William hat ständig über sie geredet, und dann auf einmal erwähnte er sie nie wieder. Davor gab es noch andere: Sekretärinnen, Assistentinnen, Mitarbeiterinnen – eine ganze Reihe gab sich da im Laufe der Jahre die Klinke in die Hand. Alles wirklich nette junge Frauen, die bewundernd zu William aufschauten und erröteten, wenn er nur an ihnen vorbeilief, und dann von einem Tag auf den anderen ohne ordentliche Kündigung verschwanden. Die kleine Carolyn betet ihn an. Da kann man sich doch des Verdachtes nicht erwehren, dass mit der einen oder anderen von ihnen irgendwann mal etwas gelaufen ist.

Aber ein handfester Beweis ist schlimmer als eine diffuse Vermutung. Das reale Wissen raubt einem den Schlaf. Hinter dem Wissen kann man sich nicht verstecken.

«Daran bist du doch selber schuld», lautet Claras scharfer Kommentar, als sie am nächsten Morgen (uneingeladen) zum Frühstück aufkreuzt und aus mir herauskitzelt, was mich bedrückt. «Du hast ihn doch mit deinem Egoismus und deiner Launenhaftigkeit dazu getrieben. Mir ist es sowieso ein Rätsel, wieso der arme Kerl bei dir bleibt. Der Mann ist ein Heiliger.»

Ich setze Wasser auf.

«Er hätte dich ja auch niemals geheiratet, wenn du nicht schwanger gewesen wärst. Du hast Glück, dass er kein Ausreißer ist wie dein Vater. Wenn ich nur daran denke, was ich mir von dem Kerl alles habe gefallen lassen – und dann sieh dir an, wie er es mir gedankt hat.»

«Toast?»

«Und du bist genau wie er, weißt du das? Schwach. Das konnte ich sofort sehen, als du geboren warst. Du warst ein schwieriges, quengeliges Baby. Die Ärzte meinten, es sei bloß eine Kolik, aber ich wusste es besser.»

«Wir haben selbst gemachte Orangenmarmelade von dem Teeladen in der Stadt», sage ich fröhlich. «Schmeckt viel besser als das Zeug aus dem Supermarkt. Mit ganz großen Schalenstücken drin.»

«Ich hoffe nur, dass du deine Tabletten nimmst, Beth. Die arme Cate. Das wird sie dir nie verzeihen.»

Behutsam lege ich das Brotmesser ab.

Dann gehe ich nach draußen, bis ganz nach hinten zu den Obstbäumen, und dort zerschmettere ich ein paar Blumentöpfe an der niedrigen Steinmauer, bis ich nicht mehr das Verlangen verspüre, meine Mutter umzubringen.

Als wir mit dem Frühstück fertig sind, kehre ich die Scherben und die Blumenerde zusammen, packe alles in altes Zeitungspapier und werfe es in den Mülleimer. Meine Mutter braucht mich nun wirklich nicht daran zu erinnern, was für ein Glück ich habe, mit William verheiratet zu sein. Untreue ist kein Grund, eine Ehe zu beenden. Sex ist nicht das Gleiche wie Liebe.

Solange er mich nicht tatsächlich verlässt. Das könnte ich nicht zulassen.

Ich bin nicht das Weichei, für das alle mich halten. Ich kann kämpfen für das, was ich will, auf meine Weise. William habe ich schließlich bekommen, oder etwa nicht? Noch der leiseste Zweifel, den ich vielleicht gehegt hatte, war wie ausgelöscht, als ihm Ben in die Arme gelegt wurde und ich die Liebe in seinem Blick sah. Da wusste ich, dass ich recht gehabt hatte: Wir waren dazu bestimmt, eine Familie zu sein.

Ich bin nicht stolz auf das, was ich getan habe, als er auf Zypern war. Aber ich hatte keine Wahl. Ich dachte, er wollte mich verlassen – albern, ich weiß. Trotzdem. Hat ja letzten Endes alles hingehauen.

Schließlich kenne ich William besser als jeder andere. Und er braucht mich genauso wie ich ihn.

Als er um kurz vor sechs abends endlich nach Hause kommt, kann ich schon an der Art, wie er übervorsichtig die Tür schließt, hören, dass er vor Wut kocht. Keiner kennt sich mit seinen Launen so gut aus wie ich.

Er kommt in die Küche gestürmt und schmeißt etwas auf den Tisch.

«Weißt du, was das ist?», herrscht er mich an. Glücklicherweise wartet er meine Antwort erst gar nicht ab. «Weißt du, wo ich das gefunden habe?»

Ich atme tief ein.

«Hinter dem Sofakissen in der Bayswater-Wohnung!»

Er wartet – offenbar auf etwas mehr als nur sprachloses Erstaunen. Aber bis vor zehn Sekunden war ich in dem Glauben, dass dieses Stück Unterwäsche seiner Geliebten gehört. Aber wenn er jetzt *mich* fragt –

«Wem gehört das?», keuche ich.

Er sieht mich an, als sei ich schwachsinnig. «Na, Cate natürlich!»

Cate? Cate! Ach, wieso hatte ich daran nicht gedacht?

«Ist dir klar, was das bedeutet?», schimpft er. «Das bedeutet, dass unsere Tochter in London herumstrolcht und es mit diesem verdammten Zigeuner in meinem Bett treibt!»

Cate!

Cate und Dan.

Ich bin nicht eifersüchtig. Nur besorgt, wie es jede Mutter sein würde.

«*Unser* Bett doch wohl, oder, William?», hake ich freundlich nach. «Und die jungen Männer haben heute alle ein bisschen längere Haare, Liebling, deshalb ist er noch lange kein Zigeuner –»

«Unsere Tochter hat sich hinter unserem Rücken nach London geschlichen, sich wie eine Nutte angezogen, um die perversen Phantasien dieses Hippies zu befriedigen, und du hast kein wichtigeres Thema als seine *Haare*?»

Es fehlt nicht viel, dann hat er Schaum vorm Mund.

«Sie ist siebzehn, Beth. Siebzehn!»

«Ja, mein Schatz, das ist mir bekannt. Zufällig war ich nämlich auch da, als sie geboren wurde –»

«Wer weiß, wozu er sie noch alles verführt – Alkohol, Drogen –, im Handumdrehen ist sie vorbestraft! Das war's dann mit Oxford – sie wäre so eine tolle Ärztin geworden –, und als Nächstes ist sie schwanger und steht dann ganz alleine da in so einer runtergekommenen Sozialwohnung, wo die Jugendlichen Spritzen auf der Treppe liegen lassen und dealen – auf den Kerl ist doch kein Verlass, das sieht man doch schon an seinem ausweichenden Blick, das ist mir gleich von Anfang an aufgefallen –»

«William», unterbreche ich ihn mit fester Stimme. «Hör jetzt bitte auf, ständig hin- und herzurennen. Ich rede mit ihr. Das heißt», muss ich meine Aussage einschränken, «sobald *sie* wieder mit *mir* redet.»

William knurrt nur und zieht sich in seine Höhle zurück. Ich hebe die Pfanne von der Herdplatte, werfe ein Stück Butter hinein und stampfe Kartoffeln für einen Shepherd's Pie.

Schon komisch. Ich habe mir jede Menge Gefühlsregungen ausgemalt für den Moment, in dem ich erfahren würde, dass meine Tochter anfängt, ein Sexualleben zu haben. Aber mit Erleichterung hatte ich nicht gerechnet.

«Natürlich ist das nicht meins», blafft Cate mich an, als ich ein paar Tage später endlich allen Mut zusammennehme und sie zur Rede stelle.

«Bist du dir auch ganz sicher, Liebling?»

«Mann, geht's noch? Als würde ich so etwas Peinliches anziehen.»

«Das heißt, du bist in letzter Zeit gar nicht in der Wohnung in Bayswater gewesen?»

Ihr Blick schweift ab. «Hab ich doch schon gesagt, ich war da seit Monaten nicht mehr.»

Jetzt steht aber fest, dass sie lügt.

«Cate», wage ich mich hervor, «Dan und du, ihr seid doch vorsichtig, oder? Ich könnte es nicht ertragen, wenn –»

«Wenn was? Wenn ich so in die Falle tappen würde wie du?»

Sie meint es nicht so. Sie ist noch ein Teenager. Sie kann nicht ermessen, wie weh das tut.

«Wenn du dadurch ganz tolle Chancen vertun würdest», antworte ich ruhig.

Sie verzieht ihr hübsches Gesicht. «Tut mir wirklich leid, dass ich dir deine Zukunft versaut habe, Mutter. Hätte ich gewusst, dass meine Geburt die Welt eines neuen Picassos berauben würde, hätte ich es mir bestimmt nochmal anders überlegt.»

«Cate –»

«Ach, vergiss es doch einfach, Mum. Uns ist doch allen klar, wie sehr du dir wünschst, uns nie bekommen zu haben. Aber mach dir keine Sorgen, jetzt bin nur noch ich da, Sam und Ben bist du ja schon los. Und ich bin dir auch bald nicht mehr im Weg. Dann hast du Dad ganz für dich allein – so, wie du es immer wolltest.»

«Das ist nicht –»

«Weißt du was? Wenn das Korsett da nicht meins ist und auch nicht deins, frage ich mich ernsthaft: Wem gehört es dann?»

Ich bin entsetzt. Cate *will* ganz offensichtlich, dass ich denke, es gehöre einer anderen Frau. Sie weidet sich regelrecht daran. Hasst sie mich wirklich so sehr?

«Caitlin, ich habe mir nie auch nur für eine Sekunde gewünscht, dass ich euch nicht bekommen hätte», verteidige ich mich mit plötzlich aufkeimender Leidenschaft. Ich packe sie bei den Schultern. «Ich *liebe* dich und deine Brüder. Ihr habt mehr Glück und Freude in mein Leben gebracht, als du dir vorstellen kannst. Mutter sein ist viel schwieriger, als man glaubt, aber ich möchte keine Sekunde davon missen. Ich hätte nur gerne ein bisschen mehr Zeit gehabt, um herauszufinden, wer *ich* eigentlich bin, bevor ich die Verantwortung für einen anderen Menschen übernahm, das ist alles.»

Cate bebt. Vor Wut, Kummer oder Ungeduld? Ich weiß es nicht.

Ich lasse sie los, und sie flüchtet sich sofort ans entgegengesetzte Ende der Küche. Ich widerstehe dem starken Drang, sie in den Arm zu nehmen wie ein kleines Kind.

«Cate, du hast noch dein ganzes Leben vor dir», sage ich. «Die Welt liegt dir zu Füßen. Schalt einen Gang zurück. Tu all die Dinge, für die ich nie Zeit hatte.» Ich hoffe, nicht verbittert zu klingen. «Mach was aus deinen Träumen. Werd Journalistin, wenn es das ist, was du willst. Hol dir den Pulitzerpreis – ach, Cate, ich bin doch nicht blind. Ich weiß, wie viel es dir bedeutet, nach New York zu gehen. Und wenn es das ist, was du wirklich willst, kannst du mit meiner Unterstützung rechnen. Deinen Vater musst du überzeugen, nicht mich. Aber glaub nicht, dass ich mir keine Sorgen um dich machen und dich nicht pausenlos vermissen werde. Denn das werde ich.»

Ihr blasses Gesicht spiegelt die in ihr tobende Verwirrung und Sehnsucht wider. Einen Augenblick lang glaube ich, zu ihr durchgedrungen zu sein.

Dann klingelt das Telefon, und der Augenblick ist dahin.

«Cate, Liebling, warte, bitte warte doch –»

Die Tür fällt ins Schloss. Ich möchte Cate hinterherlaufen, aber mir ist klar, dass ich sie damit nur noch mehr vertreiben würde. Sie muss zu mir kommen.

Traurig gehe ich ans Telefon.

«Hallo, Beth, ich bin's, Anne.»

O nein. Williams Mutter ist wirklich die Letzte, mit der ich jetzt sprechen möchte. Ich weiß nie, was ich ihr sagen soll. Ihr Sohn weigert sich seit zwanzig Jahren, mit ihr zu reden, den sporadischen Kontakt zu ihr halte ich gegen seinen Willen aufrecht, vor allem der Kinder wegen, aber auch Anne zuliebe – quasi von Mutter zu Mutter. Ich kann mir nur zu gut vorstellen, wie ich mich fühlen würde, wenn Ben oder Sam mich aus ihrem Leben ausschließen würden.

Oder natürlich Cate.

Ich bemühe mich um einen herzlichen Ton. «Hallo, Anne, wie geht es dir?»

«Offen gestanden, nicht besonders gut, Beth», fällt sie mit der Tür ins Haus. «Ich war gerade beim Arzt.»

«Ach, du Arme. Ist alles in Ordnung?»

«Genau darüber wollte ich ja mit dir reden.»

Gemessen daran, wie kläglich ich sie letzte Woche habe hängen lassen, ist Eithne mir Gott sei Dank nicht lange böse. «Dein Glück, dass ich dich so liebe», seufzt sie, «denn sonst würde ich dir nichts von den drei roten VERKAUFT-Schildern erzählen, die derzeit deine Gemälde zieren. Jetzt beruhig dich mal, Beth – ich habe dir doch gesagt, dass sie gut sind.» Sie ist es auch, die mir die komische Seite an dem Fiasko mit Dan aufzeigt.

«Warum sollte er auch nicht scharf auf dich sein?», fragt sie und legt den Kopf (mit dieser Woche anlässlich St.-Patrick's-Day grüngefärbten Haaren) auf die für sie typische Art zur Seite. «Du bist die erfahrene, aufregende ältere Frau, die Cate eines Tages sein wird. Kein Wunder, dass er angetan ist. Außerdem sieht er fast genauso aus wie William vor zwanzig Jahren, was wiederum erklärt, wieso *du* weiche Knie kriegst.»

Es klingt so sicher, wenn sie das sagt, so *normal*. Mir geht es gleich bedeutend besser. Jede törichte, ansatzweise verknallte Frau mittleren Alters sollte eine Freundin wie Eithne haben.

Und so kommt es, dass ich, als Dan auf meinem Handy anruft und mich bittet, heute Abend für seinen Aktkurs Modell zu stehen – «Bitte, Beth, ich brauche diesen Kurs für meine Praxiserfahrung. Mein eigentliches Modell ist mit einem Trapezkünstler durchgebrannt – nein, nicht lachen, wirklich, das stimmt!» –, einfach nicht ablehnen kann. Nach dem deprimierenden Gespräch mit Williams Mutter wird mir etwas Ablenkung wahrscheinlich ganz gut tun. Und selbst wenn ein Hauch schlechten Gewissens über allem liegt – es wird ja niemandem wehgetan. Ist ja nicht so, als ob ich mich jemals auf irgendetwas mit Dan einlassen würde.

Ich gehe nach Hause und ziehe mich um. Obwohl, von umziehen kann eigentlich nicht die Rede sein – schließlich werde ich ja unbekleidet posieren. Also, ich *mache mich frisch*. Genau.

Ich platze ziemlich übermütig und ausgelassen in die Küche.

«Oh! William! Du bist ja schon da.» Ich laufe bis an die Haarwurzeln rot an. «Ich bleibe nicht, ich muss nur ein paar Sachen holen, dann flitze ich zurück zum Aktkurs – ich habe dir doch gesagt, dass ich heute Abend was vorhabe, oder?»

Er verpasst seinem Steak einen verdrossenen Schlag mit dem Fleischhammer.

«Du hast doch nichts dagegen, Schatz, nicht wahr? Ich *muss* da natürlich nicht hin, aber es wird nicht so gern gesehen, wenn wir fehlen, und ich habe versprochen –»

«Natürlich habe ich nichts dagegen. Ich habe doch bereits gesagt, ich finde, es tut dir gut, wenn du mal ein bisschen rauskommst.» Er sieht mich misstrauisch an. «Du nimmst doch deine Tabletten, Beth, oder? Wir wollen doch nicht, dass sich die Sache noch einmal wieder–»

«Ja, ja, natürlich», unterbreche ich ihn verärgert.

Ich winde mich etwas, dann nehme ich allen Mut zusammen und erzähle ihm von Anne. Ich muss es ihm erzählen, ich muss, ich muss. Ich kann es nicht länger aufschieben. In einem Anfall von Optimismus denke ich, dass er sich vielleicht sogar freuen wird, wenn er die Überraschung erst verdaut hat.

Die Wörter purzeln mir nur so aus dem Mund: «William, ich habe deine Mutter für Sonntag zum Mittagessen eingeladen.»

Sämtliches Blut weicht aus seinem Gesicht.

O Gott. O Gott, das hier wird noch schlimmer, als ich es befürchtet habe.

Ich plappere nervös weiter: «Es ist Ostersonntag, William, und sie wird am Dienstag achtzig. Du kannst doch diesen dämlichen Streit nicht ewig weiterlaufen lassen. Ich meine, *zwanzig* Jahre! Jetzt wäre doch ein guter Zeitpunkt, die Vergangenheit endlich ruhen zu lassen, und da Ben und Sam ab morgen auch zu Hause sein werden –»

«Du – hast – *was?*»

«– und du hättest doch sowieso nein gesagt, wenn ich dich gefragt hätte. Komm schon, Liebling. Ich weiß, dass du dich nicht mit ihr verstehst, aber meine Mutter ist ja wohl auch nicht gerade das reine Zuckerschlecken, und ich schaffe es auch –»

Er sieht aus, als wollte er mir mit dem Fleischhammer den Schädel einschlagen. «Das ist ja wohl kaum das Gleiche!»

«Nein, und ich begreife ja auch, dass du –»

«Deine Mutter hat nicht deinen Vater umgebracht!»

Wieso ist er bloß so verbohrt? Gut, er braucht irgendjemanden, dem er die Schuld geben kann, aber der einzige Mensch, der für den Selbstmord seines Vaters verantwortlich ist, ist sein Vater. Kein Mensch treibt einen anderen in den Selbstmord. Sie entscheiden sich dafür – anderen Menschen zum Trotz und um sie zu ärgern. Ich weiß das besser als die meisten anderen.

«Deine auch nicht, William.»

«Du warst nicht dabei.»

Er war auch nicht dabei: Ein Kind kennt nie die ganze Wahrheit über die Ehe seiner Eltern. Aber das kann ich ihm natürlich nicht sagen. Ich würde es nie wagen.

«Sie ist deine Mutter, William», versuche ich es nochmal.

«Sag ihr ab.»

Es gibt Momente im Leben, in denen ich meinen Mann fast hasse. «Das kann ich nicht, das wäre viel zu –»

«Sag ihr ab.»

«Bitte, William. Wenn ihr etwas zustößt, und du immer noch nicht –»

«Ich glaube, du kommst zu spät zu deinem Aktkurs», blafft er mich an.

Sie hat Leukämie!, will ich schreien. Sie wird ihren einundachtzigsten Geburtstag nicht mehr erleben, und wenn du dich nicht mit ihr versöhnst, wirst du daran noch mehr zu knabbern haben als an der Sache mit deinem Vater!

Aber diese Schlacht werde ich wohl nicht gewinnen. Ich schultere meine Tasche und verschwinde leise nach draußen in die Dunkelheit.

«Ist es warm genug hier?», fragt Dan.

Ich nicke nervös. Ich bin immer noch ganz fertig von dem Streit mit William.

Die sechs Schüler sitzen in einem Halbkreis um mich herum und sind plötzlich alle ganz intensiv mit ihrem Papier und ihren Bleistiften beschäftigt.

Dan reicht mir einen langen, roten Seidenmorgenmantel. «Den kannst du dir erst mal überstreifen. Aus dem kannst du dann ganz leicht herausschlüpfen, wenn du so weit bist.»

Ich schließe mich in dem winzigen Badezimmer ein, um mich auszuziehen. O Gott. Wieso habe ich mich bloß hierauf eingelassen?

Reiß dich zusammen, Beth. Das ist doch lächerlich. Du hast neulich ohne nachzudenken vor tausend Leuten die Hüllen fallen lassen, also was soll jetzt diese falsche Schüchternheit?

In Windeseile, bevor ich noch den letzten Rest Selbstvertrauen verliere, lege ich meine Sachen ab und lasse sie ordentlich gefaltet in einem Stapel auf der Toilette. Die uralte, grüne Unterhose verstecke ich unter meiner Jeans. Wenn ich es geschickt anstelle, kann ich vielleicht so posieren, dass man die wabbeligsten Stellen an meinem Bauch gar nicht bemerkt. Ich könnte sie irgendwie unter dem Chenilleüberwurf auf der Chaiselongue verschwinden lassen. Meine Brüste könnte ich so mit meinen Armen zusammendrücken, dass sie nicht nach beiden Seiten wegrutschen wie zwei Spiegeleier. Und wenn ich den Kopf in den Nacken lege, habe ich auch kein Doppelkinn –

Ach, Herrgott nochmal. Ich bin einundvierzig und Mutter von drei Kindern. Da ich weder das Licht ausmachen noch den Zeichenschülern die Augen verbinden kann, werde ich mich so zeigen müssen, wie ich bin.

Ich ziehe mir den Seidenmantel über den cellulitisbehafteten Körper. Ist mir egal, was Dan denkt. Außerdem hat er ja ohnehin schon alles gesehen.

Ich mache es mir in der Mitte des Raumes auf der Chaiselongue bequem. Wenigstens befinden wir uns in Dans privatem Atelier, und nicht in dem riesigen Raum in der Schule. Obwohl es hier von mir aus ruhig noch einen Tick dunkler sein könnte –

«Bist du so weit, Beth? Kann ich dir irgendetwas zu trinken holen?»

Ich schlucke und schüttele den Kopf.

«Okay. Wir richten uns ganz nach dir.»

Ich löse den Gürtel des Morgenmantels und lasse den Seidenstoff über meine Schultern zu Boden rutschen. Keiner schnappt vor Entsetzen nach Luft. Keiner rennt schreiend davon. Sechs Bleistifte fangen an, über sechs Staffeleien zu kratzen, und ich beginne mich zu entspannen. So schlimm wird das hier gar nicht. Ist ja auch nur das eine Mal. Das geht schon.

«Ihr könnt euch gerne unterhalten», sagt Dan und wandert zwischen den Schülern umher. Er macht Musik an. Den Sänger erkenne ich auf Anhieb. Es ist der ewig aus Cates Zimmer tönende Davy Kirkland. «Wir machen das alles ganz locker und relaxt. Und, Beth, wie läuft's mit der Malerei? Wie weit bist du mit dem Triptychon?»

«Die letzte Tafel ist fast fertig.» Ich bin fast schon peinlich dankbar für die Ablenkung.

«Ich kann kaum erwarten, es zu sehen. Hast du das Ocker-Pigment ausprobiert, von dem ich dir erzählt habe?»

Wir reden über Licht und Freskentechniken, bevor die Unterhaltung etwas allgemeiner wird und sich um Bücher dreht, die wir gelesen haben, um Filme, die wir angeschaut haben, und das Logo, das er für Williams Firma entworfen hat. Ehe ich es bemerke, ist die Stunde auch schon um, und Dan bittet seine Schüler, die Stifte hinzulegen. «Du kannst dich anziehen, Beth», teilt er mir geistesabwesend mit, während er einem Schüler über die Schulter äugt, um dessen Arbeit zu begutachten. «Mach dir doch nebenan eine Tasse Tee, wenn du möchtest. Ich bin hier gleich fertig.»

Ich stehe auf und ziehe mir den Morgenmantel über. Meine Beine sind eingeschlafen und tun jetzt richtig weh. Ein Tee wäre wirklich nicht schlecht – mir ist vom langen Stillsitzen ganz schön kalt geworden.

Auf dem Weg hinüber in Dans Wohnung verfängt sich der Seidengürtel an der Tür. Ich wende mich um und versuche, den Gürtel zu befreien, aber ich mache es nur noch schlimmer.

«Du musst den Mantel ausziehen», ruft Dan. «Der Stoff hat sich an der Türangel eingeklemmt.»

Ich erröte, als ich den Seidenmantel abermals über die Schultern zu Boden gleiten lasse. Dan befreit den verhakten Gürtel und hilft mir dann ganz gentlemanlike wieder in den Seidenmantel. Allerdings verweilen seine Hände eine Sekunde zu lang auf meinen Schultern – und ich bin sofort erregt. Es wäre jetzt so leicht, mich einfach umzudrehen, in seine Arme zu schmiegen, mich gehenzulassen – so leicht –

Aber falsch.

Ich löse mich von Dan und ziehe den Morgenmantel eng um mich zu. «Dan. Was machst du denn da?»

«Ja, Dan», höre ich plötzlich die Stimme meiner Tochter von der Tür. «Das würde ich auch gerne wissen.»

8

Cate

Mum? Ich werde heute Abend mit Dan schlafen – zum ersten Mal, du weißt schon –, und ich dachte, wir könnten vielleicht darüber reden. Ich meine, möglicherweise hast du ja irgendwelche guten Tipps oder so? Ich bin nämlich ein bisschen nervös, und …»

Ja, klar. Als würde man so mit seiner Mutter sprechen.

Meine gehört jedenfalls nicht zu der Sorte, mit der man über alles reden kann – und schon gar nicht, wenn man eine vernünftige Antwort haben will. Unsere Mutter-Tochter-Beziehung ist nicht gerade besonders eng.

Clem regt sich immer darüber auf, dass sich ihre Eltern ständig in ihr Leben einmischen, aber die *interessieren* sich wenigstens für sie. Sie engagieren sich. Ich glaube, meine Eltern bemerken die Hälfte der Zeit nicht einmal, dass ich überhaupt da bin. Und wenn doch, dann behandeln sie mich wie eine Sechsjährige. Also, Dad zumindest. Er meint, er hätte den totalen Überblick mit seinem blöden «Um zehn Uhr liegst du im Bett, wenn am nächsten Tag Schule ist, mein Fräulein», aber er hat nicht die leiseste Ahnung, was in meinem Leben wirklich los ist.

Immerhin kriegt Mum ein bisschen was davon mit. Das gestern war eigentlich echt cool. Ich glaube, das war das erste Mal, dass sie für mich Partei ergriffen hat, und nicht für Dad. Wenn sie mit ihm über New York spricht, gibt er ja vielleicht doch noch nach.

Komisch, das mit dem Korsett. Was war *das* denn?

Verrückt. Fleur meint ja, dass Mum eine lesbische Affäre mit Eithne hat und dass das Korsett eine Finte von ihr war, um Dad von ihrer Spur abzubringen. Ich vermute mal, Fleur hat einfach viel zu viel freie Zeit.

Fleur hat ES zum ersten Mal gemacht, als sie fünfzehn war. Seit Ewigkeiten liegt sie mir in den Ohren, dass ich es doch auch endlich hinter mich bringen soll, und irgendwo hat sie ja recht – worauf warte ich denn noch? Ich meine, Dan und ich sind ja schon ewig zusammen – echt, schon fast vier Monate! Okay, ich liebe ihn zwar nicht, und wir reden auch nicht vom Heiraten und Kinderkriegen, aber er ist einfach toll. Wenigstens würde ich dann endlich verstehen, wovon alle anderen immer reden –

Auf einmal hämmert es an die Tür. «Cate! Telefon!»

Ich ignoriere ihn. Ist wahrscheinlich eh nur Clem, die wegen dem Essay über Chaucer am Rad dreht –

«Cate! Es ist Paris! Kommst du raus oder soll ich –»

Flugs schlage ich die Bettdecke über die glänzende Debenhams-Tüte auf meinem Bett und mache die Tür auf. «Kein Grund, so rumzupöbeln.»

Ich warte darauf, dass Dad sich verkrümelt. Ich werde bestimmt nicht in seiner Gegenwart über mein Sexualleben reden, falls es das ist, was er sich vorgestellt hat.

Er seufzt. «Schöne Grüße an Fleurs Eltern.»

Ja, sicher. Ich versetze der Tür einen Tritt und mache es mir dann mit dem Telefon auf dem Bett bequem. Ich muss unbedingt dran denken, mir noch die Fußnägel zu lackieren. In dem Zustand kann ich mit denen jedenfalls nicht zu meiner Entjungferung gehen – da würde Dan doch denken, dass ich die totale Schlampe bin. Clem hat diesen oberverschärften lila Lack von Hard Candy. Davon gibt sie mir bestimmt etwas ab.

O Gott. Morgen um diese Zeit werde ich keine Jungfrau mehr sein.

«*Enfin!*», kreischt Fleur mir ins Ohr. «Ich 'ab deine E-Mail gekriegt! Was ziehst du an? Wo wollt ihr's machen? 'ast du Kondome gekauft?»

«Fleur!»

«Was denn? Du musst an solche Sachen denken! Er ist ein Mann. Ist nicht sein Problem.»

Ich klemme mir den Hörer zwischen Schulter und Ohr und entferne den alten Lack von meinen Fußnägeln. «Also, genau genommen habe ich ihm noch gar nichts davon erzählt. Ich dachte mir, ich tauche nach seiner blöden Zeichenstunde einfach bei ihm auf und überrasche ihn –»

«*C'est parfait!* Du musst dir einen Trenchcoat anziehen, so wie Ingrid Bergman in *Casablanca*. Aber nichts drunter! Außer sexy Unterwäsche.»

«Fleur, ich kann nicht in Unterhosen durch die Stadt laufen. Die buchten mich doch ein.»

«Sieht doch keiner. Das ist perfekt! Total *à la film noir*! Du kommst zu ihm nach 'ause. Er ist überrascht, dich zu sehen. Du sagst nichts. Du lächelst nur und guckst geheimnisvoll. Dann bindest du den Gürtel auf und lässt dir den Mantel von den Schultern gleiten – *merde*, das wird so sexy, genau wie im Film!»

Ich kichere. «Ich habe keinen Trenchcoat.»

«Deine Mutter 'at doch bestimmt einen. 'ast du dir Strümpfe besorgt?»

«Ja.» Ich stelle den Nagellackentferner zur Seite und ziehe die Tüte unter der Bettdecke hervor. Mir schaudert vor lauter Aufregung. «Ich war heute nach der Schule einkaufen. Habe mir auch so eine tolle Bodylotion gekauft, die nach Schokolade und Orange riecht.» Ich halte inne und streiche über die seidenen French Knickers auf meinem Knie. Ich habe ewig gebraucht, um mich für eine Farbe zu entscheiden. Schwarz schien mir zu offensichtlich, rot zu billig. Letztendlich habe ich mich für ein Kaffeebraun mit cremefarbener Spitzenumrandung entschieden. «Fleur», sage ich unsicher. «Du weißt doch, was man sich immer so über das erste Mal erzählt. Das mit – das mit dem Blut und so. Tut es wirklich so weh?»

«Ein bisschen», räumt Fleur ein. «Aber nicht lange. Mach dir keine Sorgen, *chérie*. Du musst dich einfach nur entspannen, dann wird alles gut.»

Entspannen. Okay. Das kann ich.

Haha.

Ich öffne das Gartentor, das zu Dans Doppelhaushälfte führt – dann bleibe ich stehen. Gleich gibt es kein Zurück mehr.

Ich sehe auf die Uhr. Dank der Schreierei mit Dad bin ich schon viel früher hier als geplant. Dans Unterricht ist noch gar nicht vorbei. Aber ich konnte einfach keine Minute länger zu Hause bleiben. Wenn's nach Dad ginge, würde ich mit einem Keuschheitsgürtel herumlaufen. Echt, der behandelt mich manchmal wie ein dummes Kind. Und dabei bin ich fast achtzehn. Wann *kapiert* er das endlich mal?

Ein alter Mann, der seinen Hund spazieren führt, wirft mir einen ziemlich verdorbenen Blick zu. Nervös binde ich Mums schwarzen Trenchcoat noch ein bisschen fester zu. (Ich kann gar nicht glauben, was sie alles für coole Sachen ganz hinten im Kleiderschrank hat. Echt, total vintage. Manchmal vergesse ich einfach, dass sie mal auf die Kunsthochschule gegangen ist.) Für Fleur wäre das alles kein Problem, das mit Ingrid Dingsbums und *Casablanca*.

Aber so, wie ich hier jetzt stehe, komme ich mir total bekloppt vor. Erstens sind die Strümpfe extrem unbequem. Kann ich voll verstehen, wieso danach die Strumpfhose erfunden wurde. Warum finden Männer so 'n Kram eigentlich sexy? Ich kapier's nicht –

Mist, und wenn *er* es nun nicht sexy findet? Wenn er anfängt zu lachen?

Nein, Fleur hat Ahnung von solchen Sachen. Sie ist Französin. Weiß doch jeder, dass das die schicksten und coolsten Frauen der Welt sind.

Ich gucke mich noch einmal kurz um, um sicher zu sein, dass mich keiner beobachtet. Dann schleiche ich mich hinten ums Haus und gehe durch die Hintertür hinein (er schließt die Tür zur Küche nie ab). Ich könnte mich ins Wohnzimmer setzen, aufs Sofa, und warten, bis sein Unterricht fertig ist. Ich würde die Beine übereinanderschlagen und meinen Fuß so sexy baumeln lassen, wie ich es aus Filmen kenne. Ach, wenn ich doch nur rauchen würde. Rauchen ist ekelhaft, mir wird richtig schlecht davon – aber es sieht *so* cool aus.

Es dauert ein paar Sekunden, bis ich kapiere, was ich sehe.

Mein Freund hat seine Arme um meine Mutter geschlungen und hilft ihr, diesen nuttigen roten Morgenmantel auszuziehen. Darunter hat sie nichts an. Seine Hände berühren sie überall, und sie genießt das, das kann ich an ihrem Gesichtsausdruck sehen, sie ist ganz rot, und sie seufzt, und er keucht, und ich hasse sie, ich hasse sie, wie *konnten* sie –

«Dan», stöhnt meine Mutter, «was machst du denn da?»

Ich beiße mir auf die Lippe, bis ich Blut schmecke und meine Beine aufhören zu zittern.

«Ja, Dan», sage ich kühl. «Das würde ich auch gerne wissen.»

Die machen vielleicht Gesichter – das wäre geradezu komisch, wenn es nicht so traurig wäre.

«Cate!», ruft meine Mutter und zieht den Morgenmantel zu. «Es ist nicht ... Ich habe Modell gestanden – für Dans Aktkurs –»

«Ich wette, das hier sieht ziemlich schräg aus», sagt Dan und schenkt mir sein allersüßestes Lächeln. «Ich kann mir schon vorstellen, was du jetzt denkst –»

«– der Kurs ist gerade zu Ende – ich war dabei, mich anzuziehen –»

«Deine Mutter hat das wirklich ganz toll gemacht, Cate. Es hat allen einen Riesenspaß gebracht, mit ihr zu arbeiten. Komm doch eben rein und guck dir an, was die Schüler so –»

«Lass mich in Ruhe!», kreische ich. «Fass mich nicht an!»

Er hebt die Hände hoch und weicht zurück. «Jetzt mal halblang, Cate. Du glaubst doch nicht im Ernst –»

«Wie konntest du nur! Mit ihr! Sie ist so – so alt! Das ist ja ekelhaft!» Ich wirbele herum und schaue meine Mutter an. «Und was ist mit Dad? Wie konntest du ihm das antun? Wie konntest du *mir* das antun?»

«Ich habe doch gar nichts getan, Cate! Es ist nichts passiert! Ehrenwort!»

«Dan ist mein Freund! Er könnte dein Sohn sein! Wie *konntest* du nur?»

Sie fängt an zu weinen. Mir schnürt sich schmerzhaft die Kehle zu, als ich sie so sehe.

«Warum musst du mir immer alles kaputtmachen? Warum kannst du mich nicht einfach glücklich sein lassen?», schreie ich sie an. «Ich habe dir vertraut! Der ganze

Scheiß gestern, von wegen keine Chancen vertun und mir helfen, nach New York zu kommen! Du willst doch gar nicht wirklich, dass ich mein eigenes Leben lebe! Du willst, dass ich genauso bemitleidenswert und jämmerlich ende wie du!»

«Nein, das will ich nicht, Cate! Ich liebe dich! Das weißt du doch –»

Ich wehre sie ab. Sie fällt aufs Sofa und wischt sich mit dem Handrücken über die laufende Nase wie ein kleines Kind. Ihr Gesicht ist rot und fleckig. Sie sieht richtig hässlich aus. Und alt.

«Das tust du nicht», antworte ich bitter. «Und das hast du auch nie. Du machst *alles* kaputt.»

«Cate», mischt Dan sich ein, «wie wär's, wenn wir uns jetzt erst mal beruhigen würden und –»

«Du bist eine gemeine, boshafte, eifersüchtige alte Frau. Ich wünschte, du wärst gestorben, als Dad auf Zypern war! Ich wünschte, ich wäre nie nach Hause gekommen! Ich wünschte, ich hätte dich nie gefunden!»

Sie wird totenbleich. «Das meinst du nicht ernst.»

«Und für mich *bist* du jetzt auch tot. Ich will nie wieder mit dir reden!»

Dann wende ich mich Dan zu und gebe ihm eine so wütende und feste Ohrfeige, wie ich kann.

Ich stürze hinaus in die Nacht und renne davon. Natürlich stolpere ich über die verdammten Absätze. Ich ziehe die Schuhe aus und laufe auf Strümpfen durch die menschenleeren Straßen. Ist mir egal, wie weh das tut. Ich habe ein fürchterliches Stechen in der Brust, aber ich renne trotzdem weiter. Mir kommt alles so unwirklich und weit weg vor, als wäre ich unter Wasser. Mein ganzes Leben fällt auseinander. Alles ist gelogen. Nichts davon ist wirklich wahr. Alle lügen sie, alle betrügen sie, und keinen interessiert es, was eigentlich mit mir ist. Es würde nicht einmal jemand merken, wenn ich weg wäre.

Ich will, dass alles wieder so wird wie früher. Ich will von diesem ganzen Erwachsenen-Scheiß überhaupt nichts mehr wissen. Ich habe keinen Bock mehr, sie ständig zu beschützen. Ich will, dass sie *mich* beschützen.

Ich platze in die Küche, wo immer noch das Korsett auf dem Tisch liegt. Ich explodiere vor Wut. Ich nehme das Teil und schleudere es quer durch den Raum. Es fliegt mit einer solchen Wucht gegen den Schrank, dass die Tassen darin klappern.

Ich fahre vor Schreck zusammen, als mein Bruder in die Küche geschlendert kommt und genüsslich eine Handvoll Tortillachips mampft.

«Super», sagt Ben und nimmt das Korsett an sich. «Candida hat sich schon gewundert, wo sie das gelassen hat. Ich dachte, es wäre in Dads Wohnung.»

Ungläubig glotze ich ihn an. Ich fange an zu lachen. Und kann gar nicht mehr aufhören.

«Übrigens», meint er noch und verteilt dabei mikroskopische Chipskrümel über sein T-Shirt, «echt cooles Outfit, Kleine. Siehst aus wie Ingrid Bergman in *Casablanca*. Nicht schlecht.»

Ich stehe heulend unter der Dusche, bis kein warmes Wasser mehr kommt und ich keine Tränen mehr habe. Ich entferne die letzten Reste meines ruinierten Make-ups, ziehe mir einen gemütlichen, rosafarbenen Flanellschlafanzug an und binde mir die nassen Haare zu einem Pferdeschwanz zusammen. Die Strümpfe, die Unterwäsche, ja sogar den Trenchcoat stopfe ich in den Müll.

Ich gehe nach unten und klopfe an die Tür zu Dads Arbeitszimmer. «Hast du zu tun?»

«Nichts, was nicht warten könnte», seufzt er. «Komm rein, Cate. Ein bisschen Ablenkung wird mir guttun.»

Cannelle folgt mir in Dads Heiligtum. Ich gehe in die Hocke und vergrabe das Gesicht in seinem goldenen Fell. Cannelle macht die Augen zu und brummt zufrieden. Ihn werde ich am allermeisten vermissen. «Er benimmt sich eigentlich viel mehr wie eine Katze als wie ein Hund», sage ich. «Hör doch mal. Der schnurrt ja richtig.»

Dad klappt sein Laptop zu. «Ist alles in Ordnung, Cate? Ich dachte, du wolltest heute Abend rüber zu Dan?»

«Hatte keine Lust.»

«Du bist doch nicht etwa immer noch sauer wegen New York, oder? Es tut mir leid, Cate, aber –»

«Vergiss es, Dad.»

«Angst vor den Prüfungen?»

«Bisschen.»

Ich nehme den Bronzebuddha aus dem Bücherregal und reibe ihm geistesabwesend den Bauch – das soll Glück bringen. Dad hat ihn aus Tibet mitgebracht, als ich vier war, und ich habe ihm den Bauch über die Jahre auf Hochglanz poliert. «Worüber hast du dich gestern Abend mit Mum gestritten?»

Er antwortet erst mal gar nicht, sondern befasst sich mit den Unterlagen auf seinem Schreibtisch. Er wirkt richtig müde: Dunkle Ringe liegen unter den Augen, und abgenommen hat er auch. Als wäre Superman plötzlich sterblich geworden. Ich finde es beängstigend, ihn so zu sehen. Wer wird sich denn um alles kümmern, wenn er es nicht mehr kann?

Er ringt sich ein Lächeln ab. «Nichts, weswegen du dir Sorgen machen müsstest, Kit-Cat.»

«Dad –»

«Es war nicht, was du denkst. Wir haben über Granny Anne gesprochen.»

Ich kaue auf meinem Daumen herum. «Du und Mum – wollt ihr …»

«Bei uns ist alles in Ordnung. Wirklich. Cate, wenn du sonst nichts auf dem Herzen hast – ich muss jetzt wirklich weitermachen.»

«Ich hatte gedacht», platzt es aus mir heraus, «ich könnte vielleicht Fleur besuchen. Nur für eine Woche oder so. Ich würde auch gar keinen Unterricht versäumen, wir haben ja bald frei zum Lernen und –»

Er hört auf, seine Unterlagen zu sortieren. «Kommt überhaupt nicht in Frage.»

«Aber Dad –»

«Cate, sei doch vernünftig. Du kannst nicht einfach mitten im Schuljahr die Schule schwänzen. Du hast bald Prüfungen, und du hast selbst gesagt, dass du dich langsam um deine Bewerbungen für die Unis kümmern musst.»

«Hat doch sowieso keinen Sinn», murmele ich. «Ich darf mich ja eh nicht da bewerben, wo ich am liebsten hin will.»

«Es gibt hier in England genügend hervorragende Unis, das haben wir doch schon besprochen. Erst New York, jetzt Paris: Ich verstehe wirklich nicht, wieso du auf einmal wie besessen davon bist, das Land zu verlassen!» Er wirft einen Blick auf seinen BlackBerry. «Es sei denn, dich bedrückt etwas. Cate?»

Ich will es ihm erzählen. Wirklich. Aber ich weiß nicht, wo ich anfangen soll.

«Du kannst mir vertrauen, Kleines», sagt er und scrollt durch seine E-Mails. «Ich bin immer für dich da.»

«Ich dachte, du wolltest am Freitag nach New York?»

«Ja, ja. Aber jetzt bin ich hier. Komm schon, Cate.» Endlich legt er den BlackBerry weg und streckt die Arme aus. «Was bedrückt dich?»

Ich zögere kurz, doch dann kuschele ich mich auf seinen Schoß. Hier bin ich sicher. Auf einmal ist alles andere egal. Es ist, als wäre ich wieder vier, und Daddy würde alles richten. Ich will, dass es so bleibt. Warum kann es das nicht?

«Hey, Kit-Cat. Sind das etwa Tränen?» Er zieht sich meinen Kopf unter sein Kinn und streicht mir über den Rücken. «Na, na, Liebes. Rück raus mit der Sprache. Was ist mit dir?»

Ich kann hier nicht mehr wohnen. Nicht zusammen mit *ihr.*

«Nimmst du mich mit nach New York, Daddy?», schniefe ich. «Bitte?»

«Du weißt, dass das nicht geht», antwortet er gereizt. «Cate, was ist denn bloß los?»

Wenn ich es ihm sage, verlässt er Mum. Dann geht er, aber ich muss hierbleiben. Ich muss es ihm sagen, sonst platze ich. Diese vielen Geheimnisse bringen mich um.

Ich kann nicht. Ich will, aber ich kann nicht.

«Komm schon, Liebes. Erzähl's deinem alten Daddy.»

Vielleicht sollte ich es einfach ausspucken. Das wäre eine solche Erleichterung. Er weiß bestimmt, was zu tun ist. Er wird alles richten.

«Cate? Jetzt mache ich mir aber langsam Sorgen. Ich bin mir ganz sicher, dass wir irgendeine – Mist. Tut mir leid, Catie, aber ich muss drangehen. Das ist ein ganz dringender Anruf.»

«Schon okay.» Ich klettere von seinem Schoß. «Macht nichts. War eh nicht so wichtig.»

Fleur empfängt mich mit weit ausgebreiteten Armen und umgibt mich mit einem herrlichen Duft nach Jasmin und Apfel. «*Chérie!* Ich freu mich so, dich zu sehen! Sag mal, 'ast du abgenommen? Am Busen, das ist natürlich *merde*, aber im Gesicht auch, das ist gut! Sehr chic. Komm, wir nehmen ein Taxi. Wo ist dein Gepäck?»

«Ich habe nur das hier mit.»

«Nur den Rucksack und eine Tasche? Dann müssen wir wohl shoppen gehen! *Immédiatement!*» Sie klemmt meinen Arm unter ihren. «Na, gut, vielleicht nicht ganz sofort. Aber sobald du dich ein bisschen ausgeruht 'ast. Zigarette?»

Ich schüttele den Kopf. Fleur zündet sich eine an und kümmert sich nicht um die DEFENSE DE FUMER-Schilder, die überall am Nordbahnhof hängen. Sie sieht so wunderbar französisch aus.

Ich habe Mühe, mit ihr mitzuhalten, als sie durch die Menschenmenge eilt. Wie schnell sie auf fast acht Zentimeter hohen Absätzen unterwegs ist! Auf einmal fühle ich mich ziemlich schäbig in meiner Combat-Hose und den silbernen Puma-Sneakern. Sie ist so elegant. Ich meine, wie kriegt sie das bloß hin, dass ihre langen schwarzen Haare derart glänzen? Ich wäre in der Bluse und dem Bleistiftrock die Peinlichkeit auf Beinen, aber sie sieht einfach toll aus – und viel älter als siebzehn. Und was ist das bloß mit den Französinnen und den Schals? Fleur hat sich gleich zwei Stück durch ihre Gürtelschlaufen gezogen und ihrem klassischen Look damit eine echt geniale, flippige Note verliehen. Das sollte ich mal versuchen, dann würde ich rüberkommen wie eine obdachlose Hausbesetzerin.

«Mann, sind deine Combats cool», seufzt sie, als wir uns am Taxistand anstellen. «Du siehst echt toll aus.»

«Wollen wir tauschen?», grinse ich sie an.

Sie kichert. «Warum nicht? Du verpasst mir den Londoner Look, und ich bringe dir französischen Chic bei. Ist doch fair, *non?*»

Es ist eine Ewigkeit her, seit ich zuletzt in Paris war. Mindestens fünf Jahre. Da hat Dad uns alle zu EuroDisney eingeladen. Ich recke den Kopf aus dem offenen Autofenster – ist mir doch egal, wenn ich aussehe wie der letzte Bauerntrampel. Ich hatte ganz vergessen, wie anders alles ist im Ausland. Zum Beispiel sind die Schilder auf Französisch. PHARMACIE. BOULANGERIE. TABAC. Total cool. Die Gebäude sind so hoch und wirken mit ihren Fensterläden und allem irgendwie total nobel. Es riecht hier auch ganz anders als in London. Und alle sind so schick, als wenn sie gerade irgendeiner Modezeitschrift entsprungen wären – sogar die Männer! Mit ihren Aktentaschen aus Leder und ihren lila Hemden – keine ollen, langweiligen weißen. Die Touristen erkennt man auf den ersten Blick: Das sind die fetten Leute in T-Shirts und Turnschuhen.

Das Taxi setzt uns in einem ziemlich vornehmen Stadtteil ab. Fleur schleppt mich eine weiße Steintreppe hinauf und klingelt an einer glänzenden schwarzen Tür, die von einem richtigen Hausmädchen geöffnet wird, so in schwarz-weißem Kleidchen und so.

«Papa!», schreit Fleur und schmeißt ihre Tasche und ihre Schlüssel auf den Tisch im Eingangsbereich. Sie rutschen sofort runter und landen auf dem Marmorfußboden, aber das bemerkt Fleur nicht einmal. *«Cate est arrivée!»*

Das Hausmädchen hebt Fleurs Sachen auf und streckt erwartungsvoll die Hand nach meinem großen Rucksack aus. Ich habe fast ein schlechtes Gewissen, aber dann checke ich ihren Gesichtsausdruck. Die guckt ja genauso blasiert wie die Verkäuferinnen in diesen Edelläden. Magersüchtige Ziege.

Ich folge Fleur in ein riesiges Wohnzimmer mit hohen Decken und jeder Menge museumsartiger Möbel – so mit spindeldürren Goldbeinen und winzigen Rückenlehnen. Ich traue mich gar nicht, mich irgendwo hinzusetzen, aus Angst, irgendetwas kaputt zu machen, das früher mal Marie Antoinette gehörte und irgendwie 'ne Million Pfund kostet oder so. Die Wände sind ganz dunkelrot, aber viel ist von ihnen sowieso nicht zu sehen, weil überall Spiegel und Gemälde in Goldrahmen hängen. Ich komme mir vor wie in einer Filmkulisse.

Fleurs Dad kommt herein, und mein Magen hüpft wie bekloppt auf und ab. Fleurs Dad ist ein Traum: sieht *nur* gut aus und ist so französisch-zerknautscht-sexy mit seinem Dreitagebart und den strubbeligen dunklen Haaren. Er ist bestimmt mindestens vierzig, aber ich steh echt schon seit *Jahren* auf ihn.

«Cate, herzlich willkommen», sagt er und küsst mich auf beide Wangen. «Wie war die Reise? Gut?»

Ich nicke und werde hoffnungslos rot. Mist! Das ist so uncool!

«Wie geht es deinen Eltern? Möchtest du sie anrufen und ihnen Bescheid geben, dass du gut angekommen bist?»

«Dad ist am Freitag nach New York geflogen, Monsieur Lavoie», erkläre ich schnell und hoffe, dass er wegen Mum nicht weiter nachfragt. «Aber er weiß ja, wo ich bin.»

Na gut, das stimmt auch nur so einigermaßen. Ich bin jetzt nicht *wirklich* abgehauen. Dad wird sich schon denken, wo ich bin, wenn Mum erst mal entdeckt, dass ich weg bin, und ihm Bescheid sagt. Er wird komplett ausrasten, aber er wird ganz bestimmt nicht seine oberwichtige Geschäftsreise nach New York abbrechen, um hierherzukommen und mich zu holen. Und Mum ist doch eh bloß froh, wenn sie mich los ist. Dann können sie und Dan es sich zu Hause schön gemütlich machen.

Als wäre sie jetzt wirklich bei Eithne. Haha.

Fleurs Dad lächelt mich an und schaut mir tief in die Augen. Ich bekomme ganz feuchte Hände. «Nenn mich doch Hugo, bitte», raunt er. «‹Monsieur Lavoie› klingt so alt.»

«Hugo», murmele ich, puterrot bis ins Ohrläppchen.

Fleur beobachtet mich interessiert. «Du magst ihn!», kichert sie, als wir in ihr Zimmer stürmen.

«So 'n Quatsch!»

Sie zuckt mit den Schultern. «Er hat im Moment eine Geliebte, du bist also ziemlich sicher.» Sie holt einen scharlachroten Lippenstift aus ihrem Schminkkästchen und hält ihn mir ans Gesicht. «*Mais non.* Zu orange. Seine Freundin ist sehr 'übsch. Und sehr clever. Meine Mutter 'asst sie, aber sie 'at ja selbst einen Freund, also muss sie damit leben. *C'est la vie.*»

Ich werfe mich bäuchlings aufs Bett. «Sag mal, Fleur, macht dir das denn gar nichts aus?»

«Immer noch besser als eine Scheidung. Ah, ich glaube, diese Farbe ist besser für dich. Ich 'abe keine Lust, meine Zeit damit zu verschwenden, immer von einem 'aus zum anderen zu pendeln. Und so, wie es ist, sind sie ja beide glücklich.» Sie lacht. «Nur nicht miteinander.»

Sie *wirken* auf jeden Fall glücklich, geht es mir durch den Kopf, als sie sich freundlich und – aus Höflichkeit mir gegenüber – auf Englisch unterhalten. Allerdings sitzen sie dabei an jeweils einem Kopfende eines glänzenden Mahagonitisches, der größer ist als unser komplettes Esszimmer. Ich sitze links von Hugo, was bedeutet, dass ich praktisch keinen einzigen Bissen runterkriege. Mir gegenüber sitzt Michel, Fleurs kleiner Bruder. Er sieht genauso aus wie sein Vater – in ein paar Jahren ist er die totale Sahneschnitte, aber jetzt ist er erst sechzehn und noch ein halbes Kind.

«Magst du keine Wachteleier?», fragt Hugo mich. «Sie sind ein bisschen schwierig zu pellen, komm, ich 'elfe dir.»

Er greift nach einem der winzigen Eier auf meinem Teller und berührt dabei kurz meine Hand. Ich zucke zusammen, als hätte ich mich verbrannt.

Fleur knufft mich in die Seite. «Ich 'abe den Eindruck, ihr ist der Appetit vergangen», zieht sie mich auf.

«Du musst aber auch müde sein nach der langen Reise», schaltet Madame Lavoie sich ein. Sie durchbohrt mich mit einem frostigen Blick. «Der *Chunnel* ist wirklich ganz *terrible*.»

Sie ist eigentlich richtig schön, aber sie hat sehr kalte Augen. Sie lächelt mich zwar an, aber ich weiß genau, dass sie mich nicht hier haben will. Sie sieht ein bisschen aus wie die Eiskönigin – sehr helle Haare (à la Cruella aus *101 Dalmatiner*) und extrem blasse Haut. «Vergiss St. Tropez, eine echte Französin vermeidet die Sonne», hat Fleur mir mal erklärt. «Sonne ist total schlecht für die Haut, Sonne macht *alt*.»

Ich nicke und senke den Kopf, damit Madame Lavoie meinen Gesichtsausdruck nicht bemerkt. Ich wette, die alte Hexe kann Gedanken lesen.

Das Hausmädchen räumt die Teller ab und serviert den Hauptgang, einen gigantischen Fisch auf einem riesigen Silberteller, der fast so groß ist wie sie selbst. An dem Fisch ist noch der Kopf dran. Er glotzt mich an. O Gott, der hat ja *Zähne* –

Nicht hingucken. Ist einfach nur wie ein überdimensionales Fischstäbchen. Mit Zähnen und Augen.

Ich fingere am Besteck neben meinem Teller herum und

frage mich gerade, wie ich wohl am geschicktesten den Tisch verlassen kann, ohne unhöflich zu erscheinen, als das Hausmädchen wiederkommt und Hugo etwas ins Ohr flüstert.

«Cate, dein Vater ist am Telefon», teilt er mir freundlich mit. «Amélie zeigt dir das Arbeitszimmer, da bist du ungestört.»

Mist. Ich hätte nicht gedacht, dass er mich *so* schnell aufspürt.

«Was zum Teufel bildest du dir eigentlich ein?», schreit mein Vater mich an, kaum dass ich den Hörer am Ohr habe.

«Dad, wenn ich dir das mal eben erklären könnte –»

«Verdammt nochmal, Cate! Du kannst dich doch nicht einfach nach Paris aus dem Staub machen, ohne irgendjemandem etwas zu sagen, ohne wenigstens eine Notiz zu hinterlassen, Herrgott, deine Mutter ist krank vor Sorge» – ehrlich gesagt, das bezweifle ich – «und war kurz davor, die Polizei zu verständigen! Ich fasse es nicht, dass du so etwas Unvernünftiges tust! Du setzt dich in den nächsten Zug Richtung London, mein Fräulein, sonst setzt es was!»

«Bitte, Daddy, ich will doch nur ein paar Tage hierbleiben. Ich verspreche auch, dass ich ganz viel Französisch übe –»

«Dein Französisch interessiert mich nicht! Ich will, dass du sofort nach Hause kommst!»

«Dad, ich brauche eine Pause!», jammere ich. «Ich habe keinen Bock mehr auf eure ewigen Streitereien! Und Mum halte ich auch nicht länger aus!»

«Aber sonst hast du keine Probleme, ja? Deine Mutter ruft mich total hysterisch an, weil sie glaubt, dass du entführt oder ermordet worden bist, während ich hier in New York sitze und versuche, meine Firma vor dem Untergang zu retten, weil wir sonst alle auf der Straße landen! Und du hast nichts Besseres zu tun, als nach *Paris* abzuhauen?»

«Aber du wusstest doch, wo ich bin», entgegne ich beleidigt.

«Dein Glück, dass die Lavoies so nette Leute sind, aber du kannst doch nicht einfach ohne Vorwarnung bei denen aufkreuzen, Caitlin! Werd endlich erwachsen! Es dreht sich nicht alles nur um dich!»

«Es dreht sich doch nie um mich.»

«Ach, jetzt sei bitte nicht kindisch! Außerdem – wo hast du überhaupt das Geld dafür – ach, du Scheiße.»

«Was?»

«Ganz ruhig bleiben. Nicht bewegen.» Seine Stimme ist plötzlich ganz weit weg, so als hätte er den Hörer abgelegt und würde jetzt mit jemand anderem sprechen. «Liegen bleiben, ich hole Hilfe. Ganz ruhig.»

Ich kann hören, wie er wieder nach dem Hörer greift. «Cate, ich muss Schluss machen. Sieh zu, dass du nach Hause kommst. Und dann reden wir, wenn ich Ende der Woche wieder daheim bin.»

Plötzlich höre ich nur noch ein Tuten in der Leitung. Erstaunt starre ich den Hörer an. Keine Ahnung, was da bei ihm gerade passiert ist, aber egal was, ich glaube, ich habe dadurch Zeit gewonnen.

«Cate? Du bist nicht mit Fleur ausgegangen?»

«Hatte keine Lust auf Tanzen. Wollte lieber früh ins Bett gehen.»

Hugo schließt die Tür zu seinem winzigen Arbeitszimmer – außer der Gästetoilette der einzige Raum im Haus unter hundert Quadratmetern – und setzt sich auf die Armlehne des glänzend braunen Ledersofas vor dem Kamin. Er trägt dieses dünne, schwarze Seidenpolohemd und schwarze Jeans und sieht einfach zum Anbeißen aus.

«Ein schönes junges Mädchen, das keine Lust zum Tanzen hat? Dann muss sie entweder krank oder sehr traurig sein. Was ist es bei dir, *chérie*?»

Er findet mich schön! «Mir geht es gut, wirklich –»

«Cate. Du verlässt jetzt schon seit drei Tagen nicht das Haus. Wir sind in Paris! Keine Frau der Welt kommt nach Paris, um sich zu verkriechen und Bücher zu lesen!»

«Ich habe kein Geld, um shoppen zu gehen –»

«Und seit wann betrachtet eine Frau *das* als Hinderungsgrund?» Seine Stimme bekommt einen weichen Klang. «*Chérie,* ich weiß nicht, warum du hier bist – *bien sûr,* vielleicht besuchst du wirklich einfach nur deine Freundin Fleur, wie du sagst?» Er zuckt charmant mit den Schultern. «Oder vielleicht hast du zu Hause Ärger und bist todunglücklich?»

Ich ziehe mir ein Kissen auf den Schoß und zupfe missmutig an den Fransen herum.

«Ich möchte mich wirklich nicht einmischen, Cate. Das ist natürlich allein deine Sache. Und du darfst so lange hierbleiben, wie du willst. Drei Tage oder drei Monate. Du bleibst einfach hier, bis du bereit bist, wieder nach Hause zu fahren.»

Mir steigen Tränen in die Augen.

Hugo seufzt. «*Ma petite,* deine Mutter ruft jeden Tag an, und du willst nicht mal mit ihr reden. Dein Vater ruft nicht an, aber mit ihm willst du reden, ist mein Eindruck.» Er lehnt sich nach vorne und drückt meine Hand. «Manchmal ist es besser mit jemandem zu sprechen, mit einem Freund, anstatt alles in sich hineinzufressen. Egal, was dich bedrückt, ich werde es niemandem weitersagen.»

Die Scheite im Kamin fallen zusammen und erschrecken mich. Hugo steht auf seine elegante Weise auf, stochert mit dem Schürhaken in der Glut herum und legt noch mehr Holz nach. Es ist April, und es ist noch richtig kalt in diesem alten Haus. Ich bin dankbar für die Wärme des Feuers.

Er geht zu einer kleinen Hausbar und schenkt zwei Drinks ein. Den einen reicht er mir. «*Tiens.* Damit dir auch von innen warm wird.»

Das Zeug riecht ekelhaft, aber ich leere das Glas in einem Zug.

«*Doucement*, Cate! Langsam! Das ist kein Wasser, sondern Armagnac!»

Ich huste und keuche noch mindestens fünf Minuten, nachdem das Zeug mir brennend die Kehle heruntergelaufen ist. Hugo lacht, und als ich endlich wieder normal atmen kann, lache ich auch – und es kommt mir vor wie das erste Mal sei Jahren.

«Hier», lächelt er und schenkt mir noch ein Glas ein. «Dieses Mal aber langsam. Armagnac soll man in Ruhe genießen, nicht gierig verschlingen. So wie gutes Essen. Oder» – er lächelt – «eine schöne Frau.»

Friedfertig sitzen wir beieinander und blicken ins Feuer. Der Tanz der Flammen hat eine beruhigende und tröstende Wirkung auf mich. Der Knoten in meinem Bauch beginnt sich zu lösen.

Vorsichtig nippe ich an dem Drink.

«Dad hat eine Affäre», platzt es auf einmal aus mir heraus.

Hugo nickt, schweigt aber.

«Und Mum habe ich mit meinem Freund zusammen erwischt. Sie hatte nichts an. Sie haben mir versichert, es wäre nichts passiert, aber ich hab's ja *gesehen*. Ich will in New York studieren, aber keiner hört mir zu –»

«Ich höre dir zu», sagt Hugo.

Und dann sagt er die nächsten vierzig Minuten gar nichts. Als ich anfange zu heulen, reicht er mir sein umwerfendes grünes Seidentaschentuch. Er füllt mein Glas noch einmal nach, legt noch einen Scheit ins Feuer und scheint sich wirklich dafür zu interessieren, wie es mir geht. Ach, wenn Dad doch nur ein bisschen mehr wie er sein könnte. Ich habe immer gedacht, dass er so beschäftigt wäre, wegen der Arbeit und so, aber für Ella hat er ja trotzdem Zeit, nicht wahr?

Als mir die Worte ausgehen, nimmt Hugo mich ganz fest in den Arm. Ich vergrabe mein Gesicht an seiner Brust. O Gott, riecht der lecker – irgendwie nach kandierten Äpfeln –

Und dann auf einmal verschwindet das Gefühl von Trost und Geborgenheit und macht einem ganz anderen Gefühl Platz. Einem Prickeln in meinen Fingern und Zehen. Er ist wirklich sexy, dieser Hugo. Seine Hand berührt meinen Nacken, als er mir übers Haar streicht, und mein Körper schmilzt dahin. Mein Herz pocht, meine Hände werden schweißnass …

Ich löse meinen Kopf von seiner Brust und küsse ihn.

Einen Moment lang erwidert er meinen Kuss. Dann bricht er die Umarmung ab und hält mich auf Armlänge von sich weg. «Nein, Cate.»

«Warum nicht?»

«Weil das keine Lösung ist, *chérie*. Du suchst etwas anderes, nicht das hier. Und es wäre einfach nicht richtig von mir, wenn ich die Situation ausnutzen würde – sosehr ich auch möchte», fügt er reumütig hinzu.

«Mögen Sie mich denn nicht?»

«Doch, natürlich mag ich dich. Du bist ein wunderschönes Mädchen. Und sehr charmant.» Er steht da, reibt sich das Kinn und sieht mich bedauernd an. «Wenn du ein bisschen älter wärst und ein bisschen mehr Erfahrung hättest –»

«Ich habe schon genug Erfahrung.» Ich schlinge die Arme um seinen Hals, wobei ich ein klein wenig wanke. «Fleur hat gesagt, Sie mögen Mädchen wie mich.»

Er wehrt mich ab. «Fleur hat eine lebhafte Phantasie. Cate, du bist sehr müde. Und vielleicht war der Armagnac nicht gerade die beste Idee. Ich glaube, es ist Zeit, ins Bett zu gehen –»

«Prima Idee», lalle ich.

«*Alleine*, Cate.»

Meine Augen füllen sich mit Tränen. Hugo will mich nicht. Dan wollte mich nicht. Er wollte lieber meine eigene Mutter. Irgendwas stimmt mit mir nicht.

Ich hasse mich. Ich hasse mein Leben. Ich wünschte, ich wäre tot.

Ich bebe am ganzen Körper, als ich aus dem Arbeitszimmer laufe. Ich heule so sehr, dass ich kaum etwas sehen kann und Fleurs Bruder über den Haufen renne, der mit einer Tasse Kaffee aus dem Wohnzimmer kommt. Der Kaffee verteilt sich über uns beide, und Michel greift nach mir, damit ich nicht hinfalle.

Und dann lässt er mich nicht mehr los.

9

Ella

Hopes Mutter hebt ihre winzige Tochter ganz vorsichtig aus dem Brutkasten auf ihren Schoß. Sie achtet sehr genau auf all die Schläuche und Drähte, die in den zerbrechlichen Körper führen. Ganz automatisch, ja, instinktiv drückt sie das Gesicht in die dunklen Haare ihrer Tochter und saugt den Duft ihres Kindes ein.

Das Baby gähnt und reckt eine klitzekleine rosa Faust hervor. Anna streichelt sie, die Miniaturfinger öffnen sich wie Farnwedel und umschließen dann Annas Finger. Sie sieht zu mir auf und strahlt übers ganze Gesicht.

Das will ich auch.

Der Gedanke, der völlig unerwartet aus meinem tiefsten Inneren auftaucht, haut mich regelrecht um. Ich fingere am Spender für Desinfektionsmittel herum. Das sind bloß die Hormone. Ich will keine Kinder. Wollte noch nie welche.

«Ella?» Anna klingt besorgt. «Können Sie mal einen Moment herkommen?»

Ich beobachte das Baby. Annas Instinkt trügt sie nicht. Irgendetwas stimmt nicht, das kann ich spüren. Nichts, was einem sofort ins Auge springt, aber –

«Gina!» Ich rufe die diensthabende Krankenschwester. «Hat Hope genug zu sich genommen?»

«Nein, heute läuft es nicht so gut.»

«Stuhlgang?»

«Nur einmal, ganz früh morgens.»

Vorsichtig taste ich den Babybauch ab. Er ist gebläht und gerötet. Leicht erhöhte Temperatur. In meinem Kopf schrillen Alarmglocken. Sie dürfte es eigentlich nicht haben, NEK tritt normalerweise in den ersten beiden Lebenswochen auf, in der Regel, nachdem wir den Sondenschlauch entfernt und begonnen haben, mit Milch zu füttern, aber –

«Ich will ein Differenzialblutbild, eine klinische Chemie und ein Röntgen des Abdomen», ordne ich sofort an. «Und überprüfen Sie auf Blut im Stuhl.»

Die Krankenschwester nickt, nimmt Hope ihrer Mutter ab und legt sie vorsichtig zurück in den Brutkasten.

«Was ist los?», fragt Anna bange.

«Vielleicht gar nichts –»

«Ella, bitte, welchen Verdacht haben Sie?»

«Wissen Sie noch, wie wir darüber sprachen, dass so kleine Babys wie Hope sich manchmal ganz besonderen Herausforderungen stellen müssen?», fange ich behutsam an. «Eine dieser Herausforderungen ist eine Erkrankung des Magen-Darm-Traktes, die nekrotisierende Enterokolitis, kurz NEK –»

Sie reißt die Augen auf. «Die fleischfressenden Bakterien? O Gott, das heißt, sie wird sterben, stimmt's? Das ist es doch, was Sie mir sagen wollen –»

«Anna, beruhigen Sie sich bitte. Das ist *nicht*, was ich Ihnen sagen will. Sie denken an nekrotisierende Fasziitis, das ist etwas ganz anderes. Vergessen Sie, was Sie in den Zeitungen gelesen haben. Bei der NEK liegt eine Infektion und Entzündung des Darms vor, die zwar ernst zu nehmen ist, aber bei so kleinen Babys durchaus häufig vorkommt.»

«Wird sie das überstehen?»

«Wir wissen ja noch nicht mal, ob sie es hat, aber im Fall

des Falles gibt es gute Behandlungsmöglichkeiten. Die Mehrzahl der Kinder erholt sich komplett und hat keine weiteren Beschwerden –»

«Und wenn sie nicht …»

Ich nehme Annas kalte Hände in meine und reibe sie ein wenig. «Sie ist erst fünf Wochen und einen Tag alt, Anna», rede ich besänftigend auf sie ein. «Wenn sie noch in Ihrem Bauch wäre, wären Sie jetzt in der achtundzwanzigsten Woche. Sie wissen, dass es keine Garantie gibt. Aber wir tun unser Bestes für die kleine Hope, und es besteht überhaupt kein Grund zur Panik. Ich bin sicher, dass es ihr bald wieder richtig gutgeht.»

Zwei Stunden später betrachte ich mir die Röntgenaufnahmen. Ich hatte gehofft, dass sie meinen Verdacht entkräften würden, aber die Diagnose «NEK» wird durch abnorme Gasbläschen in den Darmwänden und Luft in der Bauchhöhle bestätigt. Das ist ein ernsthafter Rückschlag, aber es besteht kein Grund, daran zu zweifeln, dass Hope sich davon erholen wird. Wir werden sie intravenös ernähren, ihr Antibiotika geben und ihr einen künstlichen Darmausgang legen. Dann sollte sich ihr Zustand deutlich verbessern.

Das tut er aber nicht. Die Antibiotika verlangsamen nur ihren Verfall, es geht ihr immer schlechter. Achtundvierzig Stunden lang fahre ich nicht nach Hause und schlafe immer nur kurz auf dem Sofa in meinem Büro, wenn sich die Gelegenheit ergibt. Am dritten Tag ist Hopes Bauch so aufgebläht, dass ihre Atmung davon beeinträchtigt wird, und uns bleibt nichts anderes übrig, als sie an ein Beatmungsgerät anzuschließen. Das hatte ich bisher versucht zu vermeiden.

«Können Sie ihr nicht irgendwie helfen?», fleht Anna mich unter Tränen an.

«Wir tun schon alles, was wir können –»

Dean packt mich am Arm. «Sie geben ihr nichts zu essen! Sie verhungert ja, wenn Sie so weitermachen!»

«Sie wird nicht verhungern, Dean», sage ich und befreie mich sachte aus seinem Griff. «Sie bekommt alle Nährstoffe, die sie braucht, intravenös. Ihr Magen und ihr Darm brauchen vollkommene Ruhe, um heilen zu können. Ich weiß, dass es grausam aussieht, dass sie nichts zu essen bekommt, zumal sie ja ohnehin so winzig ist. Aber ich verspreche Ihnen, es ist nur zu ihrem Besten.»

«Und was passiert, wenn der Bauch nicht heilt?», fragt er. «Was ist, wenn es ihr nicht bald bessergeht?»

«Wenn sich ihr Zustand verschlechtert, werden wir operieren müssen», antworte ich leise.

Ich sitze wirklich in der Klemme. Ich will nicht, dass Hope länger als nötig intravenös ernährt wird, denn es erhöht das Risiko für nosokomiale Infektionen und andere Komplikationen. Operieren will ich einen so kleinen, geschwächten Säugling aber auch nur, wenn es wirklich keinen anderen Ausweg gibt. Die Gefahr, dass sie die Narkose und den Eingriff nicht überlebt, ist sehr groß.

Aber wenn wir nichts tun und ihr Darm perforiert und dadurch Fäkalstoffe in ihre Bauchhöhle eindringen, wird sich die Infektion in Windeseile verbreiten und weitere lebenswichtige Organe befallen – und das wird ihren sicheren Tod bedeuten.

«Wie lange warten wir noch?», fragt Dean.

«Bitte, Dean. Lassen Sie das meine Sorge sein.» Ich klinge zuversichtlicher, als ich bin.

Ich widme mich wieder meiner Arbeit, erfüllt von einer bösen Vorahnung. Irgendwie habe ich selbst in den brenzligsten lebensentscheidenden Situationen immer instinktiv gewusst, was ich zu tun hatte. Wann ich eingreifen, und wann ich mich zurückziehen musste. Wann ich Medikamente geben musste oder die Sache besser der Natur überließ. Wann ich wiederbeleben und wann ich – die schwerste Entscheidung von allen – loslassen musste. Ich habe natürlich nicht immer alles richtig gemacht, aber ich bin immer in der Lage gewesen, blitzartig die Vor- und Nachteile gegeneinander abzuwägen und genau zu wissen, welche Maßnahmen am ehesten zu einem positiven Ergebnis führen würden.

Doch jetzt bin ich auf einmal unentschlossen. Wahrscheinlich denke ich viel zu viel über diesen Fall nach. Ich bin zu nahe dran an meiner Patientin. Ich kann nur beten, dass mein Instinkt sich wieder einstellt, falls es nötig werden sollte, und mir sagt, was ich tun soll.

Ich verbringe eine weitere schlaflose Nacht im Krankenhaus und sehe alle halbe Stunde nach Hope. Um sechs Uhr früh hat ihr Zustand sich endlich stabilisiert, aber es gibt keine Anzeichen der Besserung.

Ich beobachte, wie ihre Brust sich mit Hilfe des Beatmungsgerätes hebt und senkt. Wenigstens verschlechtert sich ihr Zustand nicht mehr. Vielleicht wendet das Blatt sich jetzt langsam. Sie ist schließlich extrem früh geboren. Es hat ja keinen Zweck, sie dem Trauma einer Operation auszusetzen, wenn die Antibiotika wirken.

Aber wenn ihre Gedärme durch die tagelange Infektion geschwächt sind – und es kommt jetzt zu einer Perforation –

Nackte, kalte Panik ergreift mich.

Nein, lieber Gott, nicht jetzt.

Ich kämpfe, um das Monster in Schach zu halten. Inzwischen kenne ich die Anzeichen: Adrenalinschub, schmerzhaftes Prickeln in Armen und Beinen, Brustbeklemmung, Atemnot. Jede Nacht wache ich davon auf, manchmal zwei oder drei Mal. Mit Herzrasen. Schweißgebadet. Inzwischen habe ich schon Angst, mich überhaupt ins Bett zu legen. Ich bleibe meist im Sessel im Wohnzimmer sitzen und sehe fern, bis die Erschöpfung mich übermannt und ich in einen unruhigen Schlaf sinke.

Manchmal kann ich das Monster kontrollieren, dann dränge ich es mit reiner Willenskraft wieder in seine Kiste zurück – aber hin und wieder überwältigt es mich auch, und ich lasse die Panik zu. Dann ringe ich nach Luft und würge und bin wie von Sinnen vor Schrecken, bis es irgendwann endlich vorüber ist und ich vollkommen matt und entkräftet bin.

Ich habe mir angewöhnt, alles zu vermeiden, was eine solche Attacke auslösen könnte. Ich fahre nicht mehr mit der Underground und parke nicht mehr in Tiefgaragen. Ich habe Angst vor Brücken, Menschenmengen, der Dunkelheit und davor, ins Kino zu gehen. So langsam verstehe ich, wie manche Leute sich für Jahre in ihren eigenen vier Wänden verkriechen können.

Bei der Arbeit habe ich mich allerdings immer sicher gefühlt. Bis jetzt.

Die Furcht legt sich drückend auf meine Brust, als ich feststelle, welche Schwierigkeiten Hope beim Atmen hat. *Ich weiß nicht, was jetzt das Beste ist.* Zum ersten Mal in meinem Leben lässt mich meine legendäre Selbstsicherheit im Stich.

Die Nachtschwester überprüft die Lebensfunktionen des Babys. «Was meinen Sie?», fragt sie.

Ich weiß es nicht.

«Sie ist jedenfalls eine ganz schöne Kämpfernatur, die Kleine. Meinen Sie, sie ist über den Berg?»

Ich weiß es nicht.

«Wir müssen abwarten», weiche ich aus.

Vielleicht geht es Hope jetzt langsam besser, und ich muss gar nichts tun. Möglicherweise geht es Hope wieder schlechter (Gott bewahre!), und ich habe keine andere Wahl, als sie zu operieren.

Kann sein, dass ich morgen früh aufwache und weiß, was ich tun muss.

Den Rest des Tages beobachten wir und warten ab. Und dann, um viertel vor zwölf nachts, als ich bereits dreieinhalb Tage lang inoffiziell Wache schiebe, fängt Hopes Temperatur an zu steigen. Und zu steigen.

Ich brauche keinen Chirurgen, der eine Nadel in ihre Bauchhöhle einführt, um Flüssigkeit entweichen zu lassen, anhand derer wir dann feststellen, ob sie ein Loch im Darm hat. Mir ist sofort klar, dass eine Perforation vorliegt. Wir müssen den erkrankten Teil entfernen, bevor er den gesamten Bauch ansteckt und es zu einer Blutvergiftung kommt. Je nachdem, wo genau der Darm perforiert ist und wie viel Gewebe entfernt werden muss, wird Hope möglicherweise einen künstlichen Darmausgang oder noch eine Reihe weiterer chirurgischer Eingriffe benötigen. Sie wird unter Umständen ihr ganzes Leben lang an Verstopfung und anderen Darm-Funktionsstörungen leiden. Doch wenn das ganze Organ befallen ist, können wir überhaupt nichts machen. Was bedeutet –

Ich bin hoffnungslos eingenommen von meiner Patientin. Das ist unprofessionell und kontraproduktiv. Und es sieht mir überhaupt nicht ähnlich.

Doch als Hope in den OP gerollt wird, habe ich das Gefühl, mein Herz verschwindet mit ihr hinter den Türen.

Williams Anruf am nächsten Morgen erreicht mich, während ich Hopes Krankenakte aktualisiere.

«New York?», wiederhole ich. «Morgen?»

«Bitte, Ella. Für mein Unternehmen heißt es jetzt alles oder nichts. Ich brauche dich. Wirklich.»

Ich lege den Stift hin. Es ist sieben Jahre her, seit wir mal zusammen weg waren. Wenn er wirklich riskieren will, diese äußerst gefährliche Büchse der Pandora wieder zu öffnen, muss er ziemlich verzweifelt sein.

Unsere Affäre lief seinerzeit seit einem guten Jahr, als William einen neuen Klienten akquirierte, eine angesehene, multinationale arabische Bank mit Hauptsitz auf Zypern. Seine Geschäftsreise dorthin sollte Ende November stattfinden, genau zu der Zeit, in der Jackson – wie jedes Jahr – zu Thanksgiving seinen Bruder besuchte. Da Cooper es – wie üblich – nicht für nötig befunden hatte, die Einladung auch für mich auszusprechen, war ich allein in London geblieben und hatte Däumchen gedreht, bis William mir vorschlug, doch mit nach Zypern zu kommen.

Mir war bewusst gewesen, dass unsere ungezwungene Affäre damit eine neue – und gewagte – Dimension gewinnen würde, aber ich tat, als dächte ich gar nicht darüber nach. Ich sagte Jackson, ich würde eine Woche lang mit Lucy Oxford unsicher machen und schaltete mein Handy auf Auslandsempfang.

Tagsüber lümmelte ich mich am sonnenbeschienenen Pool, während William im Unternehmensdschungel auf Großwildjagd ging. Abends aßen wir bei Kerzenlicht unter klarem Sternenhimmel auf der Terrasse eines Restaurants oder nahmen uns ein Taxi zum Strand und gingen händchenhaltend im Mondenschein am Wasser spazieren. Ich kam mir vor wie in einer schmalzigen Hollywoodromanze – wir mieteten uns sogar ein Hollandfahrrad, ich setzte mich auf den Lenker, und William fuhr –, aber wir schwelgten glücklich in allen Klischees. Und während wir albern so taten, als würden wir uns verlieben, kam uns zu keinem Zeitpunkt in den Sinn, dass wir es vielleicht gar nicht nur spielten.

Am letzten Tag beschloss William, dass wir Windsurfen gehen sollten. Wir zwängten uns in die Wetsuits, doch mein Reißverschluss klemmte. Ich versuchte, ihn in beide Richtungen zu bewegen, und plötzlich quetschte ich mir meine Brust zwischen den Plastikzähnen ein. Blut quoll hervor, und ich japste vor Schmerzen.

William streckte die Hand aus und fing einen Tropfen Blut mit seiner Fingerspitze auf. Ich schaute zu ihm auf und sah es in seinem Blick. An der Verwirrung, die sein Gesicht in dem Moment widerspiegelte, konnte ich ablesen, dass er in meinen Augen das Gleiche entdeckt hatte.

Nach außen hin war es ein sehr nüchterner Moment. Kein Trommelwirbel, kein Feuerwerk. Der Bruchteil einer Sekunde – und alles war anders.

Hätte er mich damals gebeten, Jackson zu verlassen, ich hätte es getan.

Aber er hat mich nicht gebeten. Und als wir ins Hotel zurückkamen, erwartete uns dort die Nachricht von Beths Freundin Eithne.

Danach war Liebe kein Thema mehr. Sollte ein winziger Teil von mir je auf ein Happy End à la Hollywood gehofft haben, ein Splitter in mir, der nicht der Kontrolle meiner Vernunft, meines Realitätssinns und meines Selbsterhaltungstriebes unterlag, dann hatte Zypern ihn ausgelöscht. Die ursprünglichen, pragmatischen Rahmenbedingungen unserer Arrangements standen noch. Und diese Grenzen würden niemals überschritten werden. Das, was wir zusammen hatten, war alles, was wir je zusammen haben würden.

Mir wurde klar, dass ich in einem hausgemachten Paradox gefangen war. Wenn ich William weiter in meinem Leben halten wollte, musste ich jedes Gefühl von Liebe für ihn aus mir herausschneiden.

Es gelang mir. Jedoch unterscheidet diese Art emotionaler Chirurgie nicht zwischen den Liebesobjekten. In der Folge waren es nicht nur meine Gefühle für William, die jedes Mal eins auf den Deckel bekamen, wenn sie wieder aufflammen wollten. Langsam, aber sicher ließen auch meine Gefühle für Jackson nach. Und darüber verlor ich mich selbst aus den Augen.

«Ella?», hakt Williams Stimme jetzt nach.

Mein Instinkt rät mir, nein zu sagen. Es hat mich seinerzeit so viel Kraft gekostet, über die Geschehnisse auf Zypern hinwegzukommen – und diese Kraft habe ich jetzt nicht mehr. Und allein der Gedanke daran, ein Flugzeug zu besteigen, lässt mein Herz vor Angst rasen. Außerdem habe ich in letzter Zeit ohnehin schon zu viel freigenommen. Richard Angel will meinen Kopf rollen sehen, und wenn ich mich jetzt schon wieder kurzfristig beurlauben lasse, liefert ihm das womöglich genau die Munition, die er braucht, um mich zu feuern.

Die Krankenakte verschwimmt vor meinen Augen. Nach allem, was in den letzten sechs Wochen passiert ist, fände ich es gar nicht mehr so tragisch, wenn ich meinen Job verlöre. Es gibt wirklich Wichtigeres im Leben. Und William braucht mich.

Ich schlage die Akte zu. «Natürlich komme ich mit.»

Ich kann nicht aufhören, an Hope zu denken. Beziehungsweise, mir trotz allem zu wünschen, dass sie mein Kind wäre.

William weckt mich aus meinem pharmakologischen Koma, als wir auf dem John-F.-Kennedy-Flughafen landen. Mit einem gelben New Yorker Taxi fahren wir zu einem kleinen Boutique-Hotel, das glücklicherweise ganz in der Nähe der Fifth Avenue und meinem persönlichen Einkaufsmekka liegt. Unterdessen kämpfe ich noch gegen die Restwirkung meiner Xanax an.

Ein mageres hispanisches Mädchen mit entstellender Akne führt uns zu unserem großzügigen, holzverkleideten Zimmer mit Fußboden aus Roteiche und einem riesigen Himmelbett mit Bettwäsche aus weißem Leinen. Frische Blumen verströmen ihren Duft, im Badezimmer steht eine altmodische Badewanne auf Löwenfüßen, umgeben von Duftkerzen und einem Haufen Handtücher. Und das alles mitten in Manhattan – ich mag mir gar nicht vorstellen, wie viel das wohl kostet.

«Du hast wirklich Stil, das gefällt mir», sage ich und beiße in einen reifen Pfirsich von einer Obstschale auf der antiken Anrichte. «Nobel geht die Welt zugrunde.»

«Ich fahre sämtliche Geschütze auf», erklärt William. «Und ich hoffe, du hast nichts dagegen, dass ich bei dir anfange …»

Lachend weiche ich seinem Annäherungsversuch aus. Pfirsichsaft läuft mir das Kinn herunter. «Lass mich erst mal duschen, dann sehen wir weiter.»

«Ja, spann mich nur auf die Folter.» Er entledigt sich der Krawatte und checkt seinen BlackBerry. «Okay, ich muss ein paar Anrufe erledigen, wir treffen uns dann unten. Heute zum Italiener?»

«Kommt drauf an. Nur, wenn er durch seine Ohren atmen kann.»

William schnaubt. Ich werfe ihm eine Kusshand zu, gehe ins Badezimmer und schließe ab. Dann lehne ich mich mit dem Rücken gegen die Tür. Ich kann mich kaum rühren vor Erschöpfung, und jetzt, wo ich allein bin, kann ich die Maske endlich fallen lassen.

Ich schleppe mich zur Wanne und drehe das Wasser auf – zum Duschen fehlt mir die Kraft. Als das Badezimmer sich langsam mit Wasserdampf füllt, sinke ich auf den Boden und lehne die Stirn gegen die Wanne. William braucht jetzt die fröhliche, coole und ablenkende Ella – die sorglose und sorgenfreie Ella, die er kennt. Sein ganzes Leben hängt an einem seidenen Faden, und in den nächsten Tagen wird sich entscheiden, ob sein Unternehmen – sein Baby – überlebt oder von Noble geschluckt wird. Ich muss ihn erfrischt und mit aufgeladenen Batterien in die Schlacht schicken. Selbst wenn ich mich viel lieber auf dem Bett zusammenrollen und mir die Augen aus dem Kopf heulen würde. Es geht hier nicht um mich.

In der Badewanne erlaube ich mir einen fünfminütigen, selbstmitleidigen, therapeutischen Heulkrampf, der mir die nötige Erleichterung verschafft. Dann verlasse ich die Wanne und zwänge mich wieder in mein emotionales Korsett. Ich schminke mich sehr sorgfältig, um jede Spur von Müdigkeit und Tränen zu verbergen, und schlüpfe in ein pink, türkis und schwarz changierendes Pucci-Kleid.

Ich setze mich auf die Bettkante und öffne ehrfürchtig den neuen Gina-Schuhkarton. Dann ziehe ich die silbern glitzernden Sandalen an.

«Nobel, nobel», sage ich zu meinem Spiegelbild.

William pfeift, als ich an die Rezeption komme. Wenn wir nach Zypern zusammengeblieben wären, würde er jetzt nicht mehr so pfeifen, oder? Dann wären wir inzwischen viel selbstgefälliger geworden, wären einander vollkommen sicher – nicht nur im Bett. So ist es doch viel besser.

Nach dem Abendessen gehen wir zurück aufs Zimmer, und William streift mir die Spaghettiträger von den Schultern. Mein Kleid gleitet zu Boden und bleibt zu meinen Füßen liegen. Er küsst meinen Hals, mein Schlüsselbein, meinen Bauchnabel. Seine Bartstoppeln kratzen über meine Haut, als er den trägerlosen BH öffnet und mir den Schlüpfer über die Oberschenkel und die Knie bis zu den Füßen streift. Ich trete einen Schritt zur Seite, unbekleidet bis auf die silbernen Sandalen und die Aquamarinkette, die wir mal gemeinsam in London gekauft haben. Früher habe ich mich nie getraut, sie zu tragen, weil ich Angst hatte, Jackson könnte fragen, woher ich sie habe.

William löst meine Frisur und durchkämmt mit den Fingern mein Haar, als es mir in Spiralen auf die Schultern fällt.

«Du bist so verdammt schön», seufzt er.

Ich helfe ihm beim Ausziehen und genieße seine sehnige Kraft, als er mich auf die Leinenlaken drückt und über mir schwebt wie ein Panther. Sein Körper ist hart und braun. Es ist der Körper eines Mannes, der sich nicht aus Eitelkeit, sondern aus Pragmatismus fit hält.

Er küsst mich. Ich schmecke die Zabaione auf seinen Lippen.

Wir lieben uns ungewöhnlich intensiv und sinnlich. William nimmt sich alles, was er will – und erfüllt damit meine tiefsten Sehnsüchte. Er lässt sich Zeit. Nach meinem zweiten Orgasmus, als unsere Körper und Blicke miteinander verschmolzen sind und wir uns immer noch weiterlieben, bricht in mir etwas auf.

Ohne jede Vorwarnung öffne ich mich ihm mit Leib und Seele. Ich lege ihm mein Herz zu Füßen, und obwohl ich weiß, dass es das Schlimmste ist, was passieren konnte, das Schlimmste, *was ich tun konnte*, wünscht sich ein Teil von mir diese Kapitulation mehr, als ich je für möglich gehalten hätte.

Hinterher schmiegt er sich in der uralten und unzähligen Liebespaaren vertrauten Löffelhaltung an meinen Rücken. Ich lege meine Hände auf seine, völlig benommen von der neuen Erkenntnis. Als ich mir noch einreden konnte, dass unser Verhältnis nur eine Affäre war, war ich in Sicherheit. Er hatte sein Leben, zu dem er jedes Mal zurückkehrte, und ich hatte meins. Aber ich kann mir nicht länger selbst etwas vormachen. Ich liebe ihn. Und jetzt, wo ich mich nicht mehr hinter Jackson verstecken kann, werde ich früher oder später mehr wollen. Ich werde ihn ganz haben wollen, und das geht nicht. Ich kann nicht seine Ehe und seine Familie zerstören und mein Glück auf dem Unglück anderer aufbauen. Denn das wäre der Preis dafür, William für mich allein zu haben.

Ich liebe ihn.

Es bleibt mir nichts anderes übrig, als ihn ziehen zu lassen.

Ich liebe ihn.

«Verrücktes Tier», flüstert William mir ins Ohr.

Ich will ihn fragen, was er damit meint, aber da ist er schon eingeschlafen.

Wenn alle Stricke reißen, bleibt einer Frau immer noch eins: Shopping.

Jedes Mal, wenn ich meine Kreditkarte durch ein Lesegerät ziehe, habe ich mich wieder ein bisschen mehr im Griff. Energie durch Einkaufen ist immer noch besser als gar keine Energie. Zuerst gehe ich in die Edelläden: Henri Bendel, Bergdorf's, Neiman Marcus; dann zu den flippigen Vintage-Boutiquen: Alice Underground, Screaming Mimi's. Ich kaufe mir eine umwerfende Korallenkette von

Anthropologie und einen ausgefallenen, flaschengrünen, knöchellangen Samtmantel von Anna Sui. Ich kann mir kein einziges dieser Teile leisten, aber ich kann nicht aufhören, bis ich buchstäblich nichts mehr tragen kann. Nichts ist besser geeignet, um ein gebrochenes Herz zu kitten, als eine Hochglanz-Einkaufstüte mit Kordelgriffen. Und mein Herz ist nicht einfach nur gebrochen – es ist in eine Million winzige Scherben zerborsten.

In der Hotellobby stolpere ich förmlich über William, und sämtliche Tüten rutschen mir von den Schultern und landen zu seinen Füßen. Das Singleleben hat einen ganz klaren Vorteil: Ich muss mich für meine Shopping-Eskapaden nicht rechtfertigen. *Nein, Schatz, das habe ich nicht schon seit Jahren, und ich habe es auch nicht im Sonderangebot gekauft.*

«Wie war die Sitzung?», frage ich.

Er wirft einen Blick in die Tüte von La Petite Coquette. «Ging so. Ist das für mich?»

«Nur, wenn du ganz unartig bist. Was haben sie gesagt?»

«Sie wollen übers Wochenende drüber nachdenken», erklärt er angespannt. «Am Montag setzen wir uns wieder zusammen. Einer der drei Geschäftsführer ist ein hoffnungsloser Fall, aber ich glaube, die anderen beiden sind wirklich unentschlossen. Ich habe sie darauf hingewiesen, dass wenn Noble sich solcher Praktiken bedient, um sie als Klienten zu gewinnen, sie auch nicht von ihm erwarten können, dass Fair Play sein Motto sein wird, wenn sie erst mal unterschrieben haben.»

«Und was meinten sie dazu?»

«Keine Ahnung. Ich denke, sie konnten mir schon folgen, aber so, wie es aussieht, bietet Noble ihnen sagenhafte Konditionen. Da kann ich finanziell nicht mithalten.

Ich kann nur hoffen, dass meine Erfolgsgeschichte für mich spricht.»

«Soll ich hingehen und sie alle verkloppen?»

«Das heben wir uns noch ein bisschen auf. Also», sagt er, schüttelt seine Niedergeschlagenheit mit sichtbarer Anstrengung ab und zieht mich an sich. «Scheint so, als säßen wir in New York fest und hätten morgen nichts vor. Wie sollen wir bloß die Zeit rumkriegen?»

Der Inhalt der Tüte von La Petite Coquette hilft uns. Am späten Sonntagvormittag stolpern wir endlich wieder aus dem Bett, aus dem Hotel und hinein in einen wunderschönen Frühlingstag. Es ist einer dieser Tage, die einfach gute Laune machen und das Gemüt besänftigen. Eine kühle Brise weht durch die Straßen von Manhattan und erfrischt die niemals schlafende Stadt. Wir kaufen uns ein paar Zeitungen und steuern ein Café an, wo wir draußen sitzen können. William lässt sich ein schlichtes, aber köstliches Pilzomelette mit Morcheln, Shiitake- und Austernpilzen schmecken, während ich mich an einem frischen Beeren-Obstsalat und einem heißen, knusprigen *pain au chocolat* labe. Zwischen den Beinen verspüre ich dumpfe, süße Wundheit. William sieht immer wieder von seiner Zeitung auf und lächelt, und der Gedanke daran, mich für immer von ihm verabschieden zu müssen, ist mir unerträglich.

An einem der Nachbartische hat ein Elternpaar Schwierigkeiten, seine kreischenden Kinder – Zwillingsmädchen von etwa vier und einen Jungen von ungefähr anderthalb – unter Kontrolle zu halten. Alle drei sind offenkundig erkältet, und sie wischen sich wahllos mit allem, was sich ihnen bietet, ihre laufenden Nasen – mit ihren Ärmeln, ihren Geschwistern, dem Rock ihrer Mutter. Dann schnappt sich der Jüngste den Kaffee und kippt ihn einer seiner Schwestern über den Kopf. Sie rächt sich, indem sie den Tisch umkippt und Gebäck, Milch und noch mehr Kaffee auf dem Boden verteilt.

Als das Gejaule seinen Höhepunkt erreicht, stehen die Eltern entnervt auf und sammeln Kinder, Sportkarren, Mützen, Jacken, Taschen und Spielsachen zusammen.

William faltet seine *New York Times* zusammen. «Gott sei Dank sind meine aus dem Alter raus.»

Ich sehe ihnen nach. Ich wäre eine schreckliche Mutter. Selbst ein frischausgebildeter Seelenklempner würde die Narben in meiner Psyche sofort erkennen. Verlassen von einem den Frauen nachstellenden Vater und eine passive Mutter, die sich ihrer Verantwortung entzog, indem sie sie ihrer neunjährigen Tochter überließ: Wer weiß, welchen Schaden ich meinerseits einem unschuldigen Kind zufügen würde? Wenn ich ein Kind bekäme, wäre das wie wenn man einen Kühlschrank öffnete, wahllose Zutaten in eine Schüssel würfe, sie zwanzig Jahre lang verrührte und sich dann vom Ergebnis überraschen ließe.

Ein gutaussehender Mann Mitte dreißig setzt sich an den von der Familie verlassenen Tisch und wirft mir einen unverhohlen bewundernden Blick zu. Ich gefalle ihm ganz offensichtlich – er lächelt und prostet mir mit seinem Kaffee zu.

William versteift sich.

Dass ich ihm von Cooper erzählt habe, war ein kalkuliertes Risiko. Ob es William nun klar war oder nicht – Jacksons Tod musste seinen Blick auf mich verändert haben. Dass ich plötzlich frei war, ließ mich sicher bedürftig und vielleicht gar bemitleidenswert erscheinen. Doch dieser Eindruck wurde mit einem Schlag zunichtegemacht, als er erfuhr, dass ich mit einem anderen Mann geschlafen hatte. William ist mir gegenüber seit unserem ersten Jahr nicht mehr so aufmerksam gewesen wie jetzt.

Doch Eifersucht ist ein gefährliches Spiel. Ich habe ihn dort getroffen, wo es ihn am meisten schmerzte: in seinem Stolz. Ich habe meinen Standpunkt klargemacht – aber es besteht kein Anlass, zu übertreiben.

Ich wende mich ganz William zu und würdige den Fremden keines weiteren Blickes.

Als wir später durch den Central Park spazieren, um den Brunch abzuarbeiten, nimmt er meine Hand. Wir sehen aus wie ein ganz normales Paar an einem ganz normalen Sonntag.

Durch die milde Witterung steht bereits einiges in Blüte, und die Luft riecht süß und frisch. Ich lehne mich an die Brüstung der Bow Bridge und genieße es, den warmen Stein unter meinen Handflächen zu spüren. William schlingt die Arme um mich und legt das Kinn auf meinem Kopf ab.

«Mist!», rufe ich plötzlich. «Ich habe mein Buch im Café liegen lassen!»

«Vergiss es. Das ist doch schon längst weg. Du kannst dir im Buchladen im Hotel ein neues Exemplar kaufen.»

«Du verstehst das nicht. Es gehört zu einer Gesamtausgabe, die Lucy mir zum Dreißigsten geschenkt hat. Ich muss zurück, ich muss es finden.»

«Ella, Liebling –»

«Ich darf es nicht verlieren», sage ich panisch, «wir müssen zurück zum Café. Du weißt, dass ich es nicht ausstehen kann, einen Teil eines Paares zu verlieren, ich brauche es unbedingt, wir –»

«Ella.» William zieht mich fest an sich und streicht mir über den Rücken wie einem Kind. «Vergiss das Buch. Ich glaube, es ist jetzt an der Zeit, dass du mir von Hope erzählst.»

Selbst als die Chirurgen entdeckt hatten, dass ihr Darm – wie befürchtet – perforiert war, gab ich die Hoffnung nicht auf. Ich war mir so sicher, dass sie sie retten würden.

So sicher. Doch letztendlich hatte sich die Blutvergiftung schon zu weit verbreitet, als dass sie noch etwas hätten tun können. Sie hat es nicht einmal mehr lebend aus dem OP geschafft. Ihr tapferes kleines Herz gab noch auf dem OP-Tisch auf, und sie starb, umgeben von Monitoren, Maschinen und Medizinern, die nicht einmal wussten, wie sie hieß. Allein, ohne irgendjemanden in der Nähe, der sie in den Armen hielt und ihr sagte, dass er sie liebt und dass er sie vermissen würde, obwohl er sie nur fünf Wochen und sechs Tage gekannt hatte.

Ich überbrachte den Eltern die traurige Nachricht. Dean war vor Trauer so überwältigt, dass er vornüber auf einen Stuhl kippte. Anna gab mir eine Ohrfeige.

Als ich William trockenen Auges erzähle, dass es meine Unentschlossenheit war, die Hope das Leben gekostet hat, sagt er nichts von wegen, dass es nicht meine Schuld sei und niemand es hätte verhindern können. Er kommt nicht mit den üblichen Plattitüden oder versucht mir einzureden, ich trüge nicht die Verantwortung für Hopes Tod. Er weiß, dass er nichts sagen kann, was meine Trauer und meine Schuldgefühle lindert. Er hält mich einfach nur ganz fest im Arm, und irgendwie ist das in dem Moment auch genug.

Am Nachmittag des nächsten Tages rauscht William mit einem Gesicht wie sieben Tage Regenwetter ins Hotelzimmer. Ich bin dabei, Koffer zu packen, halte aber inne. Mir sinkt das Herz. Offenbar ist die Sitzung zu seinem Nachteil ausgegangen. Er hat Equinox verloren. Er hat sein Unternehmen verloren.

«Verfluchter Mist, ich könnte sie erwürgen!», ruft er. «Was bildet sie sich eigentlich ein? Als hätte ich nicht schon genug Sorgen!»

Ich hocke auf dem Boden und halte in jeder Hand einen Schuhkarton.

«Cate!», bricht es aus ihm hervor, als er endlich meinen verwirrten Gesichtsausdruck bemerkt.

«Kapiere ich nicht. Was hat Cate mit Equinox zu tun?»

«Was? Ach so, nein, mit Equinox ist alles in Ordnung. Sie wollen mir morgen Bescheid geben, aber ich glaube, ich habe sie überzeugt. Nein, ich bin stinksauer auf Cate! Ist nach Paris abgehauen! Was bildet dieses Kind sich eigentlich ein?»

Er lässt sich aufs Fußende des Bettes sinken und zerrt an seiner Krawatte. «Beth hat vor einer Stunde angerufen, total hysterisch. Cate ist abgehauen, sie hat zwar keine Nachricht hinterlassen, aber ihre dämlichen silbernen Turnschuhe und den Rucksack hat sie mitgenommen, also ist sie ja wohl ganz klar freiwillig verschwunden. Beth war kurz davor, die Polizei anzurufen, aber das habe ich ihr doch noch ausreden können.» Ich reiche ihm einen Bourbon aus der Minibar, und er trinkt ihn mit einem Schluck aus. «Ich weiß aber, wo sie ist. Sie hat mich neulich schon angebettelt, ihre beste Freundin in Paris besuchen zu dürfen. Diese verdammte Fleur. Hab ich mir doch gedacht, dass die beiden irgendetwas zusammen aushecken.»

«Und was willst du jetzt machen?»

«Na, als Allererstes werde ich mal ihre Kreditkarte sperren! Was das angeht, hätte ich mich nie von Beth überreden lassen sollen – Cate und eine eigene Kreditkarte! Ich bezahle fröhlich für ihre Eskapaden!»

Ich sehe das blasse, entschlossene Gesicht seiner Tochter vor mir, wie sie bei mir im Büro sitzt und versucht,

Ordnung in das Chaos zu bringen, das ein Haufen Erwachsener, die es eigentlich besser wissen sollten, in ihr Leben gebracht hat.

«Nein. Kreditkarte sperren ist keine gute Idee, William. Du willst doch nicht, dass sie völlig mittellos in einem fremden Land herumirrt? Hast du versucht, sie auf ihrem Handy zu erreichen?»

«Abgeschaltet. Ich habe bei Fleurs Eltern angerufen, aber dieses dämliche französische Hausmädchen ist rangegangen und kann oder will offenbar kein Englisch verstehen –»

«Gib mir mal die Nummer.»

Ich spreche kurz auf Französisch mit dem Hausmädchen und reiche William dann den Hörer. «Sie ist da. Amélie holt sie ans Telefon.»

Ich blende alles Weitere aus, bekomme nur mit, dass er seine Tochter anbrüllt. Ich habe schon Kopfschmerzen, und um ehrlich zu sein, geht es mir nicht besonders gut. Mir ist heiß und ein bisschen schwindelig. Meine Schulter tut weh, als hätte ich wochenlang Tennis gespielt. Und mir ist schon übel, seit ich heute Morgen aufgestanden bin. Wahrscheinlich schlägt mir die Vorstellung, bald wieder ein Flugzeug besteigen zu müssen, buchstäblich auf dem Magen – obwohl die Panikattacken in den letzten Tagen nachgelassen haben. Vielleicht brauchte ich einfach nur etwas, worüber ich mir wirklich Sorgen machen konnte –

Die heftigsten Schmerzen, die ich je erlebt habe, lassen mich von einer Sekunde auf die andere zusammenklappen.

Es ist, als würden meine Eingeweide von einer riesigen Faust verdreht. Einen Moment lang ist dieses Gefühl so intensiv, dass ich gar nicht atmen kann. Ich klammere mich an einer Stuhllehne fest, dass die Knöchel weiß durchschimmern. Das hier ist zu brutal für eine Lebensmittelvergiftung. Es muss eine Blinddarmentzündung sein – aber mein Blinddarm wurde entfernt, als ich zwölf war –

William brüllt immer noch seine Tochter an. Wenn ich es nur irgendwie ins Badezimmer schaffen könnte –

Schweiß bedeckt mein Gesicht. Ich muss mich übergeben.

Ich versuche es noch bis zur Toilette zu schaffen, aber meine Beine geben unter mir nach, und ich breche auf dem Fußboden zusammen. William dreht sich um und lässt den Hörer fallen.

Ich erbreche mich vollkommen unkontrolliert genau da, wo ich liege, und habe viel zu große Schmerzen, als dass es mir peinlich sein könnte.

«Ach du Scheiße.» William reißt den Überwurf vom Bett und deckt mich damit zu, dann wischt er mir mit seinem Hemd das Gesicht ab. «Ganz ruhig bleiben. Nicht bewegen.»

Mich schütteln Krämpfe, mir ist kalt, und das Zimmer fängt an, sich um mich zu drehen. Ich hätte nicht gedacht, dass man solche Schmerzen haben und bei Bewusstsein bleiben kann.

«Liegen bleiben, ich hole Hilfe. Ganz ruhig.»

Undeutlich bekomme ich mit, dass er das Gespräch mit Cate beendet und jemandem sagt, er solle den Notarzt rufen. Dann setzt er sich zu mir auf den Boden, bettet meinen Kopf in seinen Schoß und streicht mir das feuchte Haar aus dem Gesicht.

«Sie sind gleich hier. Ganz egal, was mit dir ist, wir kriegen das schon wieder hin. Ich bezahle für die besten Ärzte. Keine Angst, Liebling. Ich bin ja hier. Wahrscheinlich hast du was Falsches gegessen. Kein Grund zur Sorge.»

Du irrst dich!, schreie ich innerlich. *Großer Grund zur Sorge!*

William wäre nicht mal annäherungsweise so besorgt und würde mir ganz gewiss nicht so behutsam mit seinem Leinenhemd das Erbrochene von den Lippen wischen, wenn er wüsste, was in Wirklichkeit mit mir los ist.

25. November 2001

Felden Street
London SW6
England

Lieber Cooper,

es ist mir nie schwerer gefallen, einen Brief an dich zu schreiben. Aber du musst die Wahrheit erfahren, so schwer es mir jetzt auch fällt, es zu Papier zu bringen – es dir persönlich zu sagen, wäre noch hundert Mal schlimmer, sonst würde ich dich ja einfach anrufen. Lies diese Zeilen einfach, Coop. Wenn ich mir das hier von der Seele geschrieben habe, will ich nie wieder darüber reden.

Sie hat mich zum Narren gemacht. Wie konntest du wissen, was für eine Frau sie ist, Coop – du hast sie doch nie kennengelernt!? Wie konnte ich vier Jahre lang mit ihr leben, mit ihr essen – herrje, mit ihr schlafen! –, ohne etwas zu merken?

Ich würde es ja immer noch nicht glauben, wenn ich es nicht mit eigenen Augen gesehen hätte. Lolly würde sagen, es war ein Teil von Gottes Plan, dass ich zwei Tage früher nach England zurückfliegen sollte, und sie dann am Flughafen stehen zu sehen, wie sie irgendeinen Lackaffen in einem schicken Anzug küsst. Ich finde, Gott hat schon einen ziemlich seltsamen Humor. Da habe ich dir die ganze letzte Woche erzählt, wie toll meine wunderbare Frau ist, und dich angefleht, ihr eine Chance zu geben. Und dann finde ich heraus, dass du mit deinem Urteil über sie die ganze Zeit recht gehabt hast.

Ob nun Gottes Wille oder nicht – hätte ich meine Flinte dabei gehabt, hätte ich den Scheißkerl an Ort und Stelle kaltgemacht.

Aber stattdessen habe ich mich versteckt, damit sie mich nicht sieht – sie hat gar keine Ahnung, dass ich da war. Daddy hätte die Waffe gegen sich selbst gerichtet, bevor er sich von einem Schwindler so behandeln lässt. Ich wurde beschämt, Coop, und das Schlimmste daran ist, dass es mir nichts ausmacht. Wenn ich die Zeit dahin zurückdrehen könnte, wo ich von all dem nichts wusste, würde ich es tun.

Wie konnte sie mir das antun? Ich habe ihr alles gegeben, was sie sich gewünscht hat. Natürlich bin ich nicht perfekt, das ist mir auch klar, aber ich dachte, ich würde sie glücklich machen. Wie konnte ich von all dem nichts ahnen?

Es bringt mich um. Jedes Mal, wenn ich sie anblicke, stelle ich mir vor, wie sie mit einem anderen Kerl im Bett ist. Das ist jetzt alles schon drei Tage her, und ich kann ihr immer noch nicht gegenübertreten. Ich bringe es nicht über mich, ihren Namen auszusprechen, sie zu berühren. Mir wird jedes Mal schlecht, wenn sie mich anlächelt. Es ist so schlimm, dass ich es nicht mal mehr aushalte, mich im gleichen Raum aufzuhalten wie sie. Und sie ist so mit sich selbst beschäftigt, dass es ihr offenbar gar nicht auffällt. Was ist das bloß für eine Ehe, in der wir solche Geheimnisse voreinander haben können?

Mir schwirrt der Kopf vor lauter Fragen, ich kann überhaupt nicht mehr klar denken. Hat sie ihn schon mal mit nach Hause genommen, haben sie es in unserem Bett getrieben? Wie lange läuft das schon? Ist er besser im Bett als ich? Ist er klüger, reicher, lustiger? Ist er auch verheiratet? Liebt er sie?

Liebt sie ihn?

Ich habe solche Angst, großer Bruder. Ich bin wie betäubt, so wie damals, als Mom und Dad gestorben sind. Aber ich weiß ja, was als Nächstes kommt. Es ist, als würde einem der Arm abgehackt, und man sieht den blutigen Stumpf und einem ist klar, dass es unvorstellbar wehtun wird, aber noch fühlt man nichts. Ich habe keine Ahnung, was ich tun werde, wenn ich den Schmerz erst spüre. Und ob ich das noch einmal durchstehe.

Weißt du, was das Schlimmste ist? Das Allerschlimmste? Noch schlimmer, als mir die beiden zusammen im Bett vorzustellen? Noch schlimmer als die Schande, die Demütigung und die Wut?

Gott steh mir bei – ich liebe sie immer noch.

Wie kann man jemanden lieben, der einem so viel Kummer bereitet? Sie ist nicht die Ehefrau, die ich mir vorgestellt hatte – sie lügt und betrügt, sie ist unbeständig und will nicht einmal Kinder. Ich sollte sie rausschmeißen. Wenn ich bleibe, wird sie mich nur noch unglücklicher machen. Vielleicht werde ich sie am Ende hassen. Das wäre fast schon eine Erleichterung. Diese Art von Liebe ist mehr, als ich ertragen kann.

Ich will kein Mitleid, Coop. Mir ist schon klar, was du sagen wirst: das, was jeder vernünftige Mensch sagen würde. Aber ein Teil von mir ist so verrückt nach ihr, dass ich mich sogar nur mit einem Stück von ihr zufriedengeben würde, wenn ich sie dadurch nicht ganz verlieren müsste. Ein anderer Teil von mir weiß, dass es mich umbringen wird. Sie wird mir das Herz brechen.

Du bist der einzige Mensch, der mich nie im Stich gelassen hat. Ja, ich sage dir das nicht so oft, wie ich eigentlich sollte, aber – ich liebe dich, großer Bruder.

Jackson

10

William

Ich bin verloren. Mein Unternehmen ist kurz davor, den Bach runterzugehen, und ich kann nichts dagegen tun.

«Das sind ja tolle Neuigkeiten!», rufe ich und springe von meinem Schreibtischstuhl auf.

Malinche wird rot. «Ja, nicht? Obwohl die Mädchen es ziemlich peinlich finden – wer will schon gern Beweise dafür, dass die eigenen Eltern Sex haben? Also, Sophie wird jedes Mal knallrot, wenn irgendjemand das Baby auch nur erwähnt. Evie ist da ganz anders, wie du dir vielleicht vorstellen kannst: Sie rast immer als Erste ans Telefon, wenn es klingelt, und erzählt dann allen, Mummy und Daddy könnten nicht ans Telefon kommen, weil sie gerade dabei seien, noch ein Baby zu machen. Nicholas' Mutter, die Arme, war ziemlich schockiert, als sie neulich anrief –»

«Er ist doch bestimmt ganz aus dem Häuschen, oder?», sage ich, als ich endlich mal zu Wort komme.

«O ja, und wie – und vor allem, seit ich ihm erzählt habe, dass es laut Ultraschall ein Junge wird. *Endlich* ein Junge! Na ja, das haben sie letztes Mal auch gesagt, und dann kam die süße Metheny dabei heraus.»

Sie macht es sich in dem stylischen schwarzen Ledersessel mir gegenüber so bequem wie möglich und strahlt mich an. Ich strahle zurück – trotz der finanziellen Hiobsbotschaft, die sie mir gerade überbracht hat. Malinche

Lyon ist eine der wenigen Klientinnen, die ich wirklich mag.

Ihre Laufbahn als Starköchin erlebt gerade eine überraschende Renaissance. Vor fünfzehn Jahren war Mal eine richtig heiße Nummer mit einem ganzen Regal voller Kochbuch-Bestseller und einem Privatsendervertrag – aber dann hat sie einen ziemlich langweiligen Scheidungsanwalt geheiratet, ist aufs Land gezogen und quasi über Nacht von der Bildfläche verschwunden. Vor einem Jahr hatten sie und Nicholas dann eine ausgewachsene Krise, aber die haben sie durchgestanden, und auf einmal eröffnet sie ein extrem angesagtes Gourmet-Restaurant in Salisbury. Außerdem hat sie ein neues Kochbuch geschrieben, das schon auf Platz eins der Bestsellerliste steht, arbeitet bereits am nächsten und hat einen Vertrag mit der BBC für eine Show, die sie wieder mitten ins Rampenlicht katapultieren wird.

Natürlich hat ihr Erfolg meiner Agentur gutgetan (genau genommen, hat er sie gerettet), aber trotzdem gibt es nur wenige Menschen, denen ich mit der gleichen Vorbehaltlosigkeit Gutes wünschen würde wie Malinche.

«Ich weiß, dass das alles durcheinanderbringt, was die neue Serie angeht», sagt sie entschuldigend, «aber ich glaube wirklich nicht, dass ich die drei Mädchen und einen Säugling und die Arbeit unter einen Hut bringen kann, selbst mit dem neuen Kindermädchen nicht. Nicholas war ja so süß, er hat einfach kein Nein akzeptiert und förmlich darauf *bestanden*, dass wir sie einstellen –»

Ich greife nach jedem Strohhalm: «Könnten die Aufnahmen nicht bei euch zu Hause gemacht werden?»

«Ja, könnten sie, und die BBC war auch wirklich extrem nett und entgegenkommend, William, aber um ehrlich zu sein – ich würde mir gerne mal eine Auszeit gönnen. Ich bin immerhin schon neununddreißig, dass ich jetzt noch ein Baby bekomme, ist schon ein kleines Wunder, und es wird auf jeden Fall mein letztes sein. Darum möchte ich jede Sekunde mit ihm genießen und mir nicht über Aufnahmezeiten, Rezepte und andere Sachen Gedanken machen müssen. Mir ist klar, dass das alle in einen ziemlichen Schlamassel bringt ...» – das ist die Untertreibung des Tages – «... aber ich verspreche hoch und heilig, dass ich nach einem Jahr zurück bin. Wenn du mich natürlich dringend brauchst, um –»

«Mach dir keine Sorgen, Mal. Ich freue mich für euch beide, wirklich. Ich werde morgen eine Pressemitteilung herausgeben, um schon mal den größten Druck von dir zu nehmen, und ich bin mir sicher, dass die BBC dich mit Kusshand zurücknehmen wird, wenn du so weit bist. Du konzentrierst dich jetzt mal schön ganz auf dich und überlässt alles andere mir.»

Sie stemmt sich unbeholfen aus dem Sessel. «Du bist ein Schatz, William.»

Ich glaube nicht, dass das Finanzamt das Gleiche sagen wird, wenn ich meine nächste Rechnung nicht bezahlen kann.

«Ach, übrigens», fügt sie noch hinzu, als sie ihre riesige schwarze Tasche schultert und gar nicht bemerkt, dass sich deren halber Inhalt auf dem Boden verteilt, «wer war denn dieser gutaussehende junge Blonde, der gerade mit deiner Sekretärin geplaudert hat? Er kommt mir so bekannt vor, aber ich kann ihn einfach nicht einordnen.»

Ich helfe ihr dabei, ihre Schlüssel, Mintdragees, Tampons (muss eine Weile her sein, seit sie die Tasche zuletzt aufgeräumt hat) und eine ganze Reihe von Kuscheltieren aufzuheben. «Das ist der Freund meiner Tochter», brumme ich. «Sie hat mich dazu überredet, ihn das neue

Firmenlogo entwerfen zu lassen. Ich gebe es ganz bestimmt nicht gerne zu, aber der Typ ist richtig gut.»

«Ach Gottchen. Väter und Töchter. Das steht mir mit meinen Mädchen alles noch bevor. Nicholas redet jetzt schon von Gewehren und Klöstern –»

«In Rumänien gibt es ein ziemlich gutes. Ich kann ihm gerne die Nummer geben.»

Malinche kringelt sich vor Lachen und küsst mich zum Abschied.

Ich sage Carolyn, sie soll keine Anrufe durchstellen, und starre grüblerisch hinaus auf die glitzernde Skyline von Canary Wharf. Malinche zu verlieren – wenn auch nur für eine kurze Zeit –, ist ein echter Schlag. Wir haben zwar immer noch eine ganze Reihe von Klienten, die zumindest für die Butter aufs Brot sorgen, aber ich habe zweiundvierzig Angestellte zu bezahlen und nicht unbeträchtliche Fixkosten. Die neuen Büroräume sind zwar eine gute Investition, aber es wird noch eine ganze Weile dauern, bis die sich bezahlt macht. In den letzten sechs Monaten sind wir finanziell mehr oder weniger ausgeblutet. Dank Nobles Wilderei steht uns das Wasser bis zum Hals. Die Reise nach New York morgen ist wichtiger denn je. Gott sei Dank kommt Ella mit. Ich brauche einfach die moralische Unterstützung, die nur sie mir geben kann, und zwar dringend.

Jetzt, wo Malinche weg ist, heißt die traurige Wahrheit: Wenn ich Equinox nicht davon überzeugen kann, loyal zu bleiben, ist das Unternehmen noch vor Weihnachten am Ende.

Ella verschläft den größten Teil des Fluges, und ich gehe die Notizen zu den drei Schlüsselfiguren bei Equinox durch. Ich bin mir ziemlich sicher, dass John Torres, der

Vorstandsvorsitzende und Hauptgeschäftsführer, auf unserer Seite ist. Wir haben in all den Jahren gut zusammengearbeitet, und er hat mir am Telefon bereits zu verstehen gegeben, dass er bei Ashfield PR bleiben will. Allerdings wird er sich in weniger als einem Jahr zur Ruhe setzen, darum hat seine Stimme nicht mehr so viel Gewicht wie früher. Und sein Finanzvorstand, Drew Merman, lechzt nach frischem Blut. Er ist charmant und aalglatt und aus dem gleichen Holz geschnitzt wie Noble selbst. Es würde mich gar nicht überraschen, wenn sie in irgendeinem Hinterzimmer bereits einen Deal abgesprochen hätten.

Die neue stellvertretende Geschäftsführerin, Mina Gerhardt, ist die eigentliche unbekannte Größe. Sie ist erst seit acht Monaten bei Equinox, darum haben wir noch keine richtige Arbeitsbeziehung aufbauen können, und ihr eilt der Ruf voraus, rücksichtslos und unsentimental zu sein. Keine Ahnung, auf wessen Seite sie sich schlagen wird.

Verdammt nochmal, wer versucht, mich an Noble auszuliefern? *Wer?* Ich kann einfach nicht glauben, dass es Ella sein soll. Warum sollte sie das tun? Sie hätte doch gar keinen Grund. Es sei denn, Noble ist ihr geheimnisvoller One-Night-Stand …

So ein Quatsch. Also Beth? Wenn sie Ella und mir auf die Schliche gekommen ist, will sie sich vielleicht rächen. Aber wenn sie die Firma in den Ruin treibt, schneidet sie sich doch ins eigene Fleisch. Das Haus ist bis über den Schornstein verschuldet, das heißt, wenn das Unternehmen pleite macht, würde uns überhaupt nichts bleiben. Immerhin gäbe es dann auch keine unangenehme Scheidungsvereinbarung. Aber das kann sie doch nicht wollen, oder?

Ich streiche mir mit den Händen übers Gesicht. Ich bin fast neunundvierzig. Zu alt, um nochmal von vorn anzufangen. Wenn die Firma zugrunde geht – was mache ich dann?

Ashfield PR ist in den letzten zwanzig Jahren mein Lebensinhalt gewesen. Die Kinder haben ihr eigenes Leben, die sind bald alle aus dem Haus, selbst Sam. Gott weiß, was passiert, wenn nur noch Beth und ich durch das große Haus geistern. Wenn wir nicht Cate als Schiedsrichter hätten, würden wir uns doch täglich an die Gurgel gehen.

Und Ella werde ich auch nicht ewig haben. Nicht jetzt, wo Jackson weg ist. Sie wird einen anderen Mann finden, einen freien Mann. Sie ist jung und schön, sie wird nicht lang allein bleiben.

Ich stecke die Wolldecke um ihre Schultern herum fest. Komisch, dass sie eine so ausgeprägte Flugangst hat, wo sie doch sonst so vernunftgesteuert ist. Eigentlich fast süß. Ich habe ihre Selbstsicherheit immer aufregend gefunden, aber manchmal kann sie mich auch verwirren. Ich weiß, dass sie es nicht ausstehen kann, Schwäche zu zeigen, aber das schreckt mich gar nicht ab, im Gegenteil, ich liebe sie nur noch mehr dafür –

Damit meine ich natürlich die ganz normale Liebe, die man jedem entgegenbringt, der einem nahesteht. Ella würde diesen ganzen «Wir sind Seelenverwandte»- und «Ich kann ohne dich nicht leben»-Kram nicht dulden. Sie gehört nicht zu denen, die sich von ihren Gefühlen überwältigen lassen. Wenn mich plötzlich das Pathos ergriffe und ich ihr meine brennende Liebe gestände, würde sie schreiend davonlaufen.

Ich schraube meine Mini-Scotchflasche auf und fülle mein Glas. Vor einigen Jahren gab es da mal einen Moment, in dem ich wirklich überlegt habe. Auf unserer Reise nach Zypern. In der einen Woche ist irgendetwas passiert. Keine Ahnung, ob es die Sonne war oder der Alkohol oder die romantischen Strandspaziergänge – da wäre doch jeder auf dumme Gedanken gekommen. Ich habe uns sogar ein Fahrrad gemietet und den ganzen Quatsch à la *Butch Cassidy und Sundance Kid* abgezogen, bin mit Ella auf dem Lenker über die Felder gefahren. Wenn ich daran denke, muss ich immer noch lächeln. Es war das erste Mal, dass wir mehr als nur eine Nacht miteinander verbrachten, und das muss mir zu Kopf gestiegen sein, denn auf einmal ertappte ich mich bei dem Gedanken, wie es wohl wäre, wenn – wenn ich jeden Abend neben Ella einschlafen könnte und wüsste, dass ich den Rest meines Lebens jeden Morgen neben ihr aufwachen würde.

Am letzten Tag bin ich mit ihr Windsurfen gegangen, und da hat sie sich die Haut im Reißverschluss des Wetsuit eingeklemmt. Eigentlich ein bisschen dumm von ihr, und romantisch war das nun bestimmt nicht. Aber als ich sah, wie sie zuckte, sobald sie das Blut bemerkte, zog sich in mir alles zusammen – so primitiv und reflexartig, wie wenn eins der Kinder sich wehtut. Und obwohl ich verheiratet war und drei kleine Kinder hatte – Sam war damals noch nicht mal ein Jahr alt –, zählte das in dem Moment überhaupt nicht. Wenn Ella mir einen Fingerzeig, auch nur den geringsten Hinweis gegeben hätte, hätte ich Beth sofort verlassen.

Auf dem Weg zurück ins Hotel ging mir ständig diese Frage durch den Kopf – ich konnte an nichts anderes mehr denken: *Würde sie Jackson verlassen, wenn ich sie darum bäte?*

Und dann, als wir gerade die Treppe zum Hotel hochstiegen, kam der Concierge bereits heraus und auf uns zugerannt. Cate hatte ihre Mutter gefunden, erzählte Eithne uns am Telefon. Sie hatte etwas vergessen, was sie für die Schule brauchte, und war nochmal zurück nach Hause gelaufen. Sie hatte Beth in einer Blutlache und fast ohne Bewusstsein auf dem Küchenboden gefunden. Meine Frau hatte sich die Pulsadern aufgeschnitten.

Cate war damals erst zehn, aber sie verband die Arme ihrer Mutter mit ein paar Geschirrtüchern, rief den Notarzt und saß dann da und versuchte, mit dem Druck ihrer kleinen Hände die Blutung zu stillen, bis der Rettungswagen kam. Was muss das in ihr ausgelöst haben, ihre Mutter so zu sehen? Ich war schon über zwanzig, als mein Vater sich umbrachte, und ich wache immer noch regelmäßig schreiend aus meinen Albträumen auf.

«Ich wollte nicht, dass sie mich findet», erklärte Beth missmutig im Krankenhausbett. «Eithne wollte vorbeikommen, ich dachte, Cate wäre in der Schule und sicher –»

«Aber *warum*, Beth?», hakte ich nach. «Es geht dir doch so gut, seit Sam geboren ist. Warum jetzt?»

Sie wandte den Kopf ab, um das Gesicht in dem dünnen Kissen zu verstecken. «Ich dachte, du wolltest mich verlassen. Das könnte ich nicht ertragen. Ich will nicht ohne dich leben.»

«Aber natürlich werde ich dich nicht verlassen –»

«Ich könnte es dir nicht mal verdenken. Du musst mich doch verabscheuen.»

Ich seufzte. «Ich verabscheue dich nicht, Beth.»

Ich ließ mich auf die Kante ihres schmalen Bettes sinken und nahm eine ihrer verbundenen Hände in meine. Das hier war ganz klar nicht einfach nur ein Hilfeschrei: Wenn sie nur mehr Aufmerksamkeit gewollt hätte, wäre es viel einfacher – und sicherer – gewesen, Tabletten zu nehmen. Sie hatte ja genug davon, um sich eine Überdosis zu verpassen. Niemand schneidet sich die Pulsadern auf – und schon gar nicht der Länge nach –, wenn er es nicht wirklich ernst meint.

Der Raum wirkte plötzlich viel kleiner und dunkler. «Ich werde dich nicht verlassen», sagte ich.

Ella rührt sich neben mir unter der Wolldecke. Auf dem Weg von Zypern nach Hause fragte sie mich ohne eine Spur von Selbstmitleid, ob ich unsere Beziehung beenden wolle. Sie war ganz ruhig und gefasst, die Vernunft in Person. Sie machte mir alles so leicht. Aber ich konnte sie natürlich nicht gehen lassen. Damals nicht – und heute auch nicht. Sie ist die Einzige, die dafür sorgt, dass ich nicht durchdrehe.

Nach unserer Ankunft am Flughafen JFK checken wir ins Hotel ein. Ich lasse Ella in Ruhe duschen und laufe in die Lobby, um den Pflichtanruf bei Beth hinter mich zu bringen. Cate ist am Apparat und erzählt mir zu meiner Überraschung, dass Beth ein paar Tage bei Eithne in London verbringt. Das hatte Beth gar nicht erwähnt. Ich weiß nicht, ob ich das gut finde, dass Cate gerade jetzt ganz allein zu Hause ist. Sie klingt angespannt und unglücklich. Vielleicht ist es nur der Prüfungsdruck, klar, aber ich habe das dumpfe Gefühl, dass mehr dahintersteckt. Als ich mich nach Dan erkundige, wechselt sie schnell das Thema. Keiner wünscht sich mehr als ich, dass dieser Nichtsnutz so schnell wie möglich wieder von der Bildfläche verschwindet, aber wenn er meine Tochter benutzt und dann fallengelassen hat wie eine heiße Kartoffel, dann wird er mich verdammt nochmal kennenlernen.

Mist. Ich wusste, dass irgendetwas war, als sie neulich abends zu mir ins Arbeitszimmer kam. Ich hätte mir die Zeit nehmen sollen, ihr richtig zuzuhören, aber diese Sache mit Equinox ... Ich musste ans Telefon, das war John Torres! Wenn der Vertrag erst unterschrieben ist, wird alles anders ...

Ich sage Cate, dass sie mich anrufen soll, wenn sie mich

braucht, und verwende die nächsten zwanzig Minuten darauf, die letzten Details für das Meeting mit Equinox abzuklären. Mann. Arbeitsfrühstück am Samstagmorgen. Willkommen in Amerika, dem Land der Workaholics.

Ich lasse fast das Telefon fallen, als Ella die Lobby betritt. Sie zieht heute Abend alle Register: ein hautenges, mehrfarbiges Seidenkleid, das ihre Schenkel und auch gerade so ihre Brustwarzen bedeckt, dazu silberne Schuhe mit mörderisch hohen Absätzen. Einen Moment lang bin ich versucht, das Abendessen sausenzulassen und direkt wieder mit ihr aufs Zimmer zu gehen.

Wir essen in Little Italy in einem entspannten Restaurant, das die beste Zabaione serviert, die ich je gegessen habe. Ella sprüht vor Witz und guter Laune – wer sie nicht kennt, würde die verräterischen Anzeichen von innerer Anspannung wohl nicht bemerken, die sie clever unter ihrem Make-up versteckt hat. Manchmal kann einem ihre ewige Selbstbeherrschung wirklich Angst machen.

Als wir ins Hotel zurückkommen, bin ich schon gnadenlos erregt. Ich löse Ellas Frisur und streiche das Haar über ihre Schultern. Sie sieht aus, als sei sie einem erotischen Renaissancegemälde entsprungen. «Du bist so verdammt schön», raune ich ihr ins Ohr.

Ich drücke sie aufs Bett und halte sie fest, als sie sich mir ungeduldig entgegendrängt. Noch nicht, Ella. Noch nicht.

Ich lasse mir Zeit. Ich erforsche jeden Zentimeter ihres Körpers, ich genieße sie und bereite ihr Genuss. Ich liebe ihren Körper – ihre großen Brüste, ihren dicken Hintern. Genau genommen ist sie im Bett nicht die Beste, die ich je hatte (wenn ich da an die Spanierin während meiner Studienzeit in Oxford denke … o Mann) – aber sie ist die Einzige, die bei mir diese Gefühle auslöst. Sie geht mir unter die Haut und macht sich in meinem Kopf breit – wenn ich mit ihr schlafe, weiß ich manchmal nicht, wo sie eigentlich aufhört und ich anfange.

Nachdem sie zwei Mal gekommen ist und wir fertig sind, ziehe ich sie ganz eng an mich und streichele ihr über das herrliche Haar. Irgendetwas war heute anders. Ich bin auf ganz unerklärliche Weise traurig – fast so, als hätte Ella mich mit ihrer Trauer angesteckt.

«Verrückt nach dir», flüstere ich und schlafe dann fest ein.

Als ich Beths Nummer zum vierten Mal innerhalb von zehn Minuten auf dem Display lese, ist mir klar, dass ich das wichtigste Meeting meines Lebens unterbrechen und sie zurückrufen muss.

Ich schiebe den Stuhl zurück. «Entschuldigen Sie bitte vielmals, aber das ist wichtig.»

John Torres zeigt Verständnis. «Kein Problem. Ich glaube, wir könnten alle eine kleine Pause gebrauchen. Mina, würden Sie bitte dafür sorgen, dass wir frischen Kaffee bekommen? Und zwar nicht diese Automatenplörre, sondern richtigen Kaffee vom Café Dora.»

«Danke, John», murmele ich, als er mich zu einem leeren Konferenzraum begleitet. «Ist mir wirklich unangenehm –»

«Vergessen Sie's. Lassen Sie sich Zeit, hier sind Sie ungestört. Und machen Sie sich keine Sorgen mehr wegen des Vertrags, William. Der ist unter Dach und Fach. Mina war sehr beeindruckt von Ihrer Präsentation am Samstag. Sie ist auf unserer Seite. Mag sein, dass Drew sich noch ein bisschen anstellt, aber der wird sich am Ende auch überzeugen lassen.»

Meine Erleichterung ist grenzenlos. «Sie werden es nicht bereuen, John.»

«Ich weiß.» Er klopft mir auf die Schulter. «Und jetzt telefonieren Sie mal in Ruhe.»

Er schließt die Tür hinter sich, und ich stehe ein paar Minuten einfach nur da und blicke benommen aus dem Fenster auf die verregneten New Yorker Straßen einundvierzig Stockwerke unter mir. Jetzt, da John mir das Messer von der Kehle nimmt, wird mir klar, wie viel Angst ich eigentlich hatte. Wir waren dem Untergang wirklich millimeternah …

Ich rufe Beth an. «Beth! Was gibt's?»

«Oh, William, Gott sei Dank! Ich drehe hier bald durch! Ich habe schon tausendmal versucht, dich zu erreichen – wir müssen die Polizei rufen, aber ich wollte zuerst mit dir reden. Du musst nach Hause kommen –»

Sag nicht, dass sie wieder einen Unfall gebaut hat.

«Beth, beruhige dich bitte! Was ist denn überhaupt los?»

«Cate ist weg – ich bin gerade von Eithne wiedergekommen, und sie ist nicht zu Hause. O Gott, William, was machen wir denn jetzt bloß –»

«Und wieso gehst du nicht einfach davon aus, dass sie vielleicht bei Dan ist oder mit irgendwelchen Freunden unterwegs?»

«Bei Dan ist sie nicht, sie haben sich getrennt – ach, William! Wenn sie nun entführt worden ist, vielleicht liegt sie irgendwo im Straßengraben –»

«Beth, jetzt reiß dich doch zusammen, verdammt nochmal! Wahrscheinlich ist sie einfach nur mit Clem einkaufen und hat vergessen, dir einen Zettel hinzulegen.»

«Aber sie ist schon seit zwei Tagen weg!»

«Woher weißt du das?»

«Sie hat Cannelle am Samstag bei den Franks gegenüber abgegeben –»

«Na, dann wird man sie ja wohl kaum entführt haben, oder?», blaffe ich sie entnervt an. «Herrgott, Beth! Wenn sie den Hund bei den Nachbarn abgegeben hat, ist sie doch offensichtlich freiwillig weggefahren. Hat sie irgendwas mitgenommen?»

«Wie zum Beispiel?»

«Was weiß denn ich! Ihre silbernen Turnschuhe vielleicht, die sind ihr ja praktisch an den Füßen festgewachsen. Und dieser scheußliche gelbe Rucksack.»

Ich trommele ungeduldig mit den Fingern auf die Platte des Konferenztisches, während sie sich zu Hause umsieht. Ich verfluche Cate dafür, dass sie ihrer Mutter diesen völlig unnötigen Kummer bereitet. Und ich verfluche Beth dafür, dass sie wie immer vollkommen überreagiert.

«Die hat sie mitgenommen», keucht Beth kurze Zeit später in den Hörer. «Und ihre Schminktasche und die Diesel-Jeans, die ich ihr zum Geburtstag geschenkt habe –»

«Ich brauch keine komplette Liste, danke», unterbreche ich sie unsanft. «Gut, dann wissen wir jetzt, dass sie abgehauen ist. Und ich kann mir vorstellen, wohin. Bevor ich abgeflogen bin, hat sie mir in den Ohren gelegen, dass sie zu Fleur wollte.»

«Aber Fleur wohnt doch in Paris!»

«Das ist mir auch klar. Gib mir mal die Nummer, dann rufe ich da an und mache dem gnädigen Fräulein Beine. Sie fährt mit dem nächsten Zug nach Hause, da kannst du Gift drauf nehmen.»

Ich wähle die Nummer, kaum dass Beth und ich unser Gespräch beendet haben. Ich könnte Cate auf den Mond schießen. Als hätte ich nicht schon genug am Hals mit Equinox und der armen Ella, die nicht über die Sache mit dem Baby hinwegkommt –

«*Allo?*»

«*Bonjour.* Ich möchte mit Cate Ashfield sprechen, *s'il vous plaît.*»

«*Je ne comprend pas.*»

Was für eine Frechheit! Sie hat aufgelegt!

Ich rufe noch einmal an. «Cate Ashfield, bitte –»

«*Parlez français.*»

«*Je veux parler à Cate Ashfield*», presse ich jetzt hervor.

«*Je ne comprend pas.*»

«Nein, nicht aufle–»

Ich koche vor Wut, als ich ins Hotel zurückkehre. Dieses verdammte Hausmädchen! Verdammte Cate! Zum Teufel mit den Weibern!

«Verfluchter Mist, ich könnte sie erwürgen!», rufe ich, als ich das Zimmer betrete. «Was bildet sie sich eigentlich ein? Als hätte ich nicht schon genug Sorgen!»

Ella sieht verwirrt auf. Sie ist dabei zu packen.

«Cate!», blaffe ich.

«Kapiere ich nicht. Was hat Cate mit Equinox zu tun?»

«Was? Ach so, nein, mit Equinox ist alles in Ordnung. Sie wollen mir morgen Bescheid geben, aber ich glaube, ich habe sie überzeugt. Nein, ich bin stinksauer auf Cate! Ist nach Paris abgehauen! Was bildet dieses Kind sich eigentlich ein?

Beth hat vor einer Stunde angerufen, total hysterisch», erkläre ich ein wenig ruhiger. «Cate ist abgehauen, sie hat zwar keine Nachricht hinterlassen, aber ihre dämlichen silbernen Turnschuhe und den Rucksack hat sie mitgenommen, also ist sie ja wohl ganz klar freiwillig verschwunden. Beth war kurz davor, die Polizei anzurufen, aber das habe ich ihr doch noch ausreden können.» Ella reicht mir einen Bourbon aus der Minibar, den ich in einem Zug leere. «Ich weiß aber, wo sie ist. Sie hat mich neulich schon angebettelt, ihre beste Freundin in Paris besuchen zu dürfen. Diese verdammte Fleur. Hab ich mir doch gedacht, dass die beiden irgendetwas zusammen aushecken.»

«Und was willst du jetzt machen?»

«Na, als Allererstes werde ich mal ihre Kreditkarte sperren! Was das angeht, hätte ich mich nie von Beth überreden lassen sollen – Cate und eine eigene Kreditkarte! Und ich bezahle fröhlich für ihre Eskapaden!»

«Nein. Kreditkarte sperren ist keine gute Idee, William», gibt Ella zu bedenken. «Du willst doch nicht, dass sie völlig mittellos in einem fremden Land herumirrt? Hast du versucht, sie auf ihrem Handy zu erreichen?»

«Abgeschaltet. Ich habe bei Fleurs Eltern angerufen, aber dieses arrogante französische Hausmädchen ist rangegangen und kann oder will offenbar kein Englisch verstehen –»

«Gib mir mal die Nummer.»

Ich hatte ganz vergessen, dass Ella fließend französisch spricht. Sie wechselt ein paar Worte mit dem Hausmädchen und reicht mir dann den Hörer. «Sie ist da. Amélie holt sie ans Telefon.»

Sie ist in Sicherheit. Gott sei Dank.

Sie ist in Sicherheit, und wir sind fast krank gewesen vor Sorge –

Sobald Cate am anderen Ende der Leitung ist, blase ich ihr ordentlich den Marsch. Und wenn sie Ella und mich zusammen nackt im Mondlicht sehen würde, wäre mir das auch egal. Das ist keine Entschuldigung dafür, ihrer Mutter und mir einen solchen Schrecken einzujagen. Ich lasse mich auch nicht davon beschwichtigen, dass sie etwas davon faselt, Französisch üben zu wollen. Als würde mich ihr Französisch interessieren!

«Aber du wusstest doch, wo ich bin», murmelt sie beleidigt.

Ich könnte sie erwürgen. «Dein Glück, dass die Lavoies so nette Leute sind, aber du kannst doch nicht einfach ohne Vorwarnung bei denen aufkreuzen, Caitlin! Werd endlich erwachsen! Es dreht sich nicht alles nur um dich!»

«Es dreht sich doch nie um mich.»

«Ach, jetzt sei bitte nicht kindisch!», herrsche ich sie an. «Außerdem – wo hast du überhaupt das Geld dafür –»

Ich höre ein merkwürdiges Geräusch hinter mir. Ich drehe mich um und bemerke, wie Ella auf dem Boden zusammenbricht.

Entsetzt starre ich sie an.

«Ach du Scheiße», flüstere ich, als sie unkontrolliert über den Teppich erbricht. Auf einen Schlag komme ich wieder zu mir und handele. Ich reiße den Überwurf vom Bett, decke Ella damit zu und wische ihr mit einem Hemdzipfel das Erbrochene aus dem Gesicht. «Ganz ruhig bleiben. Nicht bewegen. Liegen bleiben, ich hole Hilfe. Ganz ruhig.»

Ich beende das Gespräch mit Cate, wähle die Null und schreie die Empfangsdame an, sie solle den Notarzt rufen. Ella krümmt sich vor Schmerzen, ihre Lippen sind blutleer und weiß. Ich bin fast verrückt vor Angst, als ich ihren Kopf in meinem Schoß wiege. Ich muss immer wieder an Jackson denken. Was, wenn sein Virus nun doch ansteckend war? Was, wenn Ella es auch hat? Ich darf sie nicht verlieren. Sie bedeutet mir alles.

Ach, was. Sie *ist* mein Ein und Alles.

Diese Frau. Diese eine Frau: natürlich. Natürlich. Ich liebe sie. Und zwar nicht auf kontrollierte, organisierte, strukturierte Weise. Nicht einmal im Monat, wenn sie irgendwie in mein aufgeräumtes, bequemes Leben passt. Ich liebe sie, weil ich nichts dagegen tun kann, weil ich es einfach tue, so, wie ich atme, weil sie die einzige Frau ist, der ich je begegnet bin, die mehr über Jazz weiß als ich.

Ich kann kaum glauben, dass ich mich selbst so lange belogen habe. Natürlich liebe ich sie. Seit wir uns kennen, habe ich sie nicht einen Moment nicht geliebt.

«Sie sind gleich hier», sage ich und streiche ihr das feuchte Haar aus dem Gesicht. Sie ist kaum bei Bewusstsein. «Ganz egal, was mit dir ist, wir kriegen das schon wieder hin. Ich bezahle für die besten Ärzte. Keine Angst, Liebling. Ich bin ja hier. Wahrscheinlich hast du was Falsches gegessen. Kein Grund zur Sorge.»

Ich finde selbst, dass meine Worte hohl klingen. Ich habe noch nie jemanden so zusammenbrechen sehen – so als würde das Leben aus ihm herausgesaugt. Ich halte Ellas Hand, als der Notarzt eintrifft und sie in aller Eile in den Rettungswagen geladen wird. Wir rasen durch New York, und mir kommt alles so unwirklich vor, als würde ich *Emergency Room* im Fernsehen anschauen. Das kann doch alles gar nicht wirklich passieren. Das hier ist nicht echt.

Als wir die Notaufnahme erreichen, schaffen die Sanitäter sie außer Sichtweite. Ich versuche, Ella zu folgen, aber ein Sicherheitsbediensteter versperrt mir den Weg. Unter Protest werde ich in einen verglasten Raum in der Nähe der Tür geführt.

«Krankenversicherungskarte», kläfft die Empfangsdame mich an.

«Was? Ich bin nicht – ich habe nicht –»

«Kreditkarte?»

Benommen reiche ich sie ihr. Sie schiebt ein Klemmbrett mit einem Dutzend mehrfarbiger Formulare über den Tresen und bedeutet mir, zur Seite zu treten. «Der Nächste, bitte.»

«Wo haben Sie sie –»

«Man wird sich gleich um Sie kümmern. Der Nächste, bitte!»

Eine Krankenschwester, die gerade vorbeiläuft, hat Mitleid mit mir und reicht mir einen Kugelschreiber. Da kein Stuhl frei ist, lehne ich mich an die Wand, von der die Farbe abblättert, und fülle die Formulare aus. Wo ich die Antwort nicht weiß, improvisiere ich. Schließlich haben wir nie darüber geredet, ob sie zum Beispiel ihre Mandeln noch hat. Ich kenne nicht einmal ihre vollständige Anschrift.

Als ich zum Feld «Nächste Angehörige» komme, zögere ich kurz. Dann schreibe ich meinen Namen hinein.

Vier Stunden später habe ich immer noch keinen Plan, was los ist. Ich habe ein Dutzend Tassen Kaffeeersatz aus dem Automaten getrunken und jeden angequatscht, der einen weißen Kittel trägt (selbst den Typen, der die Automaten auffüllt). Zwei Mal hat mich der bedrohlich wirkende Sicherheitsbedienstete, der ganz sicher zu denen gehört, die erst zuschlagen und dann Fragen stellen, freundlich, aber bestimmt in den Wartebereich zurückeskortiert. Keiner kann mir irgendetwas sagen. Dass Ella noch lebt, weiß ich nur deshalb, weil man mich noch nicht zu dem düsteren, fensterlosen Raum abseits des langen Flures gebracht hat.

Die pampige Empfangsdame will nicht mal mit mir reden. Genau genommen hat sie sogar damit gedroht, die Bullen zu alarmieren, wenn ich noch einmal in ihrer Nähe auftauche. Selbst die irre dreinblickenden Methadonjunkies machen einen großen Bogen um mich.

Mein Handy klingelt, und ich eile damit nach draußen.

«Mein Gott, Beth, es tut mir so leid. Cate ist bei Fleur, ich wollte mich längst bei dir gemeldet haben –»

«Herrgott nochmal, William! Ich war außer mir vor Angst! Letztendlich habe ich selbst bei den Lavoies angerufen, sie waren alle schon längst im Bett! Was zum Teufel hast du –»

«Ich sagte bereits, dass es mir leid tut», herrsche ich sie gereizt an. «Es ist etwas dazwischengekommen.»

«Etwas, das wichtiger ist als deine *Tochter*?»

«Es geht ihr gut, das ist doch die Hauptsache. Sie kommt in ein, zwei Tagen nach Hause –»

«In ein, zwei Tagen? Wann denn nun? Was hat sie vor? Bist du sicher, dass es ihr gutgeht?»

«Mr. Ashfield?»

Ich fahre herum. Ein Arzt, ungefähr so alt wie mein ältester Sohn, bedeutet mir, ihm auf die Station zu folgen.

«Ich muss Schluss machen, Beth. Ich ruf dich morgen wieder an.»

Ich klappe mein Handy zu und eile dem Arzt hinterher.

«Es geht Ihrer Frau schon viel besser.» Als er mich anlächelt, wird seine feste Zahnspange sichtbar. «Sie ist jetzt im Aufwachraum. Es war zwischendurch ziemlich brenzlig, aber sie ist über den Berg. Sie können jetzt zu ihr.»

Ich korrigiere ihn nicht in seiner Annahme, Ella sei meine Frau. Wenn sie es doch nur wäre.

Ella ist noch einige Farbtöne bleicher als die weiße Krankenhausbettwäsche, aber sie schenkt mir ein mattes Lächeln, als ich in das Aufwachzimmer stürze. «Also, den Fisch würde ich besser nicht empfehlen», piepst sie.

«Werd ich mir merken.» Behutsam setze ich mich auf die Bettkante. Mir wird schmerzhaft bewusst, wann ich zuletzt eine Frau im Krankenhaus besucht habe. «Du hast mir einen ganz schönen Schrecken eingejagt, du.»

«Und mir selbst auch», grinst sie. «Entschuldige, William. Du hast auch so schon genug um die Ohren, und –»

«Jetzt sei mal nicht albern, Ella! Herrje! Ich dachte, ich würde dich verlieren!»

«Na, dann werde ich mich nächstes Mal ein bisschen mehr anstrengen.»

«Das ist nicht witzig, Ella. Ich hatte keine Ahnung, ob du tot oder lebendig bist. Keiner hat mir was erzählt. Was in aller Welt ist denn passiert?»

Sie bewegt sich auf ihren Kissen und verzieht kurz das Gesicht. «Sagen wir mal, wenn dein Blinddarm jemals ganz formell Beschwerde einlegt, solltest du auf ihn hören.»

«So viel zum Thema ‹Arzt, hilf dir selber›, ja?»

Ich zögere. Normalerweise würde Ella mir den Laufpass geben, wenn ich auch nur ansatzweise von Liebe redete – aber seit Jackson tot ist, hat sie sich verändert. Sie ist weicher geworden, verletzlicher. Das gibt mir den Mut, ihr die Wahrheit zu sagen. «Ella, du kannst dir nicht vorstellen, was in mir vorgegangen ist, als ich dich so sah», leite ich mein Geständnis vorsichtig ein. «Mir ist heute Nachmittag klar geworden, wie viel du mir bedeutest, wie sehr ich –»

«Sorry, William, aber könntest du die Krankenschwester bitten, mir etwas mehr Kodein zu geben?»

Ich rufe eine Helferin herbei, die mit ein paar Tabletten wiederkommt. Ella nippt ganz vorsichtig an einem Pappbecher. Ihr Gesicht ist schmerzverzerrt. Ich bemerke erst jetzt, wie viel sie in letzter Zeit abgenommen hat. Sie hat eingefallene Wangenknochen wie Katherine Hepburn.

«Ella –»

Sie hält mir den Mund zu. «Sprich es nicht aus.»

«Ich habe die letzten acht Jahre damit verbracht, es nicht auszusprechen! Es wird Zeit, dass wir –»

«Dramen wie diese», unterbricht Ella mich leichthin, «würden selbst den stärksten Mann weich machen und dazu bringen, Dinge zu sagen, die er später bereut.»

«Aber ich –»

«William», fährt sie mich an. «Du bist verheiratet. Es spielt keine Rolle, was wir fühlen oder glauben zu fühlen. Wir haben uns ganz am Anfang darauf verständigt, dass unser Verhältnis ein Verhältnis bleiben würde. Beth braucht dich. Deine Kinder brauchen dich. Und Gespräche wie diese machen alles nur noch schlimmer.»

«Ich kann aber nicht weiter so tun, als würde ich nichts für dich empfinden, Ella! Das wäre die reine Farce!»

Ihre Augen strahlen seltsam. Mich packt eine grauenhafte Angst.

«William. Wir wissen doch beide, dass es vorbei ist –»

«Nein, es ist nicht vorbei! Ich werde Beth verlassen, wenn es das ist, was du willst! Ich werde sie verlassen, und es wird ihr gutgehen, sie hat ja immer noch die Kinder –»

«Nein! Das meinte ich nicht!» Ella versucht, sich aufrecht hinzusetzen. «Wir hätten es nie so weit kommen lassen dürfen. Wir hätten nach Zypern Schluss machen sollen. *Ich* hätte Schluss machen sollen. Überleg doch mal, was Beth sich antun würde, wenn –»

«Ich soll mich den Rest meines Lebens erpressen lassen?»

«Sie ist deine *Frau.* Bitte, William. Mach es doch nicht noch schwerer, als es ohnehin schon ist.»

Ich stehe auf. «Du hast gerade eine ziemlich ernste Operation hinter dir. Wer weiß, wie stark die Narkose noch wirkt. Außerdem stehst du wahrscheinlich unter Schock. Und die Hormone spielen verrückt. Wir reden nochmal drüber, wenn du zur Ruhe gekommen bist.»

«Ich bin die Ruhe selbst!», schreit Ella.

«Ja, natürlich. Ich bin morgen früh wieder hier. Schlaf gut, Liebling.»

Ich höre den dumpfen Schlag eines Kissens gegen die Tür, als ich diese hinter mir schließe.

Sie meint das nicht ernst. Das ist bestimmt so ein posttraumatisches Stressphänomen, oder wie auch immer das heutzutage heißt. Eine Notoperation, und das nach allem, was sie in den letzten Wochen durchmachen musste. Was sie sagt, entspringt einzig ihren Schuldgefühlen und ihrer Trauer. Sie weiß wahrscheinlich überhaupt nicht, wo ihr der Kopf steht. Nein, sie meint das bestimmt nicht ernst. Das kann sie einfach nicht.

Auf dem Weg nach draußen hält der jugendliche Arzt mich auf. «Ich wollte Ihnen noch mein Bedauern ausdrücken, Mr. Ashfield. Wirklich eine Schande.»

«Ja, natürlich. Aber jetzt ist sie ja auf dem Wege der Besserung, das ist die Hauptsache.»

«Klar. Sie haben eine bewundernswerte Einstellung, Sir. Es wäre gut, wenn Sie das auch Ihrer Frau erklären würden. Sie muss wissen, dass sie in Ihren Augen immer noch die gleiche Wertigkeit als Frau besitzt wie vorher. Es kann nämlich ein furchtbarer Schlag für eine Frau sein, wenn –»

«Entschuldigen Sie bitte», unterbreche ich ihn, «aber wovon zum Teufel reden Sie eigentlich?»

Er sieht mich entsetzt an. «Sie hat es Ihnen nicht erzählt?»

«Was hat sie mir nicht erzählt?»

«Ich glaube, Sie sollten nochmal –»

«Hören Sie, Herr Doktor, es reicht mir jetzt. Ich will bestimmt nicht unhöflich sein, aber wenn Sie jetzt nicht sofort damit rausrücken, was verdammt nochmal los ist, dann kann ich für nichts garantieren. Sie verstehen?»

Er schluckt.

Ich öffne die Tür zu dem düsteren Sterbezimmer. «Nach Ihnen.»

«Ich darf eigentlich wirklich nicht –»

Ich mache einen Schritt auf ihn zu.

«Mr. Ashfield, wie Sie bereits wissen, handelte es sich bei Ihrer Frau um eine ektopische Schwangerschaft», beginnt er schnell und schließt die Tür hinter uns. «So nennt man das, wenn sich der Embryo in den Eileitern statt in der Gebärmutter einnistet. Leider haben wir das erst bemerkt, als der Eileiter platzte. Normalerweise wäre das kein Weltuntergang, weil sie ja immer noch den anderen Eileiter hätte. Natürlich würde eine erneute Empfängnis erschwert, aber nicht unmöglich.»

Schwanger? *Ella*?

«Das Problem ist aber», fügt er nervös hinzu, «dass der andere Eileiter Ihrer Frau bereits erheblich vernarbt war. Sie muss irgendwann einmal eine Infektion gehabt haben, das kann schon Jahre her sein. Vielleicht wusste sie nicht einmal davon. Jedenfalls bedeutet das in letzter Konsequenz, dass Ihre Frau nicht mehr auf natürlichem Wege schwanger werden kann. Es tut mir wirklich sehr leid.»

Ich lasse mich auf einen Stuhl sinken. Von mir kann es nicht gewesen sein, ich habe mich eine Woche, nachdem Beth feststellte, dass sie mit Sam schwanger war, sterilisieren lassen. Jackson ist vor sechs Wochen gestorben. Herrje. Ein posthumes Baby.

Warum hat sie mir denn davon nichts *gesagt*? Warum gibt sie eine Blinddarmentzündung vor? Dachte sie etwa, das würde etwas an meinen Gefühlen für sie ändern?

«Aber es gibt ja zum Glück In-vitro-Behandlungen», versucht der junge Arzt, mich aufzumuntern. «Für eine

Frau ihres Alters hat sie noch jede Menge Eier, das ist doch toll. Sie könnten –»

«Wir haben uns nie Kinder gewünscht», unterbreche ich ihn leise.

«Ach so. Tja. Also, ich muss mich jetzt wieder um meine Patienten kümmern …»

«Gehen Sie nur. Ich komme schon zurecht. Ich brauche nur noch eine Minute für mich.»

Leise schließt er die Tür hinter sich. Ich vergrabe das Gesicht in meinen Händen und versuche zu begreifen, was er mir da gerade erzählt hat.

Ein Kind von Jackson. O mein Gott. Und jetzt hat sie das auch noch verloren.

Ich warte darauf, dass Ella es mir von sich aus erzählt. Drei Tage lang reden wir über das Wetter, die Nachrichten, den Ursprung des Menschen und die neueste Staffel der Superstar-Show. Wir vermeiden sehr bewusst das Thema «Zukunft», und Ella erwähnt mit keinem Wort, dass sie Jacksons Kind verloren hat und nie wieder schwanger werden wird.

Als ich ins Krankenhaus komme, um sie abzuholen und ihre Entlassungspapiere zu unterzeichnen, frage ich mich, ob es das jetzt wirklich war. Ich hätte nie versuchen sollen, ihr meine Liebe zu gestehen. Sie mag es nicht, wenn die Leute anfangen zu klammern. Ich habe sie vertrieben.

Ich dachte nur – ich hatte das Gefühl – sie sei irgendwie *offener* geworden.

Wenn wir einfach nur da weitermachen könnten, wo wir vor ihrem Zusammenbruch waren, wäre ich schon glücklich. Egal, welche Bedingungen sie stellt.

Mein Handy klingelt, als ich das Taxi bezahle. Auf dem Display sehe ich, dass es sich um eine internationale Vorwahl handelt. Ich gehe Richtung Parkplatz, um das Gespräch anzunehmen.

«Beth! Wo bist du?»

«In Paris. Cate ist nicht nach Hause gekommen, also bin ich nach Paris gefahren, um sie zu holen.»

«Ich hoffe, du hast ihr die Hölle heißgemacht», echauffiere ich mich. «Das Mädchen muss mal langsam erwachsen werden und zur Abwechslung auch an andere denken und nicht immer nur an sich selbst. Ich fasse es einfach nicht, dass sie sich dermaßen unverantwortlich aufgeführt hat –»

«Halt die Klappe, William! Halt jetzt endlich einmal die Klappe!»

Das überrascht mich. Es sieht Beth gar nicht ähnlich, wütend zu werden. Traurig, ja. Traurig, niedergeschlagen, deprimiert. «Du brauchst jetzt nicht –»

«Cate ist nicht hier!», schreit Beth.

«Natürlich ist sie da. Ich habe doch am Montag mit ihr gesprochen.»

«Sie ist heute Morgen abgereist. Und keiner weiß, wo sie hin ist!»

Ich klemme mir das Handy ans andere Ohr. «Wahrscheinlich ist sie auf dem Weg nach Hause, zu dir. Ihr wart bestimmt gleichzeitig im *Chunnel*, nur in verschiedenen Richtungen.»

«Sie ist nicht nach Hause gefahren, William! Sie kann überall sein. Sie ist doch erst siebzehn.» Beths Stimme bricht. «Ihr kann alles Mögliche zustoßen. Wir müssen sie finden!»

«Ich bin mir sicher, dass sie –»

«William! Würdest du bitte ausnahmsweise einfach mal *zuhören* statt zu reden! Deine Tochter ist verschwunden, und keiner hat eine Ahnung, wo sie sein könnte! Es ist mir egal, was du gerade treibst und für wie unglaublich wichtig du das hältst. Dieses eine Mal in deinem Leben musst du Cate an erste Stelle setzen. Ich erwarte von dir, dass du dich in ein Flugzeug nach Paris setzt, sobald du englischen Boden betrittst. Ich hole dich am Flughafen ab. Hast du verstanden?»

Und damit legt sie auf. Ich bin sprachlos. Ich kann mich nicht erinnern, dass Beth jemals so mit mir gesprochen hätte. Wer hätte gedacht, dass sie auch *so* sein kann?

Ella wartet am Krankenhausempfang auf mich. «Du darfst nicht bis morgen warten», redet sie auf mich ein, als ich ihr von Cate erzähle. «Es gibt doch bestimmt heute noch einen Flug nach Paris. Dann wärst du morgen früh da.»

Erst jetzt wird mir der Ernst der Lage richtig bewusst. Ich stelle mir meine Tochter vor – allein in einem fremden Land, voller Angst, nach Hause zurückzukehren. Siebzehn ist noch so jung. Sie glaubt, bereits alles zu wissen, aber sie ist nicht eine von diesen gewieften Jugendlichen, die man in Einkaufszentren herumlungern oder aus Nachtclubs torkeln sieht. Ist wahrscheinlich meine Schuld, ich habe sie zu sehr behütet. In Watte gepackt.

Ich bin hin und her gerissen. «Aber du bist gerade erst aus dem Krankenhaus entlassen worden –»

«William, jetzt mach mal halblang. Ich komme schon zurecht. Schließlich bin ich Ärztin. Du musst deine Familie an erste Stelle setzen. Ruf mich an, wenn du Cate gefunden hast.»

Der nächste Flug nach Paris über Philadelphia ist in vier Stunden. Ich buche ihn und bringe Ella noch zum Hotel. Sie gibt mir einen Abschiedskuss. Ich frage, wann ich sie wiedersehen werde, doch sie sagt nichts. Keine Antwort ist auch eine Antwort.

Vielleicht hat sie ja recht, denke ich traurig. Vielleicht ist es wirklich vorbei. Wir haben Cate zu ihrem Ausriss getrieben, Ella und ich. Wenn meiner Tochter irgendetwas zustößt, werde ich mir das niemals verzeihen.

Ich bin fix und fertig, als ich am nächsten Morgen in Paris ankomme. Beth holt mich wie verabredet am Flughafen ab. Sie winkt mir zu, als sie mich bemerkt, und ich schiebe den Gepäckwagen in ihre Richtung. Dann erstarre ich vor Entsetzen.

Ich bin ihr vor zwanzig Jahren zuletzt begegnet, aber sie sieht immer noch genauso aus wie damals.

Hinter Beth steht meine Mutter.

11

Beth

Ich wollte nicht, dass Cate mich findet. Eithne sollte diejenige sein, die mich rettet – sie hatte ja vor, an dem Vormittag auf einen Kaffee vorbeizukommen (und wenn es – selbst um zehn Uhr morgens – mit einer Wodkafahne war). Natürlich wäre es für sie auch nicht gerade angenehm gewesen, aber sie schuldete mir noch was. Und damit wären wir dann quitt gewesen.

Eithne hätte gemerkt, dass es mir nicht ernst war. Sie hätte verstanden, dass ich irgendetwas unternehmen musste, um Williams Aufmerksamkeit auf mich zu lenken.

Es war natürlich alles Claras Schuld. Sie wusste genau, wie ungern ich allein das Haus verließ, aber William war ja auf Zypern, und das Baby brauchte Milch und Windeln. Clara weigerte sich, für mich einkaufen zu gehen – also blieb mir nichts anderes übrig, als selbst zum Supermarkt zu fahren. Natürlich war der Parkplatz total überfüllt, ich konnte keine Parklücke finden, und selbstverständlich geriet ich wieder mal in Panik. Ich bin bloß gegen eine Wand geschrammt, nichts Ernstes. Aber ich brauchte die Unterlagen von der Versicherung, und als ich nach Hause kam, fiel mir auf, dass ich keine Ahnung hatte, wo sie waren.

Ich wäre nie auf die Idee gekommen, seinen Schreibtisch zu durchsuchen, darum rief ich ihn im Hotel an, obwohl er es ja nicht leiden kann, auf seinen Geschäftsreisen wegen irgendwelcher familiärer Belanglosigkeiten behelligt zu werden.

Die Rezeptionistin konnte ihn zuerst gar nicht finden. «Kein Mr. Ashton», radebrechte sie auf Englisch.

«Er heißt Ash*field*», korrigierte ich sie erleichtert. «William Ashfield.»

«*Εδώ είναι!* Hier sie sind, Mr. und Mrs. Ashfield, Zimmer zwei-null-eins. Aber sie ausgegangen, ich rufen Taxi für sie. Ich sollen Nachricht hinterlassen?»

Ich legte auf und saß eine ganze Weile nur da und dachte nach. Die Frau konnte sich geirrt haben – ihr Englisch war ziemlich schrecklich –, aber irgendwie war mir klar, dass das nicht der Fall war. Mr. und Mrs. Ashfield. Das war nicht nur irgendeine Blitzaffäre mit einem hergelaufenen Flittchen, das William in einer Bar auf Zypern aufgegabelt hatte – das war kein One-Night-Stand. Das hier war geplant. Sie teilten sich ein Hotelzimmer, er hatte sie offiziell mit angegeben, und das bedeutete, dass die Sache ernst war.

Ich wusste, was ich zu tun hatte. Ich kämpfte für meine Ehe – auf die einzige Weise, die ich kannte. Ich hatte William ja nun wirklich nicht viel zu bieten. Wie Clara nie müde wurde, mir in Erinnerung zu rufen.

Schuldgefühle können manchmal stärker sein als Liebe.

Eine Überdosis Tabletten wäre natürlich das Einfachste gewesen, aber der Ausgang ist stets ungewiss, und außerdem wird das meist lediglich als Hilferuf abgetan. William sollte glauben, dass ich es wirklich ernst meinte. Ich musste es so machen, dass es keinen Zweifel gab – aber gleichzeitig natürlich sicherstellen, dass man durchaus seine Zweifel haben konnte.

Ich ging sehr sorgfältig vor. Ich hatte mich informiert, wo ich schneiden musste, und wie tief. (Es tat gar nicht weh. Das hatte ich eigentlich erwartet, aber nein. Der Anblick des Blutes, als es aus meinen Handgelenken strömte, besaß vielmehr etwas Tröstliches – bis ich fand, dass es wirklich sehr viel Blut war, so rot und klebrig, und ich doch kurzzeitig in Panik geriet. Wenn Eithne nun nicht kam –)

Was ich allerdings nicht ahnen konnte, war, dass Cate an just diesem Morgen ihre Projektarbeit zu Hause vergessen würde – die Arbeit, an der sie mit William zusammen wochenlang geschrieben hatte –, und sich deswegen in den nächsten Bus zurück setzen und in die Küche platzen würde, wo ich auf dem Boden lag (dort, wo Eithne mich auf jeden Fall durch das Küchenfenster hätte sehen können, wenn ich die Haustür nicht aufgemacht hätte). Nicht im Traum habe ich mir vorgestellt, dass sie es sein würde, die Geschirrtücher zerreißt, um meine Handgelenke abzubinden, den Notarzt ruft und den Ärzten und Polizisten – und später ganz sicher auch einem Therapeuten – erklärt, dass ihre Mutter versucht hat, sich umzubringen, dass sie zehn Jahre alt ist und ihre Mum gefunden hat.

«Du warst *krank*», brummt Eithne jetzt zum zigsten Mal. «Du konntest nichts dafür.»

«Sie war erst zehn», rege ich mich auf und tigere in ihrem Atelier auf und ab. «Wie konnte ich ihr das bloß antun? Ich bin ihre Mutter! Ich sollte sie *beschützen*!»

Eithne streckt sich auf dem schmuddeligen, mit Farbe bekleckten Sofa aus und verschränkt die Hände hinter dem Kopf. Die Sonne scheint durch die schmutzigen Fenster und übersät den Atelierfußboden mit blassem goldenem Licht. Alles bebt, als ein Zug der Northern Line unter unseren Füßen hindurchrattert. Es mag hier nicht besonders ruhig sein, aber ich beneide sie um den vielen Platz. Ich hätte nie Kinder bekommen sollen.

«Wieso machst du dir deswegen immer noch einen Kopf?», wundert sie sich. «Du bist ja wie ein Hund mit seinem Knochen. Ja, du hast Scheiße gebaut, aber wer hat das nicht? Das ist *sieben* Jahre her, Beth. Lass endlich los.»

Ich kaue an meinen Nägeln. «Nicht, solange Cate das nicht kann. Und ich merke es ihr an, es liegt in ihrem Blick, jedes Mal, wenn sie mich ansieht. Sie vertraut mir nicht. Hat mir nie vertraut. Auch nicht vor –» Ich verstumme.

«Deinem kleinen Abenteuer?»

«Es war kein –»

Eithne macht eine wegwerfende Handbewegung. «Ja, ja, schon klar. Sie wird drüber wegkommen. Gib ihr ein paar Tage Zeit –»

«Nein, wird sie nicht, Eithne. Das weißt du genauso gut wie ich. Sie hat kein Wort mit mir gewechselt, seit sie uns überrascht hat. Ich dachte, wenn ich ein paar Tage bei dir wäre und sie in Ruhe ließe – aber sie geht ja nicht mal ans Telefon, wenn ich anrufe. Wie soll ich ihr erklären, was passiert ist, wenn sie nicht mal mit mir spricht?»

«Du musst ihr die Zeit lassen, die sie dafür braucht, Beth. Du und William, ihr habt alles – wahrscheinlich zu viel – für dieses Kind getan, um das von damals wiedergutzumachen. Es kann ihr gar nicht schaden, mal ein bisschen erwachsen zu werden.»

Ich will widersprechen, doch Eithne ist schneller.

«Hör zu.» Sie setzt sich auf. «*C'est la vie*, Beth. Du hast eine Dummheit begangen, aber du warst krank, und Cate weiß das. Sie ist jetzt siebzehn, nicht mehr zehn. Sie ist alt genug, um den Mythos von ihrem Daddy als siegreichem Helden und dir als verrückter Schrulle, die man auf den Dachboden sperren sollte, zu durchschauen.» Sie steht auf und schenkt sich einen Wodka ein. «William, Cate, Clara – von denen nimmt dich doch niemand wirklich ernst. Die behandeln dich alle wie irgendetwas zwischen einer senilen alten Dame und einem Dorftrottel. Und du lässt das einfach zu.»

«Hör auf, Eithne. Das hilft mir nicht weiter.»

«Ich gebe auf. Du bist so verdammt *passiv,* Beth! Es dreht sich um dein eigenes Leben, aber du sitzt ständig in der hintersten Reihe und schaust zu. Wann stehst du endlich auf und übernimmst selbst die Verantwortung?»

Ich mache einen Schritt zurück. «Ich hab's ja versucht –»

«Und jetzt wage es ja nicht, dich wieder hinter deiner Krankheit zu verstecken!»

«Du hast doch selbst gerade gesagt, dass ich nichts dafür konnte!»

«Du kannst nichts dafür, dass du krank bist, aber du kannst sehr wohl etwas dafür, wie du damit umgehst», wäscht sie mir den Kopf. «Es gibt so viele Leute, die manisch-depressiv sind und trotzdem alles Mögliche erreichen. Winston Churchill war manisch-depressiv und hat unser Land gerettet, verdammt nochmal!» Sie gestikuliert wild und verschüttet dabei etwas von ihrem Drink. «Einige der größten Künstler, Schriftsteller und Wissenschaftler waren bipolar – Mozart, William Blake, Isaac Newton, Mark Twain – aber das hat sie nicht davon abgehalten, ihre Talente voll auszuschöpfen und ihr Leben zu leben, oder?»

«Das waren alles Männer», brumme ich. «Bei Frauen ist das etwas anderes. Ich habe drei Kinder, das darfst du nicht vergessen –»

«Weißt du, Beth, manchmal könnte ich dir echt eine runterhauen. Du könntest so viel aus dir machen! Du könntest so viel *sein*! Und du willst es nicht einmal *versuchen*.»

«Daran sind die Medikamente schuld!», werde ich plötzlich laut. «Du hast leicht reden! Du hast keine Ahnung! Die Medikamente machen alles kaputt! Mozart und Churchill mussten sich nicht den Rest ihres Lebens tot und taub fühlen, nur um einigermaßen funktionieren zu können! Sie mussten sich nicht bis zum Gedächtnisverlust mit Medikamenten vollstopfen, nur um den Schein der normalen Ehefrau und Mutter zu wahren –»

Eithne stellt ihr Glas ab, nimmt mein Gesicht in ihre Hände und küsst mich so energisch, dass meine Zähne mir von innen die Lippen verletzen. All die Leidenschaft, die Wut und der Frust, den ich sonst in ihrer Kunst spüre, stecken in diesem einen Kuss.

Ich bin viel zu überrascht, als dass ich den Kuss erwidern würde, aber das scheint egal zu sein. Meine Arme versteifen sich. Irgendetwas Unerwartetes rührt sich in mir: weder Abscheu noch jene Art von Verlangen, die mich durchdringt, wenn ich an Dan denke. Es dauert einen Moment, bis ich diese Regung als Neugier identifiziere. Ich habe noch nie in meinem Leben eine Frau geküsst. Ich schließe die Augen, aber es ist immer noch – anders. Fremd. Eithne ist größer als ich, so groß wie ein Mann, und hat vom jahrelangen Heben ihrer Stein- und Eisenskulpturen ziemlich breite Schultern. Ihre Brust ist flach, ihr Haar raspelkurz, und sie ist so hochgewachsen, dass sie auf die Entfernung glatt als Mann durchgehen würde. Und doch ist sie fraulicher als jede Frau, die ich je kennengelernt habe, und ihr Kuss ist so eindeutig feminin – auf eine Weise, die ich gar nicht erklären kann.

Sie tritt zurück, sieht mich trotzig an und wartet ab.

«Oh», quietsche ich.

«Ist das alles, was du zu sagen hast?»

«Ich bin etwas überrascht, glaube ich –»

Sie schnaubt.

«Na ja. Es ist – also, verstehst du, Eithne. Erst Dan, und jetzt du. Es ist ja nicht so, als ob – ich habe ja kaum – das passiert ja nun eigentlich nicht – ich meine: *warum*?»

Eithne packt mich an den Schultern und schiebt mich vor den überladenen Rokoko-Spiegel, der zwei Drittel einer Wand am anderen Ende ihres Ateliers einnimmt. «Was siehst du, Beth?», fragt sie mich.

«Ach, du weißt schon», murmele ich und senke den Blick. «Bloß mich halt.»

«Du hast wirklich keine Ahnung, stimmt's?» Sie lehnt sich über meine Schulter, hebt mein Kinn an und begegnet meinem Blick im Spiegel. «Du hast dich so daran gewöhnt, dich mit den Augen deiner Mutter zu sehen, oder mit denen deiner verzogenen Tochter oder denen des Mannes, der seit zwanzig Jahren das Bett mit dir teilt und sich deiner viel zu sicher ist.» Sie schüttelt mich sanft. «Schau dich an! Du bist schön! Aber du ahnst das nicht mal. Und genau das ist das Erstaunliche an dir. Du hast keinen Schimmer, was für eine tolle Frau du bist!»

Einen kleinen Moment lang kann ich es fast erkennen. Vor Jahren passierte es mir hin und wieder, dass ich beim Anblick eines Schnappschusses von mir dachte: *Hey, ich bin ja fast ein bisschen hübsch …*

Aber das ist lange her.

«Du liebst mich», stelle ich erstaunt fest.

«Ja, natürlich», entgegnet sie verärgert.

Ich wende mich vom Spiegel ab und blicke in ihr kantiges, intelligentes Gesicht. Eithne Brompton ist seit zwanzig Jahren meine beste Freundin, wir sind zusammen durch dick und dünn gegangen, haben Spaß miteinander gehabt, haben Kinder und Ehe überlebt, Scheitern und Erfolg – unsere beiden Frauenleben hätten nicht unterschiedlicher verlaufen können. Und doch ist sie mir näher als jeder andere Mensch auf der Welt. William eingeschlossen. Es gibt nichts, was wir uns nicht gegenseitig erzählt hätten. Wie kann es sein, dass ich dieses Detail übersehen habe?

Habe ich nicht.

«Ich liebe dich auch», sage ich. «Aber nicht so –»

«Ist schon in Ordnung», antwortet sie. «Das habe ich auch nicht erwartet.»

«Okay.»

Und dann küsse ich sie.

Ich liebe sie zwar nicht *so*, aber ich liebe sie genug. Und sie liebt mich. Liebe – selbst wenn sie einem der falsche Mensch in der falschen Situation entgegenbringt – kann nicht falsch sein. Liebe an sich ist richtig. Und sie nicht mit Dankbarkeit anzunehmen, wäre in höchstem Maße arrogant.

Ich bin nie eine ausgeflippte Künstlerin gewesen. Eher eine spießige, wenn ich ehrlich bin. Ich würde mich nur gerne ein einziges Mal mit ihren Augen sehen. Nur ein Mal der Mensch sein, für den sie mich offenbar hält.

Und – das würde doch gar nicht richtig zählen, oder? Mit einer Frau? Nicht so wie mit – o Gott! – Dan.

Also führe ich sie zu dem niedrigen japanischen Bett in der Ecke des riesigen, staubigen Ateliers, während sie ihre Finger an meiner Wirbelsäule hoch- und runterfahren lässt wie eine Nonne, die den Rosenkranz betet. Ich löse den Gürtel meines Hemdblusenkleides und helfe ihr mit ihren Knöpfen, als ihre Hände zu sehr zittern. Meine Finger streichen über ihre nackten, knochigen Schultern, während sie mir den BH auszieht und meine Brüste streichelt. Es ist einfach unmöglich, von jemandem, der einem so viel Liebe entgegenbringt, berührt zu werden und nichts zu fühlen. Es ist unmöglich, davon nicht berührt zu sein.

Doch als sie mich aufs Bett herunterdrückt und mir durch die Berührungen mit ihren Händen und ihrer Zunge den ersten Orgasmus seit der Schwangerschaft mit Cate beschert, ist meine Dankbarkeit kein theoretisches Konstrukt mehr.

Ich küsse sie und frage mich, ob ich sie vielleicht doch so lieben könnte.

«Tut mir leid», sage ich, auf einen Ellenbogen gestützt. «Ich bin nun mal nicht lesbisch. Obwohl ich's wirklich gerne wäre.»

Eithne prustet vor Lachen. «Ach, Beth. Wir sind hier doch nicht beim Basketball. Als würde man sich entscheiden, entweder für die Roten oder für die Gelben zu sein.»

«Es war richtig schön, wirklich –»

«Ja, und gleich bedankst du dich noch artig für die Einladung!»

«Es ist nur – na ja. Ich glaube, das ist nicht mein Ding.»

Sie setzt sich barbusig auf und drückt ihre Zigarette aus. Trotz all dem, was wir in der vergangenen Nacht miteinander gemacht haben – meine Wangen brennen –, wende ich scheu den Blick von ihrer Nacktheit ab.

«Hör zu, Beth. Ich mache mir bestimmt nichts vor. Du bist nun mal keine – wie William sich ohne Zweifel ausdrücken würde – Kampflesbe. Ich fände es schön, wenn es anders wäre.» Sie lächelt wehmütig. «Aber du brauchst dich nicht dafür zu entschuldigen, wie du bist. Ich liebe dich, seit du mich nach dem Desaster mit Kit vom Fußboden aufgesammelt hast, aber ich habe auch immer gewusst, dass ich nicht den Hauch einer Chance bei dir habe. Also krieg jetzt bitte keine Schuldgefühle. Du hast mir nie falsche Hoffnungen gemacht. Gestern Abend, das war vollkommen unerwartet – ein wundervolles Geschenk, ein Traum wurde wahr, aber mir ist schon klar, dass das alles gewesen ist.»

Sie wickelt das Laken um sich und setzt sich neben mich auf die Bettkante. «Es bleibt alles beim Alten, Beth», sagt sie leise und nimmt meine Hand. «Wir sind doch immer noch Freundinnen, oder?»

Ich sehe auf unsere Hände und nicke.

«Trotzdem – in Italien nehmen wir besser getrennte Betten», fügt sie trocken hinzu. «Eine Heilige bin ich nämlich nicht. Das hier war eine Art Ausrutscher, Mrs. Vorstadt-Ehefrau-mit-zwei-Komma-vier-Kindern. Du brauchst dir deswegen nicht ins Höschen zu machen, ja? Und untersteh dich, zu Hause noch mehr Schuldgefühle und Selbstzweifel zu entwickeln!»

«Ich bin mir nicht ganz sicher, ob William das auch so sehen wird –»

«William würde doch bloß schmollen, weil wir ihn nicht haben zugucken lassen.»

Ich muss lachen.

«Du bist immer viel glücklicher, wenn er nicht in der Nähe ist», seufzt sie. «Ich würde dich nie bitten, ihn für mich zu verlassen, Beth, aber ich wünschte, du würdest mal drüber nachdenken, ihn für *dich* zu verlassen. Er hat dich so hilflos gemacht. Er hat einfach die Kontrolle über dein Leben da übernommen, wo Clara sie abgegeben hat. Ich bin mir sicher, dass er glaubt, dir damit einen Gefallen zu tun, aber –»

«Nein», sage ich bestimmt.

Es gibt Bereiche, die selbst für Eithne tabu sind.

Sie steht auf, immer noch ungelenk in das feuchte Laken gewickelt, und nimmt mich in den Arm. «Es wird alles gut, Beth. Geh nach Hause. Und sprich mit Cate. Selbst wenn sie nicht mit dir reden will.»

Eithne hat recht, denke ich, als ich am Nachmittag unser Haus betrete. Ich kann nicht von Cate erwarten, dass sie den ersten Schritt macht. Ich muss auf sie zugehen, auch wenn sie auf mein Friedensangebot pfeift. Ich bin mir sicher, wenn ich ihr nur genügend Zeit gebe und ihr beweise, dass ich für sie da bin …

Es ist kalt und dunkel im Flur. Einen Moment lang überkommt mich Sorge, doch dann fällt mir wieder ein, dass Montag ist und Cate bestimmt nur noch nicht von der Schule zurück ist.

Ich erwarte das übliche Chaos in der Küche: stapelweise benutzte Teller in der Spüle, Buttermesser auf der Arbeitsfläche – Teenager sind offenbar rein körperlich nicht in der Lage, die nur zwanzig Zentimeter entfernte Spülmaschine zu erreichen –, doch die Küche ist noch genauso sauber und aufgeräumt, wie ich sie Samstagmorgen hinterlassen habe. Ich lächele überrascht. Vielleicht ist das Cates Art, mir zu sagen, dass es ihr auch leidtut.

Es klopft an der Hintertür, als ich einen Kessel mit Wasser aufsetzen will. Sekunden später tobt Cannelle in die Küche, springt begeistert an mir hoch und quält mich mit seinem ekligen Hundeatem. «Hey? Wo kommst du denn her?» Ich wuschele ihm durchs glänzende Fell. «Hast du mich vermisst, mein Junge? Hat Cate gut auf dich aufgepasst?»

«Tut mir leid, dass ich hier gleich bei Ihnen einfalle, wo Sie doch gerade erst nach Hause kommen», entschuldigt sich meine Nachbarin Jean, «aber ich muss meine Mutter um fünf zum Zahnarzt bringen, und ich habe Ihr Auto gesehen und –»

«Sie haben auf Cannelle aufgepasst? Das ist wirklich

lieb, Jean, aber darum hätte Cate Sie gar nicht zu bitten brauchen. Er kann problemlos mal ein paar Stunden allein sein. Und sie wusste ja, dass ich heute Nachmittag zurück sein würde.»

Jean sieht mich verwirrt an. «Sie hat ihn aber schon am Samstag rübergebracht. Hat gesagt, dass sie ein paar Tage weg muss. Ich dachte, Sie wüssten das. Sie hat gemeint, dass Sie ihn irgendwann heute wieder abholen würden.»

So langsam fangen die ersten Alarmglocken an zu schrillen. «Hat sie erzählt, wo sie hinwollte?»

«Nein. Ich dachte, sie fährt zu Ihnen. O Gott! Hier stimmt etwas nicht! Oder?»

«Nein, nein», winke ich ab und schaffe es, zu lächeln. «Tausend Dank, Jean. Wir haben sicher einfach nur irgendwie aneinander vorbeigeredet oder so. Kein Problem.»

Ich rase nach oben in Cates Zimmer. Das Bett ist unberührt, und der Haufen frischgewaschener Wäsche, den ich Samstagmorgen auf der Bettdecke deponiert habe, liegt immer noch da.

Jetzt breche ich in Panik aus. Cate ist seit fast drei Tagen weg – wer weiß, was ihr zugestoßen ist? Sie könnte entführt worden sein oder ermordet – sie könnte irgendwo in einem Straßengraben gelandet sein. Wir erfahren vielleicht nie, was mit ihr passiert ist. Die Tochter von dem armen Immobilienmakler ist schon seit über zwanzig Jahren verschwunden, mein Gott, was muss ihre Mutter durchmachen –

«Herrgott, Beth!», raunzt William mich fünf Minuten später an. «Wenn sie den Hund bei den Nachbarn abgegeben hat, ist sie doch offensichtlich freiwillig weggefahren. Hat sie irgendwas mitgenommen?»

«Wie zum Beispiel?»

«Was weiß denn ich! Ihre silbernen Turnschuhe vielleicht, die sind ihr ja praktisch an den Füßen festgewachsen. Und dieser scheußliche gelbe Rucksack.»

Ich renne mit dem Telefon in der Hand die Treppe hoch und reiße Cates Kleiderschrank auf. Mir fällt ein Stein vom Herzen. William hat recht: Die Hälfte von Cates Lieblingsklamotten ist nicht da.

«Die hat sie mitgenommen», bestätige ich, endlos erleichtert. «Und ihre Schminktasche und die Diesel-Jeans, die ich ihr zum Geburtstag geschenkt habe –»

«Ich brauch keine komplette Liste, danke. Gut, dann wissen wir jetzt, dass sie abgehauen ist. Und ich kann mir vorstellen, wohin. Bevor ich abgeflogen bin, hat sie mir in den Ohren gelegen, dass sie zu Fleur wollte.»

«Aber Fleur wohnt doch in Paris!»

«Das ist mir auch klar. Gib mir mal die Nummer, dann rufe ich da an und mache dem gnädigen Fräulein Beine. Sie fährt mit dem nächsten Zug nach Hause, da kannst du Gift drauf nehmen.»

Ich lasse mich auf Cates Bettkante sinken und wiege das Telefon zwischen meinen Knien. Gott sei Dank ist William so vernünftig, Gott sei Dank, Gott sei Dank. Er hat recht. Natürlich hat er recht. Ein Entführer hätte sie nicht erst noch den Hund zu den Nachbarn bringen lassen! Sie ist abgehauen. Besucht Fleur in Paris. William wird sie kräftig zusammenstauchen, und dann kommt sie mit dem nächsten Zug nach Hause.

Er wird mich in ein paar Minuten zurückrufen und mir sagen, dass Cate bei Fleur und in Sicherheit ist.

Zwanzig Minuten später hat er sich immer noch nicht gemeldet. Ich fange an, mir wieder Sorgen zu machen. Ich stehe auf und räume Cates Wäsche ein. Ich zwinge mich dazu, mich nicht wieder in etwas hineinzusteigern. Bei den Lavoies könnte zum Beispiel ganz schlicht und ergreifend besetzt sein.

Ich zupfe Cates Decke zurecht, gehe dann nach unten, füttere Cannelle und gieße die Blumen. Inzwischen ist fast eine Stunde vergangen. Wenn sie nicht bei Fleur wäre, hätte er mich auf jeden Fall längst zurückgerufen. Er versucht sicher immer noch, die Lavoies zu erreichen. *No news is good news*. Vielleicht sind die Lavoies mit Cate auswärts essen. Kein Grund, gleich schwarzzusehen.

Es vergeht eine weitere Stunde. Ich hinterlasse eine besorgte Nachricht auf Williams Mailbox und geistere durch das dunkle Haus – hänge Bilder gerade und richte Buchrücken auf. Das ist alles meine Schuld. Wenn ich dieses Wochenende zu Hause geblieben wäre und sie bezüglich Dan zur Vernunft gebracht hätte –

Das Telefon klingelt, und ich stürze mich buchstäblich darauf. Aber es ist nur Eithne. Ich verspreche ihr, sie am nächsten Morgen anzurufen, und lege sofort wieder auf, für den Fall, dass William versucht, mich zu erreichen.

Um elf Uhr bin ich außer mir vor Sorge. Warum hat er immer noch nicht angerufen? Was macht er denn bloß die ganze Zeit?

In Paris ist es zwar schon Mitternacht, aber ich rufe trotzdem bei den Lavoies an. *Ich muss wissen, dass sie wohlauf ist.* Und auf dem Kontinent gehen die Leute doch alle spät ins Bett, das ist ja allgemein bekannt.

Fünf Minuten später bin ich nicht mehr in Sorge, sondern in Rage.

«Mein Gott, Beth, es tut mir so leid», sagt William, als er endlich an sein Handy geht. «Cate ist bei Fleur, ich wollte mich längst bei dir gemeldet haben –»

«Herrgott nochmal, William! Ich war außer mir vor Angst! Letztendlich habe ich selbst bei den Lavoies angerufen, sie waren alle schon längst im Bett! Was zum Teufel hast du –»

«Ich sagte bereits, dass es mir leid tut. Es ist etwas dazwischengekommen.»

Ich koche fast über vor Wut, und es dauert einen Moment, bis ich wieder Kontrolle über meine Stimme habe. «Etwas, das wichtiger ist als deine *Tochter*?»

«Es geht ihr gut, das ist doch die Hauptsache. Sie kommt in ein, zwei Tagen nach Hause –»

«In ein, zwei Tagen?», rufe ich. «Wann denn nun? Was hat sie vor? Bist du sicher, dass es ihr gutgeht?»

«Ich muss Schluss machen, Beth. Ich ruf dich morgen wieder an.»

Er legt auf. Ungläubig starre ich das Telefon an. Unsere Tochter ist nach Frankreich abgehauen! Was ist er bloß für ein Vater? Ist ihm das denn vollkommen *egal*?

Aber gut, er ist ja auch nicht der, der sich vor Schuldgefühlen verzehrt.

Ich zucke zusammen, als ich höre, wie die Hintertür geöffnet wird. Cannelle springt sofort auf und bellt wie verrückt. In der Küche steht der letzte Mensch, den ich jetzt erwartet hätte.

«Beth, bitte, lass mich ausreden, bevor du mich hinausschmeißt», beschwört Dan mich. «Ich muss dir etwas sehr Wichtiges mitteilen.»

Die Tabletten liegen in meiner Hand. Eine Handvoll Gift. Ich schließe die Faust um sie. Gott weiß, dass ich sie nicht nehmen will. Und ich weiß, was es bedeutet, wenn ich sie nehme.

Aber auch, was es bedeutet, wenn ich sie nicht nehme.

Cate braucht mich jetzt – und zwar bei klarem Verstand. Es ist jetzt drei Tage her, seit William mit ihr gesprochen hat, und sie ist immer noch nicht zu Hause. Ich muss nach Paris fahren und sie suchen. Wenigstens dieses eine Mal muss ich die Mutter sein, die Cate braucht und die sie verdient hat.

Ich bewege mich derzeit nicht von einem Extrem ins andere – ich erlebe sämtliche Extreme gleichzeitig. Verzweiflung, Manie und eine Wirklichkeit, die ins Trudeln geraten ist. Wassergeister im Badezimmer, das Gesicht Jesu in einem Stück Schimmelkäse. Ich habe die Kontrolle verloren.

Ich trinke einen großen Schluck Wasser und spüle die Tabletten damit hinunter.

Mir schnürt sich der Hals zu. Ich kann nicht schlucken. Das Wasser und die Tabletten befinden sich immer noch in meinem Mund, ich plustere die Wangen auf. Ich kann es nicht ertragen. Mich dem Nebel zu ergeben, die Tuchfühlung mit all dem zu verlieren, was das Leben lebenswert macht. Vor allem jetzt, nachdem Dan –

Vielleicht bin ich naiv, dass ich ihm glaube. Vielleicht lügt er ja nur wieder einmal. Aber ich sollte es zumindest William erzählen. Ihn warnen.

Schluck schon!

Hustend und prustend lehne ich mich über das Spülbecken in der Küche und spucke die Tabletten wieder aus. Das Gefühl, versagt zu haben, hinterlässt einen bittereren Nachgeschmack als die Medikamente.

Ich streiche mir die Haare aus dem Gesicht, drehe den Wasserhahn auf und sehe den Tabletten dabei zu, wie sie in den Abfluss strudeln und verschwinden. Das war's dann. Jetzt gibt es kein Zurück.

Als ich aufblicke, steht Williams Mutter in der Tür.

«Ich komme natürlich mit», sagt Anne.

«Bist du dir sicher, dass es dir dafür gut genug geht?»

«Im Moment schon», meint sie und nimmt mir den Wasserkessel aus der Hand. «Um ehrlich zu sein, meine Liebe – so wie die Dinge für mich stehen, habe ich ohnehin nicht mehr viel zu verlieren.»

Ich setze mich auf einen Stuhl, während Anne in der ihr unbekannten Küche herumwuselt, als wäre es ihre und nicht meine. Hilflos beobachte ich sie dabei. «Ich weiß nicht, wie lange wir weg sein werden –»

«Keine Sorge, meine Liebe.» Sie nickt in Richtung der kleinen, blauen Reisetasche neben der Tür. «Da ist alles drin, was ich brauche. Und ich bin mir nicht zu schade, meine Unterwäsche per Hand im Waschbecken zu waschen, wenn es sein muss.»

Sie stellt zwei saubere Becher auf den Tisch und wärmt mit flinken Bewegungen die Teekanne vor. In der sorgfältig gebügelten, cremefarbenen Bluse und ihrem wadenlangen Tweedrock sieht sie äußerst gepflegt aus. Sie hat schon zwei Runden zermürbende Chemotherapie hinter sich, aber ihr silbernes Haar ist immer noch perfekt frisiert und ihr diskretes Make-up einwandfrei. Ihr einziges Zugeständnis an ihre Krankheit ist ein antiker Ebenholzgehstock mit silbernem Griff. Ich bin mir sicher, wenn es in Paris ans Auspacken geht, werden ihre ganzen Sachen taufrisch aus der Reisetasche kommen – ihre Hosen werden faltenfrei sein, frisch aus der Reinigung, ihre Blusen werden gestärkt sein und noch alle Knöpfe haben, ihre Schuhe werden bestimmt mit Zeitungspapier ausgestopft sein, und jeder wird in seinem eigenen Schuhbeutel stecken, damit die makellosen Absätze keine Spuren auf ihrer Kleidung hinterlassen. Selbst damals, bevor ich Kinder hatte, verreiste ich immer mit mindestens zwei zum

Bersten vollgestopften, ziemlich mitgenommen aussehenden Koffern, und ganz gleich, wie sorgfältig ich auch packte, alles kam völlig zerknittert heraus und sah aus wie von der Altkleidersammlung.

Ich bin durchaus selbst in der Lage, nach Paris zu fahren (meine siebzehnjährige Tochter hat es ja auch gerade geschafft, Herrgott nochmal!). Aber Anne übernimmt sanft die Führung, bucht unsere Zugtickets, organisiert, was ich packen soll – «Also, es könnte in Paris ja durchaus schon Frühling sein, aber ich glaube, *zwei* Pullis wären schon besser, findest du nicht?» – und sorgt dafür, dass Cannelle zum zweiten Mal innerhalb einer Woche bei den Nachbarn Urlaub machen kann.

Sie meint es natürlich nur gut, aber ich fühle mich hilflos und klein. In ihrer Effizienz schwingt eine Art Vorwurf mit, ein: *Wenn du willst, dass etwas wirklich gut klappt …* Genau das Gleiche macht William auch immer, geht mir plötzlich auf. Er übernimmt die Führung und erstickt mich fast mit seiner Tüchtigkeit.

Ich will Anne sagen, dass sie mich in Ruhe lassen soll, dass sie mich mein eigenes Leben leben lassen soll, aber ich tue es natürlich nicht.

Wie immer.

Sabine Lavoie zuckt nonchalant mit den Schultern. «Hätten Sie vorher angerufen, dann hätten Sie sich die Reise sparen können.»

«Ich wollte Cate nicht in die Flucht schlagen», sage ich.

«Tja, nun ist sie aber auch schon weg.»

Anne steht neben mir, und ihr Blick wird genauso eisig wie der der Französin mir gegenüber. «Vielleicht könnten wir eben kurz reinkommen, statt das mitten auf der Straße zu besprechen?»

Madame Lavoie zögert, nickt dann kurz und dreht sich um. Wir folgen ihr in einen bombastischen Rokoko-Salon voller vergoldeter Stühle und verschnörkelter Möbel. Der Raum könnte richtig beeindruckend sein, wenn die Stücke alle aus der gleichen Epoche stammten – oder zumindest aus dem gleichen Land. Ein dreiflügeliger Louis-XVI-Spiegel passt aber einfach nicht zu einem spanischen Barock-Tabernakel und zwei italienischen Renaissance-Stühlen. Auf einem florentinischen Büfett aus dem 16. Jahrhundert stehen zwei Majolika-Flaschenhalsvasen aus der Mitte des 19. Jahrhunderts. Der Raum wirkt auf mich wie eine Kreuzung aus arabischem Suk und ländlichem Flohmarkt.

«Ein Kaffee wäre wunderbar», sagt Anne, als habe Madame Lavoie einen angeboten. «Vielen Dank.»

Madame Lavoie weist das Hausmädchen an, das mit vergnügt aufgerissenen Augen den Raum verlässt. Ich vermute, die Frau des Hauses wird in ihrem Herrschaftsgebiet nicht oft in Verlegenheit gebracht. Wenn ich mir nicht solche Sorgen um meine Tochter machen würde, hätte ich vielleicht auch Spaß an diesem Kampf der Titanen.

«Wo ist sie denn nun?», platzt es aus mir heraus. «Gestern Abend war sie doch noch hier, oder?»

Wieder dieses typisch französische Schulterzucken. «Ich hatte eine Verabredung. Als ich um fünf ging, war sie noch hier.»

«Ihre Tochter muss doch etwas wissen», bohrt Anne nach. «Wir müssen unbedingt mit ihr reden.»

«Meine Tochter ist gestern Abend auch ausgegangen, soweit ich weiß.»

«Dann eben Ihr Mann.»

«*Désolée.* Er arbeitet. Wenn Sie vielleicht nach sechs noch einmal wiederkämen –»

«Madame Lavoie.» Anne klopft mit ihrem Gehstock

heftig auf den Marmorfußboden. «Ich glaube, Sie verstehen nicht ganz. Meine Enkelin ist weg. Sie ist erst siebzehn. Das letzte Mal wurde sie in Ihrem Haus gesehen. Wir sind Ihnen zutiefst dankbar für Ihre Gastfreundschaft, aber die Sache ist jetzt wirklich ernst. Wir möchten in einer solchen Privatangelegenheit natürlich nur ungern die Polizei einschalten, aber wir müssen Cate so schnell wie möglich finden. Es tut mir leid, wenn Ihnen das alles Unannehmlichkeiten bereitet, aber –»

«Ich will sehen, ob ich meinen Mann erreiche.»

«Und ich werde mit dem Hausmädchen reden», erklärt Anne *sotto voce*. «Hausangestellte wissen immer, was in Wahrheit vor sich geht.»

«Ich muss William anrufen. Aber mein Handy funktioniert hier nicht –»

«Im Flur steht ein Telefon. Und mach es ihm bloß nicht zu leicht, Beth», rät Anne mir. «Der Junge muss mal ein bisschen an die Kandare genommen werden. Du musst ihm Paroli bieten, Beth, sonst wird er dich nie respektieren. Denk dran, Männer lieben nur Frauen, vor denen sie auch Achtung haben.»

Ich kann schon verstehen, wieso William nach einer Kindheit und Jugend mit einer Mutter wie Anne das Bedürfnis verspürte, eine Frau wie mich zu heiraten. Und warum er es vom ersten Tag an bereut hat.

«Beth!», ruft William. «Wo bist du?»

«In Paris. Cate ist nicht nach Hause gekommen, also bin ich nach Paris gefahren, um sie zu holen.»

«Ich hoffe, du hast ihr die Hölle heißgemacht. Das Mädchen muss mal langsam erwachsen werden und zur Abwechslung auch an andere denken und nicht immer nur an sich selbst. Ich fasse es einfach nicht, dass sie sich dermaßen unverantwortlich aufgeführt hat –»

Unverantwortlich?, möchte ich schreien. Und wer, bitte, treibt sich gerade in New York herum und macht Was-weiß-ich mit Wem-auch-immer, während seine Tochter irgendwo in Europa verschwunden ist? Wer hat mich nicht mal zurückgerufen, um mir zu sagen, dass sie in Sicherheit ist, weil *etwas dazwischengekommen* ist? Von wem, bitte schön, hat sie denn gelernt, sich unverantwortlich aufzuführen, wenn nicht von dir, frage ich dich!

Und auf einmal kocht meine brodelnde Wut über.

«Halt die Klappe, William! Halt jetzt endlich einmal die Klappe!»

Er klingt genauso überrascht wie ich angesichts meines neuen Tones. «Du brauchst jetzt nicht –»

«Cate ist nicht hier!», schreie ich.

«Natürlich ist sie da. Ich habe doch am Montag mit ihr gesprochen.»

«Sie ist heute Morgen abgereist. Und keiner weiß, wo sie hin ist!»

«Wahrscheinlich ist sie auf dem Weg nach Hause, zu dir. Ihr wart bestimmt gleichzeitig im *Chunnel*, nur in verschiedenen Richtungen.»

«Sie ist nicht nach Hause gefahren, William!» Ich werde ungeduldig. «Sie kann überall sein. Sie ist doch erst siebzehn. Ihr kann alles Mögliche zustoßen. Wir müssen sie finden!»

«Ich bin mir sicher, dass sie –»

«William!», schreie ich ihn an. «Würdest du bitte ausnahmsweise einfach mal *zuhören* statt zu reden! Deine Tochter ist verschwunden, und keiner hat eine Ahnung, wo sie sein könnte! Es ist mir egal, was du gerade treibst und für wie unglaublich wichtig du das hältst. Dieses eine Mal in deinem Leben musst du Cate an erste Stelle setzen. Ich erwarte von dir, dass du dich in ein Flugzeug nach Paris setzt, sobald du englischen Boden betrittst. Ich hole dich am Flughafen ab. Hast du verstanden?»

Und damit knalle ich den Hörer auf die Gabel. «Das war aber auch höchste Zeit», höre ich Anne hinter mir sagen.

«Hast du mit dem Hausmädchen gesprochen?»

«Wir hatten eine sehr aufschlussreiche Unterhaltung. So wie es scheint, hat unsere Medusa da drinnen Cate sehr wohl seit gestern Abend noch gesehen: Sie haben sich heute Morgen nämlich auf das Heftigste angeschrien, und danach ist Cate so um kurz nach acht aus dem Haus gestürzt.»

«Was für eine Natter.»

Ich bewege mich auf den Salon zu und drehe mich noch einmal um.

«Anne», sage ich. «Ich will nicht unhöflich sein, aber ich möchte unter vier Augen mit Fleurs Mutter reden, wenn es dir nichts ausmacht.»

Anne lächelt gezwungen. «Natürlich nicht.»

Madame Lavoie telefoniert mit ihrem Handy. Ich schließe die Tür hinter mir, und sie blickt auf. Sie murmelt irgendetwas auf Französisch und klappt das Telefon dann zu.

Ich verschränke die Arme vor der Brust und lasse ein Stück Clara in meinen Gesichtsausdruck einfließen.

«Also», beginne ich grimmig. «Wie wäre es, wenn Sie mir jetzt mal erzählen würden, was heute Morgen *wirklich* vorgefallen ist zwischen Ihnen und meiner Tochter?»

«Was zum Teufel macht *die* denn hier?», schnauzt William mich an.

Anne versteift sich, aber ihr Lächeln bleibt, wie es ist. «Hallo, William», begrüßt sie ihn ganz ruhig.

Er will seinen Gepäckwagen an uns vorbeischieben, aber ich stelle mich ihm in den Weg. «Sie ist mitgekommen, um mit mir zusammen unsere Tochter zu suchen», teile ich ihm spitz mit. «Da *du* ja nicht zur Verfügung standest. Und hier und jetzt ist es mir schnurzpiepegal, ob Anne dir früher mit Bambusstöcken die Fußsohlen malträtiert oder dich als Baby mit Schnecken in Rizinusöl zwangsgefüttert hat. Das Einzige, was jetzt zählt, ist Cate, und bis wir sie gefunden haben, interessiert mich nichts und niemand anders.»

Williams Miene spiegelt in schneller Folge Erstaunen, Wut und Verwirrung wider.

«Und das Gleiche gilt für dich, Anne», füge ich in etwas sanfterem Ton hinzu. «Was auch immer du William zu sagen hast, muss warten, bis wir Cate wiederhaben.»

«Darf ich denn zumindest fragen, wohin wir fahren?», erkundigt sich mein Mann frostig, als ich voran zum Taxistand stürme. «Oder müssen wir erst eine Gruppenumarmung hinter uns bringen und eine Runde ‹Kumbaya› singen?»

«Sabine Lavoie meint, dass Cate auf dem Weg nach Marseille sein könnte», antworte ich. «Fleur hat ihr neulich abends wohl Fotos vom Ferienhaus der Lavoies gezeigt. Ich schlage vor, dass wir zum Hotel fahren, in dem Anne und ich letzte Nacht untergekommen sind, und uns dann überlegen, wie wir vorgehen wollen.»

Ich erwähne jetzt mal noch nicht, dass Madame Lavoie Cate rausgeschmissen hat – und warum. William hat für heute schon genug Schocks erlitten.

«Klingt nach einem ziemlich planlosen Unterfangen, wenn du mich fragst –»

«Dich fragt aber keiner, William. Es sei denn, du hast einen besseren Vorschlag.»

«Gut», zischt er.

Er klettert ins Taxi. Ich sehe ihm seinen Ärger an der Art an, wie er die Schultern hält. Ist mir egal. Das ist das erste Mal in unserer fast zwanzigjährigen Ehe, dass meine größte Sorge mal nicht darin besteht, es William recht zu machen.

«Geh schon mal rein und check ein», weise ich ihn an, als das Taxi uns bei dem Hotel ganz in der Nähe der Lavoies absetzt. «Ich laufe eben um den Block, um einen klaren Kopf zu kriegen. Dauert nicht lange.»

Er stakst die Treppe hinauf, und sein Anblick lässt mich schaudern. Ganz gleich, was zwischen uns nicht stimmt – es gibt nichts, was ich nicht für diesen Mann tun würde.

Ich habe immer gewusst, dass er nicht das Gleiche für mich empfindet wie ich für ihn. Im Laufe der Jahre habe ich gelernt, seine laue, indirekt kritisierende Zuneigung zu akzeptieren, sie als meinen Preis dafür zu betrachten, dass er mich geheiratet hat.

Vielleicht liegt es daran, dass ich meine Tabletten schon seit Wochen nicht mehr genommen habe. Womöglich hat Cates Verschwinden alle Masken heruntergerissen. Jedenfalls ist mir Zuneigung auf einmal nicht mehr genug. Ich will mich nicht länger mit der gleichen nachlässigen Zuneigung zufriedengeben, die er dem Hund entgegenbringt. Ich bin schließlich seine Frau! Ich will, dass er sich genauso nach mir sehnt wie ich mich nach ihm, dass er nach der Arbeit sofort nach Hause eilt, weil er sich auf mich freut. Und wenn ich das nicht haben kann, will ich mich nicht länger mit dem Zweitbesten begnügen.

Ich überquere die Seine Richtung Jardin des Tuileries. Die Luft riecht nach Autoabgasen, gemähtem Gras und Frühling. William und ich sollten Hand in Hand am Ufer entlangschlendern und unsere zweiten Flitterwochen genießen. Stattdessen sind wir hier, um dank meiner sorglosen Blödheit unsere verschwundene siebzehnjährige Tochter zu suchen. Herr im Himmel, wie konnte es bloß dazu kommen?

Ich hätte William schon längst mal Paroli bieten sollen. Eithne hat recht. Ich habe es zugelassen, dass er mich wie eine unfähige, bemitleidenswerte Kreatur behandelt. Und genau das ist mit der Zeit aus mir geworden.

Ich setze mich auf eine Bank unter einer Gruppe Linden. Was, wenn Cate nicht in Marseille ist? *Was, wenn wir sie nie wiederfinden?*

Neben mir auf der Bank kauert ein Teenager. Das Mädchen hat die Knie bis unters Kinn hochgezogen und den Kopf darauf abgelegt. Es sieht ungepflegt und zerzaust aus, als hätte es in seinen Straßenklamotten geschlafen. Das könnte Cate sein, schießt es mir verzweifelt durch den Kopf. Sie ist ungefähr in demselben Alter. Fast noch ein Kind –

Das Mädchen löst sich aus seiner kompakten Haltung und hebt die Tasche zu seinen Füßen auf.

Silberne Füße.

Sie hängt sich den schmutzigen gelben Rucksack über die Schulter und wirft einen teilnahmslosen Blick in meine Richtung. Ich stehe auf, wie in einem Traum. Erst gleitet ihr Blick an mir vorbei, doch dann reißt sie auf einmal schockiert die Augen auf, als sie mich erkennt.

«Cate, bitte», flehe ich sie an.

Sie zögert. Ich strecke die Hand aus, traue mich aber nicht, auf sie zuzugehen.

Dann rennt sie los.

12

Cate

Also, das erzählt einem ja wohl mal niemand, wie *unbeholfen* Sex eigentlich ist. Bei meinem allerersten Kuss – mit Patrick Corcoran, als ich dreizehneinhalb war, an der Bushaltestelle am Friedhof – wusste ich nicht mal, wie ich meinen Kopf neigen sollte, damit unsere Nasen nicht aneinanderstießen. Woher weiß man so was? Wo lernt man das? Gibt es da bestimmte Regeln? Oder liegt einem das einfach im Blut?

Mum und ich haben uns natürlich über die Bienen und die Blumen unterhalten, und in der Schule haben wir im Biologieunterricht beim Anblick der Zeichnungen von kopulierenden langhaarigen Hippies mächtig gekichert (man sollte meinen, dass solche Bilder hin und wieder mal gegen aktuelleres Material ausgetauscht würden). Aber ich kann mich nicht erinnern, dass irgendjemand mir mal erzählt hat, dass der Märchenprinz seiner Auserwählten beim Versuch, ihr den BH auszuziehen, einen Finger ins Auge bohren würde, oder dass sie ihm beim Versuch, auf sie zu klettern, das Knie in die Weichteile rammen würde, oder dass die schweißnassen Körper der beiden, wenn er denn endlich mal aufgehört hat, vor Schmerz zu fluchen, sich nicht perfekt ineinanderfügen würden wie zwei Puzzlestücke, sondern dass es eine Menge Hin und Her und diverse «Tut mir leids» und «Ups, sorrys» erfordern würde, bis endlich etwas passte. Oder dass sein Teil unkontrolliert und blind herumbaumeln würde wie ein desorientierter Maulwurf, der versucht, den richtigen Höhleneingang zu finden. Bedaure, aber Gott ist ja wohl ganz klar ein Mann. Keiner Frau würde ein solcher Blödsinn einfallen. Ich meine, da hat sich doch jemand mal überhaupt keine Gedanken gemacht, oder? Fleur sagt immer, wenn das Zeug nach Schokoladen-Milkshake schmecken würde statt so salzig und eklig, würden Männer viel öfter einen Blow-Job kriegen.

Mir ist es ja vollkommen egal, wonach das schmeckt. Ich werde *niemals* das Ding eines Mannes in den Mund nehmen. Ich meine, schließlich waschen die sich ja nicht mal regelmäßig ihre Hände!

Letztendlich greife ich buchstäblich ein und helfe Michel, bevor er plötzlich im falschen Loch landet. Er wirkt nicht gerade so, als hätte er mehr Ahnung von der Materie als ich, aber eins muss ich ihm lassen: Er ist begeisterungsfähig. Es spricht eben doch eine ganze Menge für den guten, alten Instinkt.

Ich zucke zusammen, als er in mich eindringt und auf Widerstand stößt. Er riecht leicht verschwitzt. «Okay?», fragt er verunsichert.

Ich nicke und wappne mich.

Beim nächsten Stoß passiert es dann. Es tut verdammt weh. Es fühlt sich überhaupt nicht an, als wenn da irgendetwas passen würde. Unter Schmerzen fangen wir an, uns zu bewegen, aber es ist, als würde ich mit jemandem tanzen, der null Rhythmusgefühl und zwei linke Füße hat. Irgendwann halte ich einfach nur still und lasse ihn die Arbeit machen. Ich stoße immer wieder gegen das Kopfteil des Bettes. Inzwischen tut es zwar nicht mehr weh, aber ich kann nun auch nicht gerade behaupten, dass es ein tolles Gefühl wäre. Nicht mal annähernd so schön wie Küssen, wenn ich ehrlich bin. Keine Spannung, kein Kribbeln.

Jetzt, wo es nicht mehr wehtut, ist es sogar irgendwie – langweilig.

Und das *war's*? Das ist alles, was nach der Flirterei, den Schmetterlingen im Bauch und dem Geknutsche kommt? Dieses feuchte, lahme Rein-raus-rein-raus?

Er fängt an, sich schneller zu bewegen, und ich liege tierisch unbequem. Er stützt sich mit dem Ellbogen auf meinen Haaren ab. Ich hoffe, er beeilt sich und ist bald fertig. Ich dachte, Jungs kommen schon in dem Moment, in dem sie sich die Hose aufmachen.

Auf einmal wird er ganz steif und jault auf – er klingt wie Cannelle, wenn man ihm aus Versehen auf den Schwanz tritt. Na, endlich.

Er lässt sich neben mich aufs Bett plumpsen. «*Merde.*»

Klebriger Saft läuft aus mir heraus. Mir ist kalt, und ich habe Schmerzen. Ich wette, ich habe Verbrennungen dritten Grades. Ich fasse es einfach nicht, wie *scheiße* das war. Fleur sagt, nach dem ersten Mal wird es bedeutend besser – kein Wunder, denn schlechter kann es kaum werden. Wenn das hier Sex sein soll – also, dann weiß ich wirklich nicht, wieso alle so wahnsinnig scharf darauf sind.

Michel zündet zwei Zigaretten an und reicht mir eine. Ich will ihm zwar klarmachen, dass ich nicht rauche, aber dass ich von zu Hause weglaufe, mich mit Armagnac betrinke und entjungfern lasse, ist ja auch nicht gerade die Regel. Also dann.

«Gut, *oui*?»

Ich nehme einen Zug und huste. «Geht so.»

«Nächstes Mal wird's besser», versichert er mir.

Von der Zigarette wird mir schlecht. Um mich herum fängt alles an, sich zu drehen, und auf einmal merke ich, dass ich mich übergeben muss. Ich springe aus dem Bett und renne ins direkt angrenzende Badezimmer, wobei mir Sperma an den Innenseiten der Schenkel herunterläuft.

Der Armagnac brennt auf dem Weg nach oben noch mehr in der Kehle als auf dem Weg nach unten. Ich würge, bis absolut nichts mehr kommt, dann ziehe ich und mache den Klodeckel zu. Ich bleibe, wo ich bin, und lege den Kopf auf die Toilette. O Gott. Was habe ich da bloß gerade getan?

Vor einer Stunde noch dachte ich, es sei eine gute Idee – da bin ich Michel in die Arme gelaufen und habe seinen Kaffee über uns beide verschüttet. Ich sah es ihm sofort an, dass er scharf auf mich war. Ich wusste genau, was er in Wirklichkeit wollte, als er mir anbot, mit auf sein Zimmer zu gehen, um die Flecken auszuwaschen. Und ich wollte einfach nur, dass mich irgendjemand mal *wollte*.

Meine Oberschenkel sind blutverschmiert. Ich stelle mich unter die Dusche. Das Wasser ist kalt, es ernüchtert mich im Handumdrehen. Ich hätte nie geglaubt, dass mein erstes Mal so sein würde. Ich hatte mir vorgestellt ... Keine Ahnung, was ich mir vorgestellt hatte. Leise Musik, Kerzenschein und Küsse, um mich in Stimmung zu bringen. Ein bisschen Romantik eben und ein inneres Feuerwerk und das Gefühl, als hätte man gerade im Lotto gewonnen.

Ich wasche mich gründlich. Unter dem kalten Wasser bekomme ich eine Gänsehaut. Jetzt bloß nicht albern und hysterisch werden. Schließlich sind wir hier in keinem billigen Heftchenroman.

Als ich ins Schlafzimmer zurückkehre, schlägt Michel die Decke zurück und klopft auf das feuchte Bett. «Komm.»

«Ich verzieh mich dann jetzt besser mal in mein Zimmer –»

«Später», sagt er mit einem Lächeln, das verrät, dass er

in nicht allzu ferner Zukunft genauso unwiderstehlich sein wird wie sein Vater. «Jetzt bist du dran.»

Als ich am nächsten Morgen aufwache, ist das Erste, was ich spüre, dieser dumpfe Schmerz zwischen den Beinen. Ich lächele. Er hat wirklich schnell gelernt. Das zweite Mal war viel besser, und das dritte –

Das Dritte. *Wow.*

Erst dann fällt mein Blick auf die Uhr.

Ich sehe vorsichtshalber zweimal hin. Viertel nach sieben! *Mist!* Ich muss nach der dritten Runde eingeschlafen sein. Kein Wunder, aber –

Michel liegt auf meinen kaffeebefleckten Klamotten. Ich knie mich hin und versuche, sie unter ihm wegzuziehen, ohne ihn zu wecken. Gegen Ende hat es gestern Abend wirklich richtig Spaß gemacht, aber ich glaube nicht, dass ich jemals zu denen gehören werde, die gerne morgens Sex haben. Ach, komm schon. Jetzt *komm.*

Es klopft zaghaft an die Tür. Ich erstarre.

«*Michel? Es-tu prêt?*»

Ach, verdammt. So ein Mist!

«*C'est sept heures et quart, Michel. Tu seras en retard pour l'école.*»

«Michel!», zische ich leise. «Michel, wach auf!»

Er grunzt nur und rollt sich laut schnarchend auf die Seite. Ich schnappe mir blitzschnell meine frei gewordenen Klamotten. Ich verstecke mich im Bad, bis sie weg ist, und dann schleiche ich mich zu meinem Zimmer –

Seine Mutter klopft noch einmal an. «Michel?»

Ich bin schon auf halbem Weg zur Badezimmertür, als ich meinen rosa BH mitten auf dem Fußboden entdecke, wo ihn jeder sehen kann. Ich flitze in Neandertalerhaltung nochmal zurück und reiße ihn an mich.

Der Türknauf dreht sich.

Ich bin erledigt.

Ich weiß nicht genau, was *putain* bedeutet, aber ich glaube, es kann nichts Nettes sein.

Ich stehe vor der Haustür und frage mich, was ich jetzt tun soll. Ich habe nur ungefähr zwanzig Euro Bargeld – damit komme ich nicht mal mit dem Taxi zum Bahnhof. Ich habe zwar immer noch Dads Kreditkarte, aber keine Ahnung, wo der nächste Geldautomat ist. Oder wo überhaupt irgendwas ist. Das ist das erste Mal, dass ich das Haus verlasse, seit ich hier in Paris bin. Wenn Fleur doch nur nicht schon auf dem Weg zur Schule gewesen wäre – ich wette, dann hätte ihre Mutter sich nicht getraut, mich rauszuschmeißen.

Mann, was für eine Zicke. Ich war ja schließlich nicht die einzige Beteiligte. Michel war ja auch noch da. Aber zu ihm hat sie kein Wort gesagt. Ich fasse es nicht, dass sie mich einfach so vor die Tür gesetzt hat.

Mist. Nach Hause kann ich nicht, und hierbleiben kann ich auch nicht. Ich könnte Richtung Süden fahren, in die Provence, und da ein bisschen jobben, bis ich weiß, was ich machen will. Ich könnte bei der Traubenernte helfen. Sind Trauben im April schon reif?

Die Haustür geht auf, und ich rette mich die Treppenstufen hinunter, bevor Cruella mir die Augen auskratzt.

«Cate, *attend!*» Michel kommt barfuß und nur mit einer Jeans bekleidet hinter mir hergetapst.

Ich warte. Mann, der ist wirklich eine Sahneschnitte. Neben ihm wirkt Dan so sexy wie Mr. Bean.

«*Ma mère.*» Er zuckt mit den Schultern. «Sie ist 'ysterisch. Tut mir leid.»

«Ja, klar.»

«Bitte, Cate. Ich mach mir Sorgen. Wir 'aben eine Villa in Marseille. Ich 'abe die Adresse aufgeschrieben.» Er drückt mir einen Umschlag in die Hand. «Ich 'abe Lauren angerufen, unsere 'aus'älterin, sie weiß Bescheid.»

Im Umschlag ist ein Stapel Euroscheine. «Das kann ich nicht annehmen –»

«Du gibst zurück 'inter'er, okay? Ich sage Fleur, was passiert ist, wenn sie nach 'ause kommt. Dann wird sie dich *en le weekend* besuchen. Entschuldige, Cate. Ich mag dich *beaucoup*.»

«Ich mag dich auch *beaucoup*, Michel», lächele ich.

Er rennt die Treppe hoch, winkt kurz und verschwindet wieder im Haus.

Ich stopfe das Geld und die Adresse in meinen Rucksack, nehme meine Reisetasche und trotte Richtung Hauptstraße. Okay. Ich schaffe das schon. Ich werde ein Taxi anhalten, zum Bahnhof fahren und im Schlafwagen nach Marseille fahren. Wenn ich meine Fahrkarte bar bezahle, kann Dad auch nicht anhand seiner Kreditkartenabrechnung kontrollieren, wo ich bin. Ich bleibe ja nicht für immer weg – ich muss mich nur erst mal irgendwie sammeln, bevor ich nach Hause fahre und meine Suppe auslöffele.

Ich biege um die Ecke und sehe drei Jungs, die an einer Mauer herumlungern. Als sie auf mich aufmerksam werden, stellen sie sich plötzlich auf. Sie versperren mir nicht direkt den Weg, aber sie rücken mir ganz schön auf die Pelle.

Ich senke den Blick und ducke mich an ihnen vorbei. Ich hasse es, wenn Typen so was machen. Die finden das einfach nur lustig, aber ich kriege jedes Mal Schiss dabei. Sie rufen mir etwas auf Französisch zu, lachen und johlen, fassen mich aber nicht an. Und dann, als ich gerade an ihnen vorbei bin und denke, dass ich das Schlimmste hinter mir habe, tritt ein vierter Typ direkt vor mir aus dem Schatten eines Eingangs.

Ich nehme die Beine in die Hand und renne über die Straße. Die Autos bremsen, hupen, weichen mir aus. Ich laufe weiter, bis ich sicher bin, dass mir die Typen nicht auf den Fersen sind.

Erst dann bleibe ich stehen, stütze mich mit den Händen auf die Knie, bis ich wieder Puste kriege. Ich schreie laut auf, als mir nur Sekunden später jemand auf die Schulter tippt.

«Hey, alles in Ordnung?»

Vor mir steht ein Mädchen, das kaum älter ist als ich. Ihre Haare sind raspelkurz und von der Sonne ausgebleicht, und sie hat einen riesigen, reichlich gebraucht aussehenden Reiserucksack auf dem Rücken. Sie betrachtet mich. «Geweint?»

«Geht schon.»

«Tut mir leid, ich wollte dich nicht erschrecken.» Sie grinst und streckt mir eine Hand entgegen. «Jodi Crane. Ursprünglich aus Australien, wie du mir wahrscheinlich anhören kannst. Ich bin mit ein paar Freunden rübergekommen, um in Europa Interrail zu machen, aber irgendwie haben wir uns zerstritten. Jetzt bin ich auf dem Weg nach Damaskus, um mich mit meiner Schwester zu treffen. Wie heißt du?»

«Cate Ashfield. Ich habe hier ein paar Freunde besucht, aber wir – haben uns auch zerstritten.»

«Lust auf 'nen Kaffee? Du siehst aus, als könntest du ein bisschen Aufmunterung gebrauchen.»

Ich zögere. Ich kenne das Mädchen ja überhaupt nicht – Ich denke schon genauso, wie meine Mutter redet.

«Super Idee», antworte ich entschlossen.

Jodi führt uns zu einem kleinen Straßencafé in der Nähe des Flussufers. Bei einer Tasse Kaffee und einem Croissant tauschen wir die wichtigsten Informationen aus – «Deine Mutter klingt schon ziemlich durchgeknallt, aber wenigstens hat sie dich nicht acht Mal pro Woche mit in die Kirche geschleppt, so wie meine» – und geben uns gegenseitig Tipps: «Vertraue niemals einem Typen, der ‹Du kannst mir vertrauen› sagt», rät Jodi mir, «*insbesondere*, wenn es um Verhütung geht.» Sie nimmt kein Blatt vor den Mund, ist lustig und offen. Man muss sie einfach mögen. Als wir uns eine zweite Runde Espresso bestellen, kommt es mir bereits so vor, als würde ich sie seit Jahren kennen.

«Hör mal», sagt sie dann auf einmal, «wenn du nichts Bestimmtes vorhast, kannst du doch mit mir nach Damaskus fahren! Zu zweit reisen ist viel sicherer als allein, und wir kommen doch prima miteinander aus. Was meinste?»

Ich bin perplex. Syrien ist *wirklich* weit weg. Braucht man da nicht sogar ein Visum? Ich könnte dort nicht einfach den nächsten Zug zurück nach Hause nehmen, wenn ich die Nase voll habe. Und meine Prüfungen? Die fangen auch in zwei Wochen an. Ich hatte ja nie vor, so lange wegzubleiben.

Aber was soll ich mit den blöden Prüfungen, wenn Dad mich sowieso nicht in New York studieren lassen will? Ich will Journalistin werden. Wer sagt denn, dass ich dazu irgendeinen blöden Wisch von der Uni brauche? Ich könnte genauso gut echte Lebenserfahrung sammeln und mich dann hocharbeiten. Vielleicht könnte ich hin und wieder mal einen Reisebericht an die *Mail* verkaufen. Ich werde es nie zu etwas bringen, wenn ich nicht auch mal ein Risiko eingehe. Woodward und Bernstein haben den Pulitzer-Preis ja nicht dafür bekommen, dass sie zu Hause saßen und Scrabble spielten. Und ich will bestimmt nicht wie Mum werden, die sich nicht mal bis ans Ende der Straße traut.

Es wird langsam Zeit, dass ich mein Leben selbst in die Hand nehme.

«Okay. Warum nicht?»

Jodi grinst mich breit an. «Klasse! Das wird so cool! Los, wir machen uns gleich auf den Weg Richtung Süden. In der britischen Botschaft in Rom besorgen wir dir ein Visum. Schon mal in 'ner Bar gearbeitet?»

«Nein, noch nicht.»

«Ist total einfach, und so, wie du aussiehst» – sie zwinkert mir zu –, «wirst du jede Menge Trinkgeld absahnen.»

Ihre Begeisterung ist echt ansteckend. Wer weiß, vielleicht ist das hier das Beste, was mir je passiert ist! Mum und Dad haben mich einfach viel zu lange in Watte gepackt. Ein Abenteuer wie dieses wird ihnen beweisen, dass ich sehr wohl allein zurechtkommen kann.

Ich schiebe meinen Stuhl zurück. «Ich muss nochmal eben auf Toilette –»

«Ganz hinten, Richtung Küche. Aber nimm bloß nicht die linke, da war ich vorhin schon mal drin, die ist total eklig, wenn du verstehst, was ich meine.»

Meine Taschen lasse ich bei Jodi, und dann arbeite ich mich zwischen den vielen Tischen und Menschen hindurch bis ganz nach hinten. Damaskus! Das klingt so biblisch und exotisch. Und so wahnsinnig riskant ist die Sache ja gar nicht. Jodi ist schon eine Menge rumgekommen, sie weiß ganz offensichtlich, was sie tut. Es wird bestimmt Spaß machen, mit ihr herumzureisen. Ist ja nun nicht so, als würden Mum und Dad mich vermissen.

Die Toilette ist nicht besonders sauber, aber ich sage mir, dass ein bisschen Abhärtung nicht schaden kann. Ich weiß zwar nicht viel über Syrien, aber ich habe den Verdacht, dass die sanitären Anlagen dort nicht unbedingt zu den saubersten der Welt gehören.

Als ich wieder draußen in der Sonne bin, fällt mir auf, dass ich offenbar einen falschen Ausgang genommen habe. Jodi muss an der anderen Tür sein.

Es dauert zehn Minuten, bis ich der Wahrheit ins Gesicht sehe.

Sie ist abgehauen. Zusammen mit meinem Rucksack und meiner Reisetasche, zusammen mit all meinem Geld, meiner Kreditkarte, meinem Pass und meinem Handy.

Sie hat nicht mal mehr für den Kaffee bezahlt.

Ich lasse mich auf einen Stuhl fallen. Wie konnte ich nur so blöd sein? Wie konnte ich einem Mädchen, das ich erst seit einer halben Stunde kenne, meine ganzen Sachen anvertrauen? Und mit der wollte ich nach Syrien! Vielleicht hat Dad doch recht. Wenn ich nicht mal fünf Minuten lang allein in Paris zurechtkomme – wie soll ich dann in New York überleben können?

Die Kellnerin schiebt die Rechnung unter meine Untertasse. Ich lege meine letzten Euros darauf und schlendere dann ziellos durch den Park. Verzweifelt versuche ich, die in mir aufsteigende Panik zu unterdrücken. Was mache ich denn jetzt bloß? Nicht mal eine Jacke habe ich – die war zusammen mit den anderen Klamotten in meiner Reisetasche. Ich muss einfach abwarten und dann später wieder zu Fleur gehen. Die leiht mir bestimmt genug Geld, um bis nach Marseille zu kommen. Und danach – tja, keine Ahnung, was ich danach mache. Aber mir wird schon was einfallen.

Das Problem ist nur, dass das Haus der Lavoies komplett im Dunklen liegt, als ich nach stundenlangem Herumstreunen im Schlosspark vor der Tür stehe. Als das Hausmädchen endlich geruht, aufzumachen, genießt sie es regelrecht, mir mitzuteilen, dass die Familie übers Wochenende nach Genf gefahren ist. Dann knallt sie mir die Tür vor der Nase zu.

Ich schleppe mich zurück zum Park, weil ich nicht weiß, was ich sonst machen soll. Es wird langsam Abend. Mir gefriert fast das Blut in den Adern bei dem Gedanken, die ganze Nacht hier draußen zu verbringen.

Ich klettere über eine niedrige Mauer und verstecke mich im Gebüsch. Ich will lieber hier von ein paar Füchsen gestört als auf einer Parkbank von einem Vergewaltiger angegriffen werden.

Ich stolpere über etwas Weiches und bin kurz davor, zu schreien. Dann entdecke ich einen Fitzel gelben Pelz.

Ganz in der Nähe finde ich auch meine Reisetasche. Mir entweicht ein Geräusch, das halb Lachen, halb Schluchzen ist. Jodi muss meine Taschen hier weggeworfen haben, nachdem sie sich rausgenommen hat, was sie wollte. Das Geld, mein Handy und die Kreditkarte sind weg, aber mein Pass und die Klamotten sind noch da. Wenigstens muss ich heute Nacht nicht frieren.

Ich ziehe mir mein Gap-Sweatshirt über und versuche zu schlafen, aber es klappt nicht. Bei jedem kleinsten Geräusch bekomme ich Herzrasen. Ich schleppe mich zu einem Baum und setze mich hin, dicht an den Stamm gelehnt, weil ich glaube, dass sich so zumindest niemand von hinten anschleichen kann. O Gott, ich habe solche Angst. Ein Teil von mir will einfach aufgeben und wieder nach Hause fahren, aber Mum und Dad werden so stinksauer auf mich sein, ich kann ihnen nicht unter die Augen treten. Vielleicht kann ich morgen früh Ben erreichen. Der kann mir bestimmt irgendwie Geld zukommen lassen, ohne mich zu verpfeifen. Und dann –

Es gibt kein «Und dann».

Es ist stockdunkel, und die Nacht ist voller furchteinflößender Geräusche. Jeder Schritt, den ich in der Ferne höre, ist ein Psychopath mit einer Axt. Jeder knackende Zweig ein Mörder auf Opfersuche. Meine Augen tun mir vom angestrengten Beobachten in der Dunkelheit weh. Ich zittere wie Espenlaub – vor Angst und vor Kälte. Irgendwann gegen Morgengrauen schlafe ich endlich vollkommen erschöpft ein.

Die durch das Laub der Bäume dringende Sonne weckt mich. Ich rappele mich auf und klopfe mir das Laub und die Erde von den Klamotten. Meinen Kulturbeutel hat Jodi nicht mitgehen lassen – ich quetsche ein bisschen Zahnpasta auf meinen Finger und rubbele mir damit über die Zähne. Gleich darauf komme ich mir dämlich vor – wozu mache ich das?

Ich bin todmüde und steif, mir ist eiskalt und schlecht, weil ich zu wenig gegessen habe. In den letzten sechsunddreißig Stunden habe ich nichts zu mir genommen außer dem Croissant zusammen mit Jodi. Ich muss etwas essen. Wenn ich den Bürgersteig beim Café gründlich absuche, finde ich vielleicht ein paar Münzen, von denen ich mir einen Sandwich kaufen und Ben anrufen kann.

Ich brauche drei Stunden, bis ich genügend Geld zusammen habe, um mir ein kleines Käsebaguette zu kaufen. Ich verschlinge es und kauere mich auf einer Parkbank zusammen. Es ist hoffnungslos. Ich schaffe das nicht. Ich weiß eigentlich schon gar nicht mehr, wieso ich überhaupt ausgerissen bin.

Mum hat mir die Wahrheit gesagt, was Dan angeht. Natürlich hat sie die Wahrheit gesagt. Das würde sie mir nie antun. Sie liebt mich doch. Ganz bestimmt. Sie kann nichts dafür, dass sie eine Krankheit hat, die sie manchmal seltsame Sachen machen lässt.

Was zum Teufel tue ich nur hier?

Sie muss krank sein vor Sorge. Mir fällt ein, wie aufgeregt sie immer war, wenn der Schulbus nachmittags spät dran war, weil sie jedes Mal dachte, er hätte einen Unfall gehabt. Sie hat während meiner Ballett- und meiner Pfadfinderstunden immer draußen auf mich gewartet, weil sie mich nicht mal für eine Stunde allein lassen wollte. Sie hat mir immer wieder eingeschärft, keine Süßigkeiten von Fremden anzunehmen und nie im Dunkeln die kleine Gasse zum Bahnhof entlangzugehen. Okay, sie hat auch ziemliche Scheiße gebaut. Aber da war sie *krank*. Sie konnte nichts dafür. Ich habe mir das schon tausendmal gesagt, aber wirklich wissen tue ich es erst jetzt.

Wie habe ich jemals glauben können, dass es ihr egal wäre, ob ich da bin oder nicht?

Wenn ich ein Telefon hätte – sie anrufen könnte – ich wette, dann würde sie – ich wette, sie würde –

Ich greife nach meiner Tasche und stehe auf. Tränen laufen mir übers Gesicht. *Ich will zu meiner Mum.*

Und auf einmal ist sie da.

Wie eine Fata Morgana. Aber sie ist wirklich da.

Sie streckt eine Hand nach mir aus. «Cate, bitte –»

Ich bin wie gelähmt. Doch dann renne ich auf sie zu, falle ihr um den Hals, schluchze an ihrer Schulter und sage immer wieder ihren Namen.

«Es tut mir so leid, Mum», murmele ich, als ich mich endlich beruhigt habe.

«Hör auf zu weinen, bitte, Liebes. Ich kann es nicht ertragen, dich so unglücklich zu sehen.»

«Aber nach allem, was ich getan habe! Bist du denn nicht stinksauer auf mich?»

«Natürlich nicht!» Sie drückt mich ganz fest an sich.

«Wie könnte ich dir denn jetzt böse sein? Ich bin fast durchgedreht vor lauter Sorge.»

«Aber warum? Ich habe mich doch unmöglich aufgeführt –»

«Weil du in Sicherheit bist», antwortet sie nur.

Ich senke den Kopf und schäme mich. Was habe ich meiner Mutter da zugemutet? Ihre Augen sind geschwollen und rot vom vielen Weinen, und sie sieht aus, als hätte sie mindestens fünf Kilo abgenommen. Sie hat bestimmt seit Tagen nicht geschlafen.

Mum nimmt meinen Rucksack. «Du stirbst doch bestimmt vor Hunger. Komm, wir gehen jetzt erst mal was essen, bevor wir uns Dad und seiner Schimpftirade stellen.»

«Hast du – hast du mit Dad gesprochen?», frage ich.

«Natürlich. Er hat sich in New York in den ersten Flieger nach Paris gesetzt, als ich ihm erzählt habe, dass du nicht bei Fleur bist. Ich habe ihn gerade eben vom Flughafen abgeholt.»

«Dad ist hier?»

Mum stellt meine Tasche auf dem Café-Tisch ab und winkt eine Kellnerin herbei. «Ja, und nicht nur Dad», informiert sie mich trocken. «Granny Anne habe ich auch im Schlepptau. Ich bin sicher, dass sie und Daddy sich gerade so richtig schön einander das Herz ausschütten.»

«Mum! Was machst du denn?»

«Von jetzt an läuft alles ein bisschen anders, Cate.»

Die Kellnerin nimmt unsere Bestellung entgegen und kommt ein paar Minuten später mit zwei Kaffee und einem *croque-monsieur* wieder. Ich schnappe mir den Toastsandwich und verbrenne mir an dem heißen Käse und Schinken den Mund.

«Cate», sagt Mum. «Ich muss mich bei dir entschuldigen.»

«Ach, was, Mum! So ein Quatsch! Ich habe schließlich –»

«Bitte, Liebes. Lass mich ausreden.»

Sie nimmt ein Päckchen Zucker und tippt damit nervös gegen ihre Tasse.

«Ich kann es dir nicht verdenken, dass du mir und Dan das Schlimmste unterstellst», sagt sie. «Schließlich habe ich dir auch nie wirklich einen Grund gegeben, mir zu vertrauen. Mit Dan ist nichts gewesen, aber warum solltest du mir das glauben?»

«Ich glaube es dir, Mum», erwidere ich schnell. «Ich war bloß selbst eine dumme Kuh –»

«Ich würde dir nie absichtlich wehtun, Cate. Aber ich weiß, dass ich dir gegenüber nicht immer fair gewesen bin, und ich kann das nicht alles auf meine Krankheit schieben.» Sie schluckt. «Du hast viel mehr unter mir gelitten als deine Brüder, und das kann ich mir nicht verzeihen. Ich habe dich so behandelt, wie meine Mutter mich behandelt hat – so, wie ich mir geschworen hatte, meine Kinder niemals zu behandeln: wie einen Menschen zweiter Klasse. Ich habe das nicht mit Absicht getan, Cate, das schwöre ich. Ich habe dich immer genauso viel geliebt wie Ben und Sam. Das Problem war nur –»

Sie legt den Zucker hin und verknotet die Finger. Ich halte die Luft an – ich kann mich nicht entsinnen, jemals ein solches Gespräch mit meiner Mutter geführt zu haben. Ein echtes Gespräch.

«Ich war neidisch auf dich», flüstert sie. «Ich weiß, das ist wirklich das Allerletzte – auf seine Tochter neidisch zu sein. Und zwar nicht, weil du jung und hübsch bist – obwohl du das natürlich bist. Aber ich war ja auch mal jung und hübsch, auch wenn das heute kaum vorstellbar ist. Nein, ich war neidisch auf deine Power, deinen Optimismus und deine Fähigkeit, einfach glücklich zu sein. Du bist fest entschlossen, dein Leben zu genießen. Du hast mir vor Augen geführt, was ich hätte sein *können*, wenn ich nicht von Geburt an mit dieser – dieser –»

«Mum, du bist eine tolle Künstlerin», versichere ich ihr hilflos. «Du hast mindestens doppelt so viel Talent wie ich.»

«Aber ich habe es nie wirklich zu irgendetwas genutzt!», ruft sie frustriert.

Zum ersten Mal in meinem Leben blicke ich sie an und *sehe* sie. Sie ist erst einundvierzig, nur fünf Jahre älter als Ella. Und immer noch attraktiv – unter dem Schleier aus Sorge und Enttäuschung leuchten ihre warmen, tropischblauen Augen, und ihre Haut ist rein und glatt. Auf einmal ist sie nicht nur meine Mutter – jene langweilige Hausfrau mittleren Alters, die mein ganzes Leben für mich geschrubbt und gekocht und auf mich aufgepasst hat –, nein, auf einmal ist sie eine schöne, jugendliche Frau mit ihren eigenen Träumen und Ängsten. Als sie siebzehn war, hat sie sich bestimmt nicht vorgestellt, dass ihr Leben sich so entwickeln würde. Wir wissen beide, dass Dad sie kaum beachtet – er würde ihr kaum weniger Aufmerksamkeit schenken, wenn sie ein Möbelstück wäre. Und zum Teil ist das meine Schuld, geht mir auf. Ich wollte die wichtigste weibliche Person in seinem Leben sein. Ich habe Mum zur Seite geschubst.

Ich erinnere mich daran, wie sie mich zu meinem Geburtstag damit überraschen wollte, mit mir am Ende des Gartens zu zelten. Da war ich wohl so sechs oder sieben. Sie hatte ein kleines Zelt für uns beide gekauft, Schlafsäcke und sogar einen kleinen Campingkocher. Sie muss sich so darauf gefreut haben – wochenlang hatte sie das alles vorbereitet.

Als ich meine Geschenke auspackte und das Zelt sah, war ich ganz aus dem Häuschen. «Ich will aber mit Daddy zelten!», rief ich, rannte zu ihm und sprang auf seinen Schoß.

Ich sah, dass sie ein langes Gesicht zog, und wusste, wie sehr ich ihr wehgetan hatte. Aber sie hat nie etwas gesagt. Sie hat uns Brote eingepackt, die Schlafsäcke für uns aufgerollt und uns fröhlich hinterhergewinkt, als wir uns auf den Weg zu unserem großen Abenteuer machten.

Was war ich für eine fiese Göre.

«Aber es ist doch noch nicht zu spät, Mum», wirke ich auf sie ein. «Du kannst doch immer noch etwas mit deiner Malerei machen. Eithne hat doch gesagt, du könntest eine Ausstellung bekommen, oder? Du könntest –»

«Cate, Liebes, wir wissen doch beide, dass daraus nichts wird.» Sie drückt meine Hand. «Ich muss jetzt bald wieder meine Tabletten nehmen. Wenn ich das nicht tue, werde ich früher oder später erneut vom Kurs abkommen. Wahrscheinlich eher früher. Und mit den Tabletten kann ich nicht mehr malen. Ich würde alle nur enttäuschen.»

«Hast du's denn überhaupt schon mal richtig versucht?»

Sie hebt ihre Kaffeetasse und stellt sie dann zurück, ohne davon getrunken zu haben. Ein älteres Ehepaar am Nachbartisch bröselt etwas Brot auf den Boden, das von zutraulichen Vögeln aufgepickt wird.

Mum steigen Tränen in die Augen. «Cate, es tut mir leid. So vieles tut mir leid. Ich habe dir viel zu viel Verantwortung zugemutet – wie konnte ich dir das antun damals, als dein Vater auf Zypern war –»

Mir wird schlecht. Ich bemühe mich stets, niemals an *Jenen Tag* zu denken. Das viele Blut. Ich hatte solche Angst. Solche Angst. Ich musste irgendwie dicht machen und so tun, als wäre das nicht wirklich passiert, als würde ich bloß ein Video sehen, bei dem ich jederzeit auf STOP drücken könnte, und dann wäre es weg. Das war die einzige Möglichkeit, um sie zu retten. Ich habe ein paar Geschirrtücher zerrissen – *Die hat Granny Clara Mummy zu Weihnachten geschenkt, sie wird bestimmt sauer auf mich sein* – und sie ihr um die Handgelenke gebunden, wie ich es aus dem Fernsehen kannte. Alles war so unwirklich, als würde es jemand anderem passieren. Als der Rettungswagen eintraf, dachte ich fast, jetzt würde Mum einfach aufstehen und lachen, würde sagen, dass alles nur ein kleiner Scherz war. Dass sie gar nicht wirklich versucht hatte, sich umzubringen, weil das besser war, als weiter meine Mutter zu sein.

Und hinterher war ich so *wütend*. Und ich hatte Angst. Selbst als die Ärzte meinten, dass sie ihr Medizin gegeben hatten, damit es ihr bald bessergeht, und Dad sie nach Hause brachte, verschwand jener Angstkloß in meinem Bauch nicht. Sie könnte es ja wieder versuchen. Sie könnte es jederzeit wieder versuchen, und dann wäre ich vielleicht nicht da, um sie zu retten.

Ich musste ständig aufpassen. Ich habe sie nicht einen Moment aus den Augen gelassen. Ich habe alle scharfen Messer in dem Schrank unter der Treppe versteckt. Ich habe sämtliche Aspirin und Paracetamol weggeschmissen. Und auch das Unkrautvernichtungsmittel und das Bleichmittel, obwohl sie davon natürlich einfach immer neues kaufte. Wenn Dad abends oder an den Wochenenden zu Hause war, war alles in Ordnung. Dann würde sie es ganz sicher nicht versuchen. Aber wenn sie allein wäre – oder wenn nur wir zwei zu Hause wären –

Ich wusste nie, was mich erwartete, wenn ich von der Schule nach Hause kam. Ich schleppte mich täglich träge ums Haus und hatte Angst, die Hintertür aufzumachen.

«Ich hatte solche Angst, Mum!», bricht es aus mir hervor. «Ich habe mich nicht getraut, dich zu lieben, das war zu riskant! Wirklich, ich wollte dich ja gerne lieben – du warst mir schließlich nicht egal –»

Weiß wie die Wand starrt Mum mich an.

«Ich *musste* dich hassen. Verstehst du das nicht? Ich musste mir selbst einreden, dass es mir nichts ausmachen würde, wenn du – wenn du nicht mehr da wärst. Ich wollte das doch selbst nicht», jammere ich, und die Tränen laufen mir über die Wangen. «Ich dachte, du hättest es wegen mir getan. Und ich wusste nicht, wie ich dich davon abhalten sollte, es wieder zu tun. Ich hatte solche Angst, dich zu verlieren, dass ich aufhören musste, dich zu lieben – ich musste mich selbst schützen –»

Sie springt von ihrem Stuhl auf und schlingt die Arme um mich. «Cate, ach, Cate. Das war doch nicht wegen dir. Es hatte überhaupt nichts mit dir zu tun», flüstert sie mir durch meine Haare zu. Sie löst sich wieder von mir und nimmt mein tränennasses Gesicht in die Hände. «Cate, hör mir zu. Ich wollte das nicht. Ich wollte mich nicht umbringen. Ich hätte dich niemals verlassen, verstehst du? Ich liebe dich und die Jungs mehr als alles andere auf der Welt. Ich war krank. Mir war gar nicht klar, was ich tat.»

«Aber was ist – was ist, wenn du wieder krank wirst?»

«Ganz gleich, wie krank ich werde, ich würde das nie wieder tun. Ich hatte doch keine Ahnung, was ich damit in dir auslöste. Ich dachte, es ginge dabei nur um Daddy und mich. Da habe ich mich geirrt.»

«Ich liebe dich, Mum», schluchze ich. «Es tut mir leid, dass ich abgehauen bin.»

«Ich liebe dich auch, Cate», sagt sie. «Und wie ich bereits sagte, von jetzt an wird sich einiges ändern. Du brauchst keine Angst mehr zu haben, Liebes. Und ich auch nicht. Versprochen.»

Ich weiß nicht, was Mum Dad erzählt, als wir im Hotel eintreffen, aber als er mich sieht, schreit er mich nicht an und macht auch sonst nichts von dem, womit ich gerechnet hätte. Stattdessen nimmt er mich in den Arm, als wäre ich jahrelang weg gewesen.

Ich gehe ins Bett und schlafe achtzehn Stunden am Stück. Als ich aufwache, bin ich unendlich erleichtert – wie nach einem fürchterlichen Albtraum. Mir ist, als wäre eine schwere Last von meinen Schultern genommen worden. Ich habe keine Angst mehr. Es wird alles gut. Ich schlage die Bettdecke zurück. Mir ist ganz schwindelig vor Freude. *Es wird alles gut.*

Als ich unter der Dusche stehe, entdecke ich ein paar kleine blaue Flecken, wie von Fingern, an den Innenseiten meiner Schenkel. Ich verdränge, was mit Michel gewesen ist. Passiert ist passiert.

Beim Frühstück bemerke ich, dass Mum und Dad irgendwie anders sind. Ich kann auch nicht genau erklären, wie, aber sie sind beide wirklich komisch drauf. Sie besteht darauf, dass wir alle zusammen mit dem Zug durch den *Chunnel* nach Hause fahren, und will nicht, dass Dad für einen geschäftlichen Termin noch ein paar Tage länger in Paris bleibt. Aber das wirklich Erstaunliche daran ist, dass er kein Wort dazu sagt. Und er ist losgezogen und hat ihr diesen wunderschönen blassblauen Hermès-Schal gekauft, während wir mit Granny Anne einkaufen waren. Er passt exakt zu Mums Augen. Solche Geschenke kauft er ihr sonst *nie*.

Zuerst denke ich ja, dass das nur von den seifenopernreifen Geschehnissen der letzten Wochen und meinem

Ausreißen herrührt, aber auch als wir wieder zu Hause sind und alles wieder normal läuft (also, was bei uns so «normal» heißt), macht er damit weiter. Er kommt jeden Abend vor sieben nach Hause und bleibt nicht ein einziges Mal über Nacht in London. Mum ist auch irgendwie cooler – ja, klar, sie nimmt wieder ihre Glückspillen, aber das ist nicht der einzige Grund. Sie ist nämlich nicht überkandidelt gutgelaunt – hüpft nicht herum und knüpft auch keine Freundschaftsarmbänder. Sie wirkt mehr wie jemand, der in einen schrecklichen Autounfall verwickelt war und dachte, dass er für den Rest seines Lebens verstümmelt sein würde – dann aber feststellte, dass er gar nicht so schwer verletzt wurde. Na ja, es ist ein Anfang.

Irgendwie ist das alles ziemlich schräg, aber auf eine gute Weise. Ich kann zur Schule gehen und Angst vor den Prüfungen haben wie alle anderen auch. Ich weiß nicht, wie lange dieser vorläufige Friede anhalten wird, aber ich habe endlich mal das Gefühl, auf- und durchatmen zu können.

Drei Wochen nachdem wir aus Paris zurück sind, lege ich meine letzte Prüfung ab, dann falle ich in mein Bett und schlafe eine gefühlte Woche durch.

Als ich schließlich und endlich gegen Mittag aufstehe, trotte ich in einer von Bens Boxershorts und einem alten T-Shirt nach unten. Mum ist seit Tagen in ihrem Atelier und malt, daher bin ich nicht überrascht, dass niemand in der Küche ist. Ich habe mir ein paar Toasts mit Marmite gemacht, sitze am Küchentisch, blättere in der *Mail* und warte darauf, dass das Wasser kocht, als Mum und Dad zusammen in die Küche kommen und sich mir gegenüber an den Tisch setzen, als wollten sie ein Bewerbungsgespräch mit mir führen.

Ich sehe von einem zum anderen. «Was ist los?»

«Ich dachte, du magst kein Marmite», sagt Mum nervös.

«Stimmt, normalerweise nicht. Aber heute hatte ich mal Lust drauf. Mum, warum ist Dad nicht arbeiten? Stimmt was nicht?»

«Alles in Ordnung», seufzt Dad. Er sieht grau und müde aus. «Wir müssen dir nur etwas Wichtiges mitteilen, und wir haben damit so lange gewartet, bis du deine Prüfungen hinter dir hast –»

«Ich hab's gewusst. Ihr lasst euch scheiden, stimmt's? Darum seid ihr so –»

«Es geht um dich, Cate. Wir möchten mit dir über dein Studium reden.»

Ich wende den Blick ab. «Und wozu?»

«Jetzt hör deinem Vater bitte mal zu», weist Mum mich zurecht.

Manchmal bin ich mir nicht ganz sicher, ob diese neue Mum wirklich so eine gute Sache ist.

«Deine Mutter und ich haben uns sehr ausführlich darüber unterhalten. Wir haben erkannt – *ich* habe erkannt –, dass es deine Entscheidung ist, wo du studierst. Wir haben kein Recht, dich von dem zurückzuhalten, was du gerne machen möchtest. Allerdings», fügt er schnell hinzu, «möchten wir sicher sein können, dass es dir gutgeht. Cate, du bist noch so jung. Und nach New York zu ziehen ist ein sehr großer Schritt. Das ist ein anderes Kaliber als mal eben nach Paris zu düsen. Du wirst Tausende Kilometer von zu Hause entfernt sein, wenn irgendetwas schiefläuft.»

«Das sagtest du bereits.» Ich versuche, nicht verbittert zu klingen. «Also was soll dann dieser ganze Auftritt jetzt?»

«Ben ist in zwei Jahren in Oxford fertig», wirft Mum

ein. «Er will dann an der Columbia ein Postgraduiertenstudium absolvieren, und seine Lehrer meinen, dass er problemlos aufgenommen werden wird.»

Ich zucke mit den Schultern. «Und? Was hat das mit mir zu tun?»

«Die Columbia ist in New York –»

«Das weiß sie doch selbst, Beth. Hör zu, Cate», unterbricht Dad. «Was wir dir sagen wollen, ist: Wenn du wirklich unbedingt in New York studieren willst, werden wir dich ohne Vorbehalte unterstützen – allerdings möchten wir, dass du noch ein Jahr wartest und dann mit Ben rübergehst. Ihr braucht nicht zusammenzuwohnen – ich weiß, dass du dein eigenes Ding machen willst, und das will er ja auch –, aber deiner Mutter und mir wäre deutlich wohler dabei, wenn er in deiner Nähe ist.»

«Ihr meint, ich soll nach dem Abi ein Jahr Pause machen?»

«Das tun doch viele. Und ich könnte ein paar fleißige Hände und scharfe Augen in der Agentur gebrauchen. Was würdest du davon halten, für mich zu arbeiten?»

«Meinst du das im Ernst?»

«Vielleicht könnte ich dir sogar Arbeit bei einer Zeitung verschaffen, ich habe ja schließlich ein paar Beziehungen –»

Ich falle ihm um den Hals. «Daddy, das ist total klasse! Ich kann gut ein Jahr warten, kein Problem. Dann habe ich Zeit, an meiner Bewerbungsmappe zu arbeiten! Ich fasse es nicht! Danke, Daddy! Ich verspreche euch, dass ich auf mich aufpassen werde.» Ich nehme meine Mutter in den Arm. «Ich weiß genau, dass ich das dir zu verdanken habe, Mum. Ich passe wirklich gut auf. O Gott, das ist ja der Wahnsinn –»

«So, jetzt muss ich aber los», sagt Dad und steht auf. «Ich muss noch zu einer Besprechung.»

Er küsst Mum auf die Wange, bevor er geht – das hätte er vor einem Monat auch nicht gemacht. Er lächelt mich an, aber das Lächeln ist nicht durch und durch echt. Er sieht irgendwie erledigt aus. Erst jetzt frage ich mich, was dieses neue Familienidyll ihn wohl gekostet haben mag.

Ich bin kein Baby mehr. Ich will nicht, dass meine Eltern nur wegen mir zusammenbleiben. Ich will, dass sie beide glücklich sind, damit ich endlich mein Leben leben kann, ohne mir ständig Sorgen um sie machen zu müssen.

Mum steht auf, um Tee zu kochen. «Ich vergesse manchmal, wie sehr dein Vater eigentlich schuftet», meint sie, als sie ihm durchs Küchenfenster hinterherblickt. «Er hat in letzter Zeit wirklich extremen Druck gehabt. James Noble hat es auf ihn abgesehen, seit Dad letzten Sommer sein Übernahmeangebot abgelehnt hat. Und er hat ihn immer noch auf dem Kieker. Einige von Dads wichtigsten Kunden sind –»

«James Noble?», falle ich ihr ins Wort.

«Ja, entschuldige, Liebes. Das ist der Mann, der Dad so große Probleme bereitet.» Sie nimmt den Deckel vom Kessel und lugt hinein. «Mist, das Ding hat ohne Wasser auf dem heißen Herd gestanden. Wenn dein Vater doch nur endlich begreifen würde, dass ein elektrischer Wasserkocher viel besser wäre.»

Mir wird schlecht. «Mum», sage ich aufgeregt.

«Cate? Liebling, ist alles in Ordnung? Du siehst ja aus, als wärst du einem Gespenst begegnet –»

Ich schiebe den Stuhl zurück. Er knallt gegen die Anrichte, sodass einige Teller umfallen.

«James Noble», würge ich hervor. «Den kenne ich. Das ist Dans Stiefvater.»

13

Ella

«Sie wollen mich *verklagen*?»

«Es tut mir so leid, Ella.» Lucy ist selbst ganz hilflos. «Ich weiß, dass du alles versucht hast, um sie zu retten. Aber sie brauchen natürlich jemanden, dem sie die Schuld in die Schuhe schieben können, und da bist du das leichteste Opfer. Ich glaube nicht, dass du das persönlich nehmen solltest –»

«Sie behaupten, dass ich ihr Baby umgebracht habe! Wie soll ich das bitte nicht persönlich nehmen?»

Ich schiebe den Stuhl zurück und trete zum Fenster, während ich versuche, die Nachricht zu verdauen. Ein Gerichtsverfahren! Wie können Anna und Dean bloß denken, es wäre meine Schuld, dass Hope gestorben ist? Ich habe alles getan, was ich konnte, um sie zu retten! Ich habe das Krankenhaus nicht eine Sekunde verlassen, nachdem ihre Tochter so krank wurde. Ich hätte nicht mehr für sie tun können, wenn sie meine eigene Tochter gewesen wäre!

Und mein eigenes Kind habe ich auch nicht retten können.

«Ist es wirklich meine Schuld?» Ich durchwühle die Unterlagen auf meinem Schreibtisch auf der Suche nach Hopes Akte. «Du warst doch dabei. Gab es Anzeichen, die ich übersehen habe? Irgendetwas, das ich sonst noch hätte tun sollen –»

«Hör auf, deine eigenen Fähigkeiten zu bezweifeln, Ella. Du solltest noch gar nicht wieder hier sein, geschweige denn, dich mit solchem Papierkram befassen. Geh nach Hause und ruh dich aus.» Sie nimmt mir Hopes Akte aus der Hand. «Vielleicht ziehen die Shores es ja letztendlich doch nicht durch. Im Moment stehen sie halt unter Schock. Und du auch», fügt sie sanft hinzu. «Es ist nicht mal zwei Wochen her, dass du selbst ein Kind verloren hast, Ella. Schau dich doch an. Du arbeitest rund um die Uhr und machst dich selbst fertig. Du musst dir Zeit geben zu trauern.»

Sie geht natürlich davon aus, dass das Baby von Jackson war. Für den Bruchteil einer Sekunde dachte ich das auch, als ich in New York auf dem Boden des Hotelzimmers lag und kapierte, was mit mir los war. Doch dann fiel mir wieder ein, wie ich an dem Morgen, an dem ich von Jacksons Tod erfuhr, in Williams Badezimmer stand und entnervt nach einem Tampon suchte, weil meine Tage zu früh waren. In jenem Augenblick wusste ich noch nicht, dass in wenigen Minuten mein Handy klingeln und sich mein Leben komplett verändern würde.

Und als ich vor Schmerzen kaum noch Luft bekam, schoss mir alles Mögliche durch den Kopf. *Ist es von William?*

Und dann fiel es mir wieder ein.

Die Nacht, in der Cooper in mein Zimmer gekommen war und wir wie Tiere übereinander hergefallen waren.

Ich hatte nicht Jacksons Baby verloren, sondern das seines Bruders.

Lucy zuckt zusammen, als meine Bürotür aufgeht. «Ich glaube, Sie sollten sich das hier mal ansehen, Dr. Stuart», sagt die diensthabende Schwester, nimmt die Fernbedienung von meinem Schreibtisch und schaltet damit den Flachbild-Fernseher an der Wand ein. «Das läuft seit einer halben Stunde auf Sky.»

Ich halte mich an meinem Schreibtisch fest. «O Gott», keuche ich.

Anna Shore blickt geradewegs in die Kamera, als könnte sie mich auf der anderen Seite der Mattscheibe ausmachen. «Uns wurde gesagt, wir wären im Princess-Eugenie-Krankenhaus in den besten Händen, und wir haben den Leuten da vertraut.» Ihre Stimme ist kurz davor, zu brechen. «Wir haben ihnen unsere Tochter anvertraut. Man hat uns versprochen, dass sie die bestmögliche Versorgung bekommen würde. Aber sie wurde ein paar Ärzten überlassen, die der Meinung waren, dass ihr Leben es nicht wert sei, gerettet zu werden. Sie war nichts als eine Nummer für sie, ein Kostenfaktor, den man sich lieber ersparen wollte.»

Ich balle die Hände zu Fäusten. Sie glaubt doch nicht – sie kann doch nicht glauben –

Dean macht einen Schritt auf seine Frau zu und nimmt sie in den Arm. Sie weint an seiner Schulter. Er hebt ein Stück Papier hoch und liest unsicher davon ab.

«Wir hoffen, dass die Ärztekammer hinsichtlich des fahrlässigen Verhaltens, das das zuständige Personal an den Tag gelegt hat, die nötigen disziplinarischen Schritte einleiten wird, und fordern die offiziellen Stellen auf, die Abläufe in den Krankenhäusern zu verbessern, damit ein solch katastrophales Versagen nie wieder vorkommt», lässt er hölzern verlauten. «Die Güte einer zivilisierten Gesellschaft erkennt man daran, wie sie mit ihren schwächsten Mitgliedern umgeht – den Jüngsten, den Ältesten und den Behinderten. Wir wünschen uns, dass nie wieder ein Elternpaar das durchleiden muss, was wir in den letzten Wochen durchlitten haben.»

Jetzt sieht man Richard Angel aus dem Krankenhaus kommen und eine ganze Armada von Mikrophonen ansteuern. Ein Reporter sagt aus dem Off: «Die Leitung der Princess-Eugenie-Klinik hat sich bei den Shores entschuldigt und angekündigt, eine genaue Untersuchung des Vorfalls in die Wege zu leiten.»

«Ich möchte mich als Allerersteѕ bei Mr. und Mrs. Shore entschuldigen für die Strapazen, die sie durchlitten haben», verkündet Angel professionell. «Es ist zwar noch keine formelle Beschwerde eingegangen, aber ich habe, sobald ich von diesem Fall erfuhr, eine interne Untersuchung angeordnet, und wir werden Sie alle selbstverständlich auf dem Laufenden halten.»

«Das ist *alles*?», rufe ich, als Angel sich auf dem Absatz umdreht. «Mehr hat er dazu nicht zu sagen? Kein Wort davon, dass er seinen Mitarbeitern vertraut?»

«Das war doch nur eine ganz formelle Erklärung», beschwichtigt mich Lucy, der die Sache offenbar unangenehm ist. «Ich bin mir sicher, dass er dafür sorgen wird, dass du rechtlich vollkommen –»

«Du hast recht», unterbreche ich sie kalt. «Ich sollte nach Hause gehen und mich ausruhen.»

«Ella –»

Mir schnürt sich die Kehle zu, als ich wütend die Tür hinter mir zuschlage. Mir ist gerade klar geworden, dass mit diesem Gerichtsverfahren nicht nur mein Job und meine ganze Karriere auf dem Spiel steht, sondern auch meine wichtigste Freundschaft. Lucy hat kein einziges Mal durchblicken lassen, dass sie zu mir steht. Denkt sie etwa auch, dass ich schuld bin? Dass ich meine privaten Probleme bei der Arbeit nicht ausblenden konnte und einen Fehler gemacht habe, der meiner winzigen Patientin das Leben gekostet hat?

Ich muss sicher sein, dass Lucy an mich glaubt – denn ich selbst tue es nicht mehr.

Am folgenden Samstag schwinge ich mich in aller Frühe aus dem Bett, ziehe eine alte Jeans und ein T-Shirt an und klappe die Lukentreppe zum Dachboden herunter. Ich zögere einen Moment, als meine Hand auf dem Geländer ruht, und blicke hinauf in die muffige Dunkelheit. Ich wünschte, ich wäre über meinen Schatten gesprungen und hätte Lucy gebeten, vorbeizuschauen und mir zu helfen.

Jetzt bloß nicht den Mut verlieren.

Vorsichtig klettere ich die Leiter hoch, wobei mir die Stiche an der heilenden Wunde aufgrund der ungewohnten Bewegung ziemlich wehtun. Oben angekommen, lasse ich den Kegel meiner Taschenlampe über die Dachsparren wandern.

Der Dachboden ist restlos vollgestopft mit Pappkartons und schwarzen Abfallsäcken, die einfach unachtsam übereinandergeworfen wurden. In ihnen befinden sich Jacksons Kleider und Bücher, seine Sammlung antiker Jagdmesser und ein kostbares Schachspiel aus Elfenbein, außerdem gerahmte Bilder von unserer Hochzeit, CDs, Angelruten, Pokale von Tontaubenschießen, Tennisschläger, Skistiefel, kaputte Computerteile, DVDs, Kassetten, eselsohrige Outdoor-Zeitschriften, eine ordentlich zusammengelegte amerikanische Flagge in einem dreieckigen Schmuckkasten (Sterne oben), ein ein Meter zwanzig langer geschnitzter Holzfisch – sämtliche Überreste seines einundvierzig-, nein, zweiundvierzigjährigen Erdenlebens.

Ich wuchte alle Tüten und Kisten die Leiter herunter und schleppe sie eine nach der anderen ins Schlafzimmer. Als Jackson gestorben war, konnte ich es nicht ertragen, irgendetwas um mich zu haben, was mich an ihn erinnerte. Aber ich muss mich dem jetzt stellen, sonst komme ich nie weiter. Ich kann es nicht länger vor mir herschieben.

Stück für Stück gehe ich alles durch. Es dauert nicht lange, da sind meine Wangen tränennass. Fast noch trauriger sind jedoch die Erinnerungsstücke, die mir selbst gar nichts sagen: ein Sträußchen gepresster Blumen, die immer noch ein klein wenig nach Jasmin duften. Ein Paar gebrauchte, cremefarbene Abendhandschuhe, die ich noch nie gesehen habe. Eine kleine Tiffany-Schachtel mit einer silbernen Babyrassel darin. Was haben Jackson diese Dinge bedeutet? Welche Geschichten sind mit ihnen verknüpft?

Ich öffne den ramponierten, ledernen Überseekoffer, der am Fußende des Bettes steht. Er ist ein Erbstück seiner Eltern – eins der wenigen Dinge, die Jackson mitbrachte, als er nach England zog. Ich nehme die darin aufbewahrten Decken heraus und packe vorsichtig all die Dinge in den Koffer, von denen ich mich noch nicht trennen kann: die Hochzeitsbilder, seine Notizbücher und Messer. Auch ein hellblaues Baumwollhemd, das ich so gerne an ihm mochte, und das College-Sweatshirt, das er jeden Tag zum Joggen anzog. Den Rest seiner Kleider sowie den größten Teil seiner Bücher und CDs werde ich zum One-World-Laden an der King's Road bringen.

Einem Impuls folgend, lege ich auch die gepressten Blumen, die Handschuhe und die Tiffany-Rassel in den Koffer. Vielleicht schicke ich sie Cooper. Wenn sie für Jackson so wichtig waren, dass er sie bis nach London mitnahm, dann möchte ich sie lieber nicht wegschmeißen.

Gegen Abend bin ich körperlich völlig erschöpft und emotional ausgelaugt. Ich kratze meine letzten Kraftreserven zusammen und lade die Kisten in Jacksons umweltfreundlichen Toyota-Hybriden. Ich setze mich auf den Fahrersitz und muss ihn erst mal richtig einstellen, damit ich mit den Füßen die Pedale erreiche. Wir haben immer Witze darüber gemacht, dass Jacksons Beine so lang waren, dass er auch vom Rücksitz aus die Pedale hätte bedienen können. Als ich den Motor starte – er springt zu meinem Erstaunen nach zwei Monaten in der Garage beim ersten Versuch an –, geht automatisch der CD-Player an und spielt Jacksons Lieblingsalbum, Rascal Flatts' *Feels Like Today*. Ich nehme die CD heraus, lege sie in ihre Hülle und deponiere sie in der nächstgelegenen Kiste auf dem Beifahrersitz.

Ich parke in zweiter Reihe vor dem Wohlfahrtsladen. Eine Frau mittleren Alters in einem scheußlichen Blümchenkleid und bläulichen Haaren eilt heraus, um mir beim Entladen zu helfen.

«Danke, meine Liebe», sagt sie in einem Tonfall, der ihre Herkunft aus dem Londoner Umland verrät, während ich die letzten Kisten in der Nähe des Verkaufstresens abstelle. «Hätten Sie wohl etwas dagegen, hier eben die Stellung zu halten, solange ich die Sachen nach hinten bringe?»

Sie verschwindet, bevor ich nein sagen kann. Ich platziere mich in der Nähe des Fensters, um das Auto im Auge zu behalten, damit sie mir keine Krallen an die Reifen legen. Ich lasse den Blick durch den Laden schweifen und denke: Man sieht, dass wir hier in Chelsea sind. Die Taschen sind alle von Louis Vuitton, und die Hosenanzüge stammen aus der letzten Saison von Chanel.

Eine bezaubernde Babyausstattung aus weißem Leinen ist im Fenster ausgestellt. Ich bücke mich ein wenig und bewundere die winzigen Kleider und die meisterhaften Stickereien. Wunderschön. Vollkommen unpraktisch, aber wunderschön. Ich sehe Babys für gewöhnlich ja nur in Miniaturausgaben unserer Krankenhauskittel oder dem allgegenwärtigen Strampler.

Ein Paar winziger, hellrosa Lederschühchen mit klitzekleinen goldenen Sonnen steht auf dem Regal direkt neben meiner Schulter. Ich nehme sie herunter und stelle sie auf meine ausgestreckte Handfläche.

Die Trauer überwältigt mich wie eine aus dem Nichts auftauchende Flutwelle. Ich stehe an dem riesigen Schaufenster und heule und schluchze wie ein Kind. Mein Körper krümmt sich zusammen, ich verziehe das Gesicht zur Fratze, ich schreie, kriege Schluckauf und weiß kaum, wie ich atmen soll. Ich weine um Jackson, um mein Baby und all die Babys, die ich nie werde haben können. Meine Tränen vermischen sich mit dem, was mir aus der Nase läuft. Ich klammere mich am Regal neben mir fest und gebe auf. Ich lasse los, gebe alle Beherrschung auf – weil ich gar nicht anders kann. Das Ausmaß meines Verlustes ist einfach zu gewaltig. Es erschlägt mich fast.

Ich bekomme kaum mit, wie die Verkäuferin mich in den Arm nimmt und mich ans hintere Ende des Ladens führt, wo sie mich an ihre wogende geblümte Brust drückt und mir über den Rücken streicht wie einem Kleinkind.

«So ist's gut, immer schön raus damit», redet sie auf mich ein. «Das hilft. Gut so. Heulen Sie sich einfach mal richtig aus.»

Ich weine an ihrer Schulter, bis ich keine Tränen mehr habe. Vor zwei Monaten hätte es mich angewidert, und es wäre mir extrem peinlich gewesen, in aller Öffentlichkeit zusammenzubrechen. Ich bin immer so stolz gewesen auf meine Selbstbeherrschung. Aber durch die Trauer habe ich eine ganz neue Welt kennengelernt, eine Welt, in der Selbstdisziplin und beruflicher Erfolg nicht zählen. Bisher war stets ich diejenige, die Hoffnung gespendet und Leben gerettet hat. Jetzt bin ich auf die Liebenswürdigkeit von wildfremden Menschen angewiesen, um mich von einem Tag zum nächsten zu retten.

Noch vor wenigen Minuten sah ich auf diese Frau mit ihren blauen Haaren und ihrem spießigen Kleid herab. Jetzt klammere ich mich an ihr fest, als sei sie die Einzige, die mich noch vor dem Weltuntergang bewahren könnte.

In meinen Augen ist Verletzlichkeit immer eine Schwäche gewesen. Wie hatte ich nur so arrogant sein können?

«Vor drei Jahren habe ich meinen Sohn verloren», erzählt die Frau dann gänzlich unerwartet, als die Heulkrämpfe nachlassen und ich völlig erschöpft auf einen Holzhocker in der Nähe des Lagerraumes sinke. «Er war im Irak und ist durch eine Straßenbombe ums Leben gekommen. Die ersten Monate habe ich mich ziemlich gut geschlagen, da bildete ich mir ein, er sei immer noch im Einsatz … Erst als ich die Weihnachtsdekoration vom Regal holen wollte, habe ich es auf einmal kapiert. Mein Sohn war nämlich immer der Einzige, der groß genug war, um dort oben dran zu kommen.»

Ich putze mir geräuschvoll die Nase. «Mein Mann ist vor zwei Monaten gestorben», sage ich. «Er hat sich ein Virus eingefangen und ist einfach so gestorben, ohne jede Vorwarnung. Ich konnte mich nicht einmal mehr von ihm verabschieden.» Ich atme tief durch und sehe ihr direkt in die Augen. «Ich habe ihn nicht geliebt. Er war mein bester Freund, aber ich habe ihn nicht geliebt, wie ich ihn hätte lieben sollen, wie eine Frau ihren Mann lieben sollte.»

«Ach, Sie Arme», sagt sie leise. «Das tut mir so leid.»

Sie meint nicht, dass es ihr leid tut, dass er gestorben ist. *Ich* tue ihr leid, weil ich nicht wusste, wie ich ihn lieben sollte.

Ich schlinge die Arme noch enger um meine Knie. Ich kauere im Dunklen auf dem Sofa. Es ist zwei Uhr morgens, aber ich kann nicht schlafen. Dass ausgerechnet das mich aus der Bahn werfen musste. Babyklamotten. Ich bin ein wandelndes Klischee.

Durch meine Arbeit im Krankenhaus habe ich Dutzende Frauen kennengelernt, die jahrelang verzweifelt versucht haben, sich den Traum vom eigenen Kind zu erfüllen: Bei Retortenbabys ist die Wahrscheinlichkeit einer Frühgeburt höher als bei Kindern, die auf natürlichem Wege gezeugt werden, vor allem, weil es da so häufig zu Mehrlingsschwangerschaften kommt. Für Mütter wie Anna Shore verkörpert der schrumpelige Säugling in der Butterdose aus Plexiglas den langersehnten Erfolg nach qualvollen Jahren voller Tests, Hormonspritzen, missglückten Versuchen und Enttäuschungen. Wie oft ist jenes liebevoll überwachte, zerbrechliche Baby ihre letzte Hoffnung. Immer wieder erzählen mir Frauen, dass sie im Supermarkt vor den Babyartikeln zusammenbrechen, dass sie die Straßenseite wechseln, um nicht an BabyGap vorbeigehen zu müssen. Beim Schreien eines Kindes im Flugzeug zucken sie jedes Mal zusammen, und sie stellen sich allen Ernstes vor, ein Baby, das unbeaufsichtigt in seinem Kinderwagen zurückgelassen wird, an sich zu reißen und mitzunehmen. Ich habe ihnen stets mit größtem Mitgefühl zugehört, mich aber hinterher gefragt, wie leer das Leben dieser Frauen doch sein muss, wenn sie unbedingt ein Kind brauchen, um diese Lücke zu füllen.

Sich nach einem Baby verzehren. Brennender Kinderwunsch. Solche Umschreibungen habe ich bisher nie verstanden. Doch jetzt empfinde ich es selbst, dieses fiebrige, im tiefsten Inneren körperlich spürbare Verlangen, diese quälende Leerstelle, die von nichts anderem ausgefüllt werden kann.

Ich schenke der Dunkelheit ein bitteres Lächeln. Ich habe den größten Teil meines Erwachsenenlebens mit Babys gearbeitet und nie auch nur einen Anflug von Muttergefühlen erlebt. Ich habe meine Ehe unter anderem dadurch zerstört, dass ich meinem Mann kein Kind schenken wollte. Jetzt bin ich eine unfruchtbare Witwe, und auf einmal wachen meine Hormone auf und machen Überstunden. Also, wenn es einen Gott gibt, dann hat *Sie* wirklich einen ziemlich schrägen Sinn für Humor.

Ich stehe auf, gehe zum Kühlschrank und schenke mir ein Glas Weißwein ein. Ich dachte, ich hätte mein Leben komplett durchgeplant. Ich hatte eine super Karriere, kinderlose Unabhängigkeit, einen bezaubernden Ehemann, den ich sehr mochte, und – sozusagen als i-Tüpfelchen – einen leidenschaftlichen, weltgewandten älteren Geliebten, wenn ich mal einen Extra-Kick brauchte. Ich dachte, ich könnte alles haben. Ich dachte, ich könnte mit allen Tellern gleichzeitig jonglieren, ohne dass mir je einer davon herunterfällt. Man könnte meinen, das Wort «Größenwahn» sei eigens für mich erfunden worden.

Jackson hatte da eine Theorie: den Karma-Kreditplan. Er glaubte daran, dass man im Laufe seines Lebens Karma-Punkte sammelt – Minus- und Pluspunkte, je nachdem, wie man lebt. Und eines Tages wird man zur Rechenschaft gezogen.

Mir entgleitet gerade alles. Mann, Geliebter, Karriere, Kinder – es ist alles weg.

Ich kippe den Wein herunter und schenke mir noch ein Glas ein. Ich hatte solche Angst davor, wie meine Mutter zu werden oder wie Lucy oder wie die Tausenden von anderen Frauen, die von ihren Männern dadurch gedemütigt werden, dass sie sich nach einer jüngeren, hübscheren, lebendigeren Frau umsehen. Ich dachte, durch meine Heirat mit einem Mann, den ich nicht wirklich liebte, sei ich gegen jede Verletzung gefeit. In Wirklichkeit war ich von allem abgeschnitten, was das Leben lebenswert macht.

Ich muss eingeschlafen sein, denn irgendwann rüttelt mich das Telefon wach. Mein Herz rast, als ich mich aufsetze. Es ist noch nicht mal hell draußen. Ich werfe einen Blick auf die Digitaluhr auf dem Fernseher: 05.35 Uhr. Ich spüre schon wieder Beklemmungen in der Brust und muss mich sehr zusammenreißen, um mich zu beherrschen. *Es ist doch nur das Telefon.*

Der Anrufbeantworter springt an, und ich höre mir selbst zu, wie ich den Anrufer bitte, eine Nachricht zu hinterlassen.

«Ella? Bist du da?»

Ich kann mir nicht helfen, aber ich empfinde ein leises, trauriges Glücksgefühl, als ich seine Stimme höre. Es ist zwei Wochen her, seit wir zuletzt voneinander gehört haben. Da erzählte er mir, dass Beth Cate nach einer Nacht im Freien in Paris gefunden hatte. Ich weiß, dass es feige von mir ist, seine Anrufe nicht anzunehmen, aber ich fürchte ganz einfach, dass ich wieder nachgebe, wenn ich mit ihm spreche.

«Hör zu, mir ist klar, es ist mitten in der Nacht, und es tut mir leid, wenn ich dich geweckt habe. Ich kann nicht schlafen. Was auch immer der Grund ist für dein Schweigen, ob du so viel um die Ohren hast, oder ob du einfach nicht mit mir reden willst, du kannst es doch nicht einfach dabei belassen, Ella. Bitte nimm ab, wenn du da bist.»

Seine Stimme hallt durchs Haus. Ich entferne mich leise vom Anrufbeantworter, als ob er mich hören könnte.

«Ella, wir müssen miteinander reden. Ich muss dir etwas Wichtiges sagen. Wenn es wirklich vorbei ist, kann ich das akzeptieren, aber erst muss ich wissen, was eigentlich passiert ist. Ich finde, zumindest das schuldest du mir.»

O Gott. Es zerreißt mich. Warum musste ich mich bloß ausgerechnet in einen Mann verlieben, den ich nicht haben kann?

«Ella, sie haben mir das mit Jacksons Baby erzählt», sagt er leise.

Um mich herum dreht sich alles.

«Ich weiß, wie schlimm das für dich sein muss. Nein, natürlich weiß ich es nicht, aber ich kann es mir vorstellen.» Er seufzt. «Aber das hat keinen Einfluss auf meine Gefühle für dich, Ella. Nichts hat darauf Einfluss. Du willst es vielleicht nicht hören, Ella, aber ich liebe dich. Ich erwarte nicht von dir, dass du mit dieser Information irgendetwas anfängst. Ich weiß nicht mal, ob ich das überhaupt möchte. Ich musste es nur einfach loswerden, das ist alles.»

Danach ist es lange still. Fast fürchte ich, William hat aufgelegt.

Ich zucke zusammen, als er wieder spricht. «Wir haben uns mal versprochen, dass wir Freunde bleiben würden, Ella. Ich hätte nie von dir gedacht, dass du nicht Wort halten würdest.»

Ich habe acht Jahre gebraucht, um mir einzugestehen, dass ich diesen Mann liebe. Und jetzt muss ich ihn aufgeben, weil ich kapiert habe, dass meine einzige Chance, mein Leben wieder auf die Reihe zu kriegen, darin besteht, jetzt endlich mal das Richtige zu tun.

Er hat recht. Ich schulde ihm eine Erklärung. Wenigstens das.

Ich gehe ans Telefon. «Doch, ich halte Wort.»

«Herrje, du siehst ja fürchterlich aus», sagt William.

«Danke. Jetzt fühle ich mich schon gleich viel besser.»

Er grinst und rückt mir einen Stuhl zurecht. Ich bin

froh, dass er sich für unser Mittagessen ein öffentliches und ausgelassenes Lokal wie die Chelsea Brasserie ausgesucht hat. Das macht die Sache einfacher.

Nein, tut es nicht. Nichts wird etwas daran ändern, dass dies eine einzige verzweifelte Quälerei ist.

Ich schiebe meinen Stuhl in den Schatten. Das englische Wetter ist launisch wie üblich, im April lockt es uns mit knackiger Augustsonne, die sich bis Mai sicher in eiskalten Novembernebel verwandelt haben wird. Ich habe sechsunddreißig Sommer gebraucht, aber schließlich habe ich es auf die harte Tour begriffen, dass ich mit meinen roten Haaren einfach *nie* braun werde.

«Flipflops?», schnaubt William, als er meine Fußbekleidung bemerkt.

«Goldene Leder-Flipflops. Der Metall-Look ist diesen Sommer total in», verteidige ich mich.

«Du kannst Sandalen nicht ausstehen. Mir war nicht klar, dass es so ernst um dich bestellt ist. Wenn ich gewusst hätte, dass du plötzlich in Kartoffelsack und Flipflops rumläufst, hätte ich doch schon viel eher gehandelt.»

William hat bereits Wein bestellt, einen teuren Montrachet. Er schenkt mir ein kühles Glas ein, und ich nippe einmal daran. Dann fingere ich befangen am Stiel herum. Anscheinend will – oder kann – keiner von uns ein richtiges Gespräch anfangen.

Wir bestellen unser Essen – William nimmt geschmortes Rebhuhn, ich den Salade Quercynoise mit einem Confit von Entenmägen – und beobachten die vielen Fußgänger rund um den Sloane Square. Schulkinder von der nahegelegenen Hill House School gehen in ihren zimtfarbenen Knickerbockern und beigefarbenen Hemden an uns vorbei. Sie kichern und rempeln sich gegenseitig an. Mir fällt ein kleines, vielleicht fünfjähriges Mädchen mit dicken roten Zöpfen und einer Unmenge von Sommersprossen auf. Genau wie ich in dem Alter.

Wenn ich ein Mädchen bekommen hätte – hätte es dann wohl auch so ausgesehen?

Ich zerbreche eine Grissinistange in mehrere Teile und lege diese ordentlich auf dem Tisch nebeneinander. «Wie geht es Cate?»

«Gut.» Er klingt überrascht. «Ich habe keine Ahnung, was in Paris passiert ist – und ich glaube, ich will es auch gar nicht wissen. Aber sie ist viel fröhlicher, seit wir wieder zurück sind. Beth ist auch wieder ein bisschen ausgeglichener, das hilft natürlich.»

«Und sie hat keinen Prüfungstermin versäumt?»

«Sie war gerade rechtzeitig zurück: Morgen ist der letzte. Sie konzentriert sich ja immer so stark auf eine Sache, man kriegt dann praktisch gar nichts anderes mehr aus ihr heraus. Aber sie hat ihrem Freund den Laufpass gegeben, das finde ich ja fast das Allerbeste.» Er zögert. «Sie weiß über uns Bescheid, Ella. Sie hat uns an jenem Abend auf dem Bahnhofsparkplatz gesehen.»

Ich befasse mich mit meiner Serviette, um Zeit zu gewinnen.

«Du wusstest das.» William klingt mit einem Mal anklagend.

«Sie war bei mir», räume ich ein. «Vor ein paar Wochen. Und sie hat mich gebeten, dir nichts davon zu erzählen.»

Er schenkt uns beiden noch ein Glas Wein ein und blickt dann so intensiv in sein Glas, als hoffte er, an dessen Boden die Antwort auf alle Fragen zu finden.

«Ist es deswegen?», hebt er schließlich an. «Ist das der Grund für das, was mit dir und mir passiert?»

«Zum Teil.» Ich seufze. «Es ist wegen *allem*, William. Als wir angefangen haben, uns zu treffen, war die Abmachung, dass keiner verletzt werden durfte. Es sollte einfach nur nett sein.» Ich schiebe meinen Salat zur Seite, ohne ihn angerührt zu haben. Mir ist plötzlich ganz schlecht beim bloßen Gedanken an Essen. «Ich dachte, das hier beträfe nur uns beide, aber das stimmt nicht. Es betrifft eine ganze Reihe von Menschen. An erster Stelle natürlich Beth und Jackson – er wusste zwar nichts von dir, aber trotzdem hat unser Verhältnis meine Ehe mit ihm vergiftet. Und jetzt auch noch Cate. Wir sind der Grund dafür, dass sie abgehauen ist. Sie hätte vergewaltigt oder ermordet werden können – nur wegen uns. Wir können nicht so tun, als wäre das nicht wichtig.»

«Aber natürlich ist das wichtig, Ella. Aber Cate versteht es. Ihr ist bewusst, dass ihre Mutter und ich –»

«Sie ist siebzehn, William. Sie ist noch ein Kind.»

«Sie hat ihr ganzes Leben mit Beth verbracht», antwortet er nüchtern. «Sie versteht es.»

«Aber es geht ja nicht nur um Cate. Da sind ja auch noch Ben und Sam –»

«Ben ist ausgezogen und studiert, er führt sein eigenes Leben. Sobald er in Oxford fertig ist, geht er an die Columbia. Er braucht seine Eltern nicht mehr. Und Sam ist im Internat. Er wird immer ein Zuhause haben, zu dem er zurückkommen kann, ganz gleich, was passiert. Aber sein Alltag wird allein von der Schule bestimmt, nicht von uns.» Er runzelt die Stirn. «Ella, meine Kinder sind doch nicht das Problem. Dass ich Familie habe, weißt du seit acht Jahren. Was geht wirklich in dir vor?»

«Du bist verheiratet, William. Und das ist auf einmal von Bedeutung. Ich kann es dir nicht erklären.»

«Ich sagte es dir bereits. Ich werde Beth verlassen.»

«William, das ist doch keine –»

«Ich habe bereits mit ihr darüber gesprochen.»

Ich schmeiße mein Glas um und verschütte den Wein über den ganzen Tisch.

«Also, so gut wie», korrigiert er sich. Plötzlich weicht er meinem Blick aus. «Dadurch, dass Cate ausgerissen ist, sind so viele Dinge plötzlich ans Tageslicht gekommen. Irgendwie komisch. Beth weiß zwar nicht konkret von dir, aber ich bin mir sicher, sie ahnt, dass da jemand ist. Sie hat mich gebeten, wenigstens noch so lange zu bleiben, bis Cate nächsten Sommer alle Prüfungen hinter sich hat.» Er will meine Hand nehmen, aber ich entziehe sie ihm. «Ella, bitte. Warte auf mich. Es dauert ja nicht mehr lange. Wir haben acht Jahre gewartet, da können so ein paar Monate doch jetzt nicht –»

«Darum habe ich dich nie gebeten, William!» Ich bin erschüttert. «Du kannst sie nicht wegen mir verlassen!»

«Was meinst du denn, worum es hier die ganze Zeit ging?»

«Ich wollte nie im Leben deine Ehe zerstören!»

«Herrgott nochmal, Ella! Hör auf, dich deiner Verantwortung zu entziehen!», fährt er mich plötzlich wütend an und schlägt mit der Faust auf den Tisch. «Du kannst nicht acht Jahre lang mit mir schlafen und zulassen, dass ich mich in dich verliebe, und dich dann mit erhobenen Händen zurückziehen und sagen, du hättest mit all dem nichts zu tun! Du hast was damit zu tun, seit du mich im Park geküsst hast! Warum sonst sollte ich Beth verlassen, wenn nicht wegen dir?»

Entsetzt sehe ich ihn an. *Das ist mein Werk.* Ich habe das alles verursacht. Ich habe eine Kettenreaktion ausgelöst, die das Leben all derer zerstört, die irgendwie mit mir verbunden sind.

William reißt sich unter großer Kraftanstrengung zusammen, das merke ich ihm an, und lächelt vorsichtig.

«Ella, können wir das jetzt bitte einfach hinter uns lassen? Sollten wir nicht lieber an die Zukunft denken statt an die Vergangenheit?»

Ich muss das alles wieder in Ordnung bringen.

«Ella? In zwei Wochen fährt Beth mit ihrer Freundin Eithne zum Malen nach Italien, die Reise ist schon seit Monaten geplant. Wir könnten –»

«Ich liebe dich nicht, William», sage ich klar und deutlich.

Er weicht zurück, als hätte ich ihn geschlagen.

«Es tut mir leid.» Ich blicke ihn fest an. «Ich mag dich natürlich sehr. Wir haben eine tolle Zeit zusammen gehabt. Aber ich liebe dich nicht. Ich möchte nicht, dass du deine Frau wegen mir verlässt. Das wäre sinnlos.»

«Das kaufe ich dir nicht ab», bringt er heiser hervor.

Meine Hände zittern. Ich verstecke sie unterm Tisch.

«Wir haben damals abgemacht, dass wir uns, wenn einer von uns die Sache beenden will, trennen, ohne Fragen zu stellen. Es funktioniert einfach nicht mehr, William. Ich brauche jemanden mit weniger Ballast –»

«Du glaubst nicht daran, dass ich sie wirklich verlasse, stimmt's? Darum geht es dir, nicht wahr? Ich kann's dir nicht mal verdenken, klingt ja auch ziemlich abgedroschen.» Erwartungsvoll lehnt er sich nach vorn. «Ich meine es wirklich ernst, Ella. Gib mir nur eine Chance, und ich werde es durchziehen. Ich weiß, dass du mich liebst –»

«Das Baby war nicht von Jackson.»

Fassungslos sieht er mich an.

«Du warst nicht der Einzige, William, und das weißt du. Schließlich sind wir ja nicht verheiratet, oder?»

Ich sehe, wie der Glanz in seinen Augen erlischt. Schmerz und Enttäuschung treten an seine Stelle, und ich kann es kaum ertragen. Instinktiv strecke ich die Hand nach ihm aus, doch er betrachtet meine Hand auf seinem Arm, als würde sie ihn vergiften.

«Du Schlampe», presst er hervor.

Er steht so unvermittelt auf, dass sein Stuhl nach hinten umfällt, zieht ein halbes Dutzend Geldscheine aus seiner Brieftasche und wirft sie auf den Tisch. «Ich schätze, das dürfte reichen für deine Liebesdienste.»

«William –»

Angewidert sieht er mich an. «Jackson hat wirklich Glück gehabt», sagt er mit versteinerter Miene und geht weg, ohne sich noch einmal umzudrehen.

«Du spinnst ja wohl total», seufzt Lucy, nachdem ich bei ihr vor der Haustür gestanden und mich ihr unkontrolliert heulend an den Hals geschmissen habe. «Du kannst ihn nicht einfach wie ein Spielzeug, auf das du keine Lust mehr hast, seiner Frau zurückgeben, so funktioniert das nicht. Sicher, du willst alles richtig machen und wieder in Ordnung bringen, Ella, aber dafür seid ihr doch schon viel zu weit gegangen. Bleiben und eine Lüge leben kann viel unehrlicher sein, als seine Sachen zu packen und zu gehen. Ich weiß, wovon ich rede. Als Lawrence mich verließ, dachte ich, das sei das Schlimmste, was mir je widerfahren ist, aber als ich den größten Schock erst mal überwunden hatte, wurde mir klar, dass es die richtige Entscheidung gewesen war. Unsere Ehe war schon jahrelang nur noch reines Theater gewesen. Dadurch, dass er mich verlassen hat, hat er mir die Chance gegeben, mit einem anderen Mann eine ehrliche Beziehung aufzubauen. William und du, ihr liebt euch doch, Ella. Ich will ja nicht schnulzig klingen, aber Liebe ist etwas so Kostbares. Du hast einfach nicht das *Recht*, sie wegzuwerfen.»

«O Gott», bricht es verzweifelt aus mir hervor. «Was habe ich bloß getan?»

Er ruft mich nicht zurück. Nach zehn Tagen gebe ich es auf, ihm hinterherzutelefonieren. Ich wollte ein unwiderrufliches Ende. Das ist mir grandios gelungen.

Ich gehe arbeiten, weil mir nichts Besseres einfallen will, aber die Arbeit ist keine Zuflucht mehr. Ich habe panische Angst, wieder einen Fehler zu begehen. Es ist, als hätte ich das Laufen verlernt. Was ich früher instinktiv gemacht habe, analysiere ich jetzt fünfzehn Mal durch. Ich stehe mir selbst mit meiner Angst im Weg. Ich bin übertrieben gründlich und überprüfe selbst die schlichtesten Vorgänge zwei, drei Mal. Hope war nicht das erste Baby, das gestorben ist, weil ich eine falsche Entscheidung getroffen habe – jeder Arzt muss mit der traurigen Tatsache leben, dass seine Fehler und Fehleinschätzungen eines Tages den Tod eines Patienten bedeuten können. Hopes Tod ist nicht der Grund dafür, dass ich mein Selbstvertrauen verloren habe – im Gegenteil, meine Selbstzweifel haben ihren Tod herbeigeführt. Wie kann ich meinem Urteilsvermögen bei der Arbeit noch trauen, wenn es in meinen anderen Lebensbereichen so offensichtlich kläglich versagt?

Ich melde mich für das verlängerte Wochenende zum ersten Mai freiwillig zum Dienst, weil ich es zu Hause nicht aushalte. Ich sitze in meinem Büro und starre leeren Blickes auf Hopes Autopsiebericht. Ich lese ihn nicht – ich kenne ihn bereits auswendig. Da marschiert Richard Angel herein, ohne anzuklopfen.

«Dr. Stuart. Haben Sie einen Moment Zeit?»

Ich zucke mit den Schultern.

Er zieht den Ledersessel auf der anderen Seite des Schreibtischs ein Stück weiter von mir weg, als sei meine

Nähe toxisch, und nimmt Platz. Wenn man meine Glückssträhne der letzten Wochen bedenkt, ist das vielleicht eine weise Entscheidung von ihm.

«Dr. Nicholson hat mich gebeten, Sie aufzusuchen», eröffnet Angel in scharfem Ton das Gespräch. Er möchte wohl nicht, dass ich seine Anwesenheit fälschlicherweise für professionelle Solidarität halte. «Lucy hat mich – entgegen meiner persönlichen Überzeugung, wie ich hinzufügen möchte – dazu überredet, die Krankenhausleitung um eine Besprechung in Sachen Hope Shore zu bitten, und zwar noch vor der offiziellen Untersuchung.» Er verzieht das Gesicht, als hätte er in eine Zitrone gebissen. «Sie werden dann – und nur dann – Gelegenheit haben, Ihre Sicht der Dinge darzulegen. Danach werden wir entscheiden, in welchem Umfang das Krankenhaus Sie unterstützen wird. Ich brauche Ihnen wohl nicht zu sagen, dass Ihre Zukunft vom Ergebnis dieser Besprechung abhängt.»

«Wird denn mit den Shores kein außergerichtlicher Vergleich geschlossen?», frage ich überrascht.

«Die Shores sind mit ihren Anschuldigungen bereits an die Öffentlichkeit gegangen, was die ganze Sache, wie Sie sich sicher denken können, zu einer extrem heiklen Angelegenheit macht», klärt er mich nicht sehr freundlich auf. «Das ist wirklich äußerst unangenehm. Die momentanen Umstände machen eine schnelle und diskrete Lösung quasi unmöglich.» Was er damit meint, ist, dass die Klinikleitung nicht einfach nur Geld lockermachen kann, um die negative Publicity zu minimieren, denn damit würde sie mich quasi den Wölfen zum Fraß vorwerfen, weil sie mit einem solchen Schritt ihre Verantwortung in dieser Sache einräumen würde.

Ich lasse mich von seinen Versprechungen wegen einer unabhängigen Untersuchung nicht blenden. Wenn es so läuft, wie er es haben will, bin ich komplett auf mich allein gestellt und kann nur hoffen, dass die Boulevardblätter Gnade walten lassen – denn die lieben nichts mehr als tragische Geschichten von toten Babys, die die Auflagen in die Höhe schnellen lassen.

«Sie mögen mich nicht besonders, stimmt's?», frage ich im Plauderton.

Er versteift sich. «Meine persönlichen Vorlieben haben mit der Sache nichts zu tun.»

«Ach, kommen Sie, Richard», spotte ich. «Sie haben Ihre ‹persönlichen Vorlieben› schon sehr deutlich gemacht. Sie haben auf eine solche Gelegenheit doch nur gewartet, seit Sie Ihren Posten bekommen haben.»

«Wenn Sie darauf anspielen wollen, dass ich Ihre intuitive Herangehensweise ablehne, dann muss ich sagen, ja, ich hatte stets die Befürchtung, sie würde eines Tages zu einer Situation führen, wie wir sie jetzt haben», schnauzt er mich an. «Sie handeln emotional und instinktiv, wenn es um die Diagnostizierung Ihrer Patienten geht, und sind auf sture, eigensinnige Weise empathisch –»

«Stur empathisch?»

«Das hier ist kein Wohlfahrtsverein, Dr. Stuart. Das hier ist ein Geschäft. Unsere Klienten erwarten den bestmöglichen –»

«Unsere *Patienten* erwarten, wie Menschen behandelt zu werden, nicht wie Legebatteriehennen auf einem Krankenhausfließband!», herrsche ich ihn an. «In drei Viertel der Fälle erschließt sich Ihnen die korrekte Diagnose schon durch eine gründliche Anamnese, noch bevor Sie überhaupt das Stethoskop ansetzen. Aber dafür müssen Sie wissen, wer Ihre Patienten sind und warum sie zu Ihnen gekommen sind. Natürlich muss man empathisch sein –»

Er steht auf. «Es hat keinen Zweck. Wir haben ganz offensichtlich fundamental unterschiedliche Ansichten, was die Versorgung unserer Klienten angeht. Ganz gleich, wie das Ergebnis der Untersuchung lauten wird, Dr. Stuart – ich glaube, Sie sollten sich überlegen, ob Ihre Philosophie überhaupt mit der dieses Krankenhauses vereinbar ist.» An der Tür hält er inne. «Der Vorstand wird am dreiundzwanzigsten zur Beratung zusammentreten. Ich kann nicht genug betonen, wie wichtig es für Sie ist, ebenfalls zu erscheinen.»

Mein Briefbeschwerer knallt gegen die Tür, nachdem er sie hinter sich geschlossen hat. Wichser. *Wichser!* Was findet Lucy bloß an ihm?

Natürlich kenne ich die Antwort darauf. Richard Angel ist all das, was Lawrence Nicholson nicht war: berechenbar, organisiert, moralisch integer (auf seine ihm eigene Art – er würde niemals ein Versprechen brechen oder gegen eine Regel verstoßen) und auf beunruhigende Weise ehrlich. Er glaubt fest daran, dass seine Art, das Krankenhaus zu betreiben, für seine «Klienten» die beste ist. Wenn er forensischer Pathologe wäre, fände ich seine Hingabe und seine Detailverliebtheit wirklich bewundernswert. Nur leider kollidiert seine abgeklärte Haltung mit der Tatsache, dass unsere Patienten immer noch einen Puls haben.

Zu Hause angekommen, hat meine Wut bereits der Verzweiflung Platz gemacht. Wenn die Klinikleitung mich nicht unterstützt, ist die Wahrscheinlichkeit, dass ich ein Gerichtsverfahren gewinne, denkbar gering. Und wenn ich verliere …

Theoretisch schützt das staatliche Gesundheitssystem seine Ärzte vor Schadensersatzforderungen nach Behandlungsfehlern, aber praktisch ist dieser Schutz nicht mal das Papier wert, auf dem er geschrieben steht. Wie die meisten Mediziner, die in hochspezialisierten Risikobereichen arbeiten, besitze ich eine Zusatzversicherung, in die ich selbst einzahle. Oder zumindest besaß ich mal eine. Durch die vielen Geschehnisse der letzten drei Monate habe ich den Überblick über meinen Papierkram verloren.

Ich wühle in meiner Tasche nach dem Haustürschlüssel. Ich könnte meine Zulassung als Ärztin verlieren, meinen Job, alles.

Vor nur zwölf Wochen hätte mich dieser Gedanke in kopflose Panik versetzt. Aber jetzt lässt er mich fast schon kalt. Meine berufliche Laufbahn kommt mir nach all dem, was ich bereits verloren habe, auf einmal so unwichtig vor.

Da löst sich eine Gestalt aus dem Schatten neben der Tür. Als Licht auf sein Gesicht fällt, stoße ich einen Schrei aus.

Jackson.

«Ich wollte dich nicht erschrecken», sagt er.

«Ach, ja? Was glaubst du denn wohl, was passiert, wenn du ohne Vorwarnung aus dem Dunklen vor mir auftauchst? Was zum Teufel machst du hier?»

«Ich habe gewartet, dass du nach Hause kommst.»

«Geh mal besser rein, bevor noch jemand die Polizei ruft.»

Ich zittere vor Schreck. Ich lege meine Tasche im Flur ab und will eigentlich gerade in die Küche gehen, um Kaffee aufzusetzen – doch dann biege ich ab Richtung Hausbar im Wohnzimmer. Ich brauche einen Drink.

Ich schenke uns beiden einen großzügigen doppelten Scotch ein und reiche ihm ein Glas, ohne ihn überhaupt gefragt zu haben, ob er einen möchte. «Du hast mich zu Tode erschreckt, Mann. Warum hast du mir nicht gesagt, dass du nach England kommst?»

«Weil du dann alles getan hättest, um das zu verhindern.»

Da hat er nicht ganz unrecht.

Ich trinke meinen Scotch aus und schenke mir noch einen ein. «Hör zu, Cooper, es ist schon spät, und ich bin hundemüde. Ich hatte einen furchtbaren Tag bei der Arbeit und muss einfach schlafen. Ich weiß nicht, was du von mir willst, aber ich will heute Abend garantiert nichts mehr davon hören. Wenn du irgendwo übernachten musst, da ist eine Art Gästezimmer –»

«Ich bin bloß gekommen, um dir die hier zu geben.»

Unbeholfen hält er mir ein Bündel Papiere entgegen. Ich stelle mein Glas ab, mache ansonsten aber keine Anstalten, nach dem Stapel zu greifen.

«Nun nimm schon.» Cooper klingt fast zornig.

Ich betrachte ihn, diesen wilden, verbitterten, schönen Mann, der meinem verstorbenen Ehemann so ähnlich sieht, der mit seiner absoluten, arroganten Selbstsicherheit vom Wesen her William ähnelt und doch vollkommen anders ist als die beiden. Ich kenne ihn kaum, aber ich mag ihn nicht. Und doch fühle ich mich auf eine Weise zu ihm hingezogen, die ich nicht erklären kann. Er strahlt eine so intensive Nachdenklichkeit aus, die einen vollkommen in ihren Bann zieht, und hat ein dunkles, gefährliches Charisma, das einen fast schon hypnotisiert. Vollkommen unerwartet spüre ich diese Faszination auch zwischen den Beinen.

Ich nehme ihm das Bündel ab. Meine Hand zittert – ob vor Angst oder vor Leidenschaft, kann ich schon nicht mehr sagen. Es sind etwa dreißig Umschläge, und von den Poststempeln her zu urteilen, sind einige von ihnen schon über zehn Jahre alt. Sie sind alle in Jacksons vertrauter, extravaganter Handschrift an Cooper adressiert.

«Ich verstehe das nicht. Warum bringst du mir die?»

Er überhört meine Frage. «Du kannst sie behalten. Ich will sie nicht zurück.»

«Warum bist du wirklich hier, Cooper?», frage ich müde. «Die Briefe hättest du auch schicken können. Du hättest sie nicht persönlich herbringen müssen. Gibt es etwas, das du gerne haben möchtest? Ich habe die meisten von Jacksons Sachen an die Wohlfahrt gegeben, aber ein paar Sachen habe ich aufgehoben, für den Fall, dass du sie haben willst.»

Er antwortet nicht.

Ich berühre ihn am Arm. «Cooper?»

«Wenn ich sie geschickt hätte», sagt er, und dabei flackern seine kobaltblauen Augen auf, «hätte ich das hier nicht tun können.»

Sein Kuss ist hart, leidenschaftlich, rücksichtslos, heißblütig. Mein Körper antwortet deutlich und eindeutig.

«Ich habe dich vom ersten Moment an, als ich dich sah, gehasst», brummt Cooper in mein Haar. «O Gott, wie ich dich hasse.»

Ich küsse ihn sachte auf den wütenden Mund «Ich hasse dich auch», flüstere ich.

14. Februar 2008

Felden Street
London SW6
England

Lieber Cooper,

alles Gute zum Valentinstag, altes Haus! Und danke für die Geburtstagskarte. Ella hat's wieder mal vergessen, ist ja nichts Neues. Werde mir mein Geschenk dieses Jahr wohl selber kaufen.

Wenn du diesen Brief liest, dürfte ich stolzer Besitzer einer 1972er 250cc Indian Cub sein! Die kostet natürlich ein bisschen was, aber nicht so viel, wie sie eigentlich sollte, ich habe sie nämlich auf eBay gefunden. Ich kann Ella garantiert überreden – schließlich kann ich den Du-hast-meinen-Geburtstag-vergessen-Joker aus dem Ärmel ziehen!

Sie weiß es zwar noch nicht, aber es wird ein fairer Deal sein. Ich werde ihr nämlich auch etwas schenken, was sie sich seit Jahren wünscht: Ich komme nach Hause, Cooper. Endgültig.

Ich hoffe, Lolly und du, ihr habt nichts gegen ein bisschen Gesellschaft, denn ich brauche wohl erst mal eine Bleibe. Tut mir leid, dass ich so mit der Tür ins Haus falle, aber ich wollte nichts sagen, solange hier noch nicht alles in trockenen Tüchern war. One World will in der Nähe von Charlotte ein neues Büro eröffnen, da werde ich arbeiten, sobald ich hier einen Nachfolger für mich gefunden habe. Ich bekomme sogar eine Gehaltserhöhung, aber es wird trotzdem eine Weile dauern, bis ich genügend zusammenhabe, um mir mein eigenes Häuschen zu kaufen. Von Ella will ich nichts haben. Das Haus hier in London war ohnehin nie wirklich mein Zuhause. Ich bringe die Indian mit, meine Bücher und Grandpas Überseekoffer, aber alles andere lasse ich hier. Ich brauche keine Erinnerungsstücke.

Sieben Jahre sind eine verdammt lange Zeit, wenn man darauf wartet, dass eine Frau einen endlich liebt. Und damit meine ich nicht nur mich, sondern auch William Ashfield. Früher wollte ich ihn am liebsten lynchen, aber jetzt bin ich nicht mal mehr wütend auf ihn. Irgendwie habe ich sogar Mitleid mit dem armen Kerl. Ich werde wohl noch ein Softie auf meine alten Tage. Habe ich dir eigentlich erzählt, dass ich einmal zu ihm nach Hause gefahren bin? Ist schon Jahre her. Habe draußen im Regen gestanden und ihm dabei zugesehen, wie er mit seiner kleinen Tochter in der Küche Pfannkuchen gewendet hat.

Ella gehört mir nicht. Sie hat mir nie gehört. Und du wusstest das, stimmt's, Cooper? Du hast versucht, mich zu warnen, aber ich habe nicht auf dich gehört. Ich habe mir selbst was vorgemacht, und solange ich das tat, hatte ich genug Liebe für uns beide. Ich hätte sie nie heiraten sollen. Ich war für sie nicht die große Liebe. Aber sie war es nun mal für mich. So ist das wohl manchmal mit der Liebe, was? Wir träumen alle davon, dass irgendwo da draußen unser perfekter Partner rumläuft und nur darauf wartet, gefunden zu werden. Aber es sagt einem niemand, dass die Liebe besser auch erwidert werden sollte.

Erinnerst du dich noch, wie ich als Kind diesen

streunenden Hund gefunden habe, den mit dem gebrochenen Bein? Mann, ich hatte den Mischling so lieb. Bin eine Nacht nach der anderen aufgeblieben, um ihn zu pflegen. Da war ich bestimmt noch keine sieben. Mein ganzes Taschengeld habe ich für Leckereien für ihn ausgegeben, sogar die Schule habe ich geschwänzt, bis Mom mich in der alten Scheune dabei ertappte, wie ich mit ihm Ball spielte. Aber kaum dass sein Bein verheilt war, wollte er nur noch weg. Hat an der Leine gezerrt, bis sie fast zerrissen ist. Er gehörte mir nicht. Aber ich wollte das nicht wahrhaben.

Mom sagte damals zu mir, wenn du etwas liebst, lass es frei – wenn es zurückkommt, ist es dein. Und wenn nicht, dann war es das nie.

Jetzt lasse ich Ella frei. Das hätte ich schon vor Jahren tun sollen.

Ich habe mich wohl nur deshalb so lange an ihr festgeklammert, weil ich einfach noch nicht so weit war, mich von ihr zu verabschieden. Ich wusste, dass sie mich niemals verlassen würde, dazu ist sie viel zu stur. Da ist sie wie du, Coop. Vielleicht wärst du eigentlich der bessere Mann für sie gewesen, wenn ich jetzt so drüber nachdenke. Ich habe viel zu viel nachgegeben und ihr immer das gegeben, was sie wollte. Eine Frau respektiert einen Mann einfach nicht, wenn sie immer die Oberhand hat. Tja, hinterher ist man immer klüger.

Ich hätte auf den Tisch hauen sollen, als ich das mit William herausfand. Ich hätte sie vor die Wahl stellen sollen. Vielleicht hätte sie sich damals für mich entschieden, aber das werde ich wohl nie erfahren. Ich war zu schwach, Coop. Ich kann nur sagen, für die Liebe machen wir uns wohl alle früher oder später zum Affen. Was man alles aus Liebe tun würde, weiß man erst, wenn es so weit ist.

Jetzt fragst du dich wahrscheinlich: Und warum gerade jetzt? Ich bin nicht mal sicher, ob ich darauf antworten kann. Daddy würde wohl sagen, dass ich endlich erwachsen werde, und vielleicht hätte er da sogar recht, aber das ist nicht alles. Natürlich habe ich Träume. Ich möchte gerne wissen, wie es ist, wenn eine Frau mich liebt, so richtig liebt, als ob sie ohne mich nicht leben könnte. Ich möchte das in den Augen meiner Frau lesen. Ich möchte Kinder haben, ich will all die Liebe nehmen und sehen, was wir gemeinsam daraus machen können. Und das wird Ella mir nie geben. Und solange ich sie liebe, kann ich keine andere lieben. Meine Gefühle für sie sind wie eine Kletterpflanze, die alles andere erwürgt, bevor es überhaupt Wurzeln entwickeln kann. Keine Ahnung, ob ich daran etwas ändern kann, aber ich glaube, dass ich es jetzt zumindest versuchen muss, bevor es zu spät ist.

Aber letztendlich ist die schlichte Wahrheit, dass ich Ella viel zu sehr liebe, als dass ich bleiben könnte. Sie ist mit mir nicht glücklich. Nicht so, wie eine Frau glücklich sein sollte. Ich habe alles versucht, was ich konnte, aber ich kann ihr nicht das geben, was sie braucht. Ich muss mich jetzt zurücknehmen, denn dann hat sie die Chance, mit jemandem zusammen zu sein, der es ihr geben kann.

Wenn ich sie doch nur glücklich sehen könnte – ich glaube, das wäre der erste Schritt für mich, auch selbst glücklich zu sein. Du weißt genau, wovon ich rede, Coop. Du hast genau das Gleiche für mich getan.

Du bist der beste Bruder, den ein Mann sich

wünschen kann. Wenn ich Mist gebaut habe, dann auf jeden Fall nicht, weil du irgendwas falsch gemacht hast. Ich hoffe, ich habe dich nicht zu sehr enttäuscht.

Ich werde es Ella dieses Wochenende beibringen. Und sobald ich weiß, wann genau ich nach Hause komme, hörst du wieder von mir. Kann sich nur noch um Wochen handeln. Ich kann dir gar nicht sagen, wie sehr ich mich darauf freue, das englische Wetter hinter mir zu lassen! Das kann man sich gar nicht vorstellen, wie viele verschiedene Grautöne es gibt. Irgendwie habe ich seit neuestem ständig eine Erkältung. Lolly muss mich wohl mal zwei Wochen mit ihren köstlichen Kochkünsten aufpäppeln, dann bin ich wie neugeboren!

Schmeiß schon mal den Grill an, Bruderherz. Ich bin bald wieder zu Hause.

Jackson

14

William

Verdammt nochmal! Das hat mir gerade noch gefehlt! Ich stürme ins Hotelzimmer. Meine Tochter ist verschwunden, meine Freundin hat soeben das Kind ihres verstorbenen Mannes verloren, ich zappele mir einen ab, um die Firma vor dem Untergang zu bewahren, und meine Frau hat ausgerechnet jetzt beschlossen, ihre Medikamente nicht mehr zu nehmen und mit der Stimmungsachterbahn zu fahren. Und zur absoluten Krönung kriecht jetzt auch noch meine Mutter unter dem verdammten Stein hervor, der ihr die letzten zwanzig Jahre als Versteck gedient hat.

Sonst noch etwas?

Meine Mutter drückt dem Hotelboy ein Trinkgeld in die Hand und schließt dann sachte die Tür hinter ihm.

«Nun», zische ich sie an. «Was verschafft mir die Ehre?»

«Ich habe nicht mehr lange zu leben, William.»

Also, das ist nun wirklich ein absoluter Clou, ein perfekter Eröffnungszug, ich muss schon sagen.

Ich öffne die Minibar. «Auf dich, Mutter», dröhne ich, kippe eine Miniflasche Bell's auf ex hinunter und schraube schon die nächste auf.

Die nimmt sie mir aus der Hand und schüttet den Inhalt in den Bar-Ausguss. «Reiß dich zusammen, William. Ich habe nicht den weiten Weg hierher gemacht, um dich zusammenbrechen zu sehen. Wenn ich damit umgehen kann, kannst du es erst recht. Kein Wunder, dass deine Tochter ausgerissen ist, wenn das die Art und Weise ist, mit der du Problemen begegnest.»

«Keine Sorge, Mutter. Den Drink genehmige ich mir nicht wegen dir. Deine Nachricht ist die beste, die ich seit Wochen gehört habe.»

«Setz dich, William.»

Ich habe ganz vergessen, wie viel größer ich bin als sie. In meiner Erinnerung überragt sie mich immer noch –

«Ich sagte, setz dich!»

Ich werfe mich in einen Sessel. «Gut. Kannst deine blöde Perücke aufbehalten.»

«Messerscharf beobachtet. Ich hätte mir natürlich auch etwas Jugendlicheres aussuchen können, aber ich möchte nicht zu sehr auffallen. Chemotherapie, William», fügt sie eisig hinzu, als ich sie mit offenem Mund angaffe. «Hör bitte gut zu, ich will das hier nicht alles zweimal erzählen. Ich habe akute myeloische Leukämie. Im Endstadium.» Sie streicht sich über den Rock und zupft einen nicht vorhandenen Fussel weg. «Die Diagnose kenne ich schon seit elf Monaten, und ich habe mittlerweile zwei Runden Chemotherapie und Bestrahlung hinter mir, aber der Krebs ist jedes Mal wiedergekommen. Wenn ich jünger wäre, würde man es mit einer Knochenmarkstransplantation versuchen – aber keine Sorge, William, dafür bin ich viel zu alt. Man wird dich nicht bitten, deine menschliche Pflicht als Sohn zu erfüllen und welches zu spenden.» Sie verzieht die dünnen Lippen. «Das wäre ein ziemlich interessantes moralisches Dilemma für dich gewesen, stimmt's?»

Ich hasse diese Hexe, aber sie hat wirklich Mumm. Wir könnten uns genauso gut übers Wetter unterhalten.

«Meine Aussichten sind düster – finde ich jedenfalls.» Noch so ein schräges Lächeln. «Die Ärzte sprechen jetzt noch von Wochen. Seltsam, oder, wie wir den Anfang und das Ende des Lebens in Wochen statt in Monaten bemessen? Jeder Tag zählt.»

Ich melde mich wieder zu Wort. «Worauf willst du hinaus, Mutter? Hoffst du auf Versöhnung am Sterbebett?»

«Ich bin nicht wegen mir hier, William. Zumindest nicht, was dich betrifft. Ich wollte meine Enkel wiedersehen, muss ich gestehen, und insbesondere Caitlin. Ich mag sie sehr. Das Mädchen hat mehr Mumm in den Knochen als alle Männer in unserer Familie zusammen.»

Ich muss grinsen, denn sie spricht im Grunde gerade meine Gedanken aus.

«Nein, William, ich bin hier, weil gewisse Dinge einfach mal gesagt werden müssen.»

«Tut mir leid, dich zu enttäuschen, aber es interessiert mich nicht im Geringsten, was du dir gerne von deiner schwarzen Seele reden möchtest, bevor du ins Gras beißt», antworte ich kalt und erhebe mich. «Meine Tochter ist verschwunden. Momentan ist die Erleichterung deines Gewissens so ziemlich das Letzte, worüber ich mir Gedanken machen möchte. Ganz gleich, was für einen egoistischen Müll du mir hier auftischen willst, du kannst es dir genauso gut sparen. Und was mich betrifft – das nächste Mal, wenn ich dich sehe, wirst du in einer Holzkiste liegen.»

Sie zuckt nicht mal mit der Wimper. «Ich bin nicht hier, um mein Gewissen zu erleichtern, mein Sohn. Du bist derjenige, der Hilfe braucht.»

Verächtlich verschränke ich die Arme vor der Brust und warte ab.

«Mir ist durchaus bewusst, was du von mir hältst, William. Das hast du zur Genüge deutlich gemacht. Ich habe dabei zugesehen, wie du deinen Vater zu einem Heiligen verklärt und mich gnadenlos in die andere Ecke gedrängt hast. Ich habe nur zugeschaut und nichts gesagt, als du dein Leben verpfuschst hast, denn du hättest mir ja sowieso nicht zugehört.» Sie winkt ab. «O nein, ich rede nicht von Ashfield PR – da hast du genau den gleichen Fehler gemacht wie ich, du hast all deine Energie in deine Firma gesteckt, kein Wunder, dass du damit Erfolg hast. Nein, ich rede von deiner Ehe. Du bist mir viel ähnlicher, als dir lieb ist.»

Mir sträuben sich die Nackenhaare. «Ich habe die letzten sieben Jahre versucht, meine Frau davon *abzuhalten*, Selbstmord zu begehen. Du hast Dad dazu *getrieben*!»

«Das würdest du gerne glauben, William. Und vielleicht steckt sogar ein Funken Wahrheit in dieser Version. Aber in Wirklichkeit besteht dein Problem darin, dass du tief in deinem Innersten gar nicht mir die Schuld gibst, William, sondern dir selbst.»

Sämtliche Luft entweicht mir aus den Lungen. Erschlafft lasse ich mich auf die Bettkante sinken.

«Aber es ist natürlich viel einfacher, dir einzureden, dass ich deinen Vater mit meinen Schimpftiraden ins Grab gebracht habe, stimmt's? Du hast jedenfalls alles getan, um dich selbst davon zu überzeugen, dass es genau so abgelaufen ist. Das Problem ist nur, dass es nicht funktioniert. Du denkst immer noch, dass es deine Schuld war. Und darum hast du Beth geheiratet.»

«Ach, ich bitte dich. Verschone mich mit deinem Pseudo-Psycho-Mist», schnauze ich sie an, aber meine Selbstsicherheit wankt. «Du hast doch keine Ahnung –»

«Du bist nicht schuld an dem, was dein Vater getan hat, William.»

«Das weiß ich verdammt nochmal selbst! *Du* hast ihn dazu getrieben, nicht ich! Ständig hast du ihm vorgehalten, dass er ein Versager sei, und hast dich darüber aufgeregt, was für ein jämmerlicher Nichtsnutz er war –»

«Wann?»

«Was wann?»

«Wann hast du mich das sagen hören?»

«Ach, das ist doch jetzt auch egal!» Ich sacke nach vorn in mich zusammen und stütze den Kopf in meine Hände. «Was auch immer er eigentlich gerne gehört hätte, ich habe es nicht gesagt, und dann hat er sich das Gehirn weggeblasen, Punkt, aus, Schluss. Und lass mich bloß in Ruhe mit deiner amerikanischen Populärpsychologie, Ma. Ich habe eine Frau geschwängert und geheiratet. Vergiss den Quark mit der Erlösung. Sie war schwanger, und ich habe getan, was sich gehört. Ich hatte keine Ahnung, dass ich ein wandelnder Selbstmördermagnet war. Bis es fast zu spät war.»

«Das ist ja wohl das Lächerlichste, was ich je gehört habe! Selbstmördermagnet, ich bitte dich! Das gehört zum Krankheitsbild, das weißt du ganz genau –»

«Was für ein Krankheitsbild? Wovon redest du?»

«Dein Vater war manisch-depressiv, William.»

Ich reiße den Kopf hoch. «Nein. Das hätte ich – er kann doch nicht – damit kenne ich mich doch aus!»

«Dann müsstest du es ja auch verstehen. Ich dachte, du hättest es längst durchschaut. Die Krankheit liegt bei ihm in der Familie, aber das habe ich natürlich auch erst erfahren, nachdem er tot war. Ich habe auf dem Dachboden ein altes Familienfoto gefunden, als ich seine Sachen aufgeräumt habe. In der hintersten Reihe stand ein Junge, der ziemlich seltsam aussah, und dann war da noch eine Tante, die weggesperrt wurde und jung starb.» Ihr Lächeln entbehrt nicht einer gewissen Selbstironie. «Ich hatte mir eingebildet, ich könnte ihn retten. Wir sind also gar nicht so verschieden, William.»

Das hätte ich doch gewusst. Bestimmt.

Ich kann mich doch nicht so gewaltig geirrt haben.

Ich versuche mich zu sammeln. «Und du glaubst allen Ernstes, dass ich dir diesen Blödsinn abkaufe?»

«Ich mag ja vieles sein, William, aber eine Lügnerin bin ich nicht.»

Ich denke zurück an meine Kindheit und betrachte sie durch die Brille meines Lebens mit Beth. Dads unzählige Ausbrüche von maßloser Energie, seine zahllosen, nie zu Ende gebrachten Heimwerkerprojekte. Seine düsteren, unerklärlichen Launen: «Dein Vater hat einen schlechten Tag. Lass ihn schlafen.» Als ich noch ganz klein war, ist er zwei Mal komplett verschwunden, und zwar für mehrere Monate. Da war er wahrscheinlich in einer Klinik, geht mir jetzt auf.

Herrgott. Wenn meine Mutter nur halb so viel mit ihm durchgemacht hat wie ich mit Beth …

Wir schweigen.

«Dein Vater war nicht dumm, William. Ihm war klar, dass ich vieles von dem, was ich sagte, nicht so meinte. Dass ich nicht auf ihn sauer war, sondern auf die Krankheit. Aber ich hätte trotzdem so einiges nicht von mir geben sollen. So gesehen, war sein Tod vielleicht teilweise meine Schuld. Aber jedenfalls ganz bestimmt nicht deine. Er hat aufgehört, seine Medikamente zu nehmen, als er die Kanzlei verlor. Du lebst jetzt schon lange genug mit Beth zusammen, um zu wissen, was das bedeutet. Ganz gleich, was du gesagt oder getan hättest – es hätte nichts geändert.»

Medikamente?

Es war nicht meine Schuld?

Es war nicht meine Schuld.

«William, ich habe über dreißig Jahre lang versucht, etwas zu reparieren, das nicht repariert werden konnte», erklärt meine Mutter eindringlich und fasst mich am Ärmel. «Ich bin dadurch zu einem Menschen geworden, den ich selbst nicht wiedererkannte – vollkommen verbittert und voller Zorn. Am Ende habe ich ihn angegriffen, aber nicht, weil ich ihn hasste, sondern weil ich den Menschen hasste, den seine Krankheit aus *mir* gemacht hatte. Ich will nicht, dass du den gleichen Fehler machst, William. Ich möchte nicht, dass du verbitterst und ewigen Groll hegst. Natürlich musst du auch deine Kinder im Blick behalten, aber bitte tu nicht, was ich getan habe. Werde nicht zu einem Menschen, den sie verachten.»

Ich schüttele sie ab, jedoch ganz ohne Gehässigkeit. O Mann, das hier wäre ein Fest für jeden Psychiater. Und ich dachte, es seien die Frauen, die Männer heiraten, die wie ihre Väter sind.

Sie hat natürlich recht – aber sie kommt damit zu spät. Ich hasse mich ja schon. Ich bin ein monogamer Mann. Ich glaube an Treue, Loyalität und Liebe. Und ich betrüge meine Frau bereits die längste Zeit unserer Ehe.

Meine Mutter rappelt sich auf und stützt sich haltsuchend auf den silbernen Griff ihres Stockes. Erst jetzt fällt mir auf, wie gebrechlich sie geworden ist.

«Beth ist eine gute Frau», sagt sie mit fester Stimme, «aber sie ist nicht gut für dich.»

Ungläubig lache ich auf. «Du bist doch wirklich eine Schlange, weißt du das? All die Jahre hat sie sich dir gegenüber fair verhalten, hat dich die Kinder sehen lassen, dich mit nach Paris genommen – und jetzt erzählst du mir, dass ich sie verlassen soll?»

«Ich warne dich lediglich vor den Konsequenzen, wenn du es nicht tust.»

Ich sehe der Frau, die mich zur Welt gebracht hat, die

mir ihr Kinn und ihren Teint und ihren rücksichtslosen Ehrgeiz vererbt hat, fest in die Augen und fühle – gar nichts. Was man wohl als Fortschritt bezeichnen kann, wenn man bedenkt, was ich in den letzten zwanzig Jahren für sie empfunden habe.

So viele Dinge sind unausgesprochen geblieben.

«Das hier ändert trotzdem nichts», bringe ich schließlich heraus. «Du kannst nicht einfach hier hereinrauschen und mich zutexten und erwarten, dass von heute auf morgen alles in Butter ist zwischen uns.»

«Natürlich nicht», antwortet sie knapp. «Schließlich bist du mein Sohn. Knallhart im Verhandeln. Ich habe nichts anderes erwartet.»

«Sie ist immerhin auch meine Tochter, Beth! Ich will sie sehen!»

«Sie ist aber noch nicht so weit, dich zu sehen», erklärt mir meine Frau mit einer Seelenruhe, die mich komplett auf die Palme bringt. «Sie muss jetzt erst einmal zu sich kommen. Als Allererstes gehört sie unter die Dusche. So, wie sie ausschaut – kaum zu glauben, wirklich –, wird sie Schleifpapier statt Seife brauchen. Außerdem», fügt sie hinzu, «müssen wir beide uns unterhalten, bevor du dich wieder wie ein Elefant im Porzellanladen aufführst und sie erneut in die Flucht schlägst.»

Jetzt reicht es mir aber langsam, für heute habe ich definitiv genug von Frauen und ihren netten, kleinen Unterhaltungen.

«Ich bin nicht um die halbe Welt geflogen, um in irgendeinem Hotelzimmer Däumchen zu drehen, verdammt nochmal!», schnauze ich sie an und will mich an ihr vorbei zur Tür drängen. «Ich wüsste nicht, was wir so dringend zu besprechen hätten, das nicht warten könnte.»

«Und wie sieht es mit deiner Affäre aus, William?»

Oh. Das vielleicht schon.

«Oder sollte ich besser Affären sagen? Plural?», korrigiert sich meine Frau. «Du hattest ja sicher mehr als nur eine. Ich meine, schließlich haben wir seit acht Jahren nicht mehr miteinander geschlafen. Du müsstest ja aus Stein sein, wenn du nicht gewisse Bedürfnisse hättest, und du bist nun mal nicht der Typ, der sich irgendwo eine Prostituierte aufgabelt.» Sie zieht den Vorhang auf und blickt hinunter auf die Straßen von Paris. Sie hält den Rücken ungewohnt aufrecht. «Cate ist weggelaufen, weil wir sie im Stich gelassen haben. Natürlich liegt ein Großteil der Schuld bei mir. Ich habe ihr Schaden zugefügt, und damit muss ich leben. Aber es hat auch eine ganze Menge mit *uns* zu tun. Mit dir und mir. Sie ist noch ein Kind, William. Sie braucht uns noch.»

«Beth», hebe ich vorsichtig an, «ich wollte dir nie wehtun –»

«Ich mache dir gar keine Vorwürfe, William. Darum dreht es sich hier nicht.»

Ich kneife mich in die Nasenwurzel. «Ich hatte einen ziemlich anstrengenden Tag. Müssen wir jetzt darüber reden?»

«Cate hat Angst, dass alles kaputtgeht», spricht sie weiter, als hätte ich gar nichts gesagt. «Sie ist weggelaufen, damit sie es nicht mit ansehen muss. Du bist viel zu beschäftigt mit deiner – Firma. Ich bin viel zu beschäftigt mit meinen eigenen Problemen. Wir haben sie beide allein gelassen.»

Scheiße, diese Miniflaschen sind doch ein Witz. Was gäbe ich jetzt nicht für einen ordentlichen Drink.

«Was genau willst du von mir, Beth?», frage ich den Rücken meiner Frau müde.

«Wir haben zwei Möglichkeiten. Wir können alles notdürftig kitten und so tun, als sei alles in Ordnung, und unserer Tochter dabei zusehen, wie sie von einer Krise in die nächste stolpert und ihr Leben verpfuscht. Oder wir versuchen, wirklich etwas zu ändern.»

«Gut. Ich werde weniger arbeiten –»

«Ich rede nicht von deiner Arbeit.» Endlich wendet sie sich wieder vom Fenster ab und schaut mich an. «*Wir* sind das Problem, William. Das habe ich doch gerade gesagt. Diese jämmerliche Lüge von einer Ehe tut keinem von uns gut, am allerwenigsten Cate. Wir müssen jetzt endlich mal ehrlich miteinander sein. Entweder versuchen wir ernsthaft, etwas zu verändern und in Ordnung zu bringen, oder wir geben auf und lassen es bleiben.»

Ihre Worte hängen in der Luft. Sie ist blass, aber beherrscht. Keine Tränen. Kein Drama.

Ich kann kaum glauben, dass es jetzt auf einmal Beth ist, die es wagt, den Stier bei den Hörnern zu packen.

«Redest du etwa von *Scheidung*?»

«Wenn es das ist, was du willst, ja. Ich werde dich nicht aufhalten», fügt sie hinzu. «Ich werde nicht dagegen ankämpfen – oder irgendwelche Dummheiten machen. Ben ist ausgezogen, Sam ist im Internat, es wäre zwar hart für sie, aber sie würden es überleben.»

«Du – du willst die Scheidung?»

«Nein! Natürlich nicht! William, ich liebe dich heute noch mehr als damals, als du mir helfen wolltest, mein Bild in der Ausstellung gerade zu hängen», ruft sie aufgeregt. «Aber selbst ich merke doch, dass es zwischen uns so nicht funktioniert. Früher oder später wirst du jemanden kennenlernen, der nicht bereit ist, dich mit mir zu teilen. Wenn du nicht mehr mit mir zusammen sein willst, dann möchte ich das alles lieber jetzt beenden, solange wir noch

Freunde sein können.» Sie atmet tief durch. «Unter einer Bedingung.»

Jetzt kommt's. Was will sie? Das Haus? Die Hälfte der Firma?

«Gib uns noch ein Jahr.»

Und schnell spricht sie weiter: «Cate zuliebe, nicht mir zuliebe. Nächstes Jahr fängt sie an zu studieren, dann führt sie ihr eigenes Leben. Lass sie uns noch durch das Abitur begleiten. Gib unserer Ehe eine letzte Chance. Wir werden uns beide bemühen. Wenn sich für dich in einem Jahr immer noch nichts geändert hat und du mich dann immer noch verlassen möchtest, werde ich dich nicht aufhalten.»

Sie bietet mir Freiheit. Sie bietet mir einen Ausstieg ohne Schuldgefühle und Vorwürfe. Einen Neuanfang mit Ella, ohne dass ich mir Sorgen machen muss, ob meine Frau sich noch einmal die Pulsadern aufschneidet oder von einem Felsen springt.

Ich kann sie nicht verlassen –

Es ist nicht meine Schuld, dass mein Vater sich umgebracht hat.

Sie lässt mir eine reelle Wahl. Mit einer aus den falschen Gründen aufrechterhaltenen Ehe betrügen wir uns beide.

Ella wartet bestimmt zwölf Monate auf mich.

«Ein Jahr?»

«Keine Lügen mehr, William», beeilt Beth sich hinzuzufügen. «Wenn wir es versuchen, dann müssen wir es aufrichtig versuchen. Du musst es ernst meinen, William. Du musst mich *wahrnehmen*.»

«Und du nimmst in der Zeit deine Medikamente?»

Sie zögert.

«Wenn du sie nicht nimmst, funktioniert es nicht, Beth. Das weißt du. Du weißt, wie du dann wirst.»

«Ja. Ich nehme meine Medikamente.»

«Ein Jahr», sage ich.

Mir kommt es überhaupt nicht in den Sinn, dass ich eventuell länger bleiben wollen könnte.

«Und dann ist da noch was», meint Beth und kommt auf mich zu.

Langsam und sichtlich nervös knöpft sie sich die Bluse auf. Sie öffnet ihren Faltenrock und lässt ihn zu Boden fallen. Sie trägt Unterwäsche, die ich noch nie gesehen habe: Spitze, in Pink und Creme. Sie bebt am ganzen Körper.

Ihre blonden Haare fallen ihr nach vorne ums Gesicht, als sie nach hinten greift, um ihren BH zu öffnen. Ich muss an das erste Mal denken, als sie sich vor mir ausgezogen hat, vor mehr als zwanzig Jahren. Damals zitterten ihre Hände so sehr, dass sie ihre Armbanduhr verlor und ein Weinglas umkippte, als sie sie aufheben wollte.

Ihr Striptease lässt mich nicht kalt. *Sie ist wunderschön.* Ich schäme mich dafür, dass mich das so überrascht.

Ich beobachte sie eingehend, während sie sich auch noch den Schlüpfer auszieht. Drei Schwangerschaften und Geburten haben natürlich ihren Tribut gefordert, ihr aber auch Rundungen verliehen, die sie früher nicht hatte, eine Üppigkeit, an die ich mich gar nicht erinnern kann. Steht ihr gut. Und noch etwas ist anders. Es dauert eine Weile, dann stelle ich wie vom Donner gerührt fest, dass ihr Beben kein nervöses Zittern ist – es ist die pure Leidenschaft. Sie will es wirklich.

Sie geht auf die Knie und zieht den Reißverschluss an meiner Hose auf. Sie verströmt Sex, schießt es mir plötzlich durch den Kopf. Wo kommt *das* denn jetzt auf einmal her?

Ich spüre ihre warmen, weichen Lippen.

Ich kann nicht – sie hat eine ihrer rasch wechselnden

Phasen – das kann ich doch nicht ausnutzen – sie ist manisch, das ist nicht sie – ich kann nicht – oh, Gott, das fühlt sich so –

«Beth – bist du dir sicher …?»

Sie sieht auf. «Ich halte nichts von schlechtem Kitt, William. Wenn wir es wirklich versuchen wollen» – und damit wendet sie sich wieder meiner offenen Hose zu – «dann versuchen wir es *richtig.*»

Ich habe ausnahmsweise mal nichts dagegen, dass meine Frau das letzte Wort hat.

«Himmelherrgott, Ella, nun geh schon dran!», brumme ich und trommele mit den Fingern auf den Schreibtisch.

Immer wieder wandert mein besorgter Blick zur Tür des Arbeitszimmers. Es ist halb sechs morgens – wenn Beth aufwacht, wird sie sich natürlich wundern, weshalb ich nicht neben ihr im Bett liege.

Nun geh schon dran! Zwei Wochen sind vergangen, seit ich aus Paris zurück bin, und ich habe noch keine Gelegenheit gehabt, Ella von den neusten Entwicklungen zu berichten. Meine anfängliche Aufregung ist nach und nach echter Sorge gewichen. Das, was sie in New York zu mir gesagt hat, das hat sie doch bestimmt nicht ernst gemeint, oder? Wenn ich ihr doch einfach nur erzählen könnte, was passiert ist. Mir ist schon klar, dass sie mir bewusst aus dem Weg geht, aber so langsam verzweifle ich. Ich habe schon im Krankenhaus angerufen – sie arbeitet heute nicht. Also muss sie zu Hause sein. Wo sollte sie um diese Uhrzeit denn sonst sein?

Ich fluche leise vor mich hin, als ihr Anrufbeantworter anspringt. «Hör zu, mir ist klar, es ist mitten in der Nacht, und es tut mir leid, wenn ich dich geweckt habe. Ich kann nicht schlafen. Was auch immer der Grund ist für dein

Schweigen, ob du so viel um die Ohren hast, oder ob du nur nicht mit mir reden willst, du kannst es doch nicht einfach dabei belassen, Ella. Bitte nimm ab, wenn du da bist.»

Doch in der Leitung knistert es nur.

«Ella, wir müssen miteinander reden.» Ich lasse es sehr dringend klingen. «Ich muss dir etwas Wichtiges sagen. Wenn es wirklich vorbei ist, kann ich das akzeptieren, aber erst muss ich wissen, was eigentlich passiert ist. Ich finde, zumindest das schuldest du mir.»

Über mir höre ich die Fußbodenbretter knarzen. Mist.

«Ella, sie haben mir das mit Jacksons Baby erzählt. Ich weiß, wie schlimm das für dich sein muss.» Ich korrigiere mich. «Nein, natürlich weiß ich es nicht, aber ich kann es mir vorstellen. Aber das hat keinen Einfluss auf meine Gefühle für dich, Ella. Nichts hat darauf Einfluss. Du willst es vielleicht nicht hören, Ella, aber ich liebe dich. Ich erwarte nicht von dir, dass du mit dieser Information irgendetwas anfängst. Ich weiß nicht mal, ob ich das überhaupt möchte. Ich musste es nur einfach loswerden, das ist alles.»

Ich stelle mir vor, wie Ella jetzt zusammengekauert im Bett sitzt und sich weigert, ans Telefon zu gehen.

Ich kann es nicht einfach dabei belassen. Ich muss wenigstens hören, ob es ihr trotz der ganzen Misere gutgeht.

Ich ziehe mein letztes Ass aus dem Ärmel und versuche sie bei ihrem Stolz zu packen. «Wir haben uns mal versprochen, dass wir Freunde bleiben würden, Ella. Ich hätte nie von dir gedacht, dass du nicht Wort halten würdest.»

«Doch, ich halte Wort.»

«Ella! Gott sei Dank! Ich habe mir solche Sorgen gemacht –»

«Entschuldige. Ich hatte – viel zu tun …»

Ihre Stimme klingt belegt, als hätte sie lange nicht geredet.

«Ist alles in Ordnung? Geht's dir gut?»

«Nein, eigentlich nicht. Was musst du mir sagen?»

«Nicht am Telefon.»

Sie seufzt. Dann: «Wo?»

«Wie wäre es mit der Brasserie in Chelsea? Donnerstag, um halb acht?»

«Donnerstag ist okay. Aber nicht zum Abendessen. Mittagessen.»

«Aber –»

«Mittagessen, William.»

Sie wird es mir nicht leicht machen. Aber ich werde sie überzeugen können. Sobald sie von Beths und meinem Deal hört, wird sie es sich anders überlegen.

Damit rechne ich ganz fest.

Entsetzt starrt Ella mich an. «Darum habe ich dich nie gebeten, William! Du kannst sie nicht wegen mir verlassen!»

Ein Kellner füllt unsere Weingläser auf. Ungeduldig warte ich darauf, dass er sich wieder entfernt.

«Was meinst du denn, worum es hier die ganze Zeit ging?», zische ich mit zusammengebissenen Zähnen.

«Ich wollte nie im Leben deine Ehe zerstören!»

Meine Enttäuschung ist grenzenlos. *So sollte sie eigentlich nicht reagieren.*

«Herrgott nochmal, Ella! Hör auf, dich deiner Verantwortung zu entziehen!» Ich haue mit der Faust auf den Tisch, sodass ein älteres Paar, das gerade vorbeischlendert, zusammenzuckt, als hätte man auf es geschossen. «Du kannst nicht acht Jahre lang mit mir schlafen und zulassen, dass ich mich in dich verliebe, und dich dann mit erhobenen Händen zurückziehen und sagen, du hättest mit all dem nichts zu tun! Du hast was damit zu tun, seit du mich im Park geküsst hast! Warum sonst sollte ich Beth verlassen, wenn nicht wegen dir?»

Ella weicht zurück, als hätte ich ihr eine runtergehauen. In der grellen Aprilsonne treten die feinen Linien um ihre Augen und ihren Mund besonders deutlich hervor. Ihre Augenhöhlen wirken dunkel, ihr Ausdruck gehetzt. Ich rufe mir in Erinnerung, dass es gerade mal zwei Monate her ist, seit ihr Mann gestorben ist. Und weniger als vier Wochen, seit sie ihr Kind verloren hat. Kein Wunder, dass sie aussieht wie der Tod persönlich.

Beth dagegen – Ironie des Schicksals – blüht derzeit total auf. Sie ist attraktiver denn je.

Es kostet mich enorme Anstrengung, aber ich lehne mich zurück und schaffe es sogar zu lächeln. «Ella, können wir das jetzt bitte einfach hinter uns lassen? Sollten wir nicht lieber an die Zukunft denken statt an die Vergangenheit?»

Ihr Blick schweift ab. Ich unterdrücke die in mir aufsteigende Wut. Kapiert sie es denn nicht? *Ich werde meine Frau für sie verlassen.* «Ella? In zwei Wochen fährt Beth mit ihrer Freundin Eithne zum Malen nach Italien, die Reise ist schon seit Monaten geplant. Wir könnten –»

«Ich liebe dich nicht, William.»

Mir ist, als befände ich mich im freien Fall.

«Es tut mir leid. Ich mag dich natürlich sehr. Wir haben eine tolle Zeit zusammen gehabt. Aber ich liebe dich nicht. Ich möchte nicht, dass du deine Frau wegen mir verlässt. Das wäre sinnlos.»

Macht sie etwa *Witze*?

Ich lache verunsichert. «Das kaufe ich dir nicht ab.»

Sie faltet die Hände im Schoß und betrachtet mich kühl.

«Wir haben damals abgemacht, dass wir uns, wenn einer von uns die Sache beenden will, trennen, ohne Fragen zu stellen. Es funktioniert einfach nicht mehr, William. Ich brauche jemanden mit weniger Ballast –»

«Du glaubst nicht daran, dass ich sie wirklich verlasse, stimmt's? Darum geht es dir, nicht wahr?» Ach, so ein Dummerchen, warum hat sie das nicht gleich gesagt? «Ich kann's dir nicht mal verdenken, klingt ja auch ziemlich abgedroschen. Ich meine es wirklich ernst, Ella. Gib mir nur eine Chance, und ich werde es durchziehen. Ich weiß, dass du mich liebst –»

«Das Baby war nicht von Jackson.»

Ich suche in ihrem Blick nach einem Hinweis darauf, dass sie nur Spaß macht.

«Du warst nicht der Einzige, William, und das weißt du.» Sie zuckt mit den Schultern. «Schließlich sind wir ja nicht verheiratet, oder?»

Sie meint es verdammt nochmal ernst.

Am liebsten würde ich mich an Ort und Stelle übergeben. Es ist schlimm genug, dass sie mit einem anderen Kerl im Bett war, aber dass sie dann auch noch von ihm schwanger geworden ist – *schwanger* –

Himmelherrgott nochmal. Und wer hat ihr im Rettungswagen die Hand gehalten? Ich. Und wer ist die ganze Nacht im Krankenhaus die Flure auf- und abgetigert? Ich!

Unkontrollierbare Wut steigt in mir auf. Am liebsten würde ich jetzt jemanden umbringen. Dieses hinterhältige, intrigante, betrügerische Luder! Ich hätte es kommen sehen müssen. So bereitwillig, wie sie für mich die Beine breit gemacht hat. Wie bescheuert konnte ich sein, zu glauben, dass ich der Einzige war?

«Du Schlampe», fauche ich, schüttele ihre Hand von

meinem Arm ab und stehe so abrupt auf, dass mein Stuhl nach hinten umfällt. Ich werfe eine Handvoll Zwanzig-Pfund-Scheine auf den Tisch. «Ich schätze, das dürfte reichen für deine Liebesdienste.»

«William –»

«Jackson hat wirklich Glück gehabt», zische ich.

Dann gehe ich einfach los – keine Ahnung, wohin. Ich kann nicht fassen, dass sie mich dermaßen verschaukelt hat. Und ich habe überhaupt nichts mitgekriegt. Kein Wunder, dass meine Firma kurz vor dem Bankrott steht. Mein Urteilsvermögen ist ja offensichtlich vollkommen hinüber.

Sie hat mich an der Nase herumgeführt. Es war alles prima, solange sie sich auf den Heiligen Jackson berufen konnte, aber jetzt, wo sie allein ist, kann sie sich nicht mehr verstecken. Sie hat mich nie wirklich gewollt. Sie wollte nur ab und zu mal einen Kick. Von der verbotenen Frucht kosten. Natürlich hatte sie etwas dagegen, dass ich Beth verlasse. Ich war ja auch nur ihr kleiner Gespiele. Wahrscheinlich hat sie längst einen anderen verheirateten Lover an der Angel.

Wie habe ich nur so blind sein können?

Die nächsten Wochen befinde ich mich in einem schlafwandlerartigen Zustand. Jetzt bin ich es, der nicht auf Ellas Anrufe reagiert. Ich lösche ihre Nummer in meinem Handy und blockiere ihre Mailadresse. Wenn ich den Schmerz doch nur genauso einfach löschen und blockieren könnte.

Ich klammere mich so lange wie möglich an meine Wut, aber irgendwann bahnt sich die Trauer einen Weg an die Oberfläche. Mir ist, als würde mein Herz durch den Fleischwolf gedreht. Der Umstand, dass sie mich zu allem

Überfluss auch noch vollkommen zum Narren gehalten hat, ist zusätzliches Salz in meiner Wunde.

Ironie des Schicksals: Wäre dies zu irgendeinem Zeitpunkt während der letzten acht Jahre passiert, hätte es mich nicht so fertiggemacht. Bis vor drei Monaten war unsere Beziehung ein zweidimensionales, klar definiertes Verhältnis, das jenseits der gemeinsamen Nächte einmal im Monat nicht wirklich existierte. Ich wollte nichts über ihr Leben wissen oder darüber, was in ihrem Kopf vor sich ging, und sie stellte mir auch keine Fragen.

Jacksons Tod hat alles verändert. Durch ihn habe ich die echte Ella kennengelernt, die verletzliche, fehlbare Frau hinter der perfekten, beherrschten Fassade. Ich habe mich in sie verliebt, wie ich mich niemals in die selbstsichere alte Ella hätte verlieben können. Ich habe mich in ihre Flugangst verliebt, in ihre unglaublichen Schuhe, in ihre Aversion dagegen, einen Teil von einem Set – seien es Handschuhe, Bücher oder Ohrringe – zu verlieren, in ihre laufende Nase, als sie weinte, in ihre unberechenbaren Launen.

Aber in Wirklichkeit habe ich ja doch nicht die richtige Ella kennengelernt. Das ist alles nur Theater gewesen.

Ich nehme das rote Lederkästchen vom Schreibtisch und stecke es in die Tasche. Ein goldenes Liebesarmband von Cartier. Meine modebewusste Tochter wird sich über die Edelmarke freuen, meine Frau wahrscheinlich nicht. Ich habe Beths Namen eingravieren lassen.

Sie gibt sich wirklich Mühe. Der Sex ist zwar nicht besonders einfallsreich, aber immerhin regelmäßig, und hin und wieder ergreift sie sogar die Initiative. Sie war mit Cate neue Klamotten einkaufen und hat zum ersten Mal seit zwanzig Jahren eine neue Frisur. Die knabenhaft kurzen Haare stehen ihr gut. Und es ist nicht nur ihr Aussehen. Auf ihre ganz eigene, ruhige Weise hat sie deutlich gemacht, dass sie sich nicht mehr alles gefallen lässt. Von niemandem. Sie hat gegen den neuen Hummer gestimmt und darauf bestanden, dass wir so einen blöden Hybrid-Wagen kaufen (da hatte Cate sicher auch ihre Finger im Spiel). Ist alles ein bisschen gewöhnungsbedürftig, aber ich muss gestehen, dass ich ihre neue, burschikose Art mag. Mir war gar nicht bewusst gewesen, wie satt ich es hatte, diese Ehe ständig ganz allein zu managen. Zum ersten Mal seit Jahren habe ich das Gefühl, dass wir Dinge wirklich gemeinsam tun.

Beth hatte auch die Idee mit dem New-York-Kompromiss. Mir wäre es immer noch lieber, wenn Cate nicht in New York studieren würde, aber es beruhigt mich doch einigermaßen zu wissen, dass Ben in der Nähe sein wird.

Als Beth mich um diese Jahresfrist bat, war das für mich der langersehnte Ausweg aus dieser Ehe. Aber vielleicht – nur vielleicht – entpuppt er sich als ein neuer, guter Weg innerhalb unserer Ehe.

Ich bin schon auf dem Weg hinaus aus dem Büro, als das Telefon klingelt. Suchend sehe ich mich nach Carolyn um, aber sie ist bereits weg.

«William? Ich bin's, Malinche Lyon. Ich zermartere mir schon seit Tagen das Hirn, und jetzt ist es mir endlich eingefallen – ausgerechnet im Supermarkt um die Ecke, da haben sie übrigens heutzutage ein wirklich beeindruckendes Gewürzsortiment, ich kann mich noch erinnern, wie ich Kit bitten musste, mir aus Dubai frischen Sumach mitzubringen, weil es den hier einfach nicht gab – aber egal, jedenfalls stehe ich so da und überlege, ob ich nun ganzen oder gemahlenen Kreuzkümmel nehmen soll, als mir endlich einfällt, wo ich den netten Jungen aus deinem Büro schon mal gesehen habe. Ich meine Cates Freund. Er kam mir so bekannt vor. Wahrscheinlich ist es auch gar nicht wichtig, aber Nicholas hat gesagt, es kursiere das Gerücht, dass Ashfield PR Schwierigkeiten mit einem feindlichen Übernahmeangebot hat, und dann fiel dieser Name –»

«Mal», unterbreche ich sie ungeduldig. «Wovon redest du?»

Sie kichert. «O Gott, das ist wieder typisch, die Babyhormone schalten quasi mein Gehirn aus – Nicholas meint, ich würde glatt vergessen, wie ich heiße, wenn keine Namensschilder in meine Unterhosen genäht wären. Dan natürlich. Er war kurz vor Ostern mit seinem leiblichen Vater bei mir im Restaurant, ich kenne Simon schon seit Jahren. Dan ist James Nobles Stiefsohn, William. Ich dachte, das solltest du vielleicht wissen.»

«Dan ist nicht der Spion», sagt Beth.

«Wovon redest du? Natürlich ist er das!» Ich rase quer durch die Küche und stolpere um ein Haar über den Hund. «Und ich habe ihn auch noch selbst eingestellt, verdammt nochmal! Ich habe ihm in meinem Büro einen Job verschafft!»

Beth stellt noch einen schmutzigen Teller in die Spülmaschine. «Dan ist nicht der Spion», wiederholt sie störrisch.

«Sag mal, hast du mir nicht zugehört? Das muss von Anfang an so eingefädelt gewesen sein. Überleg doch nur, wie er aus heiterem Himmel hier plötzlich aufgetaucht ist! Cate hatte natürlich keine Ahnung, dass er sie nur benutzt hat, um an Informationen über meine Firma heranzukommen, aber –»

«William, würdest du jetzt bitte mal für eine Minute die Klappe halten?»

Ab und zu bin ich mir nicht ganz sicher, wie sehr ich ihre neue, entschiedene Art mag.

Sie knallt die Klappe der Spülmaschine zu und dreht sich zu mir um. «Dan ist nicht der Spion! Du kannst nicht einfach mitten in der Nacht bei ihm zu Hause auftauchen und ihn der Industriespionage bezichtigen! Was hast du vor? Willst du ihn aus dem Bett jagen und am nächsten Baum aufknüpfen?»

«Spar dir deine verdammte Melodramatik.» Ich bleibe stehen und kneife die Augen zusammen. «Wieso bist du dir so sicher, dass er es nicht ist?»

«Ich bin es übrigens auch nicht, der dich ausspioniert, falls es das ist, was dir jetzt durch den Kopf geht», blafft Beth mich an.

Mir fällt ein, dass Cate im Zimmer nebenan fernsieht. Ich spreche etwas leiser weiter.

«Hör zu, Beth. Das passt doch alles zusammen. Seit einem halben Jahr ist James Noble mir immer um eine halbe Nasenlänge voraus, wirbt meine besten Mitarbeiter und Kunden ab. Er muss einen Maulwurf in der Firma haben, jemanden, der Zugang zu mehr Informationen hat als die regulären Mitarbeiter. Noble wusste von Dingen, die man durchaus als vertraulich bezeichnen könnte. Und Dan ist auf rätselhafte Weise kurz vor Weihnachten auf der Bildfläche erschienen. Jetzt zähl mal zwei und zwei zusammen. Dan ist der Einzige, der in diese Gleichung passt.»

Beth ist damit beschäftigt, die Arbeitsflächen abzuwischen, und schweigt zunächst. Dann sagt sie:

«Es gibt da noch jemanden.»

Es ist dunkel, ich sitze in meinem Auto und beobachte ihr Haus. Unten ist Licht an, und durch die Holzläden kann ich erkennen, wie sich ihr Schatten durch das Wohnzimmer bewegt. Ich habe keine Ahnung, wie lange ich schon hier sitze und wieso ich überhaupt hergekommen bin. Ein sanfter Maiwind bewegt die Zweige des Baumes über mir, Blütenblätter rieseln wie Konfetti auf die Motorhaube.

Gott beschütze mich vor meinen Freunden. Vor meinen Feinden kann ich mich selbst beschützen.

Von irgendwoher höre ich eine Kirchturmuhr elf schlagen. Eine Katze jault, und nur Sekunden später scheppert der Deckel einer Mülltonne zu Boden.

Da öffnet sich plötzlich Ellas Haustür. Ich ducke mich, aber sie kann mich hier sowieso nicht entdecken. Sie trägt einen hellen, seidenen Morgenmantel. Die leichte Brise drückt den weichen Stoff gegen ihren Körper und gibt so im Lichtschein des Flurs ihre Silhouette preis. Sie wirkt wie eine Göttin: wunderschön – und trügerisch.

Da taucht hinter ihr eine zweite Gestalt auf – groß und breitschultrig. Als Licht auf sie fällt, bleibt mir fast die Spucke weg. Er sieht Jackson so ähnlich, dass er nur einer sein kann.

Ella dreht sich um. Sie blickt zu ihm auf, und er küsst sie. Ich kann die Leidenschaft und die Intensität des Kusses sogar hier im Auto spüren.

Ich lasse den Motor an und lege wütend den ersten Gang ein. Es wird Zeit, dass ich aufhöre, mir selbst etwas vorzumachen. Ella und ich – das war nie wirklich eine Beziehung. Ein romantisches Liebesabenteuer, das im echten Leben nicht überlebensfähig gewesen wäre. Mit Ella habe ich Leidenschaft und Aufregung erlebt, sie hat mich in einer Weise herausgefordert, die ich kaum erklären kann. Aber darauf kann man schließlich keine Ehe aufbauen. Sie war die perfekte Geliebte. Aber das war auch alles.

Beth liebt mich. Zwischen uns ist nicht alles perfekt, aber sie ist meine Frau. Wir haben drei Kinder zusammen und können auf zwanzig gemeinsame Jahre zurückblicken. Sie hat recht: Es lohnt sich, dafür zu kämpfen.

Es ist schon nach Mitternacht, als ich mich ins Haus schleiche. Ich lege die Autoschlüssel auf den Tisch im Flur. Cannelle winselt leise, und ich kraule ihm den goldenen Kopf, während er in seinem Korb in der warmen Küche schlummert.

Ich schenke mir zwei Fingerbreit Whisky ein und verkrieche mich in mein Arbeitszimmer. Werd endlich erwachsen, William, alter Junge. Du kannst von Glück reden, dass du dich nicht vollkommen lächerlich gemacht hast, indem du deine Frau wegen einer liederlichen Schlampe verlassen hast.

Sie hat Jackson mit mir betrogen, und jetzt betrügt sie mich mit seinem Bruder. Passt. Fast wie in der Bibel.

Es tut auch verdammt weh, aber darüber werde ich schon noch hinwegkommen. Ich bin ja kein pubertierender Jüngling mehr, der zum ersten Mal bis über beide Ohren verknallt ist. Ich habe schon genug erlebt, um zu wissen, dass man an gebrochenem Herzen nicht stirbt – so sehr man es sich auch manchmal wünschen mag. Aber ich habe schließlich immer noch Beth. Sie vergöttert mich. Es klappt immer noch mit uns. Die Kameradschaft und Geborgenheit, die zwei Jahrzehnte gemeinsamer Erfahrungen mit sich bringen, sind eine Menge wert. Beth lacht immer noch über meine Witze, obwohl sie sie schon tausendmal gehört hat.

Ich trinke das Glas in einem Zug leer und mache das Licht aus. Wird Zeit, dass ich mir mit Beth mehr Mühe gebe. Sie hat in den letzten Wochen alle Register gezogen, während meine Bemühungen offen gestanden eher halbherziger Natur waren. Außer im Bett natürlich. Ich glaube nicht, dass Beth sich da beklagen kann.

Ich bin überrascht, Beth aufrecht sitzend und lesend im Bett vorzufinden. Als sie mich bemerkt, legt sie das Buch und ihre Lesebrille auf den Nachttisch.

«Du hättest nicht auf mich zu warten brauchen, Liebling. Ich hab dir doch gesagt, es wird spät werden.» Ich entledige mich der Krawatte und lasse mich auf die Bettkante fallen, um mir die Schuhe aufzubinden. «Stimmt was nicht?»

«Nein, William. Es tut mir leid.»

Ich sehe auf. «Was tut dir leid?»

«Ich habe mich entschieden», informiert sie mich. «Ich verlasse dich.»

15

Beth

In seinen Cornflakes das Antlitz Jesu zu erblicken, würde wohl jeder als ein Alarmsignal auffassen.

Man hat mir mit meiner Tochter eine zweite Chance gegeben. Eine dritte werde ich nicht bekommen.

Ich habe die ganze Zeit gewusst, dass ich früher oder später wieder meine Tabletten würde nehmen müssen. Ich hätte sie schließlich nicht im Futter meiner Handtasche – wo ich sie quasi «vergessen» konnte – mit nach Paris genommen, wenn ich nicht geahnt hätte, dass die Zeit bald um ist. Heute Vormittag habe ich im Hotel-Shop für neunhundert Euro exklusive Meerschaumpfeifen für William gekauft. William raucht überhaupt nicht.

Ich kann mir keine weitere manische Phase leisten. Ich habe die Tabletten genommen. Jetzt muss ich nur sichergehen, dass sie ihren Preis wert sind.

Mein Mann versucht, sich an mir vorbei zur Tür zu drängen. Ich nehme meinen ganzen Mut zusammen und setze jetzt alles auf eine Karte. Der größte Einsatz meines Lebens – ich könnte alles verlieren.

«Und wie sieht es mit deiner Affäre aus, William?»

Er wird kreidebleich. Ertappt. Mir wird bewusst, wie sehr ich bis eben noch gehofft habe, dass es nicht wahr ist.

Ich stelle mich ans Fenster und studiere die Aussicht, damit er mein Gesicht nicht sehen kann. «Oder sollte ich besser Affären sagen? Plural?», füge ich unbekümmert hinzu. «Du hattest ja sicher mehr als nur eine. Ich meine, schließlich haben wir seit acht Jahren nicht mehr miteinander geschlafen. Du müsstest ja aus Stein sein, wenn du nicht gewisse Bedürfnisse hättest, und du bist nun mal nicht der Typ, der sich irgendwo eine Prostituierte aufgabelt.» Ich bin selbst erstaunt, wie normal meine Stimme klingt. «Cate ist weggelaufen, weil wir sie im Stich gelassen haben. Natürlich liegt ein Großteil der Schuld bei mir. Ich habe ihr Schaden zugefügt, und damit muss ich leben. Aber es hat auch eine ganze Menge mit *uns* zu tun. Mit dir und mir. Sie ist noch ein Kind, William. Sie braucht uns noch.»

Ich kann förmlich spüren, dass William fieberhaft überlegt, wie er mit dieser Situation umgehen soll – wie er mit mir umgehen soll. Er hasst Szenen.

«Beth, ich wollte dir nie wehtun –»

«Ich mache dir gar keine Vorwürfe, William. Darum dreht es sich hier nicht.»

Ich erkläre ihm, was ich will, und ich bin darauf vorbereitet, dass er überrascht tut oder gar protestiert, wenn ich ihm die Trennung vorschlage. Und vielleicht würde er es irgendwo sogar ernst meinen – William ist schließlich ein Mann. An eine gewisse Bequemlichkeit und die häusliche Routine der Familie gewöhnt. Er wird mich nicht verlassen, wenn er nicht ein neues Zuhause – eine neue Frau – in Aussicht hat. Das tun die allerwenigsten Männer.

Ich bin aber nicht auf die Sehnsucht und den Hunger in seinem Blick vorbereitet.

Ich merke ihm an, wie er im Geiste meine Zukunft ab- und einschätzt. Ich weiß, dass er mein Angebot nicht ernsthaft in Erwägung zieht – jedenfalls nicht so, wie ich es gerne hätte. Wenn er sich darauf einlässt, dann nicht, weil er unserer Ehe eine ernsthafte Chance geben will, sondern weil er auf einen Ausweg aus der Ehe hofft, der für ihn weder mit Schuldgefühlen noch mit irgendwelchen Bedingungen behaftet ist.

Aber während eines Jahres kann viel passieren.

«Ein Jahr», wiederholt William langsam.

Jetzt oder nie, sage ich mir. Dan wollte mich. Eithne wollte mich. Wenn ich meinen Mann halten will, muss ich ihn dazu bringen, mich auch zu wollen. Irgendwo da draußen gibt es eine gesichtslose Frau, die genau weiß, wie sie seufzen und meinem Mann schmeicheln und ihn umgarnen muss, eine Frau, die ihn mir mit ihren langen Beinen und ihrem Schlafzimmerblick und ihrem biegsamen Körper gestohlen hat. Ich muss ihn zurückgewinnen. Ich muss ihn dazu bringen, mich wieder zu begehren.

Ob ich *ihn* begehre, ist unwichtig.

«Und dann ist da noch was», sage ich.

Ich lasse ihn nicht aus den Augen, während ich mich ausziehe. Mein Mund ist ganz trocken, und meine Hände zittern unaufhörlich. Er hat mich so lange nicht gesehen. Ich meine, richtig gesehen. Ich bin einundvierzig. (Wie alt ist *sie*?) Meine Brüste hängen, mein Bauch ist faltig und mit Schwangerschaftsstreifen übersät. (Hat *sie* Kinder?) Wird allein die Vorstellung, mit mir zu schlafen, ihn abstoßen? Wird er womöglich *lachen*?

Ich gucke ihn nicht an. Ich senke den Blick, als ich den BH öffne, und staune, als ich seinen Schritt bemerke. Kein Zweifel, seine Hose spannt.

Schau dich an! Du bist schön! Aber du ahnst das nicht mal. Und genau das ist das Erstaunliche an dir. Du hast keinen Schimmer, was für eine tolle Frau du bist! Eithne findet mich schön. Dann kann William mich auch schön finden.

Ich ziehe meinen Schlüpfer aus, trete näher an William heran und öffne den Reißverschluss seiner Hose. Williams Erregung ist eminent. Was machen die Sexbomben in all diesen Strandromanen als Nächstes? Etwas, was die alte Beth niemals tun würde. Ich gehe auf die Knie und tue mein Bestes. So, wie William stöhnt, mache ich meine Sache gar nicht so schlecht.

«Beth – bist du dir sicher …?»

«Ich halte nichts von schlechtem Kitt, William», antworte ich mit fester Stimme. «Wenn wir es wirklich versuchen wollen, dann versuchen wir es *richtig.*»

Ich experimentiere ein wenig, dann reißt William mich förmlich auf die Füße und wirft mich aufs Bett. Jetzt beginnt sich auch bei mir so etwas wie Erregung aufzubauen. William revanchiert sich bei mir für den Oralsex, was mir erst unangenehm ist – *Ich bin doch nicht frisch gewaschen! Ich bin noch nicht so weit!* –, doch dann denke ich an die Sexbomben. Vielleicht meinen Männer es ja wörtlich, wenn sie sagen, dass sie schmutzigen Sex mögen.

Mir hat es im Bett immer an einer gewissen Abenteuerlust gefehlt. Sich mit einem Holzlöffel auf den Hintern hauen zu lassen, finde ich unhygienisch. Und was die Sache mit den Handschellen soll, habe ich auch nie begriffen.

Doch in den vergangenen Monaten hat mich ein junger Mann angemacht, der mein Sohn sein könnte, und ich bin mit meiner ältesten Freundin im Bett gelandet. Ich glaube, ein wenig Cunnilingus ist erlaubt.

«Etwas schneller, bitte», weise ich William an.

Seine Zunge ist nicht ganz so geschickt wie Eithnes, geht es mir noch durch den Kopf – und dann stelle ich auf einmal fest, dass in meinem Kopf nur noch ein Rauschen ist.

«Er versucht es natürlich nicht wirklich», sage ich. «Außer im Bett, klar.»

Eithne trinkt noch einen Schluck Wodka aus ihrem silbernen Flachmann. «Also, das würde ich ja wohl nicht mal als Versuchen bezeichnen», gibt sie gehässig zurück.

«Du bist wirklich lieb, mein Schatz, aber wir wissen doch beide, dass ich im Schlafzimmer keine Zirkuskünstlerin bin – und es auch nie sein werde. Nein, William bemüht sich in der Hinsicht wirklich sehr, aber es ist auch klar, dass er nicht ganz bei der Sache ist.»

«Ich wünschte, ich könnte das Gleiche von mir behaupten», seufzt Eithne.

Ich wende mich wieder den Karotten zu. «Die ersten ein, zwei Wochen, nachdem wir aus Paris zurück waren, lief es wirklich gut mit ihm – fast schon *zu* gut», räume ich ein. «Wie ein Kind, das sich auf Weihnachten freut. Und dann kam er irgendwann letzte Woche auf einmal total mies gelaunt nach Hause, und seitdem bläst er nur noch Trübsal. Ich habe keine Ahnung, was mit ihm los ist, er will es mir nicht sagen. Verzieht sich stundenlang in sein Arbeitszimmer und brütet da vor sich hin. Um ehrlich zu sein, Eithne, ich glaube langsam, dass sein Geschäft kurz vor dem Aus steht und er Angst hat, mir reinen Wein einzuschenken. Zu allem Überfluss kauft er mir jetzt ständig irgendwelche sündhaft teuren Geschenke als Entschädigung für seine schlechte Laune, vergisst dann aber, was er mir gekauft hat, und schenkt mir nochmal das Gleiche.» Ich unterbreche das Karottenschälen, um den Braten aus Cannelles Reichweite zu rücken. «Ich habe schon zwei Cartier-Armbänder zurückbringen müssen, sehr zu Cates Missfallen. Sie wollte die Dinger auf eBay verscherbeln und sich vom Erlös ein Auto kaufen.»

«Cleveres Mädchen. Sammelt wirklich Punkte bei mir.»

«Das zeugt nicht unbedingt von einer positiven Entwicklung», brumme ich.

«Und ihr Typ? Ist sie über den hinweg?»

«Dan?» Ich schäle Karotten, was das Zeug hält.

«Ja, *Dan*», spottet Eithne. «Du bist wirklich eine ganz üble Schwindlerin, Beth.»

«Ich habe doch gar nichts gesagt –»

«Das war auch nicht nötig.»

Ich bin mit den Karotten fertig und greife mir das Netz mit dem Rosenkohl. «Er ruft mich immer noch an», gestehe ich. «Seit wir aus Frankreich zurück sind, hat er mir bestimmt schon zwanzig Nachrichten auf der Mailbox hinterlassen. Aber ich habe ihn natürlich nicht zurückgerufen.»

«Und wieso ‹natürlich›?»

«Wieso?» Ich verschlucke mich fast. «Eithne, das ist – das ist doch wohl klar!»

«Ja, sicher. Verstehe ich total, dass du dich lieber vor deinem nichtsnutzigen Mann erniedrigst, anstatt dich von so einem Sahneschnittchen verwöhnen zu lassen, das komplett in dich verknallt ist und sich *stundenlang* Zeit für dich nehmen würde. Ist vollkommen logisch. Mal im Ernst, Beth. Habe ich dir denn gar nichts beigebracht? Du solltest Dan vor lauter Dankbarkeit mit Haut und Haaren verschlingen – und das sage ich als eine, die selbst ein gesteigertes Interesse an dir hat», fügt sie brummig hinzu.

«Er ist nicht in mich verknallt –»

«Ehebruch ist wirklich nicht deine Stärke», meint Eithne. «Du bist rot wie eine Tomate.»

«Gib mir mal den Topf da», raunze ich sie an.

Sie reicht ihn mir und zündet sich eine Zigarette an. «Ist es wegen Cate?»

«Nein! Obwohl, doch, selbstverständlich. Sie mag ja über ihn hinweg sein, aber sie wäre wohl nicht gerade erfreut, wenn ihre Mutter – wenn er – ist ja auch egal, darum geht es doch gar nicht!»

«Ach, so, aha. Und worum geht es dann?»

«Eithne», sage ich gereizt, «ich bin *verheiratet*. Mir bedeutet das in der Tat noch etwas, im Gegensatz zu den meisten anderen Menschen heutzutage. Und selbst wenn ich nicht verheiratet wäre, Dan könnte mein Sohn sein! Was haben wir schon gemeinsam? Ich war schon an der Hochschule und habe Licht und Farben studiert, da hat er noch mit Lego gespielt!» Ich lege die Karotten ins Wasser und stelle den Topf auf den Aga-Herd. «Er war kaum aus den Windeln raus, als ich mein erstes Kind bekam! Du weißt doch selbst, dass das niemals funktionieren würde. Und wenn hinterher jemand mit einem gebrochenen Herzen dasitzt, dann bin das unter Garantie ich», füge ich hinzu. «Wie du weißt, mache ich keine halben Sachen.»

«Du bauschst die ganze Sache viel zu sehr auf. Es geht doch nur um Sex», sagt sie. «Oder?»

Ich zögere. Eithne hat wirklich immer einen ernüchternden Eimer kaltes Wasser zur Hand. Ich weiß, dass Dan mir nur schmeichelt, um das zu bekommen, was er will. Aber er wirkte so aufrichtig auf mich –

Plötzlich komme ich mir so blöd vor. Mir muss wirklich mal jemand den Kopf geraderücken. Ich habe mich von diesem jungen Mann aufs Glatteis führen lassen. Bei Licht betrachtet, sieht jetzt alles ganz anders aus. Ich hätte William sofort davon erzählen sollen, als Dan es mir gestand. Wenn William die Firma verliert, ist alles meine Schuld.

«Ich muss dir etwas sehr Wichtiges mitteilen», hatte Dan an jenem Nachmittag verkündet, als ich entdeckte, das Cate verschwunden war, und er plötzlich vor der Tür stand. «Zwei Sachen. Bitte hör mich an.»

Ich war natürlich davon ausgegangen, dass er von Cate sprach.

Ich beobachtete ihn dabei, wie er einen Topf mit Thymian vom Fensterbrett nahm und wieder hinstellte, um gleich darauf ein Messer aus dem Block zu nehmen, seine Schärfe mit dem Daumen zu prüfen und es dann auf das Hackbrett zu legen. Die Situation war ihm sichtlich unangenehm, und ich lächelte sogar darüber. Cannelle hob den Kopf von den Pfoten und hechelte. Dan kniete sich zu ihm hinunter und gab ihm ein paar von den Hundeleckerbissen, die er stets in einer Tasche seiner Cargohose mit sich herumtrug.

Ich weiß noch, dass mir durch den Kopf ging: *Wenn der Hund ihm vertraut, kann er keine schlechten Absichten haben.*

«Bitte, Dan, ich habe nicht viel Zeit –»

Er war aufgestanden und hatte mich mit seinen umwerfend grünen Augen fixiert.

«Ich glaube, ich habe mich in dich verliebt», sagte er dann ganz schlicht. «Ich habe mich wirklich dagegen gewehrt. Nimm's mir nicht übel, aber das hatte ich mir nun wirklich anders vorgestellt. Eine verheiratete Frau, die meine Mutter sein könnte, mit erwachsenen Kindern und allem –»

«Ja», antwortete ich schwach. «Verstehe ich.»

«Das mit Cate war nicht nur ein leichtsinniges Spielchen», beeilte er sich zu versichern. «Ich wollte ihr nicht wehtun. Es ist nur – sie ist dir so ähnlich. Ich dachte, sie könnte mir vielleicht das geben, was mich an dir so fasziniert hat, aber –»

Mir wurde das in dem Moment alles zu viel. Meine einzige Sorge galt der Suche nach meiner Tochter.

«Und was war die andere Sache, Dan?»

«Du musst mir glauben, dass ich keine Ahnung davon hatte, was James im Schilde führte», flehte er mich an. «Ich habe damit nichts zu tun, wirklich nicht, ich schwöre es –»

«Und du kaufst ihm das ab?», fragt Eithne mich jetzt, nachdem ich ihr alles erzählt habe.

«Ich hätte ihm nie vertrauen dürfen», stelle ich verbittert fest. «Ich habe ihm geglaubt, dass er nichts mit James Noble zu tun hat, weil ich ihm auch alles andere glauben wollte. Ich bin wirklich zu bescheuert. Natürlich liebt er mich nicht! Das wäre ja vollkommen lächerlich, das kann ich ja selbst sehen –»

«Du fändest es lächerlich, wenn sich jemand in dich verlieben würde?»

«Er versucht doch nur, Zeit zu gewinnen, damit ich William nichts von ihm erzähle. Er benutzt mich genau so, wie er Cate benutzt hat.»

Eithne blickt mich irgendwie merkwürdig an. «Und wenn er gar nicht James Nobles Stiefsohn wäre?»

Ich fange an zu protestieren, aber Eithne hat ja recht: Ich bin eine üble Schwindlerin. Ich habe mich von dem Moment an, als ich Dan in der Galerie begegnete, zu ihm hingezogen gefühlt. Ich habe es nur bisher nicht zugeben wollen.

Aber ich werde nicht meine Familie zerstören für eine Affäre mit einem jungen Mann, der dieses Mrs.-Robinson-Abenteuers sehr schnell müde werden und wieder verschwinden wird. So blöd bin ich nun auch wieder nicht. Aber seine Aufmerksamkeit hat mir mehr bedeutet, als ich selbst zugeben mag. Ihm habe ich es zu verdanken, dass ich wieder an mich selbst glauben konnte. Auch wenn es nur für kurze Zeit war. Es tut ganz schön weh, zu erkennen, dass das auch nur eine Lüge gewesen ist.

Ich zucke mit den Schultern und habe Tränen in den Augen.

«Dan liebt dich wirklich», erklärt Eithne knapp.

«Nein. Es wird wirklich Zeit, dass ich aufhöre –»

«Es war nicht Dan, der für James Noble spioniert hat», unterbricht sie mich. «Das war ich.»

«Ich habe dir ja schon immer gesagt, dass die Frau nur Ärger macht», triumphiert Clara. «Die mit ihren ganzen Piercings und Tätowierungen.»

«Sie ist nicht tätowiert, Mutter. Und außerdem hast du nie gesagt –»

«Es ist nun wirklich nicht so, als würde ich es genießen, recht zu behalten, Beth. Du kennst mich ja. Leben und leben lassen, das war schon immer mein Motto.»

Ich reiße das Unkraut mit etwas mehr Gewalt als unbedingt nötig aus dem Blumenbeet.

«Mich wundert es auch gar nicht, dass William kaum mit dir redet – das ist kein Unkraut, Schatz, du hast bald keine Blumen übrig, wenn du so weitermachst –; der arme Mann arbeitet sich schließlich seit Jahr und Tag krumm und buckelig, während du nichts Besseres zu tun hast, als ihn zu unterminieren und eine Schlange an deiner Brust zu nähren.»

Ja, ganz genau, Mutter, denke ich wütend und funkele sie an. Ich zähle bis zehn und bete. Gib mir Geduld, Herr.

«Du kannst ihm nun wirklich nicht zum Vorwurf machen, dass er sich darüber aufregt. Das zeigt wieder mal, was für eine unglaublich schlechte Menschenkennerin du bist, Beth. Da schlägst du ja ganz nach deinem Vater. Der hat auch immer meilenweit danebengelegen, wenn es darum ging, jemanden einzuschätzen –»

Ich setze mich auf meine Fersen und wische mir mit dem behandschuhten Handrücken etwas Erde von der Stirn. «Gedeihen die Rosen nicht prächtig dieses Jahr, Mutter? Dad hat dir seinerzeit ein ganzes Jahr lang jede Woche Rosen geschickt, als er dir den Hof machte, stimmt's? Er war total verrückt nach dir. Bis über beide Ohren in dich verknallt», füge ich noch hinzu.

Meine Mutter verzieht das Gesicht. *Ein Punkt für mich.*

«Ich weiß wirklich nicht, wieso du dir die Haare abgeschnitten hast», sagt sie mürrisch. «Daran werde ich mich bestimmt nie gewöhnen.»

«Ich habe mir überlegt, mich demnächst auch tätowieren zu lassen. Auf der rechten Schulter, ich dachte an einen Delphin –»

«Also, wirklich, Beth. Ich finde es erstaunlich, dass du überhaupt zum Scherzen aufgelegt bist.» Sie klemmt eine Ranke pinkblühender Klematis unter die Fensterbank des Küchenfensters. Ich ziehe sie sofort wieder heraus. «Sie ist doch bestimmt dafür bezahlt worden, oder? Ich meine Eithne. Dreißig Silbermünzen, oder was auch immer heute der Satz ist, wenn man seine Freunde verrät.»

«Weißt du, ich glaube, auf ihre seltsame Weise hat sie nur versucht zu helfen», seufze ich.

«Ich verstehe wirklich nicht, wie du sie jetzt auch noch in Schutz nehmen kannst», regt Clara sich auf. «Sie hat praktisch dafür gesorgt, dass du jetzt fast auf der Straße sitzt.»

«Die Sache ist ziemlich kompliziert, Mutter. Ich muss jetzt wirklich hier weitermachen, und –»

«Na ja, wenigstens hast du dir diesen italienischen Blödsinn abgeschminkt», rümpft sie die Nase. «Die einzig richtige Entscheidung, nachdem die Dame ihr wahres Gesicht gezeigt hat. War ja sowieso von Anfang an ein vollkommen absurder Plan. Mal eben nach Italien jetten, um ‹Kunst zu entdecken›. Und das in deinem Alter. Der Himmel weiß, was mit deiner armen Familie passiert wäre, wenn du dich auf dem Kontinent herumgetrieben hättest.»

Ich atme tief durch und beherrsche mich.

«Die wären schon klargekommen. Cate ist durchaus in der Lage –»

«... durchaus in der Lage!? Sie befindet sich auf der schiefen Bahn! Du hättest viel strenger mit ihr sein sollen, als sie noch kleiner war. Und es tut mir wirklich leid, dass ich jetzt ein ‹Ich hab's dir ja gleich gesagt› hinterherschiebe, aber –»

Ich packe meinen Korb und stehe auf. «Cate ist nicht auf der schiefen Bahn. Sie ist schön, sie hat Humor, und sie ist klug, und ich bin so verdammt stolz auf sie, dass es wehtut!» Auf einmal kann ich meine Wut nicht länger unterdrücken. «Meine Tochter ist mit Entschlossenheit, Talent und Ehrgeiz gesegnet und ist bereits jetzt eine so tolle Frau – davon können du und ich nur träumen! Und ich verbitte mir, dass du hierherkommst und dein Gift über meine Familie verspritzt! Du hast mir das Leben vom ersten Tag an zur Hölle gemacht. Und ich werde es nicht zulassen, dass du deinen schlechten Einfluss auch auf Cate ausdehnst!»

Ich zittere. So habe ich noch nie mit meiner Mutter gesprochen. Ich warte fast darauf, dass sie mich jetzt in eine Ecke stellt oder mir den Mund mit Seife auswäscht.

«Also wirklich! Kein Wunder, dass das Kind durchgedreht ist, bei diesem Vorbild!» Clara zieht ihre wattierte Jacke zu. «So lasse ich mich nicht behandeln, nicht von meinem eigenen Fleisch und Blut! Wenn du bereit bist, dich zu entschuldigen, weißt du ja, wo du mich finden kannst!»

Sie verlässt fluchtartig den Garten, und ich lasse mich halb lachend, halb schluchzend auf die Steinstufen am Rosenbeet sinken. Ich habe einundvierzig Jahre gebraucht, um meinen Mut zusammenzunehmen und mich gegen

Clara zur Wehr zu setzen – und ich ahne jetzt schon, dass es vergeblich war. Nun muss ich mich bei ihr entschuldigen, und sie wird mich so richtig zu Kreuze kriechen lassen, bevor sie mich wieder in Gnaden aufnimmt.

Ach, Eithne. Was ist bloß in dich gefahren?

Sicher, sie hat William nie gemocht, aber ich wäre nie auf die Idee gekommen, dass sie so weit gehen würde, uns regelrecht zu sabotieren. Hat sie wirklich gedacht, dass die Pleite der Firma mich dazu zwingen würde, auf eigenen Beinen zu stehen? «Wenn er nicht die ganze Zeit da wäre und dich finanziell unterstützen würde, Beth, könntest du so viel mehr aus deinem Leben machen, du könntest wirklich *leben*! Bitte, du musst mir glauben, dass ich niemals etwas machen würde, um dir wehzutun! Ich wollte dir doch nur *helfen*!» Oder hat sie einfach nur Rache genommen?

Ironischerweise hat Eithne aber ja irgendwie recht gehabt. Während William verzweifelt versuchte, seine Firma zu retten, bekam sein Selbstvertrauen einen ordentlichen Knacks. Zum ersten Mal in unserer langen Ehe habe ich nicht das Gefühl, ihm unterlegen zu sein.

Ich höre Schritte und sehe auf.

«Mum? Alles in Ordnung?»

Ich schenke meiner Tochter ein etwas schiefes Lächeln. «Weiß nicht so genau.»

Cate setzt sich neben mich. Sie ist ein bisschen blass, wahrscheinlich ist sie gestern Abend bei Clem zu spät ins Bett gegangen. «Stimmt das?», fragt sie. «Eithne ist der Spion?»

Ich nicke.

«Aber warum? Ich dachte, sie ist deine Freundin?»

«Sie hat es mir nie wirklich verziehen, dass ich Daddy geheiratet habe», seufze ich. «Sie meint, es sei seine Schuld, dass ich mit dem Malen aufgehört habe.»

«Na ja, ist es ja auch ein bisschen», sagt Cate.

Erstaunt blicke ich sie an.

«Komm schon, Mum. Du musst doch zugeben, dass er einen ziemlichen Kontrollfimmel hat. Und du hast ihm immer seinen Willen gelassen, und Oma Clara übrigens auch.»

«Er hat mich andauernd ermuntert, weiterzumalen –»

«Ja, aber doch nur als *Hobby*. Stell dir mal vor, was er gesagt hätte, wenn du das ernsthaft als Beruf hättest machen wollen! Da wäre der doch komplett ausgetickt.» Sie pflückt eine weiße Kletterrose und riecht daran. «Wahnsinn. Die Rosen sind wirklich toll dieses Jahr –»

«Cate, dein Vater ist nicht schuld daran», falle ich ihr ins Wort. Es ist mir auf einmal sehr wichtig, dass sie das versteht. «Ich habe es *zugelassen*, dass er die Kontrolle übernahm. Ich habe es erst ihm und dann der Krankheit angelastet, aber in Wirklichkeit ist es allein mein Fehler, dass ich mit dem Malen aufgehört habe.»

Mit dieser Erkenntnis überrasche ich mich selbst.

«Ich hatte Angst, nicht gut genug zu sein», gestehe ich. «Und da war es einfacher, es gar nicht erst zu versuchen.»

Cate nimmt die Gartenschere, schneidet ein Dutzend weiße Blüten ab und legt sie in den Korb. Ihr süßer Geruch weht zu mir herüber.

«Fährst du trotzdem am Samstag nach Italien?»

«Nein. Ich hatte sowieso ein ungutes Gefühl dabei, dich allein zu lassen. Eithne und ich, wir werden schon über die Sache hinwegkommen, aber es wird eine Weile dauern. Sie hatte kein Recht, sich so einzumischen, ganz gleich, was ihre Beweggründe waren. Ich habe ihr vertraut, Cate. Sie erzählt mir ständig, dass ich aufhören soll, mich von allen als Fußabtreter benutzen zu lassen.» Ich lächele traurig. «Sie wird ziemlich katzbuckeln müssen, bevor wir wieder gute Freundinnen sein können. Ich verstehe ja in gewisser Weise, warum sie das alles getan hat, aber ich glaube nicht, dass es zwischen uns jemals wieder so werden wird wie früher.»

«Du brauchst sie nicht, Mum.»

Ich strubbele ihr durchs Haar. «Nicht, solange ich dich habe.»

Cate wehrt mich ab. «Mum! Ich meine doch für Italien! Fahr doch allein!»

«Das kann ich nicht.»

«Und warum nicht? Ist doch bloß für drei Wochen. Mrs. Ghedini kann vorbeischauen und sauber machen und so. Dad und ich kommen schon zurecht.»

Ich öffne den Mund, um ihr zu sagen, dass sie nicht albern sein soll, doch dann überlege ich es mir anders. Ich hatte mich so auf Rom gefreut. Die Pietà, die Sixtinische Kapelle, die San-Callisto-Katakomben – stundenlang herumlaufen, gucken, nachdenken und vielleicht sogar malen. Eithne wäre natürlich eine tolle Reisebegleitung gewesen, aber sie kann auch sehr – na ja, *anstrengend* sein. Ich war noch nie allein im Urlaub. Nicht mal ein Wochenende war ich allein weg. Und die Kinder sind ja jetzt groß genug –

«Was ist mit deinem Vater? Ich kann ihn doch nicht hier sich selbst überlassen, das wäre nicht fair.»

«Mum, meinst du nicht, es ist Zeit, dass du zur Abwechslung mal an *dich* denkst?»

Ich sehe in ihre silberblauen Augen – die Farbe des Meeres direkt nach einem Sturm – und begreife, dass sie nicht nur von diesen drei Wochen Italien spricht.

«Du brauchst nicht wegen mir hierzubleiben», redet sie mir sanft zu. «Ich bin sowieso bald weg. Wenn du dich jetzt nicht aufraffst und gehst, wirst du es wahrscheinlich nie tun. Ich will, dass du glücklich bist, Mum. Ich habe keine Lust mehr, mir Sorgen um dich zu machen. Als wir in der Schule die *Titanic* durchgenommen haben», erzählt sie mit gesenktem Blick und spielt mit der Gartenschere, «hat Mrs. Buchanan gemeint, dass einige von denen, die ertrunken sind, vielleicht überlebt hätten, wenn sie sich nicht so aneinandergeklammert hätten. Manchmal muss man – muss man eben loslassen.»

Grenzenlose Liebe für dieses brillante, schwierige, einzigartige Kind erfüllt mich.

«Seit wann bist du denn so weise?», flüstere ich.

«Mum, es ist okay», sagt Cate. «Geh. Ich schaff das schon. Und Dad auch. Wir werden es alle schaffen.»

«Ich liebe deinen Vater, Cate. Sehr sogar.»

Sie nickt, und ihre Augen strahlen. Seltsam. «Aber trotzdem nicht immer genug, stimmt's, Mum?»

«Nein.» Ich nehme sie in den Arm und bin unendlich traurig darüber, dass sie diese Lektion schon so früh lernen musste. «Nein, nicht immer genug.»

Wann ist es passiert?, frage ich mich. *Wann hat sich das Blatt gewendet?* In dem kurzen, unbedachten Moment in Paris, als sein Blick mir deutlicher als jede Lippenstiftspur am Kragen verriet, dass er eine Affäre hatte? Als ich ihm die Sehnsucht nach *ihr* ansehen konnte, kaum dass ich ihm einen Ausweg aus unserer Ehe aufgezeigt hatte? Oder vielleicht, als er mich dabei beobachtete, wie ich meine Tabletten nahm, und er dabei mehr einem Wächter denn einem Geliebten glich?

Virginia Woolf liegt ungelesen auf meinem Schoß. Vielleicht war es auch Cate, die uns durch ihr Ausreißen nach Paris vor Augen führte, dass wir als Eltern versagt hatten. Oder der Umstand, dass William Sam ins Internat schickte, obwohl ich ihn anflehte, es nicht zu tun.

Womöglich geschah es damals, als er mit den Kindern in den Skiurlaub fuhr und mich zu Hause ließ, weil er meinte, ich würde ihre Ängste nur intensivieren. Oder an dem Tag, an dem er über meine Idee lachte, einen kleinen Kunstladen zu eröffnen. Oder als er im vietnamesischen Restaurant für mich bestellte, weil er davon ausging, dass mich die Karte überfordern würde.

Bin ich endlich wütend auf ihn geworden, als ich mit Eithne im Bett war und mich einen Moment lang durch ihre Brille sah statt durch seine? Oder als Dan mir sagte, dass er mich liebt, und mir aufging, wie viel William mir eigentlich vorenthält?

Nein. Noch früher. Als William auf Zypern mit einer Frau ins Hotel eincheckte, der er meinen Namen gab.

Und noch früher: Als sie mich an jenem furchtbaren Ort festhielten, mich mit Lederriemen an einen Tisch banden und mir Elektroden auf den Kopf klebten.

Schon gleich ganz am Anfang: Als ich diese Ehe auf einer Lüge aufbaute, auf der größten Lüge von allen.

Nein, ich bin nicht auf William wütend.

Mrs. Dalloway verschwimmt vor meinen Augen. So viele Jahre habe ich es akzeptiert, seine zweite Wahl zu sein und seine Liebe zweiter Klasse zu erfahren, weil ich Angst hatte, mehr zu verlangen. Damit habe ich uns beide betrogen. Ich habe mich einer Lüge bedient, um William einzufangen, und ich habe ihn durch Mitleid und Schuldgefühle an mich gebunden. Das Einzige, was ich damit erreicht habe, ist, dass es uns beiden schlechtgeht. Cate hat recht. Ich muss uns beide befreien, bevor es zu spät ist.

Ich höre Williams Wagen über die Kieseinfahrt rollen und werfe einen Blick auf den Radiowecker. Gleich Mitternacht. Wo zum Teufel ist er so lange gewesen?

Ich rufe mich selbst zur Ordnung. Kann das jetzt nicht egal sein?

Es vergehen noch zwanzig Minuten, bis er endlich ins Schlafzimmer kommt. Er riecht nach Verbitterung und Whisky. Ich nehme meine Lesebrille ab und lege das Buch zur Seite.

«Du hättest nicht auf mich zu warten brauchen, Liebling», sagt er müde. «Ich hab dir doch gesagt, es wird spät werden.»

Er entledigt sich der Krawatte und wirft sie auf den Boden, auf dass ich sie morgen wegräume. Dann setzt er sich auf die Bettkante, um sich die Schuhe aufzubinden. «Stimmt was nicht?»

«Nein, William. Es tut mir leid.»

«Was tut dir leid?»

Und auf einmal ist es ganz einfach.

«Ich habe mich entschieden. Ich verlasse dich.»

Zuerst reagiert er überhaupt nicht. Dann lacht er.

Er lacht.

In mir flammt eine solche Wut auf, dass es mich nicht überrascht hätte, wenn die Laken Feuer gefangen hätten. Ich springe aus dem Bett und baue mich direkt vor ihm auf, sodass er mich nicht ignorieren und mir auch nicht den Kopf tätscheln und mich wegschicken kann.

«Glaubst du wirklich, mein Leben mit dir ist so wunderschön, dass ich nie davon träume, dich zu verlassen? Glaubst du wirklich, ich finde es toll, wenn du mich ansiehst wie ein Stück Dreck an deinen Schuhsohlen?»

Überrascht starrt er mich an. «Aber das war doch gar nicht –»

Ich bebe vor Entrüstung. «Seit zwanzig Jahren behandelst du mich wie eine bedauernswerte Kreatur, so als müsste ich dir dankbar sein, dich zu haben, und blöd, wie ich bin, habe ich das die ganze Zeit zugelassen! Du, Clara, sogar die Kinder – ihr tut alle so, als wäre ich hier der Dorftrottel, der nicht in der Lage ist, selbst nachzudenken oder gar Gefühle zu haben! Vierzig Jahre lang habe ich es nicht einmal gewagt, meine Frisur zu ändern! Ist dir eigentlich schon mal in den Sinn gekommen, wie schwierig es ist, mit *dir* zusammenzuleben?»

Er drängt sich an mir vorbei ins Badezimmer und klatscht sich kaltes Wasser ins Gesicht. «Worum geht es hier eigentlich, Beth? Sind das deine Tabletten? Ich habe nämlich einen ziemlich miesen Tag gehabt und echt keine Lust, mich jetzt noch von einer Furie zerfleischen zu lassen.»

«Es geht nicht um meine Tabletten, auch nicht um deine Affären oder um die zahllosen Stunden, die du in der Firma verbringst statt mit den Menschen, die dir wirklich wichtig sein sollten, nämlich deiner Familie. Es geht hier um *mich.*»

«Und ist dir schon mal in den Sinn gekommen, dass du der Grund dafür sein könntest, dass ich keine Lust habe, Zeit mit meiner Familie zu verbringen?»

«Und ist dir schon mal in den Sinn gekommen, dass du Blödsinn erzählst?»

Wütend funkeln wir einander an. Eine Ader auf seiner Stirn tritt hervor und pulsiert. Mein Brustkorb hebt und senkt sich. So starke Gefühle haben sich zwischen uns seit zwanzig Jahren nicht abgespielt.

Und auf einmal löst sich meine Wut in Luft auf. «William, wir beide haben meine Krankheit viel zu lange als Ausrede benutzt», sage ich müde und lasse mich auf den Badewannenrand sinken. «Lass uns dieses eine Mal endlich ehrlich zueinander sein. Wenn ich nicht mit Ben schwanger gewesen wäre, hättest du mich nie geheiratet.

Du hast mich nie geliebt, und ich habe das immer gewusst. Das ist die Wahrheit über diese Ehe. Meine Krankheit war dir eine willkommene Entschuldigung, um dich immer wieder auszuklinken, und mir ein willkommener Grund, aufzugeben. Wir sollten endlich aufhören, uns etwas vorzumachen. Diese Ehe war schon gescheitert, bevor sie überhaupt geschlossen wurde.»

«Und wessen Schuld ist das?»

«Meine.» Ich schlucke. «Ben war kein Unfall, William.»

Er blickt mich lange und durchdringend an, dann macht er auf dem Absatz kehrt und geht.

Ich folge ihm nach unten in sein Arbeitszimmer und schließe leise die Tür hinter mir. Cate muss nicht unbedingt alles mit anhören.

Wir schweigen.

«Bist du – bist du denn gar nicht sauer?», frage ich schließlich.

«Würde es helfen?»

«Ich habe uns beiden etwas ganz Schreckliches angetan, William», flüstere ich.

Er holt zwei Gläser hervor und schenkt Whisky ein. Das eine Glas reicht er mir, ohne mich dabei anzusehen. Der Alkohol brennt in meinem Hals, aber er vermag nicht, den Klumpen Eis in meinem Bauch aufzutauen.

William beugt sich auf seinem Stuhl vornüber und betrachtet das Glas in seinen Händen. Wie ein Häufchen Elend sitzt er da. Er wirkt vollkommen erschöpft, als hätte er nicht einmal mehr die Kraft zu streiten. Allein die Gewissheit, dass ich das Richtige tue, hält mich davon ab, die Arme um ihn zu schlingen und um Verzeihung zu bitten.

«Bist du dir ganz sicher?», fragt er, ohne aufzublicken. «Wir könnten es doch nochmal versuchen. Uns wirklich Mühe geben –»

«Ich glaube, wir wissen beide, dass es dafür zu spät ist, oder?»

«Und was ist aus dem einen Jahr Cate zuliebe geworden?»

«Cate ist es wichtiger, dass ich glücklich bin, als dass ich hier bin», erkläre ich leise.

William nickt. Als er wieder etwas sagt, klingt seine Stimme resigniert. «Was erwartest du jetzt von mir?»

«Gib mir eine ehrliche Antwort, William. Liebst du mich?»

Er schließt die Augen und lehnt den Kopf zurück. Draußen höre ich eine Eule heulen. Die Standuhr im Flur tickt im Takt mit meinem Herzschlag. «Nein. Nicht so, wie du es verdient hättest.»

«Danke», sage ich sanft.

«Also. Was machen wir jetzt?»

Ich setze mich auf die Fensterbank und lehne den Kopf gegen das kühle Glas. Der Vollmond taucht den Garten in ein gespenstisch weißes Licht. Ein Fuchs rennt über die Wiese, nimmt Witterung auf und verschwindet in der Dunkelheit.

«Ich fahre am Samstag nach Italien», antworte ich. «Dann haben wir beide den nötigen Freiraum und die Zeit, uns zu überlegen, was wir tun wollen. Wenn ich wiederkomme, können wir über die Einzelheiten reden und über alles Praktische. Ich will nicht viel, William –»

«Du kannst das Haus haben. Die Wohnung in London reicht mir völlig. Was willst du den Kindern sagen?»

«Sam braucht erst mal noch gar nichts zu erfahren. Das kann warten, bis ich aus Italien zurück bin. Wir können es ihm dann gemeinsam in den Sommerferien erzählen. Ben und Cate sind alt genug, die Wahrheit zu hören.»

Müde sieht er mich an. «Und die wäre?»

«Dass ihre Eltern sie lieben und sie immer lieben werden. Dass sie das Beste sind, was wir je hervorgebracht haben, dass wir stolz auf sie sind und dass wir immer für sie da sein werden.»

«Ich habe dich nicht nur wegen Ben geheiratet», raunt William. «Ich hätte es auch so getan.»

«Ich hoffe, dass sie dich glücklich machen wird, William. Wer auch immer sie ist.»

«Es gibt niemanden», sagt er matt. «Absolut niemanden.»

Eine Woche später schwimme ich in einem rosafarbenen Blütenmeer und bin wie berauscht von dem Duft der Azaleen, die jeden Quadratzentimeter der Spanischen Treppe hinter mir bedecken. Ich hatte keine Ahnung, dass die Römer das hier jedes Jahr im Mai veranstalten. Der Blumenteppich erstreckt sich bis ganz nach oben zur französischen Kirche, der Trinità dei Monti, wo sich im achtzehnten Jahrhundert die schönsten Männer und Frauen aus ganz Italien versammelten, in der Hoffnung, von einem Künstler als Modell auserkoren zu werden. Ich erinnere mich an meinen eigenen kurzen Ausflug ins Modelldasein und denke kurz an Dan.

Ich setze mir die neue Sonnenbrille auf den Kopf, schlängele mich an den vielen Paaren vorbei, die auf der Treppe sitzen, und schließe mich der Touristenmenge an, die auf der Piazza di Spagna Fotos schießt und Münzen in den bootförmigen Brunnen in der Mitte des Platzes wirft – das soll Glück bringen.

Mir fällt ein Paar Ende vierzig auf. Die Kleider der beiden sind nagelneu, und ich denke mir, dass dies wahrscheinlich ihr erster gemeinsamer Urlaub seit Jahren, wenn nicht Jahrzehnten ist. Ich stelle mir vor, dass ihre

Kinder gerade flügge geworden sind, und sie sich eine Art zweite Flitterwochen gönnen. Als sie davonschlendern, tun sie das Hand in Hand.

Ich vermisse William fürchterlich. Nicht eine Sekunde habe ich mich in den letzten vier Tagen nicht nach ihm verzehrt. Jeden Morgen wache ich auf und frage mich, ob ich wirklich das Richtige getan habe.

Nur gut, dass ich für Abstand gesorgt habe. Ich weiß nicht, wie standhaft ich geblieben wäre, wenn ich nicht verreist wäre.

Ich versuche, William aus meinen Gedanken zu verbannen. Ich weiche den knatternden Mopeds in den schmalen Gassen aus und steuere durch die Via Bocca di Leone auf die winzige, billige Wohnung zu, die ich mir im fünften Stock eines baufälligen, alten Mietshauses genommen habe. Das enge, spinnenreiche Badezimmer teile ich mir mit fünf anderen Mietern, es gibt keinen Aufzug, und im Haus riecht es nach dem Essen der anderen, aber das Licht in meinem kleinen Schlafzimmer ist einfach toll. Ich habe schon drei Leinwände bemalt – ich muss über sie hinüberklettern, um ins Bett zu gelangen.

Ich weiß, dass ich niemals eine berühmte Malerin werde. Am Tag bevor ich aus England abgereist bin, brachte Eithne mir meine Bilder zurück. Sie hatte nur vier verkauft, wahrscheinlich an sich selbst, aber das würde sie natürlich niemals zugeben. Wir sind hier schließlich nicht in einem Hollywoodfilm – ich werde niemals «entdeckt» werden.

Aber das macht auch nichts. Meine manische Phase geht zurück – die depressive steigt auf wie Nebel aus dem Meer. Die ersten Schwaden wabern bereits um meine Füße. Schon bald werde ich die Hand nicht mehr vor Augen sehen können. Wenn ich male, kann ich daran glauben, dass der Nebel sich wieder auflösen wird – wenn ich nur Geduld habe.

Ich erreiche das Mietshaus und drücke die kleine Tür auf, die in das riesige, mindestens sechs Meter hohe, doppelflügelige Tor geschnitten ist. Die Stufen hinauf zu meiner Wohnung sind über die Jahrhunderte von unzähligen Füßen ausgetreten worden. Hinter den geschlossenen Wohnungstüren kreischen Kinder und streiten Erwachsene. Ich hatte gedacht, ich könnte mich vielleicht einsam fühlen, wenn ich alleine verreise, aber ich habe festgestellt, dass ich meine eigene Gesellschaft sehr genieße. Zum ersten Mal in meinem Leben bin ich mit mir selbst im Reinen und empfinde Frieden.

Meine Wohnungstür ist nicht abgeschlossen – es gibt ohnehin nichts zu klauen. Etwas außer Atem von dem Treppenanstieg öffne ich die Tür und laufe schnurstracks hinüber zum offenen Fenster. Wenn ich mich über die Balkonbrüstung lehne, kann ich den strahlenden Blütenteppich auf der Spanischen Treppe sogar von hier sehen.

Ich gehe zurück ins Zimmer, um meine Kamera zu holen, und erschrecke mich fast zu Tode.

Das Leben steckt doch voller Überraschungen.

16

Cate

Jellyshots sind echt das Letzte.

Ich krieche ins Badezimmer und umklammere die Kloschüssel. Das ist Clems Schuld. Sie hat gesagt, sie hätte sie nicht so stark gemacht. Ich glaube, ich bin noch nie so betrunken gewesen wie gestern Abend. Ich habe sogar eine halbe Schachtel Zigaretten geraucht – mein Mund schmeckt wie ein Aschenbecher, und ich habe mir die Speiseröhre bis hinunter zum Magen verbrannt.

O Gott. Wieso ist mir denn jetzt *immer noch* schlecht? Oder schon wieder?

Ich erbreche mich in die Toilette und wische mir den Mund mit einem feuchten Waschlappen ab. Es gibt nichts mehr zu kotzen, mein Magen ist leer. Ich werde nie wieder Wodka oder Erdbeer-Götterspeise anrühren.

Puh, jetzt geht es mir etwas besser. Vielleicht bin ich jetzt endlich alles losgeworden.

Ich werfe mich in irgendwelche alten Klamotten und binde mir die Haare zu einem Pferdeschwanz zusammen. Wieso sind Eltern eigentlich nie mit ihren Erziehungsratschlägen da, wenn man sie mal brauchen könnte? Dad hätte es niemals erlauben dürfen, dass ich bei Clem übernachte, wenn ihre Eltern nicht da sind. Hat der Mann denn überhaupt kein Verantwortungsgefühl?

Von draußen höre ich erregte Stimmen, darum werfe ich einen Blick aus meinem Fenster.

Die arme Mum rupft Unkraut, während Oma Clara mit

den Armen fuchtelt und sie wie Lady Macbeth durch die Blumenbeete scheucht. Lässt sich wahrscheinlich gerade in epischer Breite über die Sache mit Eithne aus. Konnte es wohl kaum abwarten, endlich ihr «Ich hab's dir ja gleich gesagt» loszuwerden. Tja, im Nachhinein sind wir wohl alle klüger.

Dad ist gestern Abend komplett ausgetickt, als Mum ihm das von Eithne erzählt hat. Die beiden haben sich krass gestritten. Und seitdem reden sie kaum noch miteinander. Ich gehe mal davon aus, dass der Deal, den sie in Paris geschlossen haben – worin auch immer der bestand –, jetzt hinfällig ist. Aber der hätte ja sowieso nie funktioniert. Ja, okay, er hat ihr lauter teure Geschenke gekauft und ist wochenlang früher nach Hause gekommen – aber er sieht aus, als hätte ihm jemand das Herz aus der Brust geschnitten. Im letzten Halbjahr haben wir in der Schule *Doktor Faustus* durchgenommen. Man könnte meinen, Mephisto hätte Dad gerade einen Besuch abgestattet.

Ich mache das Fenster auf, um etwas frische Luft hereinzulassen. Oma Claras Stimme steigt zu mir auf wie Schwefeldämpfe.

«... War ja sowieso von Anfang an ein vollkommen absurder Plan. Mal eben nach Italien jetten, um ‹Kunst zu entdecken›. Und das in deinem Alter. Der Himmel weiß, was mit deiner armen Familie passiert wäre, wenn du dich auf dem Kontinent herumgetrieben hättest.»

«Die wären schon klargekommen», höre ich Mum sagen. Sie klingt müde. «Cate ist durchaus in der Lage –»

«... durchaus in der Lage!? Sie befindet sich auf der schiefen Bahn! Du hättest viel strenger mit ihr sein sollen, als sie noch kleiner war. Und es tut mir wirklich leid, dass ich jetzt ein ‹Ich hab's dir ja gleich gesagt› hinterherschiebe, aber –»

«Cate ist *nicht* auf der schiefen Bahn», herrscht Mum Granny unerwartet an. «Sie ist schön, sie hat Humor, und sie ist klug, und ich bin so verdammt stolz auf sie, dass es wehtut! Meine Tochter ist mit Entschlossenheit, Talent und Ehrgeiz gesegnet und ist bereits jetzt eine so tolle Frau – davon können du und ich nur träumen! Und ich verbitte mir, dass du hierherkommst und dein Gift über meine Familie verspritzt! Du hast mir das Leben vom ersten Tag an zur Hölle gemacht. Und ich werde es nicht zulassen, dass du deinen schlechten Einfluss auch auf Cate ausdehnst!»

Ich kriege ganz rote Wangen. Ich kann mich nicht erinnern, jemals gehört zu haben, dass Mum ihrer Mutter Widerworte gegeben – geschweige denn, mich in Schutz genommen hätte.

Seltsam. Ich weiß, dass Mum Dad wirklich liebt, aber mir kommt es fast so vor, als wäre sie Superman und er irgendein romantischer Kryptonier. Normalerweise ist er es, der sich um alles kümmert, und sie tritt dabei völlig in den Hintergrund. Aber seit wir aus Paris zurück sind, ist er total *strange* und läuft rum wie ein Zombie – und Mum wird immer stärker. Da er ihr nicht mehr ständig sagt, was sie tun soll, hat sie sogar angefangen, *ihn* ein bisschen herumzukommandieren. Zum Beispiel hat sie verhindert, dass er diesen beknackten Hummer kauft (will er etwa, dass seine Enkelkinder auf einem verkohlten Felsen leben müssen?), und sie hat sich durchgesetzt, was ihre Reise nach Italien angeht. Obwohl die jetzt wohl abgeblasen ist, nach der Sache mit Eithne.

Ihre neue Frisur finde ich auch total klasse. Und sie wollte, dass ich mit ihr shoppen gehe – und zwar nicht nur bei Marks & Spencer. Sie hat sich ein Wahnsinnswickelkleid in Rot von Boden gekauft und ein Paar Bootcut-Jeans

– Mann, *endlich*! Ich finde es total schön, dass sie sich endlich mal ein bisschen um sich selbst kümmert.

Mir verschwimmt alles vor den Augen. Ich will, dass Mum glücklich ist. Und Dad auch. Ich wette, seine schlechte Laune hat mit Ella zu tun. Wahrscheinlich haben sie Schluss gemacht oder so. Ich will nicht, dass Mum und Dad nur wegen mir zusammenbleiben. Ich bin sowieso bald weg. Ich habe keinen Bock auf diese Verantwortung.

Ich stehe auf und laufe nach unten. Oma kommt wütend in die Küche getobt. «Deine Mutter ist vollkommen übergeschnappt!», ruft sie. «Und der Apfel fällt offenbar nicht weit vom Stamm», fügt sie grantig hinzu, als ich sie ignoriere und einfach hinausgehe.

Mum sitzt auf der Steintreppe im Garten und sieht aus, als wisse sie nicht, ob sie lachen oder weinen soll.

«Mum? Alles in Ordnung?»

Sie lächelt mich unsicher an. «Weiß nicht so genau.»

«Stimmt das? Eithne ist der Spion?»

Sie nickt traurig, und ich setze mich neben sie auf die Treppe.

«Aber warum? Ich dachte, sie ist deine Freundin?»

Mum beißt sich auf die Lippe. «Sie hat es mir nie wirklich verziehen, dass ich Daddy geheiratet habe. Sie meint, es sei seine Schuld, dass ich mit dem Malen aufgehört habe.»

«Na ja, ist es ja auch ein bisschen.» Ich lächele. «Komm schon, Mum. Du musst doch zugeben, dass er einen ziemlichen Kontrollfimmel hat. Und du hast ihm immer seinen Willen gelassen, und Oma Clara übrigens auch.»

«Er hat mich andauernd ermuntert, weiterzumalen –»

«Ja, aber doch nur als *Hobby*. Stell dir mal vor, was er gesagt hätte, wenn du das ernsthaft als Beruf hättest machen wollen! Da wäre der doch komplett ausgetickt.» Ich pflücke eine von Mums Rosen. «Wahnsinn. Die Rosen sind wirklich toll dieses Jahr –»

Sie unterbricht mich, indem sie die Hand auf meinen Arm legt. «Cate, dein Vater ist nicht schuld daran. Ich habe es *zugelassen*, dass er die Kontrolle übernahm. Ich habe es erst ihm und dann der Krankheit angelastet, aber in Wirklichkeit ist es allein mein Fehler, dass ich mit dem Malen aufgehört habe.» Sie hält inne. «Ich hatte Angst, nicht gut genug zu sein», gesteht sie. «Und da war es einfacher, es gar nicht erst zu versuchen.»

«Fährst du trotzdem am Samstag nach Italien?»

«Nein.»

Sie findet jede Menge Entschuldigungen für ihre lesbische Freundin, aber ich höre gar nicht richtig zu. Ich schneide noch mehr Rosen ab und lege sie in Mums Korb. Gleichzeitig bemühe ich mich, meinen ganzen Mut zusammenzunehmen, um ihr zu sagen, was eigentlich in mir vorgeht. Natürlich möchte ich nicht, dass meine Eltern sich trennen, aber ich will, dass Mum sich um mich keine Sorgen mehr macht. Wenn sie sich trennen müssen, werde ich damit schon klarkommen. Mir ist es lieber, sie sind beide gut drauf und machen jeweils ihr eigenes Ding, als dass wir alle weiterhin die glückliche Familie mimen, die wir gar nicht mehr sind. Ich habe genug von dem ganzen Theater und den Lügen. Ich will, dass alles echt ist.

«... aber ich glaube nicht, dass es zwischen uns jemals wieder so werden wird wie früher.»

«Du brauchst sie nicht, Mum.»

«Nicht, solange ich dich habe.»

Ich ducke mich weg, als sie mir durch die Haare strubbelt. «Mum! Ich meine doch für Italien! Fahr doch allein!»

«Das kann ich nicht.»

«Und warum nicht? Ist doch bloß für drei Wochen. Mrs.

Ghedini kann vorbeischauen und sauber machen und so. Dad und ich kommen schon zurecht.»

Ich weiß, dass sie in Versuchung geraten ist. Sie ist noch nie allein weg gewesen, ich wette, sie würde es in vollen Zügen genießen. Ich hätte nichts dagegen, sie zu begleiten.

«Was ist mit deinem Vater? Ich kann ihn doch nicht hier sich selbst überlassen, das wäre nicht fair.»

«Mum, meinst du nicht, es ist Zeit, dass du zur Abwechslung mal an *dich* denkst?»

Sie sieht mich durchdringend an. «Du brauchst nicht wegen mir hierzubleiben», sage ich und taste mich langsam an den Kern meines Anliegens heran. «Ich bin sowieso bald weg. Wenn du dich jetzt nicht aufraffst und gehst, wirst du es wahrscheinlich nie tun. Ich will, dass du glücklich bist, Mum. Ich habe keine Lust mehr, mir Sorgen um dich zu machen.» Ich senke den Blick, damit sie nicht mitkriegt, dass ich weine. «Als wir in der Schule die *Titanic* durchgenommen haben, hat Mrs. Buchanan gemeint, dass einige von denen, die ertrunken sind, vielleicht überlebt hätten, wenn sie sich nicht so aneinandergeklammert hätten. Manchmal muss man – muss man eben loslassen.»

Mum sagt eine ganze Weile gar nichts. Mist. Ich hätte mich nicht einmischen sollen, schließlich geht mich das doch gar nichts an –

Andererseits – die beiden haben ja selbst dafür gesorgt, dass es mich was angeht, oder?

Sie macht ein Geräusch, das wie «Oh» klingt, und hält sich die Hand vor den Mund. «Seit wann bist du denn so weise?»

«Mum, es ist okay. Geh. Ich schaff das schon. Und Dad auch. Wir werden es alle schaffen.»

«Ich liebe deinen Vater, Cate. Sehr sogar.»

Ich schlucke. «Aber trotzdem nicht immer genug, stimmt's, Mum?»

«Nein.» Sie nimmt mich so fest in den Arm, dass es mir fast die Luft abschnürt. «Nein, nicht immer genug.»

Sie lässt mich wieder los, gibt mir einen Kuss, und ich renne nach oben in mein Zimmer. Mir ist da gerade eine Idee gekommen, aber ich muss mich erst mal frisch machen. So kann ich auf keinen Fall unter Leute gehen.

Während der nächsten Stunde verbrauche ich kubikmeterweise heißes Duschwasser, einen halben Tiegel Haargel und eine Tonne Make-up – dann sehe ich wieder einigermaßen menschlich aus. Jedenfalls würde man nicht vermuten, dass ich das Mädchen bin, das noch in allerjüngster Vergangenheit sieben Wodka-Jellyshots intus hatte.

Ich betrachte mein Profil im Spiegel. Ich weiß nicht so recht, was ich von diesem Top im Empire-Stil halten soll. Ich habe es mir gekauft, als ich Samstag mit Mum shoppen war, und ich finde die Stickereien und Perlen und so echt toll – aber irgendwie wirke ich darin schwanger.

Ich schnappe mir meine Tasche. Wen interessiert es schon, wie ich rumlaufe? Jetzt geht es nicht um mich.

Kaum stehe ich ihm gegenüber, wünschte ich bereits, ich hätte mir doch das pinkfarbene Fat-Face-T-Shirt angezogen. Ich will schließlich nicht, dass er denkt, ich würde mich total gehenlassen.

«Cate!»

Ich schiebe mich an ihm vorbei, bevor mich der Mut verlässt. «Kann ich reinkommen?»

«Würde es was ändern, wenn ich nein sagte?»

Verlegen lächele ich ihn an. Dan erwidert mein Lächeln vorsichtig.

Zunächst lungern wir einfach nur mitten im Wohnzimmer herum und wissen nicht recht, was jetzt. Ich versuche, nicht an das letzte Mal zu denken, als ich hier war.

«Möchtest du einen Kaffee oder so?»

Ich hasse Kaffee. «Gerne.»

Ich folge ihm in die winzige Küche, in der sich schmutzige Teller und leere Pizzakartons stapeln. Auf der Fensterbank steht eine ganze Reihe von Marmeladengläsern, in denen Pinsel in trübem Terpentin stecken. Genau wie bei Mum.

Dan kämpft mit der Kaffeemaschine. Er verteilt Kaffeepulver auf dem ohnehin schon schmuddeligen Resopalboden, und als er den Schrank unter der Spüle öffnet, um den alten Filter wegzuwerfen, bemerke ich, dass die Mülltüte förmlich überquillt vor leeren Bierdosen und schimmeligen Teebeuteln.

«Und», fragt er dann mit dem Rücken zu mir, «wie sind die Prüfungen gelaufen?»

«Gut, danke. Französisch war ein bisschen heftig, aber ich glaube, ich hab's ganz gut hingekriegt.»

«Alles andere würde mich auch wundern. Schließlich hast du ja noch ein bisschen geübt.»

«Du weißt davon?»

Er dreht sich um und grinst. «Du kennst doch die Buschtrommeln hier.»

«Ich – ich habe da jemanden kennengelernt», erzähle ich und werde ganz rot dabei. «In Paris, meine ich. Er wird diesen Sommer als Austauschschüler in Bath verbringen. Vielleicht treffen wir uns da nochmal.»

«Super. Das ist doch toll.»

Nervös fingere ich an den Fransen meines Oberteils herum. «Hör zu, es tut mir leid, dass –»

«Es tut mir leid, dass du –»

Wir lachen nervös. Ich nicke, um ihm zu signalisieren,

dass er zuerst reden soll. «Cate, wegen dem, was da neulich war – ich hätte vorbeikommen sollen, um es dir zu erklären. Es ist nichts passiert, ich schwöre es –»

«Das glaube ich dir.»

«Das glaubst du mir?»

Die Kaffeemaschine zischt und gluckert. Durch einen Riss an ihrer Seite quillt Wasser und tropft auf den fleckigen Boden.

«Mum fährt am Samstag für drei Wochen nach Italien. Allein», füge ich hinzu.

Dan nickt, sagt aber nichts.

«Sie und Dad – na ja. Ich denke mal, sie trennen sich. Er zieht wahrscheinlich in seine Wohnung in London, sobald sie wiederkommt. Mum hat in letzter Zeit richtig viel gemalt. Scheint ziemlich gut zu laufen. Ich bin sicher, sie wird schon alles auf die Reihe kriegen, wenn Dad auszieht. Auf lange Sicht jedenfalls.»

«Und du?»

«Ich komme klar. Bin ja kein Kind mehr», antworte ich und stelle fest, dass das wahr ist. «Hör mal, Dan. Ich bin eigentlich nur hier, um mich zu entschuldigen und um – um dir das zu geben.»

Ich reiche ihm einen Zettel.

«Das ist Mums Adresse in Rom. Sie mietet ein Apartment, das einer von Eithnes Freundinnen gehört. Man kann sich schon reichlich einsam fühlen, so ganz allein. Manchmal ist es doch toll, von Freunden unerwartet Besuch zu bekommen.» Ich lächele. «Ich dachte, das würde dich vielleicht interessieren.»

Es liegt nicht an den Jellyshots. Oder daran, dass Mum wegfährt.

Ich sitze auf dem Badewannenrand, schlinge mir die

Arme um die Taille und wiege mich vor und zurück. Ich zittere vor Angst.

Es war nur einmal! Davon kann ich doch nicht schwanger geworden sein! Das kann einfach nicht wahr sein!

Ich habe mich jetzt eine Woche lang jeden Morgen übergeben müssen, aber das könnte natürlich auch an der nervlichen Anspannung liegen oder an etwas, das ich gegessen habe. Ich kriege meine Jeans nicht mehr zu, aber ich habe auch massenweise Donuts und Schokolade gefuttert. Ich bin ständig müde, aber meine Eltern haben sich ja auch gerade getrennt, meine Mutter ist in Italien, und ich schlafe nicht besonders gut. Meine Brüste tun weh, aber das kann ja auch an den ganz normalen Hormonschwankungen liegen, ich kriege bestimmt bald meine Tage –

Ich weiß nicht mal, wann genau ich zuletzt meine Tage hatte.

Wir haben doch nur einmal miteinander geschlafen! Na ja, gut, drei Mal, aber in nur einer Nacht! Andere Leute versuchen jahrelang, schwanger zu werden! Und bei mir soll es beim allerersten Mal passiert sein? Das gibt es doch gar nicht!

Fleur sagt, die Chance, schwanger zu werden, ist bei jedem Mal fifty-fifty. Entweder wird man schwanger oder nicht.

Ich würde sie so gerne anrufen, aber ich will nicht, dass Michel davon erfährt. Niemand darf davon erfahren.

Fünf Minuten sind doch jetzt bestimmt um.

Ich sehe auf die Uhr. Erst zwei Minuten.

Warum habe ich nicht an Verhütung gedacht? Gut, ich war leicht betrunken – ja, okay, vollkommen betrunken –, aber ich habe, seit ich vierzehn bin, für den Fall der Fälle immer Kondome in der Tasche! Wie konnte ich nur so blöd sein?

Ich kann es nicht behalten. Ich will kein Kind. Ich will Abitur machen, in New York studieren, als Journalistin arbeiten – in meinem Leben ist kein Platz für ein Baby.

Ich nehme den Teststreifen zur Hand.

O Gott. *O Gott, o Gott, o Gott.*

Im Krankenhaus sind alle extrem nett zu mir. Sie behandeln mich nicht wie ein dummes Schulmädchen, das sich gerade fast seine Zukunft versaut hat. Die Beraterin geht mit mir den ganzen Papierkram durch und notiert sich das Datum meiner letzten Menstruation (19. März! Und jetzt haben wir Ende Mai! Wieso ist mir das denn nicht *aufgefallen*?). Sie zuckt nicht mal mit der Wimper, als ich ihr erzähle, dass ich im Frankreichurlaub einen One-Night-Stand hatte, und behaupte, ich wüsste nicht, wie der Vater heißt.

Ich händige ihr die Urinprobe aus, die ich mitbringen sollte, und sie macht sich an die Untersuchung. Bis jetzt habe ich noch nicht so ganz glauben können, dass ich wirklich schwanger bin, aber sie bestätigt es mir. Insgeheim hatte ich gehofft, dass sich sämtliche Teststreifen irren.

Sie erklärt mir sehr freundlich, dass ich in der achten Woche schwanger bin (das Baby ist bloß walnussgroß, aber im Bio-Unterricht haben wir gelernt, dass es schon Arme und Beine und winzige Hände und Füße hat) und fragt mich, ob ich mir ganz sicher bin, dass ich die Schwangerschaft abbrechen will. Es klingt so sachlich, wenn sie das sagt. Als würde ich einen Mietvertrag kündigen. Na gut, tu ich ja auch, in gewisser Weise.

Für die Pille danach ist es natürlich viel zu spät (Augen hat es auch schon, und winzige Fingernägel, vielleicht nuckelt es sogar am Daumen), darum erklärt sie mir die verschiedenen instrumentellen Methoden.

Vakuumaspiration. Absaugung. Weitung des Muttermundes. Ausschabung.

Mir wird ganz schwummerig. Das klingt alles so grausam, richtig mittelalterlich. Ich stelle mir Sam vor, wie er in Mums Bauch ruht und dann von einem Staubsauger verschlungen wird, wobei ihm die Arme und Beine abreißen und sein kleiner Körper zerfetzt wird.

«Sind Sie sicher, dass Sie das wirklich möchten, Cate?», hakt die Beraterin nach.

«Ein Kind – das geht einfach nicht», japse ich.

«Eine Abtreibung ist ja nicht der einzige Ausweg. Haben Sie schon mal über Adoption nachgedacht? Und sollten Sie sich doch entschließen, das Baby zu behalten, gibt es heutzutage jede Menge Selbsthilfegruppen und –»

«Nein», würge ich hervor. «Auf keinen Fall.»

«Cate», versucht die Beraterin mich zu beruhigen, «ich weiß, dass das alles ganz furchtbar klingt, aber in Wirklichkeit ist alles mit viel weniger Schmerzen verbunden, als man denkt –»

«Für mich? Oder für das Baby?»

«Für den Fötus», korrigiert sie mich. «Er wird nichts spüren. Cate, ich finde wirklich, Sie sollten nach Hause gehen und das alles mit Ihrer Mutter besprechen. Die meisten Eltern sind natürlich zunächst erschüttert, aber wenn sie sich dann erst mal an den Gedanken gewöhnt haben, sind sie in der Regel sehr umgänglich. Viele freuen sich dann sogar richtig darauf, Großeltern zu werden.»

Das kann ich Mum nicht erzählen. Das wäre so eine Enttäuschung für sie. Sie würde sofort aus Italien zurückdüsen, und dann hätte ich ihr den Urlaub vermasselt. Und sie würde sich selbst die Schuld an allem geben. Dabei ist das hier ganz allein mein Fehler. Also muss ich auch allein damit fertigwerden.

«Kann ich – kann ich nicht einfach irgendeine Tablette schlucken oder so?», frage ich verzweifelt.

Sie seufzt. «Wir reden hier nicht davon, Kopfschmerzen loszuwerden. Wir reden von Abtreibung. Wir wollen sicherstellen, dass Sie begreifen, was Sie da tun, und dass Sie mit den Konsequenzen leben können. Sie müssen eine sehr wichtige Entscheidung treffen, Cate. Und mit der werden Sie den Rest Ihres Lebens klarkommen müssen.»

Ich nicke und bemühe mich, nicht zu heulen. Wenn ich jetzt heule, wird sie mich nie zulassen.

«Wenn Sie sich für einen Abbruch entscheiden, können wir diesen bis zum Ende der neunten Schwangerschaftswoche medikamentös durchführen. Sie würden drei Tabletten einnehmen, die eine Fehlgeburt auslösen. Diese Methode erfordert weder einen chirurgischen Eingriff noch eine Narkose.»

«Okay, das mache ich.» Mann, bin ich erleichtert. «Kann ich die Tabletten jetzt nehmen?»

Sie lächelt. «Das ist leider nicht so einfach. Wenn Sie wirklich sicher sind, dass Sie das wollen, werde ich dafür sorgen, dass Sie jetzt gleich mit einer Ärztin sprechen. Sie wird dann den ganzen juristischen Papierkram mit Ihnen erledigen und wahrscheinlich auch noch das genaue Stadium der Schwangerschaft feststellen wollen, weil Sie sich ja der Neun-Wochen-Grenze nähern. Das macht sie per Ultraschall. Danach wird sie Ihnen Blut abnehmen und Sie über die Risiken und möglichen Komplikationen aufklären –»

«Risiken? Was denn für Risiken?»

«Das wird die Ärztin Ihnen erläutern. Ein medikamentöser Abbruch ist eine sehr sichere Methode, Cate. Den meisten Frauen ist hinterher lediglich etwas schwindelig, einige müssen sich übergeben, mehr nicht.»

«Wie lange muss ich warten?»

«Sie können jetzt sofort mit ihr sprechen.» Sie zögert. «Mit Ihrem Hausarzt haben Sie wohl noch nicht gesprochen? Wenn Sie möchten, dass die Krankenversicherung das hier bezahlt, brauchen Sie eine Überweisung von Ihrem Hausarzt. Ansonsten müssen wir Sie als Privatpatientin behandeln.»

«Das heißt, ich muss selbst bezahlen?»

«Das wäre die schnellste Lösung. Wir könnten Ihnen Anfang nächster Woche einen Termin geben, damit Sie die Neun-Wochen-Grenze für den medikamentösen Abbruch nicht überschreiten. Wenn wir allerdings erst auf die Überweisung Ihres Hausarztes warten müssen –»

«Schon gut, ich bezahle», sage ich schnell.

«Sie können eine Freundin oder eine Verwandte mitbringen, wenn Sie möchten.»

«Nein. Es soll niemand davon erfahren.» Ich schüttele entschieden den Kopf. «Das darf keiner wissen.»

In der Nacht vor meinem Termin kann ich nicht schlafen. Ich drehe mich von einer Seite auf die andere, während mir unablässig Bilder von kleinen Babys und mich vorwurfsvoll aus Plastiktüten anstarrenden, großen blauen Augen durch den Kopf geistern. *Es ist nur ein einfacher Zellhaufen*, versuche ich mir einzureden. *Es ist noch kein richtiges Baby.*

Vor zwei Jahren waren mal ein paar Vertreter von so einer Anti-Abtreibungsgruppe bei uns in der Schule und zeigten uns Fotos von Babys im Mutterleib, die am Daumen nuckelten, sich mit Schluckauf plagten und die Beine bewegten, als liefen sie im Hamsterrad. Natürlich sahen sie mit ihren riesigen Köpfen und so ein bisschen seltsam aus, aber sie hatten schon etwas von richtigen Babys –

selbst die Allerkleinsten: Man konnte bereits erkennen, welche von ihnen eine große Nase bekommen und welche später eine Zahnspange brauchen würden.

Sie haben uns ein Video von Ungeborenen vorgespielt, die Vivaldi hören – sie ruderten mit ihren winzigen Armen, als wollten sie dirigieren. Zu Heavy Metal hüpften sie herum und traten in alle Richtungen.

Dann folgten Bilder von Babys, die aus ihrem warmen, sicheren Versteck herausgesaugt worden waren. Einigen von ihnen war Gift ins Herz injiziert worden. Andere lebten noch und wurden in kalte Metallschalen gelegt, wo sie schließlich starben.

Ich stehe auf und kauere mich auf der Fensterbank zusammen. Automatisch lege ich mir die Hand auf den Bauch. Er ist noch so flach – wie kann da ein Baby drin sein?

Nach meinem Gespräch mit der Beraterin war ich bei der Ärztin, die dieses Ultraschallteil in mich hineinschob. Ich konnte mein Baby auf dem Bildschirm sehen. Ich konnte seinen Herzschlag hören.

Es ist doch was anderes, wenn man eine Tablette nimmt, oder? Ich meine, dabei wird das Baby wenigstens nicht zerhackt, oder? Ich habe mir die Broschüre gut durchgelesen. Da steht, dass die Medikamente die Bildung jener Hormone unterdrücken, die dafür sorgen, dass die Gebärmutter die Leibesfrucht festhält. Und dann lässt die Gebärmutter quasi einfach los. Fast so, als hätte ich meine Tage. Nicht wahr?

Mir laufen die Tränen übers Gesicht. Ich kann kein Baby kriegen. Ich bin doch erst siebzehn. Ich habe kein Geld und keine Arbeit. Wie soll ich denn ein Baby versorgen, wenn ich nicht mal mich selbst versorgen kann?

Als es Zeit zum Aufstehen ist, ziehe ich mich, meiner Gemütslage entsprechend, schwarz an. Meine Haare flechte ich ordentlich zu einem französischen Zopf. Ich schminke mich nur ganz dezent, gerade so, dass die dunklen Ringe unter meinen Augen verschwinden. Seit Mum in Italien ist, hat Dad sich offenbar auf die Fahnen geschrieben, besonders gut auf mich aufzupassen, und obwohl er ziemlich kopflos wirkt, will ich keinerlei Risiko eingehen. Letzte Woche ist er mal zu Hause geblieben, nur weil ich über Kopfschmerzen klagte – er darf heute bloß nicht auf die Idee kommen, wieder Qualitätszeit mit seiner Tochter verbringen zu wollen.

Mein Frühstück rühre ich nicht an. Als Dad mir kurz den Rücken zuwendet, beglücke ich Cannelle mit meinem Schinken und meinen Eiern. Wenn das so weitergeht, passt er bald nicht mehr in seinen Korb.

«Keine Schule heute?», fragt Dad.

Wenigstens dazu muss ich nicht lügen. Ich schüttele den Kopf. «Ferien.»

«Wenn du Lust hast, kannst du mit mir nach London fahren», bietet Dad mir an. «Kannst ein bisschen einkaufen, und dann treffen wir uns zum Mittagessen –»

«Bin schon mit Clem verabredet», sage ich. «Tut mir leid.»

Dad sieht wirklich enttäuscht aus. Er fühlt sich wahrscheinlich ziemlich einsam, jetzt, wo Mum weg ist und so.

«Ein anderes Mal vielleicht?»

Ich nicke. Dad küsst mich auf den Kopf und macht sich auf den Weg zur Arbeit.

Unruhig geistere ich durchs Haus und schlage die Zeit tot, bis ich endlich los muss. Ich hätte nie gedacht, dass ich einmal diese Entscheidung würde treffen müssen – ich war eigentlich immer eher gegen Abtreibung. Aber wenn man dann selbst in der Situation steckt, ist doch alles anders. Ich kann dem Kind nicht das Leben bieten, das ich ihm gerne bieten würde. Ich bin noch nicht bereit, mein eigenes Leben zurückzustellen, nur weil ich einen Fehler gemacht habe – *einen* Fehler! Bei anderen Fehlern hat man die Möglichkeit, sich die Sache nochmal anzusehen und wiedergutzumachen. Warum nicht bei diesem?

Ich tue das Richtige.

Die Beraterin, mit der ich gesprochen habe, ist nicht da, als ich ankomme. Die Mitarbeiterinnen am Empfang sind alle sehr freundlich, aber auch schnell. Ich sitze inmitten anderer Mädchen, die kaum älter sind als ich, im Wartezimmer. Keine von uns sieht auch nur eine der anderen an.

Da wird mein Name aufgerufen. Man misst mir den Blutdruck und überprüft meine Angaben. Ich habe das Gefühl, als passiere das alles gar nicht mir. Sie reichen mir eine kleine Tablette und ein Glas Wasser, und dann sitze ich mit der Tablette in der Hand auf der Kante des Untersuchungstisches.

«Sie müssen in drei Tagen noch einmal wiederkommen, um sich die zweite Dosis abzuholen», erklärt die Ärztin. «Bis dahin werden sie unter Umständen Blutungen und Krämpfe haben, aber das ist völlig normal.»

Das Baby ist schon ein Teil von mir. Es hat meine Gene, mein Blut hält es am Leben. Ich kann es zwar noch nicht spüren, aber es hat meinen Körper bereits verändert. Weiß es, dass seine Mutter kurz davor ist, es umzubringen?

Ich bin noch nicht so weit, Mutter zu sein.

Ich schlucke die Tablette.

Ich werde niemals erfahren, ob es ein Junge oder ein Mädchen war.

Ich stehe auf dem Bahnsteig in der Waterloo Station und warte auf meinen Zug, als die Krämpfe einsetzen. Binnen weniger Minuten krümme ich mich vor Schmerzen. Ich taumele auf die Toiletten zu und erbreche mich bereits, bevor ich die Kloschüssel erreicht habe. Keiner fragt mich, wie es mir geht. Keiner bietet an, mir zu helfen.

Irgendwie schaffe ich es aus dem Bahnhof heraus und lasse mich in ein Taxi fallen. Ich sage dem Fahrer, er soll mich zurück zum Krankenhaus fahren, und klappe dann auf dem Sitz zusammen.

Ich habe es verdient. *Ich habe mein Baby umgebracht. Jetzt bringt mein Baby mich um.*

Eine allergische Reaktion, konstatiert die Ärztin. Mein Körper hat die Tablette abgestoßen, und weil ich mich so stark übergeben habe, wurde der Wirkstoff nicht ausreichend vom Körper aufgenommen. Ich bin also immer noch schwanger.

Es ist nicht möglich, eine weitere Tablette zu nehmen, es bleibt mir also nichts anderes übrig, als mein Baby in Einzelteilen aus mir heraussaugen zu lassen.

Man sollte eigentlich meinen, dass ich nach allem, was passiert ist, das Baby jetzt behalten würde, oder? Man sollte meinen, ich würde einsehen, dass das Baby sich mit aller Macht ans Leben klammert und eine Chance auf Leben verdient hat. Doch ich bin jetzt nur noch entschlossener. Ich eigne mich nicht zur Mutter. Nicht mal das hier kann ich richtig machen.

Also kehre ich nach drei Tagen ins Krankenhaus zurück. Zwei Krankenschwestern helfen mir in einen dieser grottenhässlichen Kittel, die hinten offen sind, und führen mich in ein Untersuchungszimmer. Dort lege ich mich auf einen Tisch, und meine Füße werden mit Gummibändern in die Luft gehoben. Sie helfen mir, mit dem Po ganz nah an die Tischkante zu rücken, und halten behutsam meine Beine gespreizt. Sie haben so kalte Hände. Die Ärztin kommt herein und plaudert mit den Schwestern übers Wetter, während sie meine Gebärmutter abtastet. Dann zeigt sie mir ein Spekulum und erklärt mir, dass sie es einführen wird und dass es ein wenig wehtun könnte. Ich spüre, wie das kalte Metall in mich hineingleitet und mich dehnt. Es fühlt sich so schrecklich an, so *grenzüberschreitend*, und ich frage mich, ob mein Baby jetzt vielleicht ganz von selbst einfach herausfällt. Dann nimmt sie eine lange, furchterregende Nadel, führt sie ein und sticht mir damit in den Muttermund. Ich kann den Pieks spüren, aber er ist zu ertragen. Dann zeigt sie mir etwas, das sie Dilatatoren nennt, und erklärt, dass sie diese in meinen Gebärmutterhals führen wird, um diesen noch mehr zu weiten. Sie fasst mir zwischen die Beine und –

«Stopp!», schreie ich.

«Tut es weh? Wir können Ihnen noch mehr Schmerzmittel –»

«Ich habe es mir anders überlegt», keuche ich und versuche, mich aufzusetzen.

«Cate, wir haben soeben Ihren Muttermund lahmgelegt», sagt die Ärztin und runzelt die Stirn. «Wenn wir jetzt aufhören, werden Sie ohnehin eine Fehlgeburt haben, weil sich der Muttermund öffnen wird.»

«Das ist mir egal», schluchze ich. «Ich kann das nicht. Tut mir leid. Ich werde natürlich alles bezahlen, aber ich kann das hier einfach nicht.»

Die Ärztin nickt einer der Schwestern zu und zieht sich die Latexhandschuhe aus. Sie helfen mir dabei, die Füße aus der Aufhängung zu befreien, und die eine setzt sich zu mir auf den Untersuchungstisch und streicht mir über den Rücken, während ich hemmungslos heule.

«Gibt es jemanden, den wir für Sie anrufen sollen?», fragt sie sanft.

Ich will gerade den Kopf schütteln, doch dann packe ich sie am Arm. «Moment. Doch. Mir ist jemand eingefallen.»

«Sie sind ja so schick angezogen», sage ich. «Habe ich Sie bei irgendetwas Wichtigem gestört?»

«Ist schon in Ordnung, Cate.» Sie wendet sich an die Krankenschwester. «Können Sie sie entlassen?»

«Werden Sie sich um sie kümmern, Dr. Stuart?»

Ella nickt. «Ich werde sie über Nacht bei mir behalten. Hat sie irgendwelche Medikamente bekommen?»

«Nur Kodein gegen die Krämpfe. Sie hat es sich leider ziemlich spät anders überlegt», fügt sie leise hinzu. «Ihr Muttermund wird sich jetzt wahrscheinlich ganz von allein weiten. Nach der Fehlgeburt muss sie auf jeden Fall nochmal herkommen für eine Ausschabung, damit keine Gewebereste in der Gebärmutter zurückbleiben. Das größte Risiko besteht jetzt in einer Infektion –»

«Verstehe», entgegnet Ella kühl.

Sie dreht sich zu mir um und nimmt mich ganz fest in den Arm. «Es tut mir so leid», schluchze ich an ihrer Schulter. «Ich bin so blöd gewesen, ich habe alles kaputtgemacht. Ich wusste nicht, wen ich anrufen sollte. Dad kann ich das nicht erzählen, er wäre so enttäuscht von mir, und außerdem würde er Mum die Schuld geben, und dann müsste sie ihren Urlaub abbrechen und –»

«Pst. Cate. Ist ja in Ordnung. Jetzt bin ich ja hier. Es wird alles gut, wir schaffen das schon.» Sie lässt mich los und nimmt meine Tasche. «Meinst du, du kannst das kurze Stück zum Auto laufen?»

Ich nicke. «Ella, Sie werden Dad doch nichts verraten, oder?»

«Ich bin Ärztin, schon vergessen? Mit Ärzten ist das

wie mit Priestern – die dürfen niemandem irgendetwas verraten.»

«Ich werde das Baby jetzt verlieren, stimmt's?»

«Ja, Liebes», erwidert Ella ganz sanft. Sie hilft mir die Eingangstreppe hinunter und hakt sich bei mir unter, um mich zu stützen, während wir langsam in Richtung Tiefgarage gehen. Meine Beine sind ganz wackelig, und jetzt, wo die Betäubung in mir drin nachlässt, fühlt es sich an, als hätte jemand mit einem glühenden Schürhaken in meinen Eingeweiden herumgestochert.

«Werde ich später trotzdem noch Kinder kriegen können?»

Ihr Gesicht verdunkelt sich. Sie schaudert, als wäre sie einem Geist begegnet.

Dann sammelt sie sich offenbar wieder und lächelt mir aufmunternd zu. «Aber warum denn nicht. Wir müssen jetzt nur dafür sorgen, dass sich nichts entzündet. Und wenn das alles überstanden ist, solltest du wohl mal über Verhütung nachdenken, Cate. Deine Eltern brauchen es zwar nicht zu erfahren, aber du solltest solche gesundheitlichen Risiken nicht noch einmal auf dich nehmen.»

Ein paar Straßen entfernt heulen Polizeisirenen auf. Ella sieht kurz auf die Uhr und hängt sich meine Tasche über die Schulter.

«Darf ich Sie was Persönliches fragen?», wage ich mich nach einer Weile hervor.

«Ich glaube, dafür kennen wir uns schon gut genug, oder?»

«Warum haben Sie keine Kinder?»

«Ach, Cate. Du gehst ja wirklich zur Sache.»

«Tut mir leid.» Ich beiße mir auf die Lippe. «Sie müssen mir natürlich nicht antworten, wenn Sie nicht wollen.»

Sie seufzt. «Nein, nein, schon okay. Heute ist wohl der

große Tag der enthüllten Geheimnisse. So, hier müssen wir rüber.» Sie drückt auf den Knopf, und wir warten auf Grün. «Ich wollte nie Kinder mit meinem Mann. Ich könnte wahrscheinlich ein ganzes Jahr knallharte Gesprächstherapie darauf verwenden, den Ursachen dafür auf den Grund zu gehen, aber ich glaube, es hat zumindest teilweise mit meinen eigenen Eltern zu tun. Sie waren irgendwie nie so richtig bereit für mich, fand ich. Und natürlich lag es auch an mir, meiner Karriere, meinem Bedürfnis, mir selbst etwas zu beweisen. Und nicht zuletzt war es eine Sache zwischen Jackson und mir. Ich habe immer gewusst, dass ich ihn nicht so liebte, wie ich ihn hätte lieben sollen. Und da erschien es mir schlicht falsch, ein Kind in die Welt zu setzen. Sozusagen unter Vorspiegelung falscher Tatsachen.»

Die Ampel springt auf Grün um. Wir rühren uns nicht.

«Und was ist mit Dad? Lieben Sie ihn denn so?»

Sie schluckt. «Es ist zu spät, Cate. Ich bin deinen Eltern in die Quere gekommen, das hätte ich nicht tun dürfen. Jetzt haben die beiden die Chance, alles –»

«Mum hat ihn verlassen», falle ich ihr ins Wort.

Ella zuckt zusammen, als hätte ich ihr eine Ohrfeige verpasst. «Hat sie das mit mir herausgefunden?»

«Nein.» Ich schüttele den Kopf. «Letztendlich hatte es nichts mit irgendjemand anderem zu tun.»

Die Ampel springt wieder auf Rot. Ella drückt ein zweites Mal auf den Knopf.

«Werden Sie und Dad jetzt wieder zusammenkommen?»

«Ich kann keine Kinder mehr kriegen. Ich hatte mal eine Infektion, als ich jünger war», redet Ella laut vor sich hin, als hätte sie mich gar nicht gehört. «Darum müssen wir bei dir jetzt ganz besonders aufpassen. Ich möchte nicht, dass du jemals das Gleiche durchmachen musst wie ich.» Sie lächelt traurig. «Schon komisch, oder? Ich meine, ich war noch nie in meinem Leben weniger darauf vorbereitet, ein Kind zu bekommen, und nun ist mein Kinderwunsch stärker denn je.»

«Ich hätte Ihnen meins gegeben», sprudelt es aus mir hervor. «Wenn ich nicht …»

«Ach, Cate –»

Die Ampel springt auf Grün und piept, doch das Piepen wird fast vollkommen übertönt von den Polizeisirenen aus der nächsten Straße. Ich will gerade über die Straße gehen, als ein frisiertes, aufgemotztes Auto die rote Ampel ignoriert und mit aus den offenen Fenstern dröhnender Musik weiterrast. Jemand wirft eine Bierdose aus dem Wagen, die über die Straße hüpft und zu meinen Füßen liegen bleibt.

«Wow, das war knapp», lache ich, und Ella reißt die Augen auf. «Meinen Sie, wir könnten –»

Der Satz bleibt unbeendet in der Luft hängen.

17

Ella

Seit einer halben Stunde regnet es. Die Nachtluft riecht nach nassem Gras und ätzendem Asphalt: Das ist der Geruch von London. Irgendwo schlägt eine Kirchturmuhr elf. Eine leichte Brise raschelt durch den Weißdorn vor meiner Haustür und besprenkelt mich mit nassen Blütenblättern. Ich ziehe meinen Kimono etwas enger um mich. Ein Stück die Straße herunter lässt jemand den Motor seines Wagens aufheulen und braust in die Dunkelheit.

Cooper nimmt mich in den Arm und gibt mir einen Abschiedskuss. Mir fällt auf, dass mir noch nie ein Mann begegnet ist, der mit wenigen Worten so viel sagen konnte.

«Bist du sicher, dass ich dir kein Taxi rufen soll?», frage ich leise.

Er schüttelt den Kopf und schultert seinen ramponierten Rucksack. Der Wind drückt mir den Saum meines Kimonos gegen die Beine.

«Wirst du – wirst du mir wenigstens Bescheid geben, ob es dir gutgeht?»

«Mir geht es gut», antwortet er schlicht.

Ich blicke ihm nach, bis er um die Ecke verschwindet. Er sieht sich nicht um. *Was hast du erwartet, Ella? Blumen und eine flammende Liebeserklärung?*

Ich gehe hinein, dusche und schlüpfe in einen alten Schlafanzug. Dann schenke ich mir einen Scotch ein und mache es mir auf dem Sofa gemütlich. Jacksons Briefe liegen auf meinem Schoß. Es ist jetzt drei Tage her, seit Cooper hier auftauchte und sie mir gab, aber ich habe sie immer noch nicht gelesen. Das lag natürlich zum Teil an Cooper – aber hauptsächlich daran, dass ich eine Heidenangst davor hatte, was wohl in diesen Briefen steht und was ich dabei empfinden werde.

Ich drehe und wende den Stapel. Cooper hat mir die Briefe nicht ausgehändigt, um mir wehzutun, das weiß ich jetzt. Ich muss diese Briefe lesen, wenn ich jemals wieder ein normales Leben führen möchte.

Ich entferne die Gummibänder, die den Stapel zusammenhalten, und blättere durch die Umschläge. Es sind mindestens dreißig Stück. Ich hatte keine Ahnung, dass Jackson richtige Briefe geschrieben hat – E-Mails und SMS waren eigentlich mehr sein Ding. Aber Cooper besitzt ja keinen Computer. Ich lächele schief. Er wurde ungefähr hundert Jahre zu spät geboren – er hätte viel besser in eine ganz andere Ära gepasst.

Der erste Brief wurde im März 1997 abgestempelt – in dem Monat, in dem wir uns kennenlernten. Der letzte ist vom 14. Februar dieses Jahres.

Ich bekomme eine Gänsehaut. Das war sein Todestag.

Ich trinke einen Schluck von meinem Scotch, um mich zu stärken, und ziehe den ersten Brief aus seinem Umschlag.

Ich schäme mich zutiefst. Ich wünschte, der Erdboden würde sich auftun. Jackson hat es die ganze Zeit gewusst. Sieben Jahre lang. Jedes Mal, wenn ich ihm in die Augen sah und ihm eine weitere Lüge auftischte, jedes Mal, wenn ich behauptete, ich müsse Überstunden machen, wusste er Bescheid – und hat nie auch nur ein Wort gesagt.

Mein Betrug war noch tausendmal schlimmer, als ich immer gedacht habe.

Ich lege die Briefe zur Seite und stehe auf. Sämtliche Glieder beginnen zu schmerzen, sobald endlich wieder Blut in sie fließt. Es ist noch nicht ganz hell draußen, auf der anderen Straßenseite rattert der Rollladen des Kiosks, als der Verkäufer die heutige Zeitungslieferung annimmt. Ich dachte, ich wüsste alles über Jackson. Dass er mich liebt, zum Beispiel. Ich fand immer, er liebte mich wie ein Kind: bedürftig, unbekümmert und fordernd. Und ich dachte, ich hätte mehr verdient.

Doch die Wahrheit ist, dass er mich viel mehr geliebt hat, als ich verdient hatte. Wie konnte er nur all die Jahre schweigen? Wieso ist seine Liebe nicht umgeschlagen in Hass?

Ich mache mir einen Kaffee und setze mich an den Küchentisch. Mein Kopf schwirrt – ich habe keinen Schimmer, wie ich die vielen widersprüchlichen Gefühle sortieren soll. Der Tod verleiht seinen Jüngern eine seltsame Unantastbarkeit: «Man soll nicht schlecht über einen Toten reden.» In den vergangenen drei Monaten habe ich feurige Kohlen auf mein Haupt gehäuft und mir selbst den geringsten Anflug von Kritik an Jackson versagt. Ich war die Ehebrecherin, die ihren guten, liebevollen Mann betrogen hat. Ich war schuld. Ich hatte es nicht verdient, mit William glücklich zu sein – oder mit einem anderen Mann. Ich hatte kein Kind verdient. Meine Karriere stand immer an erster Stelle, noch vor meiner Ehe, und es geschah mir ganz recht, dass ich am Ende weder das eine noch das andere hatte.

Aber Jackson hat recht. Er hätte mich auf William ansprechen sollen.

Zum ersten Mal, seit er tot ist, empfinde ich so etwas wie Wut auf meinen Mann. Ihm war klar, dass ich nur aus Sturheit und schlechtem Gewissen bei ihm blieb, und dieses Wissen setzte er ein, um mich zu seiner Gefangenen zu machen. Wieso besaß er nicht den Mumm, mich zur Rede zu stellen? So hat er uns beide in einer toten Ehe gefangen gehalten. Wir haben beide gelitten – und wozu?

Natürlich hätte ich keine Affäre haben sollen, da gibt es nichts zu deuteln. Aber dadurch, dass Jackson so lange schwieg, hat er sich im Grunde zum Komplizen gemacht.

Es war die richtige Entscheidung, kein Kind mit ihm zu haben.

Ein Baby eignet sich nicht dazu, eine Beziehung zu kitten. Das wäre das Schlimmste und Egoistischste gewesen, was wir hätten tun können, und das wusste Jackson genauso gut wie ich. Und doch hielt er mir meine Weigerung, ein Kind zu bekommen, jahrelang vor.

Ich schütte mir Kaffee über die Hand, so sehr zittere ich vor Zorn. *Verdammt nochmal, Jackson! Was hast du uns angetan?*

Wir hätten nie heiraten sollen. Und das wusste Jackson noch viel besser als ich. Wir haben uns beide eingeredet, ich könnte lernen, ihn zu lieben. Dabei spürten wir im Grunde doch beide, dass diese Ehe zum Scheitern verurteilt war.

Warum hat er nichts gesagt?

Ich sehe hinaus in den immer heller werdenden Himmel. Ich muss mich fertig machen für die Arbeit. Schließlich will ich Richard Angel so kurz vor der Vorstandssitzung nicht noch unnötig Munition zu meinem Abschuss liefern.

Ich denke gar nicht weiter nach, man könnte meinen, ich hätte zum Anziehen auf Autopilot geschaltet. *Wir haben es beide vermasselt.* Jackson wusste das. Und er hat mir für meinen Teil verziehen.

Er wollte, dass ich glücklich werde.

Diese Erkenntnis erschüttert mich so sehr, dass ich die Flasche mit der Grundierung fallen lasse – sie zerspringt auf den Fliesen in tausend Splitter.

Jackson hat bewiesen, dass er mich liebt. Nicht, indem er all die Jahre bei mir blieb, sondern indem er endlich den Mut hatte, loszulassen.

Ich wische den Boden. Cooper hat mir die Briefe überlassen, damit Jackson sein Vorhaben zu Ende bringen konnte: mich freizugeben. Ohne Schuldgefühle. Ohne Reue. Es wird Zeit, dass ich weiterkomme.

Das schulde ich meinem Mann.

Lucy sucht aus, was ich zu der Anhörung anziehen soll. Sie verbringt eine halbe Stunde damit, sich durch meinen Kleiderschrank zu arbeiten, und befindet dann meinen Bestand als komplett ungeeignet. «Herrje, Ella, hast du denn gar nichts, das nicht lila ist, einen Schlitz bis zur Taille hat, gefranst oder mit Perlen bestickt ist? Wenn du bei der Arbeit nicht den weißen Kittel tragen müsstest, wärest du schon vor Jahren gefeuert worden!» Mit diesen Worten schleift sie mich in den einen Kreis der Hölle, den Dante vergessen hat zu erwähnen: ein Edelkaufhaus.

«Es *soll* auch gar nicht sexy sein, das ist ja gerade der Punkt», seufzt sie, als ich das x-te brave, knielange schwarze Kostümchen aus schweißfördernder Synthetikfaser ablehne.

«Tut mir leid. Aber jetzt stell dir mal vor, ich werde unterwegs von einem Bus überfahren – dann denken die Leute vielleicht, ich hätte mich mit Absicht so angezogen!»

Letztendlich einigen wir uns auf einen kohlefarbenen, seidenen Hosenanzug von Emporio Armani. Lucy findet die Taillierung des Blazers immer noch zu figurbetont, aber wenigstens ist das Teil schwarz (na ja, fast) und fürchterlich konservativ. Dazu werde ich meine grauen Vintage-Alligator-Stiefel anziehen, um mich etwas wohler zu fühlen.

Dann schleppt sie mich noch zu einem hochpreisigen Friseur – «Tun Sie einfach, was Sie können», seufzt sie –, und zwei Stunden später komme ich mir vor, als hätte man mich überfallen und beraubt: Meine Brieftasche ist leer, und mein Kopf fühlt sich so ungewohnt leicht an. Aber ich muss zugeben, dass mir die neue Frisur steht. Durch den kurzen Schnitt kringeln sich meine Locken direkt um mein Gesicht, statt mir wie rostige Sprungfedern kreuz und quer vom Kopf abzustehen.

«Glaubst du wirklich, dass mir das alles helfen wird?», frage ich Lucy, als wir wieder bei mir sind.

«Du bist eine gute Ärztin», sagt sie. «Alle wissen das. Du hast getan, was du konntest.»

«Du hast meine Frage nicht beantwortet.»

Sie reicht mir meinen neuen Lippenstift in gewagtem Nude-Ton. «Was auch immer du denkst, Ella, Richard findet auch, dass du eine gute Ärztin bist. Eine der besten sogar. Sei einfach nur pünktlich, spiel sein Spiel mit, und alles wird gut.»

Mir steigen Tränen in die Augen. Und ich habe keine Lust, sie zu verbergen.

«Ich vermisse ihn immer noch, Lucy», flüstere ich.

Sie drückt meine Hand. «Aber natürlich», sagt sie und erspart mir die Frage, wen ich meine.

In der Nacht vor der Anhörung kann ich nicht schlafen. Ich gehe im Schlafzimmer auf und ab und spiele die Geschehnisse noch einmal im Geiste durch. Ich sollte mich wirklich nicht vor einer Bande von feindseligen Schreibtischhengsten verteidigen müssen. Ich bin eine gute Ärztin. Ich habe getan, was ich konnte, um Hope zu retten. Wir Ärzte sind schließlich auch nur Menschen, wir können keine Wunder vollbringen. Manche Dinge sind nun mal einfach, wie sie sind.

Gedankenverloren betrachte ich die riesige Vase mit den Lilien auf dem Couchtisch. Sie erfüllen den gesamten Raum mit ihrem Duft. Cooper hat sie mir heute Morgen geschickt, um mir viel Glück für die Anhörung zu wünschen. Ich weiß nicht, ob Jackson ihm mal erzählt hat, dass Lilien meine Lieblingsblumen sind, oder ob das ein Zufallstreffer war.

Ich bin fertig, lange bevor ich los muss. Ich ziehe den Reißverschluss an meinen Stiefeln zu und mustere mich im Spiegel. Trotz des superkaschierenden Make-ups sehe ich aus, als hätte ich eine Woche nicht geschlafen. Vielleicht gereicht mir das ja zum Vorteil: Wenigstens wird Angel mir anmerken, dass ich die ganze Nacht kein Auge zugetan habe vor lauter Sorge. Dass ich vor seinem Femegericht den nötigen Respekt habe.

Ich bin schon dabei, die Haustür abzuschließen, als das Telefon klingelt. Ich sehe auf die Uhr. Ich habe noch Zeit.

Bevor ich abnehmen kann, ist der Anrufbeantworter bereits angesprungen, und eine blecherne Stimme hallt durch das Wohnzimmer. «Hier spricht Linda Biss vom Familienplanungs- und Schwangerenberatungszentrum. Ich rufe Sie auf Wunsch von Ms. Cate Ashfield an –»

Ich schalte den Anrufbeantworter ab. «Hallo?»

«Dr. Stuart?»

«Entschuldigen Sie, ich war schon halb zur Tür hinaus. Was sagten Sie, von wo rufen Sie an?»

«Vom Familienplanungs- und Schwangerenberatungszentrum in Zentral-London, Dr. Stuart. Wir haben hier eine Patientin –»

Ich rücke meinen Kragen zurecht. «Ich fürchte, Sie haben sich verwählt. Ich bin Kinderärztin –»

Moment mal. Hat sie gerade Cate gesagt? Ist Cate etwa *schwanger*?

«Geben Sie sie mir», sage ich schnell.

«Ella, es tut mir so leid, ich dachte, ich könnte das hier durchziehen, aber ich kann's doch nicht, und ich wusste einfach nicht, wen ich anrufen sollte, außer Ihnen –»

Aus meiner Handtasche höre ich mein Handy piepen. Das ist Lucy, die sichergehen will, dass ich unterwegs bin. In knapp einer Stunde muss ich beim wichtigsten Termin meines Lebens sein – dem Termin, von dem meine gesamte berufliche Karriere abhängt. Richard Angel ist nicht der Typ, der einem eine zweite Chance gibt. Es ist vollkommen utopisch, erst Cate abzuholen und dann noch rechtzeitig zur Anhörung im Krankenhaus zu sein.

Sie ist nicht meine Tochter. Sie ist nicht mal meine Stieftochter. Sie ist die Tochter meines ehemaligen Geliebten. Sie hat einen Vater und eine Mutter. Ich bin nicht ihre Freundin – im Gegenteil, sie hat guten Grund, mich zu hassen.

Sie will ein Baby umbringen, für das ich über Leichen gehen würde.

Wie Cate sagen würde: Die Antwort ist easy.

«Wo genau bist du?», frage ich.

«Ella, Sie werden Dad doch nichts verraten, oder?»

Sie sieht so jung aus. Ich lächele und nehme sie kurz in den Arm. «Ich bin Ärztin, schon vergessen? Mit Ärzten ist das wie mit Priestern – die dürfen niemandem irgendetwas verraten.»

«Ich werde das Baby jetzt verlieren, stimmt's?»

«Ja, Liebes», sage ich sanft.

Ich nehme ihren scheußlichen gelben Rucksack und helfe ihr die Eingangstreppe hinunter. Ich hatte von Cate immer einen so *vernünftigen* Eindruck gehabt. Wie konnte ihr das passieren?

Ich denke an meine Jugend zurück. Als ich so alt war wie sie, war ich deutlich wilder unterwegs. Wer weiß, wo ich mir die Infektion eingefangen habe, die mir die Chance verbaut hat, jemals Mutter zu werden.

«Werde ich später trotzdem noch Kinder kriegen können?», fragt Cate, als hätte sie meine Gedanken gelesen.

Trauer steigt in mir auf, aber ich reiße mich zusammen. Hier geht es jetzt nicht um mich.

«Aber warum denn nicht. Wir müssen jetzt nur dafür sorgen, dass sich nichts entzündet», versichere ich ihr. «Und wenn das alles überstanden ist, solltest du wohl mal über Verhütung nachdenken, Cate. Deine Eltern brauchen es zwar nicht zu erfahren, aber du solltest solche gesundheitlichen Risiken nicht noch einmal auf dich nehmen.»

«Darf ich Sie was Persönliches fragen?»

«Ich glaube, dafür kennen wir uns schon gut genug, oder?»

«Warum haben Sie keine Kinder?»

«Ach, Cate. Du gehst ja wirklich zur Sache.»

«Tut mir leid. Sie müssen mir natürlich nicht antworten, wenn Sie nicht wollen.»

«Nein, nein, schon okay», seufze ich, als wir uns dem Fußgängerüberweg nähern. «Heute ist wohl der große Tag der enthüllten Geheimnisse. So, hier müssen wir rüber.»

Sie streicht sich die Haare aus dem Gesicht. Ich fand ja immer, dass sie Beth sehr ähnlich sieht, aber just in diesem Moment erkenne ich William in ihr wieder.

Ich versuche, die richtigen Worte zu finden. «Ich wollte

nie Kinder mit meinem Mann. Ich könnte wahrscheinlich ein ganzes Jahr knallharte Gesprächstherapie darauf verwenden, den Ursachen dafür auf den Grund zu gehen, aber ich glaube, es hat zumindest teilweise mit meinen eigenen Eltern zu tun. Sie waren irgendwie nie so richtig bereit für mich, fand ich. Und natürlich lag es auch an mir, meiner Karriere, meinem Bedürfnis, mir selbst etwas zu beweisen. Und nicht zuletzt war es eine Sache zwischen Jackson und mir.»

Ich hätte gedacht, dass es mir mehr ausmachen würde, darüber zu reden. Mir wird klar, dass ich endlich anfange, den Lauf der Dinge zu akzeptieren, und dass Jacksons Briefe mir dabei eine Hilfe sind. Ich danke ihm von Herzen.

«Ich habe immer gewusst, dass ich ihn nicht so liebte, wie ich ihn hätte lieben sollen», gestehe ich. «Und da erschien es mir schlicht falsch, ein Kind in die Welt zu setzen. Sozusagen unter Vorspiegelung falscher Tatsachen.»

Die Fußgängerampel wird grün, wir können rübergehen. Aber ich kann mich nicht rühren.

«Und was ist mit Dad? Lieben Sie ihn denn so?»

«Es ist zu spät, Cate.» Oh, Gott, das tut weh. «Ich bin deinen Eltern in die Quere gekommen, das hätte ich nicht tun dürfen. Jetzt haben die beiden die Chance, alles –»

«Mum hat ihn verlassen.»

«Hat sie das mit mir herausgefunden?», flüstere ich entsetzt.

«Nein. Letztendlich hatte es nichts mit irgendjemand anderem zu tun.»

Mir wird ganz schwindelig. William ist frei? Beth hat *ihn* verlassen?

Egal – es ist zu spät. Ich habe eine Kluft zwischen uns aufgerissen, die unüberbrückbar ist.

Es hat auch keinen Zweck, mich jetzt selbst zu bemitleiden. Ich kann die Vergangenheit nicht ändern. Ich habe die Folge von Ereignissen selbst ausgelöst, als ich William zum ersten Mal küsste. Das Spiel ist aus, und die Karten, die ich jetzt in der Hand habe, sind die Karten, die ich verdiene. Ich drücke noch einmal auf den Ampelknopf.

«Ich kann keine Kinder mehr kriegen. Ich hatte mal eine Infektion, als ich jünger war», sage ich. «Darum müssen wir bei dir jetzt ganz besonders aufpassen. Ich möchte nicht, dass du jemals das Gleiche durchmachen musst wie ich. Schon komisch, oder? Ich meine, ich war noch nie in meinem Leben weniger darauf vorbereitet, ein Kind zu bekommen, und nun ist mein Kinderwunsch stärker denn je.»

«Ich hätte Ihnen meins gegeben. Wenn ich nicht …»

Mein Herz zieht sich zusammen. «Ach, Cate –»

Ein jugendlicher Raser ignoriert die Ampel und heizt in seinem aufgemotzten Ford an uns vorbei. Cate sagt irgendetwas, das von den auf uns zukommenden Polizeisirenen übertönt wird. Sie lacht und tritt auf die Straße.

Sie sieht den Polizeiwagen nicht, der den getunten Ford verfolgt. Sie bemerkt nicht, dass der junge Mann am Steuer beim Versuch, sich nicht abhängen zu lassen, in der Kurve die Gewalt über seinen Wagen verliert. Sie lacht noch immer, als er auf den Bürgersteig gerät und verzweifelt und mit Panik im Blick versucht, wieder die Kontrolle über den Wagen zu erlangen.

Sie sieht ihn überhaupt nicht kommen.

Lilien.

Einen Augenblick lang glaube ich, immer noch zu Hause auf meinem Sofa zu liegen.

Ich versuche, die Augen zu öffnen, aber meine Lider

weigern sich. Von Panik ergriffen, versuche ich es noch einmal. Dieses Mal klappt es, und der Lohn ist blendende, weiße Helligkeit. Ich zucke zusammen, und dieses Zucken löst einen barbarischen Schmerz aus, der mir vom Hals aus in die Wirbelsäule schießt. Ich warte darauf, dass er nachlässt, und bemühe mich, halbwegs ruhig zu bleiben. Ich kann überhaupt nicht klar denken. Wort- und Bildfetzen schießen mir durch den Kopf. *Konzentrier dich.* Ich liege flach auf dem Rücken, und sowohl der Schmerz als auch die trostlosen Deckenfliesen verraten mir, dass ich in einem Krankenhausbett liege. Ich bin von einem Meer von Blumen umgeben, kann also nicht in der Notaufnahme sein. Ich muss schon mindestens einen Tag hier liegen.

Im linken Arm steckt eine Infusionsnadel, der rechte verschwindet in einem dicken Verband. Mein rechter Fuß hängt dreißig Zentimeter über der Bettdecke in einer Schlinge. Ich habe mein Fußgelenk gebrochen. Ich versuche, mein linkes Bein zu bewegen, und an der Zudecke kann ich erkennen, dass es funktioniert. Ich bin also nicht gelähmt und habe auch keine Gliedmaßen verloren.

Der Nebel legt sich wieder auf mich. Ich versuche, ihn abzuwehren. Da war noch etwas – ich darf es nicht vergessen … da war was Wichtiges …

Ich schlafe.

«Wie geht es dir?»

Ich mache die Augen auf. Dieses Mal geht es ganz einfach.

Lucy streicht mir das Haar aus der Stirn. Ihre Hand ist kühl.

«Möchtest du einen Schluck Wasser?»

Sie hilft mir, aus einer Schnabeltasse zu trinken. Wie

einem Baby. Ich will etwas sagen, aber meine Kehle ist wund. Ich bin also intubiert worden.

«Du hattest einen schlimmen Unfall», erzählt Lucy behutsam. «Du wurdest von einem Auto angefahren. Kannst du dich daran erinnern?»

Ich habe ein Wirrwarr von Bildsplittern im Kopf. Der kleine grüne Mann. Eine Bierdose, die über die Straße rollt. Laute, verzerrte Musik. *Ist's wirklich Liebe, sag mir denn, wie viel?* Polizeisirenen – der Riemen einer schweren Tasche schneidet mir in die Schulter – *Armsel'ge Liebe, die sich zählen ließe* – Cate lacht –

«Cate», flüstere ich.

Lucy hört mich nicht.

«Versuch, noch ein bisschen zu schlafen», sagt sie und streicht die Decke glatt. «Ich komme später wieder.»

«*Cate*», schreie ich, aber meine Stimme verhallt in meinem Kopf.

Dann schlafe ich wieder.

Als ich das nächste Mal aufwache, bin ich bei klarem Verstand. Mir tut zwar alles weh, aber die medikamentenbedingten Nebelschwaden sind weg. Ich gehe meine Verletzungen durch. Meinen rechten Arm ziert jetzt ein ganz normaler Verband. Meine Kehle schmerzt immer noch, wenn ich schlucke, aber ich habe kein Kopfweh mehr. Die Blumen neben mir lassen den Kopf hängen, ich muss also schon mehrere Tage hier sein. Vielleicht sogar eine Woche.

Ich drücke auf den Knopf.

Sekunden später rauscht eine Schwester herein. «Ach, wir sind wach! Geht es Ihnen besser?»

«Wo ist –» Ich huste und versuche es nochmal. «Wo ist Cate?»

«Jetzt nicht reden. Sie sind sehr schwer verletzt, wir hätten Sie beinahe verloren –»

Ich unternehme einen kläglichen Versuch, mich aufzusetzen. *«Wo ist Cate?»*

Sie schürzt die Lippen.

«Holen Sie Dr. Nicholson!»

Die Schwester stakst aus dem Zimmer.

Ich lasse mich wieder in die Kissen fallen und versuche, mich zu erinnern. Ich grabe ein Bild von dem Polizeiauto aus, wie es auf uns zurast, von dem jungen Mann am Steuer, von seinem entsetzten Blick – und dann nichts, bis ich hier aufwache. Ärgerlich schlage ich auf die Matratze. Was ist mit Cate passiert? Warum ist mein Gedächtnis bloß wie ausgelöscht?

«Die gute, alte Ella», höre ich eine Stimme von der Tür her. «Macht wieder allen die Hölle heiß.»

William wirkt zwanzig Jahre älter als bei unserer letzten Begegnung.

«Ärzte sind nun mal die schwierigsten Patienten», krächze ich.

Er zieht einen Stuhl heran und setzt sich, ohne mir in die Augen zu sehen. «Scheint ganz so, als verdanke ich Ihnen jetzt das Leben zweier meiner Kinder, Dr. Stuart.»

Es dauert einen Moment, bis ich begreife, was er sagt. «Cate geht es gut?»

«Das haben sie dir nicht erzählt? Mein Gott, Ella. Ja, es geht ihr gut –»

«Gott sei Dank», keuche ich und schließe erleichtert die Augen. «Gott sei Dank.»

«Ja. Und dir sei Dank.»

Offenbar spürt er meine Verwirrung.

«Du hast sie rechtzeitig weggeschubst, Ella», erklärt William leise. «Kannst du dich nicht erinnern? Cate hat keinen einzigen Kratzer abbekommen. Du hast ihr das Leben gerettet. Gut, sie hat sich das Handgelenk verstaucht, als sie hinfiel, aber das war auch alles. Dafür hat das Auto dich gerammt.» Er schluckt. «Du hast ihr das Leben gerettet», flüstert er noch einmal.

«Ich weiß überhaupt nichts mehr –»

«Das überrascht mich gar nicht. Du warst neun Tage lang vollkommen weg. Cate sagt, du wurdest sieben Meter weit über die Straße geschleudert. Eine der Schwestern vom Familienplanungszentrum kam heraus und hat dich wiederbelebt, sonst hättest du es nicht mal mehr in den Rettungswagen geschafft. Es ist alles in Ordnung», fügt er hinzu, als er mein Gesicht bemerkt. «Cate hat mir erzählt, warum ihr da wart. Sie hat mir alles gebeichtet.»

«Es tut mir so leid, William –»

«Wie bitte? Was tut dir denn leid?»

«Ich wollte mich nicht einmischen –»

Es schnürt mir die Kehle zu. William drückt meine Hand, er bringt auch kein Wort heraus.

Wir blicken einander über diesen Abgrund von Schmerz und Betrug hin an. Zum ersten Mal seit acht Jahren sind wir beide wirklich frei. Und doch sind wir einander ferner als je zuvor.

Ich möchte so viel sagen – aber ich weiß nicht, wo ich anfangen soll.

«Ich weiß», flüstert William, als hätte ich meinen Gedanken laut ausgesprochen.

Wir erschrecken uns beide, als Lucy plötzlich in der Tür steht. «Was ist denn so dringend, dass ich sofort – Oh, William.»

«Ist schon in Ordnung. Ich wollte gerade verschwinden. Ich war nur hier, um mich bei Ella zu bedanken.» Er steht auf und haucht mir einen Kuss auf die Stirn.

«Wir bleiben in Verbindung. Lass mich wissen, wie es dir geht.»

Nein! Nicht gehen!, flehe ich still.

«Schöne Blumen. Cooper?»

Ich versteife mich.

Er lächelt traurig. «Pass auf dich auf, Ella», sagt er noch – und dann ist er weg.

Es zerreißt mir fast das Herz. Ich wende mich ab, damit Lucy meine Tränen nicht bemerkt.

Sie zupft meine Decke zurecht. «Er ist jeden Tag hier gewesen», erzählt sie leichthin, «und hat darauf gewartet, dass du aufwachst. Stundenlang hat er hier gesessen und mit dir geredet und dir vorgelesen. Vor allem Shakespeare. Die ersten beiden Nächte hat er in dem Stuhl da neben dir geschlafen, er wollte auf keinen Fall gehen. Wir mussten ihm versprechen, dass wir ihn sofort anrufen, wenn du aufwachst, damit er wenigstens mal kurz nach Hause fahren und duschen konnte.»

Zweifle an der Sonne Klarheit,
Zweifle an der Sterne Licht,
Zweifl', ob lügen kann die Wahrheit,
Nur an meiner Liebe nicht.

«Ich weiß», sage ich leise.

«Ella –»

«Nein, Lucy, bitte nicht», flehe ich. «Sag es nicht.»

Sie beschäftigt sich mit meinem Krankenblatt. Ich spare mir den Hinweis, dass sie nicht meine Ärztin ist und dass sie eigentlich gar nicht hier sein dürfte. Höchstwahrscheinlich hat sie in der letzten Woche fast genauso viele Stunden hier neben meinem Bett gesessen wie William.

«Ein Nachrichtenteam vom Fernsehen möchte dich

gerne interviewen», sagt sie nach ein paar Minuten. «Die haben jeden Tag angerufen. Irgendjemand hat mit seinem Handy Aufnahmen von dem Unfall gemacht und bei YouTube ins Netz gestellt –»

«Ich möchte jetzt nicht mehr reden.»

«Richard war ziemlich beeindruckt», fügt sie trocken hinzu. «Vor allem, als er und das Krankenhaus plötzlich in den Abendnachrichten waren. Er hat die Shores überzeugen können, ihren Verlust nicht weiter öffentlich breitzutreten, sondern stattdessen hinter verschlossenen Türen zu verhandeln. Ich glaube, er hat sie darauf aufmerksam gemacht, dass es nicht besonders gut ankommen würde, eine schwerverletzte Lebensretterin als Babymörderin zu verteufeln.»

Ich weiß, wie der Hase gelaufen ist. Lucy muss sämtliche Register gezogen haben, um Richard zu einem solchen Schritt zu überreden.

Sie hängt mein Krankenblatt wieder ans Bett. «Ach, Ella», seufzt sie dann unvermittelt. «Auch wenn du nicht darüber reden möchtest, aber William hat neun Tage lang hier gesessen und gebetet, dass du nicht sterben sollst. Er wartet doch nur auf ein Zeichen von dir. Was ist daran so schwierig?»

«Ich habe das für Cate –»

«Er weiß, was du für sie getan hast. Und zwar nicht nur, dass du ihr das Leben gerettet hast. Sondern auch, dass du das Wohl seiner Tochter über deine Karriere gestellt hast. Das sagt ihm doch eine ganze Menge, meinst du nicht? Du hast noch eine Chance bekommen – bitte wirf sie nicht weg. Er ist noch da», fügt sie hinzu und deutet zum Fenster. «Sprich mit ihm. Wenn du ihn jetzt gehen lässt –»

«Er wird sowieso gehen!», bricht es aus mir hervor.

«Früher oder später! Er wird mich dazu bringen, ihn zu lieben, und dann wird er mich verlassen! Er wird mir das Herz brechen, und ich werde ohne alles dastehen! Verstehst du das denn nicht? Ich kann nicht! *Ich kann nicht!*»

Lucy starrt mich ziemlich lange unverwandt an. Ich kann das Mitleid in ihrem Blick nicht ertragen. Ich wende mich ab, aber sie setzt sich vorsichtig auf die Bettkante und lässt mir keine Wahl, als sie anzuschauen.

«Ella, in der Liebe gibt es keine Garantien. Es gibt keine ‹sichere Methode›. Die Liebe macht dich zu ihrer Geisel, sie dringt in dich ein und öffnet dein Herz und nimmt dir das Ruder aus der Hand.» Sie seufzt. «Man meint, man sei sicher, man baut eine Mauer um sich herum auf und glaubt, dass niemand sie überwinden kann. Aber eines Tages kommt jemand, der es eben doch kann, und dann gibt man sein Leben in fremde Hände. Liebe ist immer ein Risiko, Ella», wirkt sie auf mich ein. «Jemanden zu lieben, bedeutet, ein Scheitern zu riskieren. Aber wenn wir niemanden lieben, sind wir bereits gescheitert. Verstehst du das denn nicht?»

«Er wird mir niemals verzeihen», flüstere ich.

Sie fixiert mich weiter. «Kann sein», erwidert sie. «Aber willst du wirklich den Rest deines Lebens mit der Ungewissheit leben, ob er es getan hätte oder nicht?»

Ich schüttele mich vor Angst. Und dann, ohne jede Vorwarnung, stecke ich auch schon mitten in der heftigsten Panikattacke, die ich je hatte. Das Adrenalin überschwemmt meinen Körper und schaltet alles aus – bis auf den Instinkt, zu kämpfen oder zu fliehen. Mein Herz pocht bis in meine Ohren. Mein ganzer Körper brennt, und mir ist so schwindlig, dass mir schlecht wird. Vor meinen Augen verschwimmt alles. Mein Mund ist trocken, und alle möglichen Gedanken rasen mir durch den

Kopf. Ich kann nicht atmen, mein Körper will sich selbst ersticken. Ich hyperventiliere, um genug Luft einzusaugen. Oh, Gott. Das war's jetzt. Meine Stunde hat geschlagen. Jetzt werde ich die Kontrolle verlieren, die Panik wird über mich siegen, ich komme nicht mehr dagegen an –

Und was ist so schlimm daran, die Kontrolle zu verlieren?

Der Gedanke schneidet wie ein Laserstrahl durch das Durcheinander in meinem Kopf.

Wann und wo genau bin ich auf die fixe Idee verfallen, niemals die Kontrolle verlieren zu dürfen?

Allein. Verwitwet, von meinem Geliebten verstoßen, von meiner besten Freundin bemitleidet. Abgeschnitten von allem, was das Leben lebenswert macht. Je mehr ich versucht habe, mein Leben unter Kontrolle zu haben, desto mehr ist es im Chaos versunken.

Gut. Dann soll es eben so sein.

Ich lasse los. Und im gleichen Moment verpufft die Panik.

Die Beklemmung in der Brust verschwindet. Ich kann atmen. Mein Herzschlag normalisiert sich. Ich bin nicht mehr so benommen.

Ich horche in mich hinein. Ganz vorsichtig taste ich mich innerlich ab – wie eine Zunge einen schmerzenden Zahn. Ja, ich empfinde Schmerzen, und ja, ich habe einen Verlust erlitten – aber die Panik hat sich quasi in Luft aufgelöst.

So einfach kann das doch nicht sein. Oder?

Komm schon, höre ich Jacksons Stimme im Geiste. *Trau dich, Ella. Was hast du zu verlieren?*

«Ist er noch da?», frage ich Lucy.

Sie sieht aus dem Fenster und nickt.

«Hilf mir aus dem Bett.»

«Du darfst nicht aufstehen –»

«Und wieso? Zu riskant?»

«Kannst du ihn nicht einfach anrufen und –»

«Er würde nicht drangehen. *Jetzt oder nie!*» Ich packe Lucy bei den Händen. «Bitte, Lucy!»

Sie hilft mir, meinen Fuß aus der Schlinge zu befreien und mich hinzustellen. Mir ist schwindelig. Ich atme tief durch, und da hört das Zimmer auf, sich zu drehen.

Von meinem Bett zum Fenster sind es nur vier Schritte, aber es fühlt sich an wie tausend Kilometer. Als ich das Fenster erreiche, bin ich schweißgebadet, und mir ist schon wieder schwummrig. Ich klammere mich an der Fensterbank fest. Vier Stockwerke unter mir läuft William auf sein Auto zu.

Ich klopfe gegen die Scheibe, aber das kann er natürlich nicht hören.

«Hilf mir, das Fenster aufzumachen!»

«O Mann, das ist ja total verrückt», murmelt sie und drückt auf ihrer Seite gegen das Schiebefenster. Ich drücke auf meiner Seite. Das Fenster bewegt sich ein klein wenig, geht aber nicht auf. William steht auf dem Parkplatz und sucht den Autoschlüssel.

Wir schieben noch einmal. Er schließt den Wagen auf.

Das Fenster öffnet sich. Ich lehne mich hinaus und rufe, so laut ich kann, seinen Namen.

Doch der Wind trägt ihn fort. William öffnet die Autotür. Lucy brüllt mit mir, doch das Dröhnen eines Flugzeugs vereitelt auch diesen Versuch.

Ich schnappe mir den nächstbesten Gegenstand und werfe damit nach ihm.

Dann breche ich auf einem Stuhl zusammen und warte.

Es dauert nicht lange.

«Sag mal, was zum Teufel hast du eigentlich vor?»,

schreit William mich an, als er wieder ins Zimmer gestürzt kommt. Lucy verkrümelt sich diskret, er bemerkt sie nicht einmal. «Du hättest mich beinahe umgebracht!»

«Ich wollte deine Aufmerksamkeit.»

«Herzlichen Glückwunsch, die hast du!»

«Warum hast du mich nie zurückgerufen?»

«Was glaubst du denn wohl, warum, Ella?»

«William», sage ich verzweifelt, «ich habe einen Fehler gemacht, als wir uns in der Chelsea Brasserie trafen. Ich habe ganz fürchterliche Dinge von mir gegeben – Dinge, die ich nie hätte sagen sollen, Dinge, die ich gar nicht so meinte. Ich wollte mich entschuldigen und es dir erklären –»

«Nicht nötig. Du hast dich ziemlich klar ausgedrückt.»

«Aber du verstehst nicht –»

«Ella, du hast das Leben meiner Tochter gerettet. Dafür werde ich für immer in deiner Schuld stehen.» Er wendet sich ab, sodass ich sein Gesicht nicht sehen kann. «Aber wir haben einander einfach zu viele Verletzungen zugefügt. Wie solltest du mir vertrauen können, wenn du doch weißt, dass ich meine Frau acht Jahre lang betrogen habe? Wie soll ich dir vertrauen, nachdem du von einem anderen Mann schwanger geworden bist?»

Er wird immer diese Frage im Hinterkopf haben. Es sei denn, ich kann ihn überzeugen.

Ich habe nur diese eine Chance. Fieberhaft denke ich darüber nach, was ich sagen muss, um ihn dazu zu bewegen, bei mir zu bleiben. Jackson war gerade gestorben, ich hatte solche Angst vor dem Alleinsein, Cooper war zufällig da, ich hatte zu viel Whisky getrunken. Es wird nie wieder vorkommen, es gehört der Vergangenheit an. Das alles ist wahr. Das sind alles gute Gründe.

Doch ich begebe mich aufs Hochseil ohne Netz und

doppelten Boden und spreche die einzigen Worte aus, die jetzt wirklich von Bedeutung sind.

«Ich liebe dich.»

Ihn schaudert.

«Warum sollte ich dir das glauben?», flüstert er schließlich.

«Warum sollte ich lügen?»

«Und was ist mit», er macht eine Handbewegung Richtung Blumen, «was ist mit Cooper?»

«Cooper war hier, um Jacksons Sachen abzuholen und mir ein paar Briefe zu überreichen. Er hat mich geküsst», räume ich ein. In diesem Moment ist Ehrlichkeit mein einziger Rettungsanker. «Und ich habe ihn geküsst. Aber dann habe ich die Bremse gezogen. Ich habe ihm gesagt, dass ich *dich* liebe.»

Da dreht er sich endlich um. Er ist bleich, und sein Gesicht ist schmerzverzerrt.

«Ich habe gesehen, wie du ihn geküsst hast!»

«Du hast gesehen, wie ich mich von ihm verabschiedet habe!»

«Du warst von ihm schwanger!»

«*Ein* Fehler, William! Hast du noch nie einen Fehler gemacht?»

«Wie soll ich dir jemals wieder vertrauen?», ruft er wütend. «Wie kann ich mir jemals wieder sicher sein?»

«Genau so, wie ich dir vertraue! Genau so, wie wir alle denen vertrauen, die wir lieben! Indem wir uns dazu entschließen! Indem wir einfach vertrauen, William! Wie denn sonst?»

«Ich kann das hier nicht mehr, Ella.» Williams Stimme klingt rau. «Ich will keine Teilzeitliebe mehr. Ich will mit der Frau, die ich liebe, einschlafen, ich will die gleiche Luft atmen wie sie, ich will, dass sie das Erste ist, was ich sehe, wenn ich aufwache. Ich will der wichtigste Mensch und das Wichtigste überhaupt in ihrem Leben sein. Ich will sie in- und auswendig kennen, ich will, dass es keine Tabus gibt und ich sie alles fragen kann. Aber das bist du nicht, Ella. Und das wirst du nie sein. Du bist viel zu unabhängig, viel zu selbständig –»

«Findest du wirklich, dass ich jetzt gerade besonders unabhängig und selbständig aussehe?» Ich zwinge mich aufzustehen und ignoriere dabei den heftig stechenden Schmerz in meinem Fußgelenk. «Ich pfeife auf dem allerletzten Loch, William! Ich habe eine Heidenangst! Ich liebe dich so sehr, dass ich sogar Angst habe, zu atmen!» Meine Wangen sind ganz nass. «Kapierst du das denn nicht? Ich habe dich vom ersten Moment an geliebt, und jetzt endlich habe ich mal lange genug damit aufgehört, vor der Wahrheit davonzulaufen, und kann es zugeben!»

«Herrgott, Ella, setz dich bitte hin, sonst kippst du mir noch um!»

«William, bitte –»

«Es ist okay, Ella. Ich hab's verstanden», sagt er müde.

Und da ist mir klar, dass ich verloren habe.

Ich lasse mich aufs Bett sinken. Ich weiß nicht mehr, was ich sagen soll. Ich weiß nicht mehr, was ich tun soll. Mein Fußgelenk pocht. Mein Kopf tut weh. Alles tut mir weh. Selbst meine Fingerspitzen fühlen sich komisch an.

«Cate hat das Baby nicht verloren», flüstert William. «Es geht beiden gut.»

Es verschlägt mir für einen Moment die Sprache. «Ich kann's kaum glauben», stammele ich schließlich. «Aber das ist ja wunderbar, William. Das – das ist ja ein Wunder.»

«Das meint Lucy auch.»

Wir sehen uns in die Augen. Mitten in diesem Chaos von Verlust und Schmerzen, die wir einander zugefügt haben, verkörpert dieses winzige neue Leben Hoffnung – ganz gleich, wie es entstanden ist.

«Was hat Cate jetzt vor? Will sie es behalten?»

Er setzt sich neben mich, so nah, dass ich nur die Hand ausstrecken muss, um ihn zu berühren. «Sie ist noch nicht dazu bereit, Mutter zu sein. Sie hat so viele Pläne und Träume – sie will studieren, sie will nach New York, sie will als Journalistin arbeiten. Sie hat noch so viel vor. Sie hat beschlossen, das Kind zur Adoption freizugeben.»

«Ach, William. Das muss wirklich hart sein. Auch für dich –»

«Cate möchte, dass wir ihr Baby bekommen, Ella.» Er wendet sich mir zu. «Aber ich habe ihr gesagt, dass es kein ‹Wir› gibt.»

Noch nie zuvor hat er mich so intensiv angesehen. Mir platzt fast das Herz in der Brust.

«Ella? Habe ich mich getäuscht?»

Es dauert einen Moment, bis ich verstehe, was er da sagt.

Er zieht mich an sich und vergräbt das Gesicht in meinen Haaren. «Herrje, Ella, wir sind so verdammt leichtsinnig gewesen», stößt er hervor. «Wir hätten einander für immer verlieren können. Ich liebe dich so sehr. Und ich will nicht, dass wir jemals wieder dieses Risiko eingehen.»

Ich spüre seinen Puls unter seiner warmen Haut, höre, wie die Luft in seine Lungen strömt und wieder hinaus, ich schmecke, und ich rieche ihn, und ich weiß, dass ich nie wieder in Sicherheit sein werde.

Ich blicke ihm ins Gesicht. «Wieso … wieso bist du wieder hochgekommen?»

Ohne mich auch nur eine Sekunde loszulassen, legt er einen grauen Alligatorstiefel aufs Bett. «Erstens, weil du das hier nach mir geworfen hast und ich weiß, dass du es nicht ausstehen kannst, einen Teil eines Paares zu verlieren.»

«Und zweitens?»

«Zweitens», murmelt er und zieht mich dabei noch näher an sich heran, sodass seine Lippen fast die meinen berühren und wir vom Atem des jeweils anderen leben, *wir haben nur dieses eine Leben*, «zweitens kann ich es auch nicht ausstehen.»

Danksagung

So viele Menschen haben mir in so vielfältiger Weise geholfen – doch ganz besonders tiefen Dank empfinde ich gegenüber Carole Blake, der besten Agentin der Welt, und Imogen Taylor, meiner Lektorin. Ich kann mich glücklich schätzen, vom außergewöhnlichen Talent und der Freundschaft dieser beiden Frauen profitieren zu dürfen. Danke, dass ihr so seid, wie ihr seid – und für alles, was ihr tut.

Carole und Imogen haben bei Blake Friedmann und Pan Macmillan starke Teams hinter sich – Oli Munson, Trisha Jackson, Emma Giacon, Ellen Wood, Anna Bond und das ganze Pan-Team: Ihr seid alle wunderbar. Ohne euch wären wir heute nicht da, wo wir sind. Dieses Buch ist das Ergebnis einer beispiellosen Teamarbeit.

Dr. Jerold Lucey, Professor der Pädiatrie an der medizinischen Fakultät der University of Vermont und Chefredakteur der Fachzeitschrift *Pediatrics,* sowie Prof. David Edwards von der Pädiatrie des Hammersmith Hospital in London haben mir wertvolle Informationen zur Versorgung von Frühgeborenen geliefert, und ich bin ihnen sehr dankbar für die Zeit, die sie mir geschenkt haben, sowie für ihren Rat und ihre freundliche Aufgeschlossenheit. Jerry, du bist ein wunderbarer, großzügiger Freund. Sollten sich in diesem Buch Fehler eingeschlichen haben, ist das allein meine Schuld.

Eine der Hauptfiguren in diesem Buch leidet an entsetzlichen, lähmenden Panikattacken. Ich möchte in diesem Zusammenhang das Online-Buch *Panic Away!* von Joe Barry (www.panicaway.com) empfehlen. Die Techniken, die dort beschrieben werden, sind einfach und äußerst effektiv und haben schon Hunderten von Betroffenen geholfen.

Danusia, Michèle, Georgie und Charlie, Sarah, Peter und Jayne, Julie und Tony, Christina, Andrew und Susan, Robert, Grub: Danke, dass ihr meine Freunde seid. Ihr seid wunderbar – vor allem bei meinen chaotischen und euren Alltag durcheinanderbringenden Besuchen, wenn ich kurz auf Heimaturlaub bin. Ich liebe euch.

Einen dicken Kuss an meinen Vater Michael und meine «böse Stiefmama» Barbi, an meine Schwiegereltern Sharon und Harry, an meine Schwester Philippa, meinen Bruder Charles (ein echter englischer Gentleman), an meine Neffen Christopher, Alexander, William und George. Ich finde, jeder Schriftsteller sollte eine Familie wie euch haben.

Meine Kinder Henry, Matthew und Lily – was soll ich sagen? Ich liebe euch über alles, obwohl ihr mich in den Alkohol treibt. Wenn ich doch bloß euer Lachen in Flaschen abfüllen könnte.

Meine geliebte Mutter Jane – ich vermisse dich immer noch sehr. Du hast einen festen Platz in unseren Herzen, und du bist in unseren Gebeten.

Doch der allergrößte Dank von allen gilt meinem Mann Erik. Dafür, dass er mich noch mehr liebt.

TESS STIMSON
Florida, im September 2007